顾问　徐大隆

克拉玛依城市工匠纪实 三

荒原筑梦

申广志　主编

复旦大学出版社

目 录

编者的话
石油晕染的深情文字 　　　　　　　　　　李佩红（003）
勇于创新的人 　　　　　　　　　　　　　　尹德朝（021）
戈壁绽开美术花 　　　　　　　　　　　　　尹德朝（031）
缚碳先锋 　　　　　　　　　　　　　　　　杨晓燕（041）
伏魔神警 　　　　　　　　　　　　　　　　杨晓燕（053）
痴爱 　　　　　　　　　　　　　　　　　　田华英（065）
张红霞的"南丁格尔"之路 　　　　　　　　刘青惠（077）
荒原为家绘韶华 　　　　　　　　　　　　　杨　勇（089）
前浪 　　　　　　　　　　　　　　　　　　朱凤鸣（099）
能文能武的排头兵 　　　　　　　　　　　　熊晓丽（109）
梅花香自苦寒来 　　　　　　　　　　　　　熊晓丽（119）
IT男的青春注脚 　　　　　　　　　　　　　熊晓丽（129）
"新疆铁梅"的艺术之路 　　　　　　　　　　王　琦（139）

十年磨砺见辉煌	王　琦	(149)
报业匠人	王　琦	(159)
仁医	毕鸿彬	(169)
为了谁	马　静	(179)
书艺人生	兰　晶	(189)
守护你入梦	邹文庆	(201)
心里有光的人	邹文庆	(211)
技能专家的翅痕	殷亚红	(221)
虔诚	李春华	(231)
情系牧业志不移	李春华	(241)
石油情结	薛雅元	(251)
点亮语言的光芒	薛雅元	(263)
虎跃石西	卢建武	(273)
风的雕像	卢建武	(283)
"徐模式"	孙作兰	(293)
后有来者	孙作兰	(303)
"学霸"是怎样炼成的	陈文燕	(313)
守望"星河"	何智晴	(323)
瀚海弄潮儿	孙美多	(333)
擎起生命的天空	冯炜凯	(345)
留住绿水青山	冯炜凯	(355)
石油世家	冯炜凯	(365)

编者的话

早在七八千年前的原始社会末期，人类出现了第二次社会大分工，手工业从农业中分离出来，出现了专门从事手工业生产的"工匠"。此后，随着生产力的不断发展，工匠活跃在越来越多的行业中。

从砍柴到挖煤，再到采油，人类一直挺进在不断发掘新能源的泥泞之路上。尤其石油和天然气，已成为现代社会发展不可或缺的物质基础。克拉玛依是中华人民共和国第一个大油田，从一穷二白起家，以"有条件上，没有条件创造条件也要上"的雄才大略，诠释了整个中国石油工业从无到有的全过程。

铁塔成林，已不见当年的"木井架"；高楼成群，已不见昔日的"地窝子"。历史呼唤工匠，工匠创造历史。

"建设知识型、技能型、创新型劳动者大军，弘扬劳模精神和工匠精神，营造劳动光荣的社会风尚和精益求精的敬业风气"，谋求"高质量发展"，无论对于因油而生、因油而兴的城市，还是对于"依城而安，依城而美"的油田，都恰逢其时，时不我待。为此，克拉玛依市委、市人民政府毅然擂响"一号井，再出发"的战鼓，旨在继续弘扬工匠精神，打造匠心之城，使"大西北的宝石"更出彩，让"沙漠美人"更靓丽。

此书得到了克拉玛依市委、市人民政府的大力支持，由市委宣传部牵头，市文联实施，市作协编撰，市工会、团委、妇联及驻市企业给予配合。书中记述的这些工匠，只是这座城市成千上万名工匠的缩影，但他们无不葆有永恒的匠心，跳动着时代的脉搏。因时间、水平有限，错谬在所难免，敬请读者谅解。

2020年7月

辽阔,一定隐伏在攀登之后

赵钧海

- ◎ 首届西部文学奖获得者
- ◎ 第三、四届中华铁人文学奖获得者
- ◎ 第六届冰心散文奖获得者
- ◎ 首届丰子恺散文奖获得者

石油晕染的深情文字

李佩红

大庆，2017年9月20日，上午。

初秋的松辽平原，褪去苍苍茫茫的葱郁，换上斑斓的霓裳。窗外，天高城阔，金风送爽。位于大庆市中心的铁人王进喜纪念馆报告厅内，暖意融融，高朋满座，由李瑞环同志题名、以铁人王进喜命名的"中华铁人文学奖"颁奖典礼正在进行。

伴着欢快的音乐，获奖作家依次走上主席台，接过了红色的奖状和沉甸甸的奖杯。相机灯光不断闪烁，所有目光投射在面对观众的获奖作家们身上。颁奖台上，一位站在中心位置的中年男子格外引人注目，他挺拔俊朗、内敛飘逸的风姿，犹如临风傲骄的新疆白杨。他就是从克拉玛依油田走出去的著名散文家——赵钧海。

他的散文集《准噶尔之书》获得第四届中华铁人文学奖。

著名作家、中国作家协会副主席、书记处书记阎晶明，著名作家、中国散文学会名誉会长周明，著名作家、评论家、《光明日报》文艺部主任彭程评价他的散文：

> 以饱满充沛的感情对准噶尔这一片辽阔的土地的自然和人文、古代与今天进行了既雄浑大气又细腻入微的描写。在此背景环境之下，进入了石油人的生活和心灵，生动地展现了他们的梦想与期

冀。从字里行间分明能感受到作家对这一片土地、这一处石油世界以及广大石油人的深情、高贵的情怀、崇高的使命感与那里广袤而粗粝的大自然，产生了一种内在的和谐美感，互为映照，带给人强烈的情感撞击。

著名作家、中国作家协会书记处书记邱华栋评价他的散文：

爱、情、记忆、行走、离愁、生命的浓淡，都成为了他的艺术叙事主体，丰富和深沉，坚毅和执拗，平易和沉着，铸就了他散文的一大特色，也成就了他散文的独具魅力的新高度。

著名诗人、评论家、《西部》杂志主编张映姝评价他的散文：

每一篇文章，都充满了情感，不是铺天盖地、浪起云涌的惊天动地，也不是小桥流水人家的轻快澄澈，而是有理性的节制、有追求的从容；这种情感，不漫溢，不阻滞，平静水面下却暗流涌动；这种情感，带有复杂的况味，像加入白糖的咖啡，有幸福，有酸涩，是含在嘴里的浓厚苦涩，是吞咽后舌尖的一缕微甜。

著名评论家、法学博士、湖北省作家协会副主席、武汉市作家协会副主席李鲁平评价他的散文：

他朴实、深沉的文字，如同凝重的石油，在默默的流淌中蕴藏着巨大的热情和温暖；他含蓄、繁复的叙述策略，如同准噶尔大地，貌似单调、空旷，却充满了神秘、诱人的艺术魅力。

著名诗人、评论家、《绿风》诗刊社社长与主编彭惊宇评价他的散文：

由于自身敏锐而独到的生命体验的楔入，现场感的准确捕捉，历史知识和背景的全面渲染、烘托以及现实生活的脉络交织,抒情的充沛与优美,议论的锋锐与深刻,使他的散文显露了高远的气度和别样的骨力。

多年来,赵钧海在准噶尔一隅的克拉玛依,背负使命,默默耕耘。他从油田这个原点出发,凭借半生的新疆经验,横跨纵越地写下了蔚为大观的散文篇幅,描绘出自己气象万千的文学地图。他是克拉玛依承前启后的文艺领军人物,他任克拉玛依市文联主席、克拉玛依市作协主席十余年,以强烈的、自觉的时代责任感,以开拓创新之志,复兴克拉玛依文艺,扛举起克拉玛依文学的大旗。

缘起十二岁

早春二月。

江南的杏花已开放,新疆北部的大地仍沉睡在皑皑白雪之下。

银装素裹里,一条笔直的路伸向远方的地平线,身披白色大氅的太阳,一路蹒跚而行,茫茫雪原闪烁着银白色的光,加重了清寂与荒凉。

公路上,一个黄色的小点儿踽踽向前移动,一辆黑色的苏联产嘎斯车从对面驶来,卷起的雪雾,把那个小黄点掀到路基下,小黄点很快爬了上来。

渐渐走近,看清是一个人。

一身略显肥大的黄军装,斜背着黄书包,头戴黄色军用羊绒帽,手上一双军用棉手套。棉帽子戴在他头上显得很松垮,他不时向上推推帽子,以免遮挡住双眼的视线,哈气形成的白雾在他脸上弥漫,眼睫毛、眉毛和帽檐上挂着白霜,冻得通红的脸颊,使脸部的轮廓更加立体——这是个身高约一米五几的小小少年,大而亮的眼睛,闪烁着黑水晶般的光芒,透着少年对未来世界的好奇、挑战而无畏的神情。走路的姿势像一头轻快敏捷的小黄羊。身后传来隆隆的汽车声,他随即警觉地回过头,高举着胳膊,大幅度摆动。

一辆解放牌汽车从他身边呼啸而过。他加快脚步追着汽车跑出好远，书包在屁股后面一甩一甩，他边跑边喊："停一停，拉上我。"

快被冻僵的少年哭了，声嘶力竭地喊："停下——"汽车犹豫了一下，终于停在路边，少年用冷硬的袖子抹了一把脸上肆意的泪水，剑一样冲上去，攀上高高的驾驶室。

汽车朝着一个叫独山子的方向驶去。

这个搭车上学的画面一直萦绕在赵钧海的脑海中，几十年鲜活如昨。

那是1970年，赵钧海十二岁。

十二岁的赵钧海，第一次离开父母，离开家，离开那个众人称之为古尔图的地方，来到新疆第一个油田——独山子上中学。此后几十年，直到退休，他再也没有离开过克拉玛依油田。单纯的生命底色，涂抹上了浓墨重彩的石油况味。

赵钧海1958年出生在伊犁惠远，父亲是一名军人，在彭德怀部野战军第六纵队，参加过西府陇东战役。跟随彭德怀司令员参加了扶郿战役，歼灭了胡宗南部，一路向西，挺进新疆，驻守边疆十几年。赵钧海跟随父亲从惠远转至精河，复转到人烟稀少的古尔图。"古尔图"是蒙古族语，意思是桥，因境内有一座木桥而得名。古尔图是古代通往伊犁的必经之路、丝绸之路北道的一个驿站，也是北疆重要的军事通道。打尕尕，滑冰，套野兔，用爬犁滑雪，或者去红柳梭梭林里打柴禾，赵钧海在古尔图度过了他无忧无虑、野性单纯的童年。

一年一年时间飞跑，小小少年在长高。

20世纪80年代，正如风靡全国的德国电影《英俊少年》的主题曲唱的一样，赵钧海开始有了小小的烦恼。古尔图没有中学，转了四五个学校才毕业的赵钧海，不得不离开家独自一人去外地上学，小小年纪便过上和父亲年轻时差不多的集体生活。区别是，一个是在军营里，一个是在学校。或许是受父亲影响，住校生活并没太多不适，唯一让赵钧海烦恼的是放假。古尔图距离独山子一百多公里，没有班车，更遑论火车。十二岁起至十七岁的五年时间，每个寒暑假他全是靠搭车回家或者去学校。马车、驴车、汽车，只要能载他一程，什么车都行。有时辗转搭乘五六辆车、步行几十公里才能到家。尽管那时的赵钧海，没有确立所谓的人生目标，更不会预料自己将来成为一名作家，担起克拉玛依文艺的重任，但是早在他从伊犁惠远懵懵懂懂朝着独山子而来的时候，文学的种子已经播撒在他稚嫩而敏感的心底。

旅途的艰辛加深了他对知识的渴求，他更珍惜这来之不易的学习机会。

从小独立自主的赵钧海，渴望知识，如雏鹰渴望广阔的天空。

在那个贫瘠时代，文学书籍少得可怜，赵钧海的文学启蒙，还是得益于住校。在上初中和高中的课余时间，赵钧海像鹰隼寻找猎物一样到处找书或报纸看。他在家里找到父亲买的一套《十万个为什么》，他偷偷将它们藏在木箱子里，带到宿舍，晚上熄灯后躲在被窝里打着手电一本一本阅读。这为他打开了通往外部的窗口，从中窥探到世界的精彩和绚丽。另一本书是1962年6月少年儿童出版社出版的《古代诗歌选》第四册，收入了明清两代诗歌的精华，赵钧海读了又读。假期回家，他也不出门，天天在家读书，完全沉浸在知识的海洋中，忘记了周围所有的一切。

母亲怕他读傻了，就把书收走藏起来，一次次赶他出去玩。

现在有一个流行的词儿叫"激发内生动力"，用辩证唯物主义的理论来解释，事物的发展变化是内因和外因共同作用的结果。内因是事物质变的根据，它规定事物发展的方向，是事物发展的根本动力。真正激起赵钧海自觉学习的内生动力，是一册小开本的成语小词典，这是本让他痴迷又刻骨铭心的书。

同宿舍有个黄姓同学有一本旧版的《汉语成语小词典》，据说是他父亲的，缺少封面，纸张黄旧。一经接触和深入，赵均海就像磁石一样被吸住了。它的丰盈，它的博大，它的深邃，它的意趣，再次撬动了赵钧海读书的强烈欲望。书中每个词条都有详细的解释，都有神秘的出处。出处的背后，又隐含着一个庞大而饱满的"矿脉"。他如获至宝，把它随身揣在衣兜里，有空就翻看。但毕竟不是自己的书，越不是自己的，就越想得到它。他跑去新华书店买，新华书店空空如也。这种经历，构成20世纪五六十年代出生的孩子们的共同的记忆。物质的匮乏像压紧的弹簧，具有超强的爆发力。某种意义上说，文化匮乏不都是坏事儿，它更能引发人的求知欲望，使人更专注。

因为漂亮地回答了老师一次无意中的提问，少年赵钧海体会到学习所带来的骄傲感、成就感和自豪感，更加激发了他不可遏制的学习动力。他几乎抄写、背诵完了数百页的《汉语成语小字典》。每个星期，他必去新华书店，只要来新书，必买必看，到了如醉如痴的地步。少年时期，在别的男孩子还像一群麻雀漫无目标地四处游荡时，赵钧海已陆陆续续读完贺敬之的《放歌集》、黎如清的《海岛女民兵》、周肖的《霞岛》以及《虹南作战史》《雁鸣湖畔》《红雨》《克孜勒山下》，书中的好词好句被他熟记于心。

一年一年时间飞跑，小小少年长成为挺拔的小白杨，文学梦之海洋也在不知不觉中为赵钧海开启一道缝隙，文学之水一点点漫上来，滋润着他的心田。

登高望远时

苏联政治家加里宁说过："无论哪个年代，青年的特点总是怀抱着各种理想和幻想，这并不是什么毛病，而是一种宝贵品质。"少年赵钧海的理想是当一名画家。课余时间，除了学习、读书，他的其他时间全部用于学习绘画，从国画大师李可染等老一辈艺术家到天天翻看的小人书，他都逐一临摹学习。他是班上小有名气的画家，老师眼里的小才子，常被老师和学校抽去办板报，写标语，赵钧海也乐此不疲。

1975年，赵钧海高中毕业，被分配到克拉玛依输油管理处农场接受再教育，成为克拉玛依油田的一分子，从此再也没有离开过克拉玛依，一直到退休。他把青春热血、生命的最好年华毫无保留地奉献给了克拉玛依这块生生不息的热土。

当然，这是后话。

机会总是青睐那些有准备的人。少年才俊赵钧海，这块等待雕琢的璞玉，很快被人发现，从众多知青中脱颖而出，十七岁就担起知青队青年队长、团支部书记的重任。而他的绘画才能也很快被人发现，时常被抽调到输油管理处宣传科帮忙，开始一笔一刀、无意而又有意地雕刻、琢磨。命运似乎按照赵钧海预想的方向行进，如果不是一次偶然的机会，也许赵钧海会成为一名画家。

人生的拐点，每一次仿佛都源于偶然，其实是必然。

1977年3月5日，是毛泽东主席"向雷锋同志学习"题词十四周年。克拉玛依油田要开展纪念活动，赵钧海所在的输油管理处团委书记贺思萍找到他，让他写一首学习雷锋的诗，代表输油管理处参加油田诗歌朗诵会。赵钧海吓了一跳，那可是一个"大动作"，他一个小青年哪里敢冒险？那时，输油管理处还在外探区，是一个二级厂处。赵钧海在攻关队当学徒工，被临时抽调到政工组搞宣传。朝气蓬勃的赵钧海，每天斗志昂扬，写大幅标语，画宣传专栏，写石油上产和迎接开门红的即时新闻。他爱美术，爱新闻报道，爱文学，仿佛什么都想干，什么都想尝试。

贺思萍很干练，说："别推，我听过你写的《怀念总理》，应该没问题。"

贺思萍没有记错。在周恩来总理逝世一周年时，赵钧海曾写过一首诗，还在大食堂的台上朗诵了一番。那时赵钧海任基层团支书，他必须写。他把自己关在简陋的半地窨里，望着天窗上的点点繁星，熬了一夜，终于写出一首八十行长诗。

赵钧海忐忑不安地把诗稿交给贺书记，贺思萍就站在过道里快速浏览起来，边看边说："不错，我没看错人，只是稍长，删掉一段。"说着就把第一段删了，其他只字未动。就这样，赵钧海生平第一次当着上千观众，朗诵了他写的《雷锋的歌》。

后来，忽一日，贺思萍手拿一张报纸高喊："小赵，小赵，你的诗发表了，你为我们争得了荣誉！"赵钧海有些丈二和尚摸不着头脑，原来他的那首诗发表在了《新疆石油报》1977年3月21日"春风"副刊上，成为他的处女作。

那一年，赵钧海十九岁。

"就是这首诗，激发了我的文学创作欲望，让我从此酷爱文学。那些年，文学火热，文学之地也成了有志青年钟爱的圣地。文学像一抹朝霞，吸引着温暖着百废待兴的中国，也鼓噪引领着时代的新潮流，也让我这个文学青年，充满了梦想。"

这番话是赵钧海回忆他走向文学道路初始时期的真实感受。从那以后，赵钧海舍弃了自己从小喜爱的绘画，坚定地选择了文学。

激情如克拉玛依的大风，在赵钧海年轻无畏的心中呼啸，他似乎看到了远方文学的海洋上渐渐升起的桅杆。时不我待，开始吧，人生总有第一步。赵钧海暗暗下定决心，那些曾经生动的片段，身边的一个个活色生香的人，还有书中那些千奇百怪的故事，蜂拥而至。

笔一旦落在纸上，便如开闸的洪水一泻千里。

1976年，克拉玛依恢复了《油城文艺》报纸版，很快更名《克拉玛依文艺》，1980年改为杂志《克拉玛依文艺》。借着克拉玛依文艺复兴的东风，赵钧海发表了《泵站抒怀》《我爱看油田廓影》《五月之歌》《花，盛开在戈壁》等一批散文作品和三十多首诗歌。

文学只有激情是不够的，有太多深层次的东西需要挖掘和表达，得找到更广阔、更自由的空间和舞台，所以，赵钧海不再满足于写抒情式的散文和诗歌，他认为小说更适合展现一个人的想象力和才情。无数作家栽种的小说森林，一旦进入便无法自拔。

大风之夜，戈壁荒野的沙尘弥漫了地窖的所有空间，赵钧海在一盏十五瓦的白炽灯下苦熬直至断电，然后找出了一根落满灰尘的蜡烛。昏黄的光晕里，尘埃被火苗向上引导着，形成一个鹅蛋形光圈，他依旧断断续续组织自己的文字。

终于，第一篇小说完成了。

赵钧海欣喜若狂。

要知道，世上从来没有随随便便的成功。

赵钧海的心气高、目标大，一开始他就把目光投放到全国著名的大刊。退稿不可避免。然而一次又一次的退稿，并未消解他的创作热情，反而激起他更坚定的斗志，愈挫愈勇，文学的幼苗在黑暗中不断探索、冲撞、发力、攀爬，破土而出的刹那，既悄无声息又惊心动魄。

1981年3月17日，吹面不寒杨柳风的春天，赵钧海收到了《新疆文学》刊稿通知，通知写着："赵钧海同志，你的小说《啊，她……》，我刊已改名为《扑向燃烧的星》，发表在今年第3期，不日即将样刊与稿酬寄你。欢迎继续来稿。"赵钧海压抑住狂喜的心，颤抖着双手把这一张半页纸大小的信笺看了又看，他简直不敢相信自己的眼睛。

他抬起头，天空高邈、广阔、纯美，仿佛是对他文学之路的隐喻。

赵钧海在小说《扑向燃烧的星》中，大胆采用时空转换手法，多角度、多视点地叙述故事，使作品的形式和内容完美地融为一体，从而把一对青年石油工人的爱情悲剧表现得如诗如画、感人至深。小说一经发表，立刻在社会上引起很大反响，在新疆文学界受到广泛好评。一位评论家说，"在克拉玛依油田小说作家中，赵钧海是第一个运用现代技法表现内容的人"。无疑，赵钧海是敏锐的、感性的，是旷野中的火狐狸，敏锐地捕捉到一场风、一场雪、一声喊、一段话、一个影，哪怕细微的气息，都在他心里荡起长久的回声。这些个体的体验，被他置于时代开阔的视角里，拨开那些世俗、庸俗、懒俗、恶俗的混沌，重新追忆、怀想、审视、解剖、探求、寻求最初和最终的精神判断，发现人性的弱点和美。

此后，赵钧海的小说创作顺风顺水。短短几年时间里，他先后在《新疆文学》《绿洲》《边塞》等疆内外刊物上推出了《黑野》《叩首群》《伤心圆舞曲》《红铜小刀》《臭死》《螺旋情》等三十余篇小说。赵钧海的审美意识有了明显的提高，作品内容也趋于成熟。刚过而立之年，他的名字便进入西部作家行列。1994年，由中国石油作家协会主导，中国石油工业出版社出版了《当代石油作家文学创作丛书》。小说家王世伟、周绍义、和军校和赵钧海四人入选。赵钧海是新疆唯一的入选者，《赵钧海小说选》也是克拉玛依首部个人小说集，收录了他20世纪80年代初到90年代初所创作的三十多部中短篇小说。

《赵钧海小说选》现收存于克拉玛依档案馆和克拉玛依图书馆，成为克拉玛依一个时代的文学创作成就和发展的例证。

重拾文学梦

那时候的赵钧海多年轻啊！才华横溢，英气逼人，大有睥睨天下的气概，许多老作家期盼着他这颗冉冉升起的文学新星，始终沿着文学的道路阔步前进，直至成为一颗自带光芒的恒星。

命运往往不以人的意志为转移。由于工作出色，赵钧海被调进机关。机关事杂，同样得努力工作。为了工作，赵钧海不得不按下文学的暂停键。

这一停便是十年。

戛然而止的文学创作，在新疆和石油文学界引起一阵骚动，一些熟悉赵钧海的作家背后议论。

"可惜，太可惜了。"

赵钧海回忆那时自己的心情，是突然找不到方向了。站在人生的十字路口，文学的下一条路在哪里？文学的真经在哪里？找到了又似乎不是。

其实，壮士断腕后的赵钧海并没有真正放弃文学，工作再忙，他也不改每天坚持阅读的习惯。

从开始工作起，赵钧海每年订阅《人民文学》《收获》《解放军文艺》等杂志，曾经就有过工资五十八元，订杂志的费用就达七十多元的情形。

创作可以停止，可潜在的文学力量还在他骨子里游移，文学阅读没有停。长期紧跟前沿的海量阅读，赵钧海的眼界更加开阔，如一座火山，不断聚集能量，蓄势待发。他在找一个突破口。

这个突破口就是克拉玛依。

"好作家都有原产地的。或者说，每一个人都有故乡，都有一个精神的来源地，一个埋藏记忆的地方。这个地方，不仅是指地理意义上的，也是指精神意义或经验意义上的。但凡好的写作，它总有一个精神扎根的地方，根一旦扎得深，开掘出的空间就会很大。"

莫言有他的高密，王安忆有她的上海，迟子建有她的林海雪原，刘亮程有他的沙湾，那么赵钧海的文学支点，就是克拉玛依。

克拉玛依油田是中华人民共和国开发的第一个油田。

一座城市因为石油而诞生，从无到有，这在中国还是一个首创。

太多太多的年轻人从祖国的四面八方向着克拉玛依汇集，这里埋藏着流淌的地火。他们在戈壁滩上排兵布阵，建立自己的根据地。他们与胡杨、红柳、梭梭为伴，守着荒漠、流沙，经受骄阳、酷寒和风雪肆虐，甘心接受命运的安排，在苦累中挺直胸膛，一双双粗糙的大手，开发、建设、挺进。他们是粗犷的、细腻的、多情而又无情的、坚强而又脆弱的。几十年后，老一辈的石油人身体佝偻，须发皆白，但他们的精神依然高挺在荒原之上。这代人所繁衍的儿女们也已成熟，他们接过父辈们手中的接力棒，朝着更高远的未来前行。

与其说赵钧海选择了克拉玛依，不如说是命运选择了赵钧海，时代选择了赵钧海，克拉玛依选择了赵钧海。

时针转到2005年的秋天。

忽一日，晴空万里，一群大雁从头顶飞过，它们排着人字形，向北飞去。看着它们渐渐远去的模糊景象，赵钧海顿时觉得心底透亮。历尽千帆，归来仍是少年。赵钧海一头钻进书房，重新提笔。这一写，就再也没放弃过，无论何种诱惑，都无法更改骨髓深处的文学理想，赵钧海抱定了耐住昨夜西风凋碧树的冷清和独上高楼的寂寞，重新拿起笔来，他摒弃虚构的小说，回归散文这种古老又年轻的文体，描摹、记录、传承……

年轻时赵钧海看书写作，熬夜过多，患过严重的神经衰弱。白天工作繁忙没时间，怕耽误第二天的工作，赵钧海就利用早上的时间写作。每天早晨六点多起床，伏在书桌上写作。这样他每天就比别人多出了两个多小时。

在赵钧海的女儿赵雯的心目中，爸爸是什么样的呢？

这位清华大学研究生毕业的高材生说，为了文学，爸爸是个九死而不悔的苦行僧。

从小到大，赵雯每天起床后看到的第一个也是唯一不变的画面是：灯光下，爸爸埋着头，坐在书桌前的背影。耳朵里听到的是笔在纸上行走，如微雨打在叶片上的声音，好听极了。

她知道父亲是在描绘记忆中的万千气象和脉脉的人间温情，是属于爸爸一个人的狂欢。

父亲的背影也激励着她，让她在学习上不断进取，成为克拉玛依为数不多的清华学子。

想上高山吗？那就用你的双脚去攀登。

攀登者是痛苦的，但也享受了他人体会不到的愉快和幸福。

时间一天天过去，赵钧海案头的文稿越积越厚。

2009年，赵钧海推出第一部散文专辑《发现翼龙》，共收录二十多篇文章，洋洋洒洒近三十万字。

在《发现翼龙》第一辑"野火记忆"的诸多篇章中，他着重描写了一群风貌和性格迥异的石油人。开篇之作《回望木井架》中的肉孜·阿尤甫，是横跨新旧两个时代的老牌石油工人，赵钧海叙写了这位维吾尔族老石油工人的丰富人生阅历，展现了新疆石油工业的世纪风云和百年沧桑。《一个老石油的侧影》是一篇很有人情味的散文，一位从朝鲜战场上下来的志愿军战士，转业来到克拉玛依，他当过钻井工、输油泵工和多工种的基层干部。作家用亲切而温情的文笔，描写了他的老岳父——一位老石油人的形象，饱含着对石油人的热爱和颂扬之情。书中最浓墨重彩的是写"魏氏准噶尔翼龙"的发现者魏景明的文章。为写好这篇文章，赵钧海翻阅大量资料，几次深入发现翼龙的现场实地考察，生动宏阔地描写了魏景明一生为科学上下求索的曲折经历，并凭借文学想象还原了魏景明不同时期的生活场景以及心灵世界。

此外，书中还描写了陈皋鸣、高锐、石敦煌、正道、刘白毛、华力、冷凝、闫华、晋新、金梅、欧阳等三十多位克拉玛依的普通人物。

赵钧海用篆刻刀法、巧妙的构思，镂刻出一个个性格独具、魅力四射的人，他们都曾在克拉玛依生活过，那是克拉玛依这座石油之城熠熠生辉的守护者与创造者，他们在戈壁滩戍边、找油、打井、结婚、生子，最后退休、衰老直至离开人世；一代人在更早的时代，在克拉玛依茫茫世界里传播火种、播撒理想。作家通过书写追问生命、坚守、爱情、孤独、荒谬、时间、永恒、价值和意义，通过不同侧面和棱角，折射克拉玛依人的筋骨气质，让一代人永远"活"下去，或者说是赵钧海用文字复活了他们，让他们的气息在文字之间穿梭，让他们的生命之船停靠在文字的码头，永远漂浮在克拉玛依，漂浮在准噶尔盆地，漂浮在新疆大地。

作品一经推出，便得到石油行业内外的一致好评。

2009年，凭借此书中的一篇重量级散文《飞翔在白垩纪的翼龙》，赵钧海获得第三届铁人文学奖。同年，获得首届西部文学奖。

赵钧海在《发现翼龙》的后记里写道："经过心灵刻骨铭心的洗礼，这次提笔似乎与十年前稍有不同。"文学带给他的是温暖，让书写克拉玛依人和事的过程，也成为他不断完善自我、净化自我、提升自我的过程。

此后，他的文风转向了，从纵横捭阖、热情洋溢的宏大叙述，转而寻找身边和生活中最真实、最朴实、最能打动人心的细微之美，用朴实清新、隐忍克制、凝练深情的笔调组织文章，在静水深流的叙述中掀起人们内心的惊涛骇浪。

大凡为文如人，青年时当气象峥嵘，五色绚烂，渐老渐熟，乃趋平淡。平淡是千帆过后的平阔，是人生的另一种境界。

这是散文至高的境界。有人终其一生未必能达到，赵钧海做到了。然而文学的道路没有最好，只有更好。

作家赵钧海又上路了，在路上浅吟低唱。

酒溢满城香

石油的勘探和开发是准噶尔盆地走向现代化的一个标志。

创作中，赵钧海每每注意挖掘身边熟悉的人和事，用真情讴歌克拉玛依石油人以及与克拉玛依石油有关、与准噶尔有关的人和事。凭借多年扎实的采访，赵钧海的笔像钻头一样，深深地钻透20世纪三四十年代到21世纪初近百年的石油发展史，将20世纪初最早在准噶尔"掏油"的赛里木老人，20世纪50年代初来到准噶尔，并为克拉玛依油田编制出总体勘探规划方案的地质工程师张恺，1939年就开始从事钻井的老牌石油人肉孜·阿尤甫，1909年即在准噶尔操办石油事业的王树楠，1955年到克拉玛依的第一位钻井队队长陆铭宝，1956年第一批到达准噶尔挖石油的转业军人代表王成吉、范秀英，60年代初来到准噶尔的留苏学者魏景明等等，将他们从历史的尘封中打捞上来，将其内心的精神世界进行提纯，宛如五颜六色的成品油标本，一个个摆在时间的展架上，让后人感受到这些西部拓荒者的勃勃脉动和生生不息的生命光华。

文学界一些不了解赵钧海的人，每每看到他重磅推出的散文，不由得发出惊叹：这个作家刚出道，咋能写出这么高超的散文？

熟悉赵钧海的人都知道，那些丰富的人生阅历和耳闻目睹的事件，不断的迁移与行走，人间细碎而温情的烟火，乃至风起云涌的戈壁和一层一层堆积在心里的书籍，混合、挤压、碰撞，经过几十年的酝酿、发酵、升华，共同生成一个作家史诗般的磅礴油海，一旦找准方向，文思便如失控的油井，文字争先恐后往外冒，挡都挡不住。

2012年，赵钧海的《在路上，低语》和《准噶尔之书》两本书同时出版。

2013年，出版散文集《隐现的疤痕》。

2014年，《陪母亲逛街》获第六届冰心散文奖。

2015年，《美文》刊发的散文《磁性喉音》获首届丰子恺散文奖。

2017年，再次斩获第四届铁人文学奖。

他的《一九五九年的一些绚丽》《幽灵一样的爱情》《蛰伏在旧照片上的父亲》《伊犁将军：惠远古城之累》《准噶尔的那条唐朝渠》《摇晃》等一批优秀散文分别在《散文》《中国作家》《散文选刊》《中华文学选刊》《天涯》《清明》《上海文学》《山花》《延河》《黄河文学》《人民日报》《飞天》等多家主流杂志刊发。特别是散文《马鞍形石磨》《荒原之上》同时刊载于《广州文艺》2018年第3期"散文天下：实力榜"栏目，该栏目每期只刊发一位作家的两篇力作。散文《隐匿在一条沟中》刊于《作家》2019年第12期，有一万四千字之多。散文《档案母亲》（一万字）刊于《北京文学》2020年第2期"真情写作"栏目之首，题目刊登于该期封面，并随即被《散文海外版》2020年第4期头题栏目"特别推荐"全文转载。

与此同时，赵钧海的多篇散文入选散文精选、精品集。其中，《准噶尔的石油记忆》《蛰伏在旧照片上的父亲》《幽灵一样的爱情》《我的恍惚的农场光阴》《马鞍形石磨》《黑油山旧片》等七十余篇散文入选《散文2013精选集》《2012中国最美的散文》《中国企业文化大系·荣光绽放》《中国散文年度佳作2013》《21世纪年度散文选·2013散文》《散文》《中国西部散文排行榜》《我最喜爱的散文2010》《中国实力派美文金典·情怀卷》《新疆新世纪汉语散文精品选》《新疆60年名家名作·散文卷》《新疆文学作品大系·散文卷（1949—2009）》《金色记忆·中国石油60年文学选》《西部六十年精品集·报告文学卷》《2014中国散文排行榜》《21世纪年度散文选》《西部六十年精品集·散文卷》《2016中国散文排行榜》《2018年中国散文排行榜》等诸多散文选本，另有《伤心圆舞曲》等八篇小说入选多种小说选本。

赵钧海的作品几乎每年以十几万字的创作速度递增。迄今为止，在各类报纸杂志发表散文、小说、报告文学等三百多万字。他身在西部新疆，却冲出天山，跳出准噶尔大地，"杀"到了东部平原和沿海，影响也愈来愈大。在中年高光时代，赵钧海登上了人生的巅峰，成为克拉玛依名副其实的文学名家。

开阔的阅读视野、不懈的文学跋涉、多年的文字淘洗、多样的艺术陶冶、多元的审美观照，都为赵钧海散文书写平添了纵横恣意的自由。说古论今，谈文解画，他温文尔雅的叙述，流畅自如，如数家珍，散发着恒久的魅力。

赵钧海的散文创作，主要集中于亲情类、历史人文类、石油人与事三大类，每一类无不浓缩在一个"情"字里：对亲人的情，对战友同事的情，对故乡的情，对克拉玛依的情……最具代表性的莫过于获得冰心散文奖的散文《陪母亲逛街》，文章中，赵钧海运用中国画白描的手法，简洁素淡记述了陪母亲逛街这一生活片段。

赵钧海本是陪母亲逛街，反而变成母亲陪自己买书。在书店里，母亲竟然给"我"选了一本《王蒙——我的人生笔记》——不识字的母亲是在"我"以前买过王蒙的书上看到过他的照片而记住的。"哦，这就是我的母亲，她居然默默地铭记着儿子的一切，她甚至记得儿子几年前买书的点点滴滴——她一个大字不识的老太太，那潜藏在心底的东西一定是深邃的、博大的和意味深长的……它蛰伏在心尖敏感处，闪着拙朴的光，流着绚丽的色彩。"赵钧海真情而克制的叙述，将母爱的无私和厚重刻画得栩栩如生，极为感人。

著名评论家、茅盾文学新人奖获得者、文学博士、新疆文艺评论家协会副主席何英说,赵钧海的文字,叙事细腻,注重渲染,往往在平淡中蕴藏着巨大的爆发力,直击读者的心灵,朴实感人的写法,可谓达到了顶峰。

《陪母亲逛街》这篇文章,在国内散文权威杂志《散文》2009年第5期刊发后,同年被《散文选刊》第6期转载,入选《散文2009精选集》《2009中国散文排行榜》等十一种年度散文精选,又被六十多家刊物和网站转载,在国内掀起了不小的阅读热潮。

赵钧海最大的成就,当属他突破了石油行业的惯性思维,摆脱了塑造人物、剪取生活的"典型化"传统理念的困囿,而更加注重生活的原始面貌和原生态的本质。正如中国作协书记处书记邱华栋所说:"他对新疆历史地域人文的深层关注,对于克拉玛依荒原上的劳动者的人性关怀,他对爱、情感有一种特殊的敏感性,特别是在深深隐匿在他内心深处的遍野情结;荒寂空旷中,石油工人枯燥单调的机械生活中的丰富心理和浪漫诗意。爱、情、苦难、记忆、离愁、生命的浓淡成为他的艺术叙事主体,丰富和深沉,坚毅和执拗,平易与沉着,成为赵钧海散文的一大特色,也成就了赵钧海散文的独具魅力的新高度。"

甘为孺子牛

改革开放初期,克拉玛依石油勘探开发迎来新的机遇,各项事业迅猛发展。克拉玛依老一辈知识分子抢抓机遇,不遗余力地推动克拉玛依文学艺术事业向前发展。1986年,克拉玛依市、新疆石油管理局文联(简称市局文联)成立,借改革开放的春风,以赵钧海为代表的一批青年文学艺术才俊如雨后春笋,破土而出。这一时期,赵钧海在文学的道路上不断地播种和收获,逐渐提升能力和影响力,照亮自己的同时也照亮他人。

进入新世纪之后,恰逢克拉玛依文艺事业承前启后的关键期,打造一支适应新时期、新形势、新要求、新变化的克拉玛依文艺队伍的重大责任落在了赵钧海的肩上。

2006年3月,赵钧海由市文化局副局长被提拔为克拉玛依市文联主席、克拉玛依石油文联主席；2007年由克拉玛依市作家协会副主席、克拉玛依石油作协副主席提拔为市局作协主席、《新疆石油文学》杂志主编。

人有多大能力，就会承担多大责任。

赵钧海别无选择，他以时不我待、更待何人的责任感，担起了这项光荣而艰巨的使命。在任的十余年，他不负众望，锐意改革创新，制定出台多项扶持政策，激励克拉玛依文艺人才全面发展，拓展了克拉玛依文艺事业新局面，推动文艺事业走向新的高潮。

这些成绩的取得，离不开赵钧海呕心沥血、四处奔波、呼吁争取、研究、组织、评判，一步一步推进。

赵钧海是克拉玛依的文艺宣传者，是克拉玛依文艺事业的推动者，是克拉玛依文艺事业的功臣。

"北风其凉，雨雪其雱。"巧合的是，采访赵钧海这一天，2020年12月7日，迎来这年冬天的第三个节气——大雪。明人王象晋在其《群芳谱》中解释说："大雪，十一月节，言积寒凛冽，雪至此而大也。"逐渐步入老年的赵钧海，也已雪染黑发。岁月流转，生命进入又一个季节，看似沉寂、旷远、孤静、清逸，实则阳气开始萌动、生发，怀着更为高远的梦想，文学的力量正在赵钧海的内心蓄积，待到下一个春暖花开之际，他的笔下定会绽放出更加瑰丽的篇章。

成功的路上并不拥挤,因为能坚持的人真的不多

章　敬

◎ 中国石油天然气集团公司采油采气工程高级技术专家
◎ 中国石油天然气集团公司采油采气工程先进个人
◎ 克拉玛依市拔尖人才

勇于创新的人

尹德朝

章敬，1985年7月毕业于重庆石油学校矿场机械专业，同年8月在采油一厂参加工作，1993年2月加入中国共产党，2011年1月，西南石油大学油气田开发专业博士毕业，工学博士学位。高级工程师，新疆油田公司"十一五"以来开发战线十大杰出人物，入选自治区天山英才计划第二期第一层次培养人选，市拔尖人才。

对章敬的三个"印象"

当笔者准备要对章敬做一个采访时，却感到他非常的忙。虽然已经在领导岗位，他还是没有改变以往的习惯，他忙忙碌碌，不是在沙漠井场，就是出差的路上，好不容易赶上他出差回来，我便抓紧机会匆忙去采访他。

他看上去比实际年龄年轻得多，干净儒雅，就像四十刚出头。可是我刚一落座，他就说实在不好意思，一会儿他还有个会，我们只有四十分钟的采访时间。而不巧的是，还不断地有人找他，我只好不断地等，他也不时地冲我报以无奈和歉意一笑："对不起，实在是难为你了。"

在我们采访的过程中，我也只能得到他不时被打断的语言片断。不过，他的一些碎片式话语，我发现都很有分量，很少有那种程式化的叙述。他语调平静，言简意赅，没有废话，尤为重要的是，他十分谦逊地努力淡化自己的成绩，大讲集体智慧和组织的培养，与此同时，他敢于说出自己在改革创新道路上的独特见解和观点。这让我暗自佩服，博士就是不一样呀。

　　章敬给笔者留下的印象之一，是他的实干精神，既有石油后代继承前辈的那种坚忍不拔的创业精神，也有对现代化科学技能的娴熟和学者的睿智。

　　印象之二，是他多年来养成了勤学、勤干、勤写的工作习惯，几十年来这"三勤"如一日的坚持，都把科技创新的想法和思考记录下来，并抓住时机付诸实施。他通过反复的实践和思考，有很多创新项目和学术成果都已转化为生产力，投入运用到工作中。

　　印象之三，是他将技术问题学术化，善于总结成果，他共获得各类国家专利72项，其中发明专利16项；发表各类论文40篇，其中有29篇为SPE、EI收录或发表于国内核心期刊，并带领他的团队，历时四年编著完成50多万字著作《油气井井口装置》，填补了长期以来该行业的空白。

要想飞得远，就要有一双坚硬的翅膀

　　2013年，章敬带领团队投入到昌吉油田致密油先导试验工作中，采取"非常规的理念、非常规的技术、非常规的管理"。

　　按照"工厂化、国产化、市场化、标准化"的要求，章敬和他的团队经过两年的技术攻关和现场实践，在致密油开发工厂化压裂项目中取得七个关键技术和四个创新点，在国内首次形成以"节点控制指导书"为核心内容的工厂化压裂组织管理模式和技术体系，达到国内最好水平，得到中石油领导的肯定和表扬。

　　2015年，他作为项目经理，带领团队做了很多开创性的工作，他通过推进布井方式平台化、钻井与压裂工厂化、工具国产化，使得玛18井区直井平均钻井周期由勘探评价阶段的72.2天降至43.6天，最快33.96天；定向井50.2天，最快35.8天；钻井首末轮提速30%以上，组织并高效完成新疆油田首口2 000米砂砾岩水平井钻进及投产，最高日产油量超过40吨，创新性地提出"带压桥堵不压井下油管"的技术思路并成功应用上百井次，节约压井费用五千万元以上；为玛湖开发试验百万吨投资节约六亿元资金，实现第一步效益目标。

2016年，在进一步总结经验的基础上，两口开发试验井实现了提速提效等多个指标的突破，最高单井日产108吨，为致密油规模有效开发、打造出中国石油"样板化、示范化"工程提供了样板。

"安全环保技术和工程技术唇齿相依，相辅相成。"作为安全环保研究工作室的领衔人，章敬围绕油田生产的关键环节、关键工艺技术，组织开展技术调研和实践，在安全环保技术研究、隐患识别和风险防控方面，带出了一支思想好、素质高、能力强、真抓实干的年轻团队。

浅层超稠油首次建立浅层超稠油双水平井SAGD开发采油工程技术体系并实现工业化应用，获得自治区科技成果一等奖，盆5气田开发取得了技术和效益的双丰收；玛河气田第一次实现了"井下数字化"；在克拉美丽火山岩气藏开发中，完成了中国西部第一个五段选层多级压裂、呼图壁储气库钻采通用技术条件的制订、火驱项目的组织与实施……这样的例子，在章敬三十多年的职业生涯中不胜枚举。

如今，章敬的工作是为油田和城市发展提供决策咨询。为当好"智囊"，他不断思考，不断学习，重视知识和方法的更新及传帮带作用的发挥。

章敬说："人只有不断思考和创新，才能获得有想法、有价值的东西，并为之努力，哪怕最终愿望没有实现，也不负此生。有了这些思考，对我今后的成长与进步奠定了基础。

"首先是多专业的历练使我具备了多岗位的实践能力；其次是注重换位思考使我具备了务实敬业的团队经验；最后是端正学术态度使我具备了创新思维的基本条件。

"从事技术监督工作以来，我熟悉和掌握了全面质量管理的基本原理和方法。进入开发公司，我先后和同事们一起参与了石西、石南4、莫北、盆5和石南21、石南31等油气田的开发；参与了莫北油气田深井压裂、深抽工艺、注水工艺、水平井投产工艺的研究与应用，其中莫北油气田压裂工艺研究获新疆石油管理局科技成果二等奖。

"之后我又和同事们一起进行盆5气田钻试采一体化工作，其中'盆5井区钻井配套技术研究与应用'项目，平均机械钻速提高了115%，获新疆油田公司技术创新二等奖。

"接着又主持了石南21井区新井投产工作，历史性地实现了注采两同时。主笔完成的'石南21井区头屯河组油藏投产措施研究与应用'获新疆油田公司技术创新一等奖。

"在技术管理上，我和同事们一起完成了节能抽油机选型、抽油机基础、保温箱制作、采油气井口技术规格等方面的标准化工作。'一趟管柱射孔、压裂、转抽工艺技术研究'获新疆油田公司科技创新一等奖、集团公司科技成果三等奖，'油井射孔压裂不压井转抽联作管柱'获国家实用新型专利。

"在储气库项目建设中，我首次提出并编制了'井口及井下设备、装置通用技术条件'，使储气库管柱结构设计更周密、更规范。

"总之，在油田工作的三十五年的生涯里，我都能够注意知识和方法的更新，站在其他专业的角度考虑本专业的问题，站在本专业的立场考虑其他专业的需求；正确处理团队成员间的关系，注重整体协调能力和执行力的提高；积极发挥传帮带作用，努力促使团队成员的进步；加大技术管理的力度，以建立严格的工作制度和工作流程为纽带，规范工作行为，约束工作纪律，形成一个相互尊重、理解、沟通、帮助的集体。"

面对如此之多的国家专利和创造发明，笔者不禁问章敬："您是怎么取得这么多的好成绩呢？"

他想了想，淡淡一笑说："实事求是地讲，应该是我在年轻时就养成的持之以恒的学习习惯的结果。我的不断学习，使我最初具备了提高自身能力的基础，有了这个基础，再加上我心里一直在想，既然命运已经把我安放在了油田，短暂的一生就不能虚度，必须要为咱们油田做点什么。有了这些想法，剩下的事情就好做了，那就是：刻苦，钻研，再刻苦，再钻研。"

笔者为他在年轻时就立志献身油田的朴素话语所打动，不禁频频点头。

他又说:"一个人要想飞得更高更远,就必须要有一双更大更坚硬的翅膀。早在1985年,我刚从重庆石油学校矿场机械专业毕业,这在当时,我曾沾沾自喜过,因为在那个年代,我这个学历并不高的中专生也是凤毛麟角呀,国家包分配,一回到我的家乡克拉玛依,我不仅顺利就业,还成为采油一厂一名实习技术员。在我参加工作的三十五年间,有近二十五年是在采油一线度过的。"

笔者问:"你在二十五年的基层工作中,又是怎样从一个仅有中专水平的技术员,成长为高级工程师,并获得了博士学位的呢?"

章敬继续说:"在多年的工作中,对于一个善于思考的人来讲,我发现和遇到了许多的问题,有机械的,有地质方面的,但最大的问题是出在自己的身上,我发现,中专学校学到的文化专业知识越来越不够用了,很难进入更高的科研技术领域里去。在1996年的时候,我突然就有了一种紧迫感,眨眼我就三十岁了。我不能只满足于现状呀,我们不能只看过去,要看未来,因为这个时代发展得太快了。我们国家的石油工业迫切需要科学发展。于是,我暗暗下了决心,只有通过深度学习和钻研,只有站得更高,才能看到更美好的科技风景,触摸到现代化科学技术的灵魂。在那段日子里,我白天在油田上,晚上翻阅大量资料,人整整瘦了一圈。家里人看到我面色憔悴,生活没有规律,整日丢三落四的,都以为我是不是得病了。妻子硬是拉我去医院进行体检,结果啥事也没有。"

家人支持,全心工作

"那时我还很年轻,再苦再累都能扛得下来。不过,人吃五谷杂粮,哪有不生病的,在2010年秋季某天,我还是得了一场大病。那天我和几个搞科研的同事正在新开发的克拉美丽油田进行紧张的工作,我隐约感到身体不适,背部逐渐开始疼痛,越到后面背部越加疼得厉害,并伴有恶心呕吐和尿血的症状。大家赶快把我连夜送往乌鲁木齐医院,经过医学诊断,我得的是尿路结石病,疼痛指数二级,当即做了手术。当我从病床上醒来后,虽然身体很是疲惫无力,但没有疼痛的感觉真是太幸福了呀。

"医生告诉我,结石这种病大多是因为长期以来不太注意休息,饮食没有规律,喝水太少造成的,以后一定要按时上医院体检。我心想,工作这么忙,哪里有时间体检呀。不过通过这场病,我还是悟出了一个道理,那就是工作固然重要,身体更重要。如果身体是个'1','1'后面的事业、成绩、荣誉等等才有价值,'1'要是倒下了,一切都清零。"

笔者对章敬的这番有关身体与健康的感悟深表赞同,问他:"后来据我所知,你的身体好像并没有完全恢复就要求出院了,是吗?"

他叹一口气说:"这也是无奈的选择,我住院几天后,领导和同事们前来看我。我记得领导说:'好好养病,不要惦记工作。'领导虽然这样说,我想,我要是再这样躺下去,油田上的很多事都耽误了,应该争取时间赶紧返回工地吧。心想反正我肚子里的石头也已经排出来了,应该没什么事了吧。于是,我就向医生申请出院。

"医生说:'大事是没有了,但是你的腹内还有导管,这样出院,要是感染了谁负责?'我说我会注意的,就去工作地点一天,解决一个小问题就回来。

"医生经不起我的软缠硬磨,还是同意了,就这样,我的病并未痊愈就回到单位,还好,伤口也没有感染。不过,现在想来,也确实存在很大的危险性……"

笔者问:"我听说,您在家里是一个最为孝顺的孩子,可是在父母病重期间,由于油田上的工作太忙总是脱不开身,却少了许多对他们的陪伴……"

章敬说:"在我三十多年的工作中,我的心里倍感内疚的就是由于工作忙,回家看望二老的时间太少了,这也是我最不能原谅自己的。如今二老都已去世,多少年来,我总觉得他们一直都伴随在我的身边。我记得那是在2005年,一直身体很好的父亲突然就病倒了,住院后一查,癌症晚期。父亲曾是一个军人,在他的骨子里一直都有一股军人的气节,那时我正在石西油田忙一个项目,可就在中秋节这天夜里,已经时日不多的父亲终于忍不住给我打了个电话,他脆弱地喊着我:'儿子,我在梦里梦到你回来看我了，儿子，爸想你呀……'我的眼泪唰地一下就流出来了。我们父子两人就那样，抱着电话哭了一场……"

说到这里，章敬忍不住掉下眼泪。等他控制住自己的情绪后，继续说："第二天我驱车回到克拉玛依。从那天起，我一步也不想离开父亲，把他抱在我的怀里，他在我的怀里走得很安详……"

笔者不无感慨地说："我想，你在事业上有所作为，可能都与你的家人对你的支持是分不开的。"

他说："是的，这又让我想起2001年的那些日子，这年，妻子怀了我们的女儿。做女人的都知道，怀孕时的妻子是多么渴望有丈夫的陪伴呀，可是油田上有许多事情还得要我去做，我们每天只有在电话里相互问候和安慰。她知道我很忙，也知道油田上的工作离不开我，所以，也不敢有让我回家照顾她的奢望，最后，她还是说，想在周末和节假日的时候来看我。

"就这样，妻子带着身孕，坐上我们的值班车进到沙漠里来看望我了。"

立德于章，修己以敬

在多年的不断进取中，章敬的知识来源主要是通过参加自学和函授而获得，对此他说："其实我们都知道，大家的智商都是差不多的，唯一有所不同的就是努力。笨鸟先飞，只要你努力加勤奋，掌握有利于自己的学习方法，你就有可能脱颖而出，我就是在加倍的努力学习过程中，逐步完成了我的学业。我从自修大专开始，先攻读本科再考硕士，直至2011年我取得了西南石油大学油气田开发专业工学博士学位。

"我一步步地完成了学业及专业基础知识的积累。当然，有人会想，这个人一味地追求高学历，是不是想获得更好的名利和待遇，我的回答自然不是的。最初我只是一名普通的技术人员，我要在油田有更大的作为，就必须要站得更高，才能看得更远。我基本上都是业余时间学习的，一天都没有耽误工作。我一边攻读文化基础知识，一边通过多专业和不同岗位的历练，逐步掌握和积累了油气田开发多学科知识，有安全环保技术的，也有产能建设项目管理的。"

笔者说："我从你的一些应聘书和述职报告里看到，你除了勤奋攻读基础的文化知识外，还学习了其他方面的专业知识。"

章敬说："是的，除了在专业基础上的学习之外，我还逐步接触并学习了文秘、油藏、钻井、采油气和地面工程等，在干中学，学中干，渐渐形成了以采油气工程技术管理为主、多专业结合的思路和做法。在思想政治上，我能够树立正确的人生观、价值观，正确理解和把握公司做出的各项决策，服从大局，清正廉洁。我始终要求我自己，也要求大家，积极开展'六个一'活动。

"多年来，在各级领导和同事们的关心、培养和帮助下，我逐步成长为政治立场坚定、大局意识到位、勇于担当责任的采油气工程技术管理者。作为克拉玛依人，有幸能够为新疆油田的发展服务，更有幸见证克拉玛依的发展，是我人生最大的荣光。

"我先后被授予新疆油田公司'十一五'以来开发战线十大杰出人物，2015年被聘为中国石油天然气集团公司油气田开发专业采油采气工程技术专家，2017年底年入选自治区'天山英才'第一层次培养人选，2018年被评为克拉玛依市首届拔尖人才。"

带好团队，做好智囊

笔者问："看到你取得这些成绩，不禁让我敬佩不已，那么你今后还有什么打算吗？

章敬说："今天我所取得的这些成绩既是组织对我的工作的认可，也是对我的勉励，更是考验和一种机会，无论我今后的发展如何，我都将秉承发扬优良传统，以饱满的热情，不折不扣地投入稳中求进的工作当中去。我们西部地区是一块潜力极大的石油宝藏，它正在打开博大的胸怀等待我们开发，只要能掌握科学现代化技术，就能在这块神奇的土地上大有作为，而这一切，都将是我们这些石油人为伟大的祖国献出的最好礼物！"

十几年来，章敬和他的团队共获得各级科学技术成果奖29项，其中省部级以上科技成果奖7项；在学术刊物上共发表论文37篇。

"要加快寻找天然气开发领域，相比之下，寻找致密气要比在山前南缘找油成本更低、效益更好，石炭系是其中的一个领域，而砂岩、砂砾岩的致密气可能更现实。"

这是章敬2017年1月某日深夜，在手机备忘录上写下的一段话。

我的作品要对得住后代

文祖云

◎ 长卷版画获上海大世界吉尼斯之最（1997年）

戈壁绽开美术花

尹德朝

对画家文祖云老师的采访,让我有幸近距离感受到一位画家真正的艺术魅力。很早我就知道文祖云是新疆一位很有实力和天赋的画家,我不仅看到过他的油画作品,而且对他的版画、国画等不同画法和种类的美术作品也印象深刻,可谓妙笔生辉,幅幅精彩。当我以一种平和的采访心态走进白碱滩区文化艺术中心文祖云画家工作室的时候,文老师以他特有的艺术气质迎接了我:那有些深邃不乏热情略带谦逊的眼神,那一丝不苟梳理在脑后的灰白长发,那月白色布扣传统便装,那带着浑厚川音的巴蜀口音,无不显示着一个艺术家的儒雅风采。

紧接着是工作室里一幅幅不同风格的画作映入眼帘,一股强烈的艺术气氛瞬间扑面而来,那带有浓浓的西部风情与自身携带的川江乡土的气息不断震撼着我。再细细品味,他的每一幅画作都以不同的叙述方式表达和剖析着画家的内心世界,无不渗透着一个画家对西部这片土地的深厚感情。更为醒目的还有那蜀汉古镇的版画雕刻,在刻刀每一次有力的行走之间,处处留下他对家乡山山水水的深深眷恋。究竟是什么如此深深吸引了我、感动着我呢?我想,应该是因为那些淳朴优美的画面里蕴含着最为珍贵的两个字:真情。他是在用自己的真情实感,描绘着西部大地,感动着生活在这里的人们,也感动着他自己。

在他带我观摩了他的《古镇祭》《明月出天山》《胡杨系列》《青花

瓷系列》《油田系列》等诸多作品后，我坐在了他的对面。

巴蜀才子，情系西部

文祖云1945年生于重庆市酉阳县一座古镇，那是一个被山水环绕，蜿蜒曲折地坐落在乌江右岸陡崖上的土家族小镇，他说："它至今已有一千七百年的历史了。小镇的传统文化保留得很好，底蕴深厚，民风古朴，那些历尽沧桑的百年老树、千年足迹磨平的石板街、造型优雅而别致的吊脚楼随处可见，无不展示一个典型的中国古镇风貌……"

也许正是在这些风情古貌的熏陶之下，文祖云的艺术天分便应运而生了。多年以后，他的版画组画《古镇祭》非常逼真地勾画出这座古镇的形貌与神韵，同时也深沉地表达了他对家乡故土的思念之情。然而，就是在这样一个如诗如画的故乡里长大的他，却在十九岁那年离开故乡，来到几千公里之外的新疆克拉玛依，他在这里工作、生活、作画，一画就是四十多年。

五十多年前，他背着简单的行李来到了新疆克拉玛依，这也是他人生经历使然。他在中专学校学的就是石油地质专业，此外更主要的是，他和大多数热血青年一样，胸怀一个远大的理想："到边疆去，到祖国最需要的地方去……"在这种精神鼓舞下，他毅然决然走进了西部戈壁滩，被分配到一个与其地名一样荒凉的地方——白碱滩。

当时文祖云真有点懵，家乡处处是山清水秀的美景，这里却是大漠孤烟、寸草不生的荒凉之地，这反差也实在是太大了。说思想没有一点动摇也不现实，但是他为祖国找石油献青春的意志却始终没有动摇过。很快，他就适应了这里的环境，这是因为一个天生具有艺术细胞的人无论走到哪里，他都可以发现美、欣赏美，所以他开始用不同角度的美学心理来审视他眼前的一切。在基层实习期间，他经常给《新疆石油报》投稿，有一次，他的一篇文字优美的稿件被登载出来，很快引起钻井处领导的注意，因而来油田不到一年，就被抽调到钻井处机关党群工作部当上了一名宣传干事。

他自豪地说："都说我们四川娃儿脑子好，能吃苦，也知道感恩。这话不假。我在感激领导对自己信任的同时，觉得自己一定要把所有特长都调动出来。我曾在中学担任过宣传部长，我的组织纪律性也很强，加上我能写会画，于是我就主动要求去下井队，跑现场。爬井架、照相、写稿、办板报，我什么都干，稿子也经常在石油报上发表。那个年代几乎每年都有全局文艺汇演，我组织钻井公司的文体活动更是热情高涨，如鱼得水。我创作对口词，诗朗诵，表演唱，报幕词，也是信手拈来，样样出彩。但凡参加全局板报宣传栏比赛、摄影、文艺汇演等各种赛事，钻井处几乎年年都是第一……"

是的，年轻的文祖云不仅什么都能干，而且样样干得出色，但是他并不满足于"文艺骨干"的工作，他要让自己有更高境界的艺术发展。1970年，他开始进行美术创作。1972年，他的处女作《女钻工》参加了自治区美术展览，不仅受到美术界的高度评价和广大观者的赞誉，还在《新疆日报》《新疆石油报》上发表并被转载，这让文祖云对美术事业有了更大的兴趣和动力。

在之后的四十六年里，他的绘画创作竟一发而不可收，不仅走出新疆，也走出国门，走向世界。特别是他的版画，风格独特，构图新颖，色彩典雅，主题突出，视觉冲击力强，在国内外艺术界引起强烈反响。他不仅在新疆和国内多次获得大奖，更可喜的是在国内举办了十余次个人画展之后，引起国际美术界的关注，很快他的作品便在意大利、墨西哥、日本、美国、加拿大、新加坡等国家及中国香港、台湾、澳门地区展览、出版并获奖。

一花独放不是春，百花齐放春满园。1985年，文祖云从四川美院进修回来之后，为了培养和挖掘出戈壁油田更多的艺术人才，他在白碱滩区先后义务开办了多期美术培训班。每期学员所需的油彩、纸张、刀具等全都是文祖云自己掏腰包。他要求学员认真观察生活，要耐得住寂寞，耐得住性子，要坐得住，静下心，能吃苦。他全心全意投入到培训班上，几年下来，没有休息过一个星期天，基本是白天上班，晚上在教室给学生讲课。他不止一次对学员说："虽说咱们是业余爱好，但既然爱美术，就要爱得执着，爱得火热，爱得专业。咱们的课程和训练方法必须按正规的艺术院校的标准走，不然你们是学不出像样的东西来的。一个遇到困难就不想前行的人，必定不会成功。"

一席话说得学员们信心倍增，也在他们年轻的心里埋下为艺术而奋斗的决心的种子。文祖云不仅嘴上说，也落实在行动中。培训班的所有画纸画笔都是他自己掏钱垫付的，学员们都说："文老师爱学生如爱子，他严厉起来从不留情面，和善时既像父亲又像兄长，我们都很敬佩他，也更加理解他为我们操劳的一片苦心。"

多年来，文祖云在白碱滩区免费开设版画新技法培训班，为油田培养出尖端的美术书法人才三十余人，其中二十八人考入全国各类艺术院校，先后有二十三幅学员作品分别入选"第五届全国青年版画展""新疆首届小版画展"和"新疆第六届版画作品展"，为克拉玛依的文化艺术创作发展和后继有人，打下了深厚的基础。

一生耕耘何所求

四十多年的戈壁生活，让文祖云积累了大量宝贵的艺术财富，在他眼里，井架、采油树、戈壁石、梭梭柴、胡杨树这些戈壁滩独有的生态物质现象，在他的笔下都变成了有生命的艺术品。他感慨地说："每当我一走近胡杨林，就会被它那不计荣辱，一身豪气，活着千年不死，死了千年不倒，倒下千年不朽的高贵气质所感动，它就是我们克拉玛依石油人的精神写照。"在他被胡杨林一次次所激发的版画创作中，他完成了胡杨系列作品三十余幅，他不仅把对胡杨的深情聚力于手中小小的刻刀上，还把热爱和赞美写进诗歌里，他所作的《胡杨赋》，是从内心发出的对胡杨的赞美：

挺躯干指苍穹，不卑不亢；扎根须于瀚漠，能屈能伸。披一身金甲，抵御狂风，捍卫故土；竖万堵绿障，镇锁流沙，护庇家园。

作为一个四川（重庆）人，文祖云的家乡也为他感到无比自豪，在家乡，地方政府为他修建了"文祖云艺术馆"。为了集中精力创作出更好的美术精品，2000年，担任钻井公司文化中心副主任的文祖云内退了，这一年，在阔别了家乡三十四年后，他又回到了日思夜想的家乡。按理说，这算是了却了终于回到他那山清水秀的家乡古镇的心愿，从此可以用自己的笔尽情描绘家乡的山山水水了。可是，离开白碱滩，离开戈壁、沙漠、井架和胡杨之后，他却时常感到心里空落落的，好像创作灵感也随之枯萎了。他常常无所适从地手握刻刀站在窗前发愣，有时会不由自主地眺望远方，他总觉得远方似有戈壁的井架、钻工、梭梭和胡杨在向他召唤，他开始反思自己的人生价值和艺术定位。在经过无数次考虑过后，他不顾家乡父老的相劝和地方政府的挽留，2010年，毅然打起背包，重新回到魂牵梦绕的克拉玛依白碱滩。

他回到克拉玛依的当天，市委宣传部有关领导便热情地欢迎自己的艺术家重返克拉玛依，一位领导说："文老师，你是咱们克拉玛依成长起来的艺术家，要为提升咱们城市独特的文化品位多出力呀。"

领导一席话让文祖云心头暖暖的，他说："是沙漠戈壁给了我创作的源泉，是钻塔和胡杨赋予我做人的品格，我一旦离开它们，我的艺术灵感就会枯竭，我的艺术生命就会终结。我的艺术发源地在白碱滩，我的艺术生命也在白碱滩。因此，这里才是我的艺术之根。"

从此，他暗下决心，一定要在本土文化上作大画，写大文章，于是从那时开始，昆仑山的晨辉、玛纳斯河的波浪、黄羊泉的胡杨、五彩湾的石头、哈萨克的毡房、火热的油田生活，都成了文祖云画笔和刻刀下的永恒的"画题"。

2011年10月，适逢白碱滩区成立二十周年，文祖云将他创作的一百幅画作无偿地捐赠给白碱滩区政府。

我与天山共白头

文祖云用自己的画笔描绘西部大地，倾尽毕生才华回报培养他成才的白碱滩。

文祖云有时为了一个素材，要去荒山野外写生，他吃在沙漠，住在戈壁，在那里一待就是好几天。有人感慨地说："文老师真是太执着了，做啥事到了执着的程度，人就呆了。"文祖云却回答："说我'呆'还算客气了吧,应该叫傻!无论做什么事情,不执着不'傻'就不会出成绩。世界上哪个功成名就的人不都露出些'傻'相?只有执着的'傻'才能换得成就的喜悦。"

他不仅深爱着白碱滩,也深爱着自己的故乡四川龚滩和酉阳(今属重庆市)。他终年忙于创作,极少应酬,但与四川有关而被邀约的活动,他总是慷慨应诺。2018年,克拉玛依市四川商会召开新年年会,他应邀出席并即兴挥毫写下"川商行天下"五个大字,并热情地邀请四川家乡的朋友们到新疆克拉玛依来投资、创业、发展。

他这样对老乡们说:"我在克拉玛依搞艺术创作是我一生的荣耀!"

作为一名版画家,文祖云把爱国的热情都表现在版画创作上。他说:"爱国不是喊喊口号,嘴皮子说说而已,而是踏踏实实地渗透到艺术创作的行动之中。我热爱版画艺术,是因为它最能讲好我们中国的故事,弘扬中国的精神,我一定要在振兴中华文化的大业中,作出特殊的贡献!我们版画人任重道远,责无旁贷!"

文祖云由于长年累月站立绘画,左腿静脉曲张和水肿十分严重,手指一按能按出一厘米深的窝来。家人多次劝他,不要太拼了,还是回到家乡把身体养好吧,可他却说:"闲着才是最累心的事儿。我在白碱滩创作就如同鱼儿回到大海,我要是一旦闲下来等同于把我关进了鱼缸,断送了我的艺术生命!"

文祖云几十年矢志不渝,以大国工匠精神,把版画艺术做到极致,在全国版画艺术界乃至世界范围都是屈指可数的。几十年来,他已完成了《古镇系列》(两套)、《天山系列》、《胡杨系列》、《青花瓷系列1》、《油田系列1》、《综合系列》,共计四百余幅版画作品。2017年,七十二岁高龄的文祖云一年中就创作了六十幅一千二百余张版画作品!真是"老骥奋蹄无须鞭,自信画坛呼唤我"。

文祖云的每一幅画,都饱含着他炽热的爱国之情,凝结着他的心血汗水,浸透着他高超的学识修养,彰显着他博大的胸怀气魄。他的《天山系列》版画共四十六幅,其最后一幅名曰《屏障》,采用鸟瞰视角,以显示天山的辽阔、宏大、深远。

文祖云以刀为笔,始终在展示天山的壮阔,呈现胡杨的顽强,记录古镇的亘古、青花瓷的繁复细腻、油田的热火朝天……这一切都在他的刻刀下栩栩如生，丰富多彩。

他有三百多幅作品，先后被中国文化部、中国美术馆、神州版画博物馆、新疆文史馆、四川美术馆和国内外收藏家收藏；十一次出版个人作品集。白碱滩区政府和重庆酉阳县政府分别在白碱滩区和酉阳龚滩古镇为他修建了文祖云艺术馆。

自2011年起，文祖云已向白碱滩区政府无偿捐赠版画作品三百余幅，并承诺将继续无偿捐赠自己的版画作品。在历次捐赠仪式上，他总是告诫年轻人："要学会感恩！要学会回报社会！要懂得只要去奋斗，一切皆有可能！"

此生愿做催春雨，版画之花遍地开。由于文祖云的突出成就和无私奉献，白碱滩区欲打造"版画之乡"，并将他树为"文化名片"。文祖云备受鼓舞，也感到了压力，当即表示：要打造版画之乡，必须要培养传承人。他愿意将探索了近三十年而形成的一整套版画技艺无偿地传授给年轻人，让这门古老的艺术永远屹立在世界艺术之林！

为此，他亲自拟定了招生简章："有志向、愿吃苦、不怕累脱一层皮者，请参与白碱滩区打造版画之乡政府文化工程。"首批十五名学员，经过几个月的培训后，在"新疆第五届版画展"中，便有十幅作品参展；在"新疆第六届版画展"中，有八幅作品参展；在"全国第二届青年版画展"中，有两幅作品参展。他对学员们很满意，也充满了期待，他说："他们已站在版画殿堂的门口了，克拉玛依版画艺术后继有人了。"

文祖云的苦心，诚如他在《心志》诗中所言："一生辛劳何所求？翰墨丹青抹不休。功名厚禄身外事，我与天山共白头！"

此生愿做催春雨

在庆祝克拉玛依建市六十周年之际，文祖云师生版画作品展在克拉玛依市文化馆开幕。版画展共展出文祖云及其十二名弟子的一百四十一幅作品。作品以克拉玛依地质地貌、石油工业生产、风景、静物等内容为主要题材，用独特的艺术表现手法，多姿多彩地将之展现在版画的方寸之间。

文祖云说："一座城市需要有精神才得以奋进，有榜样才得以传承，有文化方得以丰润。我们用艺术记录历史，用色彩描绘城市，这才是艺术家们应有的担当。"

自2017年起，文祖云携弟子崔清风在白碱滩区免费开设版画新技法培训班，仅半年时间，先后有二十三幅学员作品入选"第五届全国青年版画展""新疆首届小版画展"和"新疆第六届版画作品展"，为白碱滩区版画创作发展打下了良好基础。

作为全国著名版画家，文祖云是中国美术家协会会员、中国版画家协会会员。从事艺术创作四十余年，他长期生活、创作在白碱滩区，近年来，其版画技艺一直受到国内外艺术界和收藏界的重视。1997年出版《文祖云版画作品》，众多作品入选《中国石油画集》《新疆版画选集》《中国现代美术大师作品集》《世界华人艺术家获奖作品集》《中国美术作品集》。同年，长卷版画获上海大世界吉尼斯之最。2004年出版版画集《古镇祭》和《文祖云版画作品选》。2006年第二次在北京中国美术馆举办个人画展，《古镇祭之九》再次被中国美术馆收藏……

文祖云留给我最深的印象是有着强烈的爱国心。他的爱国表现在对家乡的无限热爱，他经常说："爱家乡方能谈得上爱祖国，爱祖国方能在世间做人。不爱故乡的人，谈爱国肯定是空话、假话！"

文祖云在克拉玛依生活、工作了五十多年，他说四川酉阳（今属重庆）是他的故乡，克拉玛依则是他的第二故乡，他多次深情地呼唤："我是克拉玛依人！我是克拉玛依人！"

老老实实做事，本本分分做人

李 强

◎ 克拉玛依市拔尖人才

缚碳先锋

杨晓燕

2020年12月22日,一辆白色小轿车顶着凛冽的寒风,奔驰在克拉玛依石化大道上。

从克拉玛依市区到克拉玛依气体净化厂,路程并不算长。五年来,小轿车的主人来来回回跑了无数趟,路边哪里有一丛红柳,哪里有一个土包,他早就烂熟于心。

这个四十多岁的中年人驾着车右转弯,驶上了克拉玛依石化公司的南北通道。他习惯性地向右前方望去,两个高耸的大烟囱正呼呼地向天空吐出翻滚的白色气雾。

"要是在什么时候,能够把大烟囱排放的二氧化碳捕集起来就好了。"

他像捕猎者看着感兴趣的猎物一样,嘴角微微动了一下。他轻打方向盘,车子驶向位于克拉玛依石化公司制氢装置附近的克拉玛依气体净化厂。

他就是新疆敦华石油技术股份有限公司副总经理李强。

恋蓝天辞去公职

2015年11月30日,世界气候大会在巴黎举行。会上通过了一项全球气候问题的国际协议——《巴黎协议》。该协议的长期目标是，将全球平均气温较前工业化时期（1850年）上升幅度控制在2℃以内。

通过《新闻联播》了解到这一消息，大学毕业后一直致力于石油、石化行业节能环保工作的李强心热了。

过多燃烧煤炭、石油和天然气这些矿石燃料，致使地球大气中的二氧化碳浓度增加。二氧化碳气体具有吸热和隔热的功能，在大气中浓度增加，会形成类似玻璃罩一样无形的保护层，使太阳辐射到地球上的热量无法向外层空间发散，从而导致地球表面温度上升。因此，二氧化碳也被称为温室气体。

在过去的一百年里，全球地面平均温度大约升高了0.3—0.6℃。科学家预测，按这样的速度继续发展，到2050年，全球温度将上升2—4℃，南北极地冰山将大幅度融化，导致海平面上升，一些岛屿国家和沿海城市将淹于水中，其中包括几个著名的国际大城市：纽约、上海、东京和悉尼。此外，还会造成病虫害增加、海洋风暴增多……

2000年7月，李强从中国石油大学华东校区热能与动力工程专业毕业，在新疆油田公司工作了十五年，积累了丰富的现场管理经验。他牵头做的稠油热采燃气注汽锅炉烟气冷凝技术项目，热效率比原先提高了八个百分点。他撰写的论文《稠油热采燃气注汽锅炉烟气冷凝技术应用研究》发表后，受到一家企业的关注，找他来谈合作。

那年，在一次饭局上，李强第一次听到一位叫李启明的博士谈起了二氧化碳的回收利用问题，这在他的心里悄悄埋下了一颗种子。此时，这颗种子遇到了合适的温度和环境，竟不可遏制地发芽了。

当时，新疆油田公司风城油田正处在开发初期，应用蒸汽重力泄油技术（SAGD）开采像红糖稀一样的超稠油，排放出的热蒸汽混合物里有一股刺鼻的臭味，影响了乌尔禾区居民的生活。油田公司急需解决这一棘手问题。

有好几家公司跃跃欲试，在风城油田搞起了废气回收试验。然而，都以失败告终。

"我想辞职。"2015年12月的一天，晚饭后，李强和妻子坐在沙发上看电视，他小心翼翼地对妻子说。

"为啥？"没有思想准备的妻子惊愕地问。

妻子的反应，李强并没有感到意外。他在克拉玛依一家企业的研究单位工作，旱涝保收，受人羡慕。现在突然说要辞职，不少人都会奇怪，何况同宿同栖、荣辱与共的妻子！

李强并没有立即回答，而是在脑子里组织着妻子能够接受的词句。在妻子赵红岩眼中，李强的业务一直很强。

夫妻俩原本都在新疆油田公司重油开发公司工作，李强很早就被聘为"重油开发公司学科技术带头人"；后来他先后调到勘探开发研究院石油工程研究所、工程技术研究院安全环保节能技术研究中心工作，被聘为"工程技术研究院三级专家"。自参加工作以来，他长期致力于石油、石化行业节能环保方面的研究，取得了多项技术创新成果：完成了燃气锅炉烟气余热深度利用研究，在油田注汽锅炉首次应用，热效率提高10%左右，同时还减少了有害物排放，获得了新疆油田公司科学技术进步二等奖；2015年，他指导团队完成了石油碳循环节能与环境一体化项目研究，获得了第四届国家创新创业大赛三等奖，使新疆实现了这项大赛零的突破。

难道是丈夫工作上遇到了什么不顺？想到这儿，赵红岩担心地看着李强，试探着问："在单位发生了什么不愉快的事？"

"没有。"李强赶紧说，"我想去干自己感兴趣的事，这事很有意义，对子孙后代都很有意义。"

"你知道的，克拉玛依是一个以石油为主的资源型城市，采油和石油化工是克拉玛依的主要经济支柱，但同时采油和石油化工又都是高能耗、高污染的行业，实现绿色低碳循环经济是采油和石油化工行业未来发展的必由之路。"李强用通晓明白的语言给妻子讲了自己早有了从事废气回收、变废为宝工作的念头。可是，受限于多种因素，自己的一些想法不能完全实施，做个节能减排的探路者，这个念头却越来越强烈。

得到了妻子的认可，李强辞去公职，追随两年前一见如故、相谈甚欢的李启明董事长，加入了新疆敦华石油技术股份有限公司，担任副总经理，从此踏上了废气回收和碳捕获、利用与封存的探索之路。

历艰辛试产成功

一到敦华上任，摆在李强面前的就是稠油热采外排废气回收处理项目的投产试运行，工作地点在距市区百里之外的风城油田。

2015年，新疆敦华石油技术股份有限公司投资1 500万元在风城油田SAGD一号站安装了一套稠油热采外排废气回收处理装置，进行稠油热采外排废气回收处理实验。

储油罐不断向外冒着热气，空气中弥漫着油气的味道。戈壁上的积雪呈现出脏黑的乌色。只有实验成功，才能还这里一片纯净的蓝天。

为尽快进行试运行，李强上上下下、爬高蹬低，仔细地检查设备的安装情况，每天步数在两万多步。

12月25日，设备首次试运行，总指挥李强神情严肃。

系统发出了报警信号，现场闻到一股硫化氢气体特有的臭鸡蛋味道。

"所有人员立刻撤离。"李强果断下令。

等现场人员离开后，李强和上海交通大学的张华教授戴着防毒面具进行排查，结果发现问题出在系统安装的一台罗茨风机上。这个罗茨风机是半开型的，竟因此多了一个泄漏点。

外排的硫化氢气体含量达到10毫克就算超标，若不解决硫化氢气体超标问题，这套装置就是一个失败的处理系统。

对生产工艺十分了解的李强建议拆除罗茨风机。两个人进行了系统分析和工艺优化，达成一致：拆除罗茨风机更好、更安全。

装置系统再次进行试运行。

12月26日下午7时，水循环系统的一个阀门往外刺水。

此时正值严冬，乌尔禾区零下35℃，滴水成冰。

如果不及时处理漏水问题，水循环系统被冻住，势必影响试运行进度。

李强来不及穿防护服，赶紧过去关阀门。带着油花的水刺了他一身，很快在他的工装上凝结成冰。

阀门终于关上了。李强的手套、棉工服已成了冰凝的"铠甲"，一动"咔咔"作响。

当时，现场的中控室还没有装暖气，只有一个电暖器。李强只好到中控室脱下笨重的"铠甲"，换上一套新的棉工服。

系统试运行一周后，又发现放空火炬有一段设计不合格，易堵，需人工排水，否则易结冰。

李强组织人员在原设计上进行改进，加了一段冷凝水回收管线，与来汽管线伴行，以此进行保温处理，引进储罐。

…………

发现问题，解决问题，不断对系统进行优化。一连十几天，李强每天在现场奔波，呼出的热气凝在眉毛上、前额的帽檐上，形成一层白霜，人成了"白眉大侠"。

系统试运行成功，投产正常，SAGD一号站外排的废气99%得到回收。

经过一个月的辛苦操劳，李强长舒一口气，终于回家好好休息了一阵。

风雪夜解冻抢险

2016年2月2日下午4时，李强突然接到风城稠油热采外排废气回收处理装置值班人员的报告：冷却水的温度急剧下降，已从60℃降到了50℃，同时蒸汽量上升，喷淋塔的液位升高，波动频繁。

"断开来汽管线，进入事故罐排放，立刻采取保温措施。"李强电话里简短进行了故障应急安排。

此时距除夕还有五天。听完报告，李强立刻组织公司员工去乌尔禾抢险。天上飘着雪花，他和同事们驾车在白茫茫的雪野上奔赴现场。

经查看，原来是系统前端超稠油蒸汽处理器上的液位计坏了，造成一百多吨原油进到了敦华石油的废气回收处理系统里。超稠油的黏度大，加上天气寒冷，原油冻凝在系统里。

必须立刻解冻，让系统重新恢复循环，用清水把原油替换出来，否则，这套装置系统可能会报废。

李强组织车辆、人员解冻。

租来的一辆蒸汽热洗车、两辆热水罐车分头投入紧张工作。

蒸汽热洗车对着空气冷却器猛刺，热水罐车给油水分离系统里面灌热水。

操作人员的手套湿了，结冰了，就换上干的，把湿手套放在中控室的电暖器上烤着；靴子里灌进了雪，融化后潮湿冰冷，却不能随意更换，只能让脚长时间闷在又冷又湿的靴子里。

最麻烦的是，刚开始必须通过排污口把化开的原油用桶接上，人工提着倒进油罐车里。公司几个年轻人轮流提油桶，李强间或来替换一下，提油桶的时候热得冒汗，在排污口等待油接满桶的时候又感到寒冷。大伙就这样一会儿热、一会儿冷，持续工作了四个小时，系统才彻底解冻，通过管线接到租来的油罐车上，结束了人工提油作业。

直到凌晨6时，整个系统用热清水替换出一百多吨原油，一切恢复正常，所有人拖着疲惫的身子挤到值班室休息。值班室只有一张床，大家相互挤靠着歪在一起进入了梦乡。李强也和年轻人一样在现场度过了又累又冷的一个晚上。

这次事故的处理却让李强惊喜地发现，这套装置具有自清洁功能。

经过了春夏秋冬一年的考验，敦华石油的这套稠油热采外排废气回收处理系统运行平稳，实现了高温废气处理与回收，并变废为宝，年回收废气冷凝水六万余吨，回收轻质油六百余吨，冷凝水实现循环利用。

敦华石油废气回收试验获得成功。

2017年7月20日，风城油田密闭集输5号站废气回收项目对外招标，规模是SAGD一号站的四倍。

新疆敦华石油技术股份有限公司通过理论研究及现场先导实验，形成具有自主知识产权的"高温外排废气回收处理"工艺技术包，从根本上解决了稠油开采过程中外排废气回收问题，得到了油田公司及克拉玛依市政府环保专家的一致认可，成功签约风城油田密闭集输废气回收建设项目。

当时，新疆油田公司正面临国家环保督导组的督导，要求敦华石油的装置在当年年底建成投产。

为了让设备性能更加优良，李强到生产厂家监造。设备千里迢迢、冰天雪地运回来后,他又蹲守现场督导安装,直到12月15日顺利投产。

2018—2019年,风城油田又陆续建了密闭集输1、2、3、6、7号站五个集中处理站外排高温废气回收处理装置,从方案设计、工艺优化、控制策略设计、监造及现场安装、调试,李强一一严格把关。目前,敦华石油在风城油田年处理废气一百五十万吨,从根本上解决了乌尔禾区大气污染问题,并产生了较好的经济效益。

乌尔禾上空的雾霾没有了,空气清新了,雪洁白如玉。

2020年12月29日,乌尔禾区世界魔鬼城旅游景区被评定为国家5A级旅游景区,可以说,李强和敦华公司的兄弟们立下了汗马功劳。

2018年9月,敦华石油技术股份有限公司稠油热采高温废气回收一体化工艺获得第十届国际发明展览会"发明创业奖·项目奖"银奖。

大胆搏击新领域

2016年3月的一天,春寒料峭。

李强驾车在同事的陪伴下,第一次踏进敦华石油克拉玛依气体净化厂。

敦华石油克拉玛依气体净化厂位于克拉玛依石化公司制氢装置附近,以克石化制氢装置PSA驰放气为原料,通过胺液吸收法捕集CO_2,再经解析,压缩液化为成品液态CO_2。

这个厂占地面积只有5 000平方米,规模并不大,却是全国唯一一家打通了石油行业上下游产业链,正常开工生产,能够实现碳循环的企业。该厂建设的PSA驰放气二氧化碳液化捕集项目,已于2015年11月30日投产,设计规模为年处理原料气13.5万吨,年产液态二氧化碳9.5万吨。这些液化的二氧化碳被采油厂回注地下油层中用来驱油,提高采收率,同时实现二氧化碳地层埋存。目前已证实,二氧化碳驱油和封存技术已是经济开发和环境保护实现双赢的有效办法。

当时,李强对碳捕集很陌生,但他坚信,这是个保护地球、有利于子孙后代、前景很好的项目。

他身着红色工作服,戴上头盔和手套,在同事的陪同下,从吸收塔到解析塔,再到气液分离器,沿着九曲十八弯、粗粗细细的不同管线设备,全程了解了这套碳捕集装置,边参观边听同事介绍生产流程。他像个专心致志听讲的学生,认真听着对他来说全新的知识和化工工艺,不时提出一些不太理解的问题,完全不像来检查工作的公司副总经理。

这时,这个气体净化厂投产才几个月,碳捕集技术还不成熟。

"目前存在的主要问题是能耗较高,捕集1吨二氧化碳,需消耗2吨蒸汽,而国家的标准是1.1吨。"同事的话引起了李强的重视。

这个项目是回收利用外排的二氧化碳,实现减排,若能耗降不下来,岂不是二次浪费?

李强对油田生产工艺比较熟悉,看了这套装置,他感到化工工艺比油田工艺复杂很多。

他找来这套装置的全部资料,在办公室没日没夜地钻研起来,常常工作到凌晨三四点,实在困了,就在办公室的沙发上和衣而睡。这套碳捕集装置涉及多个学科,综合性很强,他只能从零开始,了解熟悉整套工艺,深入认识全部流程,又在计算机上通过软件模拟,试图找到降低能耗的办法。

2016年5月,气体净化厂提高了生产产量。然而,一个令人无奈的结果是:生产越多,能耗越多,换热器的温度越高,无法正常运行。

是否是换热器的问题?一个念头闪现出来,李强穷追不放,想找到原因。

这个换热器是个管壳式换热器,原设计换热面积530平方米,是可以满足换热需要的。

难道是实际换热面积大于设计换热面积?

公司联系到大连理工大学,对气体净化厂使用的有机胺的胺液性能进行了测试。胺液在碳捕集的过程中相当于搬运工,它把吸收了二氧化碳的富液带到换热器,进行降温,再进入解析塔解析。测试结果表明,装置使用的胺液性能良好,吸收的碳量很大,产生的热量也就很大。

看来,是原设计的管壳式换热器换热能力不足,不能满足实际生产。可是,整套装置已建成,安置更大功率换热器的空间受限。经过比选,在李强的建议下,拆除了这台换热器,换成了板式换热器,在换热面积不变的情况下，换热性能提高了四至五倍。

如此一来，能耗下降了40%，每天节约成本1.3万元，满足了持续生产的要求。

无怨无悔勇担当

2018年6月，李强接到空气净化厂值班人员报告：从2018年4月1日开始，解析塔液位在中高负荷下出现不稳定波动，严重时甚至造成胺液伴随解析气冲出解析塔，跑进解析气分液罐。

李强等人赶紧到现场查看解析塔液位波动情况。

解析塔的塔盘受到压力波动影响，造成塔盘掀翻、持液不稳。

2018年6月，气体净化厂停工检修。

为了获得第一手资料，弄清塔内情况，6月15日，李强陪着上海交大教授张华进入塔内现场勘查。

这个解析塔直径3.2米，高23米，共有21层，每层层高0.6米。

塔内没有窗户，一团漆黑，又正值夏季，闷热不堪。李强和张华两人打着手电筒，从掀掉了一小片不锈钢板的空隙爬进塔内，逐层查看塔板上的痕迹。两个中年男人在60厘米高的空间里根本直不起腰，只能蹲在不锈钢塔板上工作。等查看完毕二十多层的解析塔，两人早已像洗了桑拿一样，衣服被汗水湿透，贴在身上。

检查结果令人欣喜，解析塔内件结构完整，表面无腐蚀，降液管焊接牢靠。

通过运行数据发现，解析塔釜液位发生波动时，解吸塔釜压力上升。

"解析塔液位波动是塔板压降过高，气相负荷超出塔板处理量所致。"张华教授对李强说。

"以前运行平稳，这段时间才出现了波动，"李强若有所思，"这是否和新更换的胺液性能有关？"

这套系统使用的胺液已连续运行两年多，吸收二氧化碳能力降低，公司才更换了新胺液。

"这需要专业实验室测定。"张华说。

公司请大连理工大学对第一批胺液和第二批胺液分别进行性能检测，结果表明，新胺液黏度比以前的胺液大。

胺液黏度增大，发生气堵，压力超过设计，引起冲塔。

弄清了原因，李强感到，这个解析塔设计得细了。

怎么才能解决解析塔液位波动问题呢？公司邀请好几家高校的专家进行论证，形成了三种方案，各有利弊。公司多次开会讨论，始终没有定论。

这时，张华的母亲住院，医生判断可能患了某种疾病，但不能确诊，在无更好治疗选择的情况下，建议先按这种病进行治疗，如果有效，那就说明确实是患了这种病。

这给了李强很大启示：医生面对病人都可以试治，我们为啥不能试一下？即便错了，再整改而已，总比医生冒的风险小多了。

"我建议采用方案二，降低解析塔塔盘间气相阻力，增大解析塔塔盘开孔率。"在最后一次讨论改造方案时，李强说："就按扩大开孔率来试着改造，责任我来承担。"

他之所以做这样的选择，是因为塔已建好，不可能拆除，只能进行内件改造。

2018年12月1日，解析塔内件改造开始。塔底18—21层塔板上的浮阀完全拆卸，16—17层塔板上的浮阀在保证平均分布的情况下，拆卸了一半，以此降低气相上升及液相流动阻力。

改造后，塔盘开孔率从10.4%提高至15%。

经生产检验，解析塔内件改造，不仅解决了液位波动问题，而且生产负荷提高了15.5%。

经过两年的努力，敦华石油气体净化厂技术改造工作取得了突破性进展。到2019年底，综合能耗下降约30%，达到了国际先进水平，共捕集二氧化碳20万吨。

李强带领他的研究团队，还承担了国家"十三五"重点项目子课题"用于CO_2捕集的高性能吸收剂/吸附材料及技术"项目，他毫无保留地把敦华二氧化碳捕集项目的经验教训提供给了课题组。

李强说："我热爱这个行业，对它充满兴趣。为了天空更蓝，我会一直走下去。"

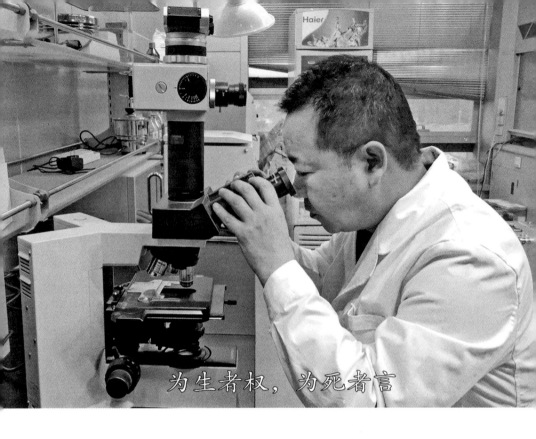

为生者权，为死者言

崔学军

◎ 克拉玛依市拔尖人才
◎ 克拉玛依市高层次人才工作室领衔人
◎ 入选公安部优秀青年人才库

伏魔神警

杨晓燕

"'11·30'案的血样DNA比中了!"

2020年9月10日,崔学军的手机里闪出一条短信。

"比中了?确定?"崔学军眼前一亮,立刻追问。

"确定!"看到复信,崔学军的心激动得怦怦直跳。

崔学军是克拉玛依市公安局刑事科学技术研究所所长。短信是副所长曹罡发给他的。

这会儿他不在所里,正参加党支部书记培训班。

"你把数据发过来,我再核一下。"瞬间的激动之后,他很快恢复了冷静。

真的比中啦!

从十七年前封存的一滴血样中成功提取的DNA(脱氧核糖核酸),在国家数据库里确实比中了一个人。

这意味着陷入绝境的一宗命案积案有了新的突破。

这怎能不让崔学军喜悦!

这会儿,崔学军像个注意力不集中的小学生,期待着快点下课,快点奔回所里,在电脑上再仔细核查一遍那个让他一年来食不甘味、期待良久的DNA比对结果。

"云剑"出鞘,积案告破

2003年11月30日,克拉玛依市独山子区发生了一起抢劫杀害出租车司机案。

案发现场在独山子区郊外,临近一个快捷旅馆区,一些长途货运大卡车司机是这里的常客。案件发生以后,独山子区公安分局进行了大量侦查工作,由于当时办案条件有限,一直没能破案。

随着时间的推移,这起案件慢慢被人淡忘,却成为公安民警心头的隐痛。

2019年6月,公安部部署全国公安机关开展"云剑"行动。克拉玛依市公安局积极行动,开展命案积案攻坚行动,经过梳理,将独山子"2003·11·30"案作为命案积案攻坚任务。

2019年9月,封存多年的物证从独山子区公安分局移送到市公安局刑事科学技术研究所。

当年从现场提取的物证第一次呈现在崔学军的眼前:血样三份,其中两份是分别从两处雪地上采集的血样,量较大;第三份是只有一根棉签上沾着的一滴血样;一双手套;一个塑料袋。

崔学军首先将关注点放在手套上。通过这双十七年前的手套上脱落的细胞,提取到了一个DNA。经过数据库DNA比对,比中了独山子区的一名男子。经过谈话、走访,排除了这名男子的犯罪嫌疑。

崔学军又把关注点放在了雪地上量较大的两份血样上。然而,在实验室提取时,却屡屡失败。

血样虽妥善保存,但毕竟过了十几年时间,检验难度极大。崔学军一次次在实验室里提取DNA,却总是徒劳。

"明明看着是血,却什么也检不出来。"崔学军向公安部的专家求教,苦苦探索解决的方案。

陈旧血迹常规情况保温一个小时就可以做出结果了。要从十七年前的血样里提取DNA,看来必须打破常规,加大取用量,延长保温时间。

崔学军开始反复试验。他加大了血样取用量,延长保温时间。保温时间已从十二小时延长到了二十四小时，效果还不理想。他又把保温时间延长到三十六小时，中途还补加了一次试剂。

终于成功啦！

他从一处雪地血样中提取到了一个完整的DNA，从另一处雪地血样中提取到了一个能用的DNA。

怀着喜悦的心情，崔学军赶紧将提取的成果放到国家DNA数据库上比对，然而没有比中。

千辛万苦得来的战果怎能就此罢休！崔学军在网上看到河南建立了Y（男性）数据库，通过比对，与河南的两个家族比对上了。

当时正值新冠肺炎疫情防控的关键时期，崔学军的好搭档、副所长曹罡等三人经过组织特批，远赴河南进行家族排查。他们在田间地头找到了两个人，然而这两个人年龄段不符合，经过摸排，先后排除了犯罪嫌疑。

案情的推进再次陷入僵局。

看来必须动用第三份血样——棉签上的那一滴血。

可是那滴血量太少了，要下手只有一次机会，而且必须成功，不能有任何闪失。

这是对提取人员技术的严格考验，必须有精湛高超的提取技术和十足的把握。

做还是不做？崔学军陷入两难选择。

做，要冒很大风险，更要承担失败的责任；不做，没责任，但也意味着放弃成功的可能。

不肯轻易放弃的崔学军像医生对待疑难杂症一般，评估了自己常用的实验仪器性能，分析了自己的技术，征求了专家意见，又从网上查找了相关资料，再三修改了周密的提取方案。经过思想斗争，他决定动用这珍贵的第三份血样——棉签上的一滴血。

2020年1月23日上午，崔学军穿上白大褂，戴上手套，精神饱满地踏进了实验室。

他小心翼翼地取出那根沾着一滴血的棉签，用剪刀从中间剪断，把一半封存备用，另一半用来提取DNA。

用电子天平精准地称量试剂，精心地调配试剂，一个步骤、一个步骤精准操作，像守护宝贝一样，崔学军寸步不离，守在实验室里……

下午18时，在数据分析室，结果出来了，做出来十二个位点。崔学军经过仔细查看，有四个位点不能确定。通常情况下DNA辨别需要十六个位点。为了稳妥，他将自己能够完全确定的八个位点上报给了公安部专家。专家看完后，确定地回答："提取成功，这八个位点完全能用。"

然而，在国家数据库进行比对，却没有比中。

新疆一些地州的血样是否存在没有及时上传国家数据库的情况呢？崔学军不甘心，专程到北疆各地州跑了十几家公安局的DNA数据库进行比对，十天行程六千公里。

还是一无所获。

这个结果又一次无情地掐断了破案的希望。

似乎已经穷尽了所有技术手段。崔学军所在的研究所工作人员依然不死心，每天都执着地在计算机上对这个DNA进行自动比对，期望奇迹能够出现。

2020年7月底，因为新冠肺炎疫情防控需要，崔学军连续三十多天被封闭在研究所办公。他像一个站在高楼上望断天涯的孤独侠，苦苦思考，想要穿越迷雾，揭开真相。

万般无奈之下，他的目光投向最后一个物证——当年现场提取的一只没有任何血迹的塑料袋。

他在塑料袋上认真画上密密麻麻的小方格，一个小方格、一个小方格来做脱落细胞提取实验，期望能撞上大运。

日复一日，他和一只塑料袋一次次较劲，不知不觉中，竟对着这只塑料袋做了三百次脱落细胞提取实验。

山重水复，峰回路转。

2020年9月6日，他去参加党支部书记培训，正上着课，手机"嗡嗡"地振动起来，微信上闪出了同事曹罡发来的好消息："11·30案的血样在国家DNA数据库里比中了。"

他半信半疑，确认比中之后惊喜不已。

功夫不负有心人。在近乎绝望的边缘，案情给执着坚持的民警展露了希望之光。

一个来自拉萨的血样刚上传到国家DNA数据库，克拉玛依市公安局刑事科学研究所的计算机就捕捉到了比中信息，这个DNA与崔学军提取的那一滴血的DNA系同一个人。

这个核心线索太重要了！

"2003·11·30"专案组立刻对比中的嫌疑人资料进行研判，年龄段吻合。

专案组当即兵分三路，一路协调相关部门同步上案，分析研究；一路联系西藏拉萨警方，核实身份，锁定落脚点；一路对现场物证进行再次复核检验。

2020年10月21日，经过精心准备的抓捕组在西藏某建筑工地成功将犯罪嫌疑人杨某抓获。经过连夜突审，杨某如实供述了2003年伙同同乡代某在独山子共同抢劫杀害出租车司机的犯罪事实。

事不宜迟，抓捕组迅速转战甘肃。10月29日凌晨，在当地警方的配合下，同案犯代某落网。

逍遥法外十七年的犯罪嫌疑人杨某在指认犯罪现场时，跪倒在地，向死者磕头谢罪。

克拉玛依"云剑"行动告捷。

"这是我从警十九年来干得最漂亮的一个活儿。"崔学军欣慰地说，"执着和坚持，终于给了死者和家属一个交代。"

挚恋大义，为死者言

2001年7月5日一大早，二十三岁的崔学军第一次穿上崭新的警服，戴上威风的警帽，站在镜子前端详着自己英武的身姿，满意地翘着嘴唇笑了。

英气飒爽的警察形象正是他青少年时期梦寐以求的。"不许动！警察。举起手来！"小时候看港台片里警察出场的镜头总是很羡慕，和小伙伴玩游戏也很喜欢扮演警察。现在成为一名警察，怎能不高兴？

这年7月，崔学军从东北师范大学化学系毕业。按常理，他应该走上七尺讲台，当一名化学教师。然而从小对警察职业的向往让他做出了一个令亲友意外的选择。那时，市公安局正好招理化专业的技术民警，崔学军毫不犹豫报了名，如愿以偿。

这天是他入职第一天上班，他踌躇满志。

在市公安局刑侦支队技术大队那个神秘的小白楼里，他师从法医房伊平、祝志伟，学起了犯罪现场物证提取收集、ABO血型检测、指纹分析等办案知识。

刚工作没几天，发生了一起恶性交通事故，当事人当场死亡。技术大队大队长房伊平带着崔学军去事故现场做勘验。现场碰撞惨烈，死者血肉模糊。崔学军第一次去现场，看老师平静娴熟、有条不紊地勘查，他虽然没有恐惧感，但长时间滞留在惨烈的现场，还是感到有些不舒服。

处理完现场，房伊平对年轻的助手说："不管在怎样惨不忍睹的现场，你只要把它当成工作，就没啥害怕的了。这是一项有福报的工作，可以通过你的工作发现线索，为生者权，为死者言。"

年轻的崔学军当时还不太理解老师所说的"福报"，只是感到这份工作的责任与分量。

随着工作时间的推移，办案数量的增多，崔学军越发理解了这份工作的神圣——为生者权，为死者言，这必是他一生遵循的工作法则。

他热情投入到这项工作中，虚心求教，埋头钻研，苦读《法医遗传学》《侦查学》《法医物证学》《毒物学》等理论知识，长期订阅《法医学》《刑事技术》杂志，了解前沿新技术、新知识，努力应用于实战，不断积累经验，很快在技术侦破中崭露头角。

2002年9月30日，克拉玛依黎明新村出租房内发生了一起凶杀案，死者是一名发廊小姐，颈部被切开，眼球被打击破坏，作案手段残忍，犯罪嫌疑人清理现场后逃离。

勘察人员现场勘验只提取到带有精斑的避孕套、死者手中毛发若干等很少的物证。克拉玛依当时还没有开展DNA检验工作，只好将检材分别送兵团公安局、公安部进行检验。检验结果证实，现场提取的精斑及死者手中的毛发系一人所留。由于当时侦破技术比较落后，专案组经过一年的线索排查、现场走访，未能破案。

当时，崔学军刚工作一年，这起残忍的凶杀案在他年轻的心里留下了一道深深的印痕。

2008年，克拉玛依市公安局DNA数据库还在建设阶段，尚未与国家数据库联网，为加快DNA数据库建设，单位派崔学军到广东参加DNA数据库专项培训。学成归来，崔学军立刻调出已经过去六年的"9·30"案相关数据，运用所学知识，登录刚刚申请成功的账号，在国家DNA数据库及各省DNA数据库逐一进行手工比对。他凭着一股毅力，一种难容犯罪分子逍遥法外的责任感，在实验室通宵煎熬。每当熬不住的时候，凶杀案现场的惨状就会浮现眼前，他暗自发誓，一定要把凶手绳之以法，还死者公道。

经过半年的努力，终于成功锁定郑州DNA数据库中违法犯罪人员吕某。时隔六年，此案成功告破。崔学军仿佛看到被打破眼球的死者终于瞑目。

这起案件的告破是崔学军第一次运用DNA数据库跨省比对，成功锁定犯罪嫌疑人的首个案例，开了克拉玛依市公安局利用网络信息技术侦破命案的先河。

这次成功侦破陈年命案，不仅让崔学军感到快意，更让他感受到了DNA技术的神奇，他高兴得像中了大奖一样，职业的认同感大大提升，更加如痴如醉地钻研起了DNA技术。

苦练内功，屡建奇功

身着白色勘查服，手套帽子鞋套全副武装，神情专注地全面提取案发现场物证……崔学军无数次勘查疑难案件现场，夜以继日在实验室处理形形色色的检材，力求快速准确作出鉴定结论，为侦查破案赢得宝贵时间。

2014年8月，克拉玛依市农业开发区主干道路基下的一辆面包车内，一位女司机遇害。崔学军凭借多年的办案经验和敏锐的直觉，从送检的海量物证中筛选出烟头、矿泉水瓶、带有斑迹的卫生纸，通过缜密的实验计划，又快又准地获得了DNA数据。

考虑到数据在国家DNA库内比对周期长，崔学军与北京、兵团、乌鲁木齐等周边公安局多家实验室沟通联系，开展人工手动比对，仅用了短短九小时就成功锁定了嫌疑人。

"工欲善其事，必先利其器。"崔学军相信，只有练就一身真本领，才能在各种大案要案发生的时候从容以对，高效、准确地锁定目标。为此，他潜心钻研业务，在日常工作中，处处留心收集"问题"，理论结合实际，有针对性地钻研、解决疑难问题，充分发挥专业的特殊作用，把为侦破办案提供依据和证据作为自己的首要工作。

2015年5月30日23时许，市公安局接到小拐乡的一位村民报警：土地承包户小军（化名）家的大门上着锁，屋内没有任何动静，却闻到强烈的恶臭味。

接警后，崔学军等技侦人员立刻赶赴现场。经现场勘验，死者头部有多处裂创，并伴有颅骨外板骨折、甲状软骨骨折、舌骨骨折，死者背部、腰部、手背等处也有多处裂创。

显然，死者为他杀。凭着丰富的办案经验，崔学军的关注点放在了从现场提取到的两枚"兰州"烟蒂上，立刻进行检验，从烟蒂上检出了两名男性的常染色体。

"结合案情及提取部位分析，烟蒂应系犯罪嫌疑人所留。"崔学军作出判断，立刻在克拉玛依市数据库进行比对。遗憾的是，现场的数据分型并未与市DNA数据库比中。

崔学军另辟蹊径，从吸"兰州"牌香烟的可能性人群入手，安排人员立刻联系甘肃、陕西、新疆公安厅进行DNA比对，第二天上午10时，就成功比中陕西籍有抢劫罪前科的人员杨某。公安机关当即组织警力赶赴陕西开展异地抓捕。

据犯罪嫌疑人杨某交代，他是何某的姐夫，两人在小拐乡土地承包户小军家干农活。5月25日夜间，两人合谋，携带了事先买好的匕首，到小军家实施抢劫，杀害了死者，劫走现金8 700元和四部手机，随后潜逃离疆。

从接警到锁定嫌疑人，破获这起特大抢劫杀人案只用了十一个小时。

崔学军以精湛的技术和丰富的经验，用DNA检测技术去伪存真，抽丝剥茧，破除迷雾，让物证开口说话，使罪犯无处遁形。

面对疑难案件，崔学军有一股"不到黄河心不死"的倔强劲儿。只要进入现场工作，不找出犯罪分子的蛛丝马迹他就绝不罢休；只要有一丝线索，他就会付出百分之百的努力。凭着这股倔强和认真，许多疑难案件、陈年积案，在他手上迎刃而解。

"到今年10月，最后一起有数据的积案破了。"崔学军颇感欣慰，DNA这一高科技手段淋漓尽致地发挥了大作用。

如何在各类案件中发现和获取有关物证，尤其是微量生物性物证？如何提高疑难微量生物物证的检出率？如何密切侦查和刑事技术的关系，急侦查所急，解侦破之难？如何快速进行数据库比对，锁定嫌疑人？崔学军在这些方面进行了深度研究，一次次进行演练并转化成战果。

由他总结的"脱落细胞提取技术改良方法""低拷贝DNA平行扩增技术""DNA数据库比对六大战法""如何在合成作战中发挥DNA技术优势"获得了全疆同行的认可，并于2015年在全自治区DNA年会上做交流发言，进行推广。

目前，他已在国家级、省级刊物上以第一作者身份发表了《一起杀人碎尸案件中微量人体脂肪的检验》《纵火现场中微量矿物油的检验》《DNA检验技术在一起杀人案中发挥的作用》《DNA技术在合成战中的启示》《克拉玛依市公安局DNA数据库的应用及发展现状》等十三篇论文。

舞动证链，织就锦绣

2017年8月1日下午，五十九岁的宋秋娇老人在女儿的陪同下，满含热泪将一面写有"人民公仆，心系百姓"的锦旗送到了市公安局刑侦支队刑事科学技术研究所。

原来，十九年前，宋秋娇三岁多的女儿被拐卖，丈夫因此抑郁离世。2017年的一天，宋秋娇老人来市公安局求助，局领导把此事交给崔学军办理。崔学军当即对老人的DNA进行了检验，同时积极联系自治区公安厅"打拐办"、公安部"打拐办"、吉林松原市公安局等多个部门，为此事开通绿色通道，后经"宝贝回家"网站帮助，最终找到了老人远在黑龙江的女儿。经双方DNA亲缘鉴定，2017年7月6日，离散近二十年的宋秋娇母女团聚。

崔学军对犯罪分子嫉恶如仇，对群众却侠骨柔肠，总是能在第一时间伸出援手。

2015年11月8日，一份陈新兰的DNA血液样本从河南省唐河县湖阳镇大王庄村小王庄组寄往克拉玛依市。四天后的晚上22时，这份连接着河南、克拉玛依两家人迫切心愿的DNA样本抵达克拉玛依。崔学军连夜比对，得出结论：这个叫陈新兰的人与克拉玛依市市民叶红玉为母女关系。

二十七岁的叶红玉突然患上了急性白血病，急需亲人间骨髓移植配型。养父母这才说起了叶红玉三岁时从河南走失被领养的身世。只有找到亲生父母、兄弟姐妹，才有骨髓移植配型成功的希望。

崔学军得知情况，利用技术手段，采集了叶红玉的DNA样本，通过DNA数据库比对查询，成功找到了她远在河南的家人，为她和亲姐姐配型成功提供了有力的科学支持。

作为证据之王，DNA技术能够提供准确、可靠的证据。崔学军深知其重要性，把很多精力都放在了DNA实验室的建设上，让其充分发挥特殊作用。

2007年5月，克拉玛依市公安局建成了DNA实验室并正式投入运行；2009年6月，克市公安局DNA数据库实现了与全国公安DNA数据库联网；2015年10月，克拉玛依市公安局刑事科学技术研究所作为试点单位通过了检验检测机构资质认定现场评审。

在崔学军的带领下，克拉玛依市公安局刑侦支队DNA实验室开创了多个第一：全疆第一个利用白骨化牙齿认定身缘破获凶杀案的实验室；全疆第一家通过中国合格评定国家认可的实验室；全疆第一家能够检验陈旧骨骼的DNA实验室；全疆第一家建立易犯罪人员Y-STR数据库的实验室；全国第一家应用《酒精检验检测盲测制度》进行驾驶员酒精含量检测的实验室。

十几年来，克拉玛依市公安局DNA数据库飞速发展，库容激增，崔学军付出了大量心血，为案件侦破提供了有力的支持，出具的鉴定书没有出现一次错误。

克拉玛依市公安局刑侦支队刑科所连续六年在公安部举办的实验室能力验证（盲测）考核中，均获得"满意"；酒精检测盲测制度获得公安部改革创新大赛优秀奖；2019年，刑科所获得共青团中央、公安部"青年文明号"荣誉称号。

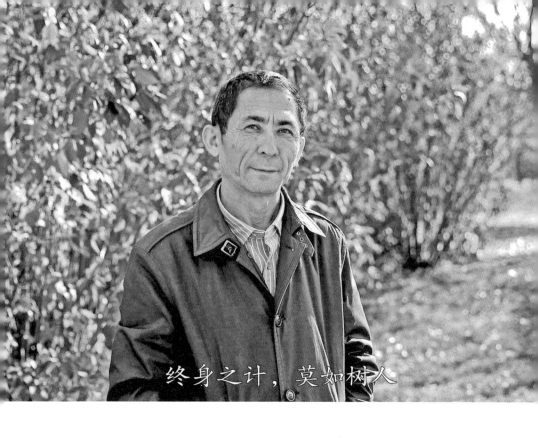

终身之计,莫如树人

吐尔逊麦麦提·艾麦提江

◎ 全国职业院校思想政治教育科研工作「先进教师」
◎ 全国「最美高校辅导员」
◎ 新疆维吾尔自治区职业院校「优秀班主任」

痴　爱

田华英

2020年12月12日早晨,一个普通的周六。大雪覆盖着克拉玛依大学城,青春逼人的学子们,抱着书,冒着严寒,脚步匆匆从学生公寓、食堂涌入色彩亮丽的教学楼……

把最后一个"起床困难户"赶出学生公寓,看着学生跑进教学楼,吐尔逊麦麦提·艾麦提江这才会心一笑,脸上纵横的"沟壑"一点点舒展开来……

离开学生宿舍,脚下厚厚的积雪发出"咯吱咯吱"声,童心未泯的吐尔逊麦麦提弯下腰,轻轻拨开覆盖在路边草坪上的积雪,草坪深处,湿润而温暖。"克拉玛依的春天,就要从这厚厚的积雪中长出来了,就要从每间教室长出来了……"

拍拍手上的积雪,吐尔逊麦麦提·艾麦提江快步走向C3教学楼,进门后右拐,推开"吐尔逊麦麦提·艾麦提江辅导员工作室"的门,开始了忙碌的工作……

遇　见　爱

"兴趣是最好的老师。"

爱因斯坦的这句至理名言,吐尔逊麦麦提·艾麦提江直到三十五岁那年才真正感受到。

吐尔逊麦麦提·艾麦提江出生于新疆伊犁哈萨克自治州霍城县，1984年，他幸运地考入了新疆石油学校（克拉玛依职业技术学院前身）。1987年，幸运之神再次拥抱了他，因成绩优异，毕业留校，成为一名政工干部。

时光飞逝，一转眼，就是十三个春秋，新世纪2000年扑面而来。

这一年，新疆石油学校升格为克拉玛依职业技术学院，按照国家教育部要求，高校需设置"辅导员"。克拉玛依职业技术学院辅导员奇缺，精通维吾尔语、哈萨克语、国家通用语言的吐尔逊麦麦提从学校党政干部的岗位，转岗到信息工程系担任辅导员，遇见了他的第一批学生。

从此，他选择了热爱与坚持。

从此，在辅导员的岗位上，吐尔逊麦麦提一干就是二十年。

二十年，吐尔逊麦麦提成为学校年龄最大的辅导员，也是学校在辅导员岗位上坚守时间最长的那个不平凡的人。

二十年里，面对一次次调岗和升迁的大好机会，吐尔逊麦麦提最后都选择了放弃。"只要一想到调岗，就要离开我亲爱的同学们，我就舍不得，因为孩子们需要我，更因为我爱这些孩子们……"

二十年，七千三百多个日日夜夜，孩子们对吐尔逊麦麦提的爱藏在一变再变的称呼里。最早，孩子们叫帅气爱笑的吐尔逊麦麦提"吐老师""吐哥哥"，随着青丝泛白，他又被孩子们亲切地称呼为"吐爸爸"……

二十年，熟悉吐尔逊麦麦提的人都知道，他的时间表上从没空白，从早到晚，从春到秋……

二十年，吐尔逊麦麦提矢志不渝只做一件事——陪伴和育人；二十年，吐尔逊麦麦提先后担任六十九个班级的辅导员，累计教育引导学生达两千多名；二十年，吐尔逊麦麦提把全部的爱奉献给了他的工作、他的学生。

马克思说："教育的核心在于唤醒。"

吐尔逊麦麦提说，教育的核心是唤醒，唤醒的核心则是爱。

这是吐尔逊麦麦提二十年躬耕教育一线，甘心付出得出的格言。

刚做辅导员时,吐尔逊麦麦提成为"3＋2"(三年中专＋两年大专)共一百余名计算机班新生的"家长"。

这些初中毕业入学的新生,平均年龄只有十四五岁,自理能力差,离开父母的庇护和监督,旷课、泡网吧、打游戏、宿舍脏乱差……一系列难题摆在了吐尔逊麦麦提面前。

学校有规定,学生旷课达一定课时后,是要开除的。

"都是娃娃啊,开除容易,可把这些没有一技之长的娃娃开除了,就是一个家庭的灾难,更是社会的负担啊……"吐尔逊麦麦提犯了愁。

思来想去,他找来所有学生家的电话,和家长挨个电话沟通,了解每一个孩子的情况;每天上课前,他拿着个小本本站到教学楼前,记录谁按时来上课了,谁还没来;若有学生没来,他就挨个打电话提醒。

这招挺管用。

但新问题又来了,一些男生晚上睡得太晚,第二天上课总犯困,学习成绩一塌糊涂……

不顾家人反对,把年迈的父母交给妹妹照顾,把年幼的女儿扔给妻子,三十八岁的吐尔逊麦麦提从旧货市场淘了个80厘米宽的行军床,摆到学生宿舍中间的空地上,住进了男生宿舍楼。

晚上,他像慈爱的父亲,和学生拉家常,手把手教孩子们清洗衣物,叮嘱晚睡的孩子到点睡觉;白天,他像行走的闹钟,一个宿舍、一个宿舍叫孩子们起床,整理卫生……

一个宿舍八个孩子,直到全部教会了,他再提着行军床住进另一个宿舍,所有的程序再来一遍。

就这样,离家几百米的吐尔逊麦麦提,天天跟学生同吃食堂同住宿舍。校区后来从独山子区搬到克拉玛依大学城后,他就整个学期都跟孩子们住在一起。

"这老师真烦人,什么都要管,什么都要过问,有家不住,跟我们凑一起干啥……"

"好不容易离开家有点自由了,这又出来个比爸妈还唠叨的人……"

刚开始,吐尔逊麦麦提住进学生宿舍的行为遭到了同学们的埋怨,大家背地里戏谑地称他为"老吐"。

早上睁眼是"老吐",晚上闭眼前还是"老吐",时间长了,孩子们知道了,"老吐"是真心为他们好。

已经工作结婚的罗元庆说起"老吐",满是感激。

顽皮的罗元庆上学时经常逃课,吐尔逊麦麦提就在他的宿舍住了一个月,罗元庆逃课到哪里,吐尔逊麦麦提就把他从哪里领回来。

"老吐"二十四小时贴身"唠叨",终于将罗元庆的心拉回了课堂。

"吐老师,你在我们身边,总感觉我爸爸跟着我来上学了。"一天,罗元庆对吐尔逊麦麦提说。

"你们就跟我的孩子一样啊。"吐尔逊麦麦提回答道。

"那以后我给您当儿子,您给我当爸爸,我就叫你'吐爸爸'吧。"一声"吐爸爸",饱含着这个顽皮男孩多少感激之情啊。

罗元庆也没想到,他发自内心叫出的"吐爸爸"竟在一届又一届学生中传承下来,成为吐尔逊麦麦提独有的"标签"。

痴 情 爱

五十五岁的吐尔逊麦麦提的口袋里,总揣着一个巴掌大的小本本。

翻开这个小本本,上面密密麻麻的一条条手写记录,让见者动容:

某某有点娇气;某某爱睡懒觉;某某不爱洗袜子;某某心脏不太好,不能剧烈运动;某某在单亲家庭长大,要特别关照;某某家庭困难,要尽快帮忙申请助学补助⋯⋯

这些与学生们有关的记录,都是吐尔逊麦麦提跟孩子们聊天或谈话后了解到的,怕自己记性不好,他随身装个小本本,聊完天谈完话,学生走了,他才赶紧掏出小本本一条条记录下来。

朝夕相处间,吐尔逊麦麦提对全系每个学生的情况就像对自己的掌纹一样熟悉:谁是什么性格,学习成绩如何,谁有什么特长,谁的家庭情况怎样⋯⋯

孩子们有什么烦心事、难题、想法也都愿意跟吐尔逊麦麦提说一说、聊一聊,而吐尔逊麦麦提总是竭尽所能给予孩子们帮助。

2018年10月初,吐尔逊麦麦提接到了2015届学生巴剑丽的电话:

"'吐爸爸',我要结婚啦,我想请你在10月20日来参加我的婚礼。"

尽管自己女儿的婚期就在10月28日,尽管巴剑丽的婚礼在六百多公里外的伊犁,但他还是一口答应了。

他之所以这样做,是因为四年前的一个承诺。

2014年3月的一天,吐尔逊麦麦提突然接到巴剑丽父亲的电话:"吐老师,我没见过您,但女儿放假总是说起您,还叫您'吐爸爸'。我特别高兴,我的孩子有两个爸爸。"

"吐老师,我得了很重的病,最放心不下女儿,您能替我照顾她吗?"

"没问题,你安心治病,她在学校有我照顾,我会把他当女儿一样对待。"吐尔逊麦麦提承诺说。

那次通话后不久,巴剑丽的父亲去世了。

那段时间,本就特别忙的吐尔逊麦麦提总是腾出时间,陪巴剑丽吃饭、聊天,带着她慢慢走出失去父亲的悲痛。

2018年10月20日,看到从千里之外赶到自己婚礼现场的"吐爸爸",巴剑丽哭成了泪人;当"吐爸爸"牵着她的手,以父亲的名义将她亲手交给新郎时,婚礼现场很多人都感动地流下了泪水。

和巴剑丽一样,已工作的袁芸永远忘不了改变她命运的"吐爸爸"。

大一那年冬天,由于家庭原因,袁芸打算退学。

得知消息时,袁芸的父母已到校门口准备接她回家。顾不上回宿舍穿羽绒服,吐尔逊麦麦提冲出校门,站在零下二十多度的雪地里,苦苦劝说袁芸的父母:"家里有困难,我会帮助她,同学们也会帮助她。她是个懂事的孩子,千万别让她退学。"

吐尔逊麦麦提的劝说打动了袁芸的父母,他们同意让她继续求学。

"这辈子我都忘不了'吐爸爸'哀求我父母的场景,就像父亲在维护自己的女儿,而不是老师在帮助学生。"袁芸说。

2015级学生徐桃林依然记得,刚入校没几个月,"吐爸爸"陪着他打完篮球,又请他去食堂吃了他从不舍得吃的拌面,边吃边聊间,"吐爸爸"对他那个入不敷出的家庭已经有了了解。

没过多久,徐桃林就收到了学校按月发放的"助学金"。

爱面子的徐桃林知道，助学金肯定是"吐爸爸"帮忙申请的。

计0162班那扎尔同学和计0363班阿布里克木也都记得，家里穷，生活费总不能按时邮寄到，每到月底就要饿肚子，而"吐爸爸"总是在月底邀请他们到家里去做客……

1031班学生马合买提汉患病要做手术，"吐爸爸"带头给他捐款；1131班学生哈晓谦的父亲突然去世，"吐爸爸"连夜将她送回家……

这样的温暖故事，实在是多得数不过来。

二十多年来，在"吐爸爸"父亲般的引导关心下，计算机信息工程系没有一位学生旷课，没有一位学生辍学，甚至没有人敢在他面前吸烟喝酒……

走上辅导员岗位之后，吐尔逊麦麦提的工作量是别人的几倍。每天，除了完成正常的教学任务外，全部业余时间都被他一把抓来，依次分给了新生入学教育、新生职业规划、毕业生就业指导、面试礼仪技巧培训……

二十年里，吐尔逊麦麦提呕心沥血，培养了八十多名各民族学生党员和七百多名入党积极分子，换来了学生们百分之一百的就业……

寸　草　心

寸草当报三春晖。

给予孩子们父亲般关爱的吐尔逊麦麦提，也收获了孩子们同样真挚而热烈的爱。

朝夕相处中，各族学生也把吐尔逊麦麦提的家当成自己的家，把他的家人当成自己的家人。

每到周末节假日，吐尔逊麦麦提在学校陪伴需要陪伴的孩子时，孩子们则拥到他家里，有的帮忙辅导吐尔逊麦麦提两个女儿的功课，有的帮忙打扫卫生……

谁能够得到孩子们纯真的爱，谁就会年轻快乐，就会忘记烦恼，永不孤独。

是的，吐尔逊麦麦提是快乐的，他有一群，不，几群、几十群深情眷恋着他的"孩子们"。

吐尔逊麦麦提在爱人因车祸住院时，在父亲身患老年痴呆谁都不认识时，在自己患病做手术时，在常年低血压被病痛折磨时，天山南北的学生们总是会及时来到他的身边，再多的苦和难，都在孩子们青春和灿烂的笑脸中化为乌有……

吐尔逊麦麦提记得，他爱人因车祸在乌鲁木齐做手术期间，几十名毕业后在乌鲁木齐周边工作的学生，陆续带着鲜花赶到医院来探望……

一束束吐露芬芳的鲜花摆满了病房甚至过道，以至于医生护士以为他的妻子是什么大人物。

2020年12月的一天，天寒地冻，吐尔逊麦麦提的母亲突然去世，他陷入万分悲痛之中。不知道从哪里得知消息的几个毕业生，星夜从外探区赶来陪他……

吐尔逊麦麦提更不会忘，每次自己生病了，学生们一下课就蜂拥到他的宿舍，帮他洗衣服、打饭、买药，水果零食也一股脑地堆满他的床头。

一届又一届的学生毕业了，他们离开吐尔逊麦麦提，奔赴山南海北，地角天涯。学生们走了，心却始终和吐尔逊麦麦提在一起。

每到父亲节、教师节、古尔邦节等节假日，一句句充满挚真情思的问候和惦记从四面八方涌来，一捧捧散发着深情和思念的鲜花涌进吐尔逊麦麦提的那间斗室……那是学生们在向他们的"吐爸爸"送祝福。

翻看那一条条问候祝福的短信，吐尔逊麦麦提总能闻到一股扑鼻的清香，犹如一片片碧绿的树叶在倾吐、歌吟……

"您是我学生时代遇到的最好的老师，谢谢您伴我成长。"

"谢谢您教会我怎样生活，怎样做人，吐爸，生日快乐。"

"天气冷了，吐爸您千万保重身体，别忘了吃药。"

"吐爸，我马上就有家了，等新家落成了，请您来吃新家第一餐饭！"

"吐爸，您总说现在太忙了，没时间来看我们，等您退休了，您就挨个到同学家，我们带您玩遍天山南北……"

一条条问候让他感动，看着看着，吐尔逊麦麦提眼眶就热乎乎的：

孩子们给了自己人世间这样珍贵的酬劳——深情、纯净的爱！

投我以木桃，报之以琼瑶。

今年五十五岁的吐尔逊麦麦提，每每迷茫不快的时候，就会打开一段视频，反复看，然后充满力量。

十三年前的2007年10月13日晚上，吐尔逊麦麦提突然接到学生的电话："吐老师，我们在外面饭馆和邻桌的人打了起来，你快点来。"

心提到了嗓子眼儿，吐尔逊麦麦提冲下楼，骑着摩托车奔到饭店。

饭店里漆黑一片。

吐尔逊麦麦提推开门的一瞬间，灯全亮了，一个七层蛋糕摆在他的面前，五十多名学生站在两旁。

"这两年多来，您辛苦了。从今天起，我们不叫您吐老师了，我们叫您'吐爸爸'。吐爸爸，生日快乐。"孩子们齐声喊道。

看到这一幕，吐尔逊麦麦提热泪滚滚，他忘记了自己的生日，学生们却记得……

学生们录下当天的场景，做成视频送给了他，成为他此生最珍视的礼物。

家　国　情

一座有着优美S曲线的桥，置身于风景秀丽的山谷，与巍峨群山相伴，与草地林木共生，宏伟壮观……

这是果子沟大桥。吐尔逊麦麦提喜欢这座大桥。

这座桥，连接着他和学生以及未来……

果子沟大桥的深处，是吐尔逊麦麦提的家乡——伊犁哈萨克自治州霍城县果子沟牧场。

看见这座桥，吐尔逊麦麦提就仿佛看到了他的启蒙老师——那个来自上海、博学又博爱的知青陈老师……

伊犁霍城县果子沟牧场，那个由汉族、维吾尔族、哈萨克族、蒙古族、回族、锡伯族等多个民族聚居的小山村，是吐尔逊麦麦提成长的家乡。

艰辛的岁月，牧场缺房子，吐尔逊麦麦提一家四口与汉族同学郑学刚一家同在一个屋檐下，一住就是八年……

春天，小山村热闹忙碌起来，你家种辣椒，我家种西红柿，他家种茄子……全村人默契得跟商量好似的，种菜不重样。

待到蔬菜成熟时，全村各族邻里需要什么就去采摘什么，连招呼都不用打，默契得跟一家人一样……

八岁那年，村里有了第一所学校，吐尔逊麦麦提成为学校第一批学生。

一间简陋的平房里，几条长木板和小木凳，一年级坐第一排，二年级坐第二排，三年级坐第三排……各年级各民族伙伴们在一间教室里学习生活。

村里的汉族邻居——上海知青陈叔叔，教他们汉语和数学，村里的哈萨克族阿姨，教他们哈萨克语和音乐……

小山村，很多家庭并不重视教育，陈老师每到开学季前，就挨家挨户走访，苦口婆心动员家长送孩子上学，干农活的路上碰到家长也不放过，甚至自掏腰包给孩子们垫付学费……就这样，把一个个在山间田地里撒野的孩子们拉回课堂……

耳濡目染中，吐尔逊麦麦提这个维吾尔族小伙，学会了哈萨克语和国家通用语言；那些相亲相爱的邻里时光，各民族一家人一家亲的种子撒播进吐尔逊麦麦提的心中，浸润进他的骨血之中。长大后，做一个像陈老师那样的人，也在不知不觉中成为他的理想……

走上工作岗位后，吐尔逊麦麦提每帮助引导一个孩子，他就觉得自己跟陈老师一样了；而浸润进骨血的"民族团结一家亲"情怀，也成为他引领各民族学生树立"五观""五个认同"和"三个离不开"思想，自觉维护祖国统一、民族团结和社会稳定的精神源泉……

2001年是吐尔逊麦麦提走上辅导员岗位的第二年。

计算机信息工程系由十三个民族组成的三百多名学生，在他眼里，就像是中华民族的一个大家庭。

"吃住学在一起，能让大家更融洽。"吐尔逊麦麦提说，"各民族之间只有相互了解各自的文化和风俗习惯，才能相互理解、尊重、接纳对方，才能像一家人一样生活。"

榜样的力量最无穷，言传身教最有情。在吐尔逊麦麦提的精心引导、浇灌、呵护下，他带过的各族学生相处和谐，民族团结这朵艳丽之花越开越繁盛……

二十年里，吐尔逊麦麦提的学生们形成了一个不成文的规定：无论哪个民族的学生结婚，都以邀请"吐爸爸"亲临现场当证婚人为荣。有些学生婚礼日期与"吐爸爸"工作安排冲突了，他们宁愿推迟婚期也要等"吐爸爸"。

春雨为什么贵如油？只因为它润物细无声。

2016年7月10日，中共中央政治局常委、全国政协主席俞正声看到吐尔逊麦麦提·艾麦提江的事迹后作出批示："吐尔逊麦麦提·艾麦提江同志既是优秀教师，又是促进民族团结的模范。"

2017年3月，"吐尔逊麦麦提·艾麦提江辅导员工作室"在克拉玛依职业技术学院成立；2020年，他的工作室被评为自治区首批高校"名辅导员工作室"。

把花给你，把叶给你，把心给你，把爱给你，把青春给你，把未来给你，把生命给你，把希望给你，把一切都给你。五十五岁的吐尔逊麦麦提依然忘情地用爱浇灌着他那片希望的田野……

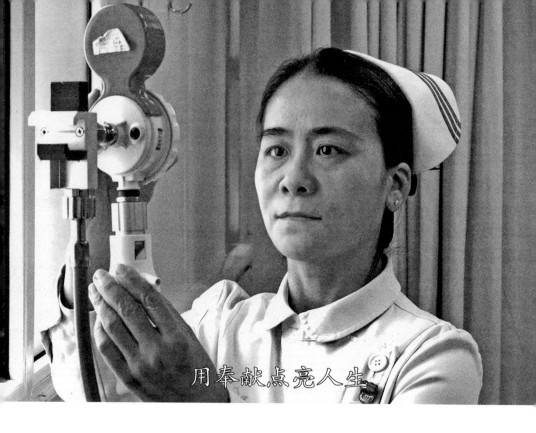

用奉献点亮人生

张红霞

○ 新疆维吾尔自治区先进工作者
○ 克拉玛依市劳动模范

张红霞的"南丁格尔"之路

刘青惠

从护士到护士长,从护士长到护理部主任,三十年来,克拉玛依市人民医院(中医医院)护理部主任张红霞一路走来,就像在激流中行船,奋力划桨,破浪前行,向着"做南丁格尔式的好护士"的方向不断迈进。

立下誓言

"今后能不能吃苦?愿不愿意给病人端屎端尿?"克拉玛依卫生学校面试考官问。

"没问题!"十六岁的张红霞丝毫没有犹豫,干脆利索地回答。

1988年夏天,张红霞即将初中毕业。她本想报考师范学校,却被妈妈拦住了。

妈妈说:"你这孩子,当老师不好说,当护士肯定没错。"

因为妈妈的建议,张红霞做出了人生中的第一次重大选择。这年,她成为卫校的一名学生。

妈妈对女儿的了解确实透彻。张红霞是个既细心又有爱心的姑娘。小学五年级那年,妈妈生病住院,身为长女的她包揽了买菜、做饭、养鸡等大部分家务活。每年暑假,她都会把家里大衣柜、五斗橱的衣服一股脑拿出来，一件件叠整齐，再一摞摞放回去。

那时家里住平房，张红霞时常把家里家外打扫干净之后，再邀请小伙伴一起去打扫公共旱厕、洒水清洁。打扫完，她还会颇为自豪地在旱厕墙上写上"请爱护公共卫生"几个字。

如果说儿时的习惯只是出于天性，就读了克拉玛依卫生学校，真正接触了护理这门专业之后，张红霞逐渐爱上了它。

基础护理、专科护理、护理事业的历程、经典故事……这些知识在她看来十分新鲜有趣。学着学着，张红霞沉迷于其中了，她时常憧憬着毕业后走向病房、照顾病人的情景。做一名南丁格尔式的好护士，是她上卫校时立下的誓言。

"打针不疼"

1991年，张红霞毕业了。听说被分到市人民医院时，她是欣喜的：终于可以学以致用、照顾病人了！

不料，命运跟她开了一个小小的玩笑——她被分到了门诊注射室，通俗地说，就是只管打针的护士。

她有些沮丧："就像战士必须要上战场，护士哪能不去病房呢？毕竟那里才是护理一线啊。"

虽然打针只是护理工作最基础的部分，但"要干就要干到最好"。她心里憋着一股劲。

在老师的悉心指导下，她沉下心来认真学习。起初是从模仿做起，越学越觉得看似普通的打针其实并不简单。

来打针的既有老人、小孩这类需要轻入轻出的，也有晕针、不适的年轻人。有些药打到皮下浅处就行；有些药必须深入皮下才能发挥作用；有些药需要慢慢推，否则会很疼；有些药需要快进快出，让病人还没有什么感觉就打完了。

要很好地服务各类人群，注射护士需要对药理学、心理学都有一定研究，并且在实践中不断积攒经验。

有一次，注射室来了个身体健壮的小伙子，可能极少打针，情绪紧张，肌肉十分僵硬。张红霞边跟他聊天，边轻按摩打针处，分散他的注意力，小伙子紧张的情绪缓解了，肌肉明显放松下来，她眼明手快地扎进去完成了任务。

经过一段时间的勤奋学习，张红霞在注射室渐渐有了名气，病人都夸她："别看这护士年纪小，打起针来却又快又稳，一点也不疼。"

"打针不疼"只是张红霞追求的第一步。进入注射室后，她拿出自己幼时爱干净的劲头，每天早晨提前来到注射室，擦洗窗户、墙面、桌椅，每周按时清理临期药品，清点注射用具。到了周末，她总是会把护士服、护士帽洗得干干净净，使自己当班时，总能以一种干净、端庄、专业的面貌迎接病人。

在老护士的带领下，张红霞逐渐成长起来了，她习惯了注射岗位，在这里工作得心应手，同事关系也十分亲密和谐。

崭露头角

1994年，市人民医院启动了二级甲等医院参评工作。"参评二甲"的另一层含义是以往靠老师"传帮带"的操作流程在某些层面不再合规，医院要求每个科室、每个人都要对照国家"二甲"标准审视自己的工作岗位，查找不足，规范运行，以评促改，以评促建。

调入儿科病房不久的张红霞接到了一项任务：做好被抽考的准备。

抽考分为理论和实践两方面，理论考试每日进行，试题不定，实践考试的项目更为繁多。

就拿看似最简单的铺床来说。按照标准，床头柜要离床20厘米，床单的中线要处于床的中间线，床单压进床垫的折痕不允许重叠……

张红霞抓紧时间操练起来，她认真研究各项操作的规范要点，又仔细揣摩老师们的操作流程，把病房当成了练兵场，下了班也不回家，继续苦练。

她告诫自己："这是你的第一次大考，记住'要干就要干到最好'的承诺。"

那段时间，每天早晨一醒来，张红霞脑子里就想着动作、规范，晚上回到家，心里还想着练习的事。

　　反复练习的过程是极其枯燥的。最心烦的时候，只要回想起实习时观摩的那场导尿操作，她就会恢复平静，继续准备了——那位老师操作时的动作一气呵成，节奏明快，完美得像在跳一支舞。张红霞在羡慕不已的同时，也暗自下了决心：自己将来一定要刻苦练习，成为老师这样的高手。

　　机会总是留给有准备的人。技能考核真的抽到了张红霞，考核项目是穿脱隔离衣技术。只见她微笑着面对评委，高举双臂套上袖子，胳膊优美地绕向身后，拉直对齐反穿隔离服的背后中缝，再将腰带从身后拉过来打了一个结。她脱掉隔离服时，动作正好相反。整套动作如行云流水般流畅、规范。

　　督查的评委老师不住地点头："这小姑娘挺利索的。"身边的老师也都夸她"真不错"。

　　张红霞的表现得到了医院的认可。在后来的工作中，她多次参加院里的比赛，屡次取得好成绩，也收获了多项荣誉。

当上"兵头"

　　1997年春节之后的一天，院领导办公室。

　　"内二科（现内分泌代谢病科）刚成立，专科护理工作也刚起步，人员配合需要时间磨合，把这个科的护理工作交给你，这是院里对你的信任。"院领导语重心长地说，"能不能完成好？"

　　"请领导放心，我会尽心尽力去做，要干就要干好！"二十五岁的张红霞回答得很爽快。

　　这是院领导对张红霞进行的任前谈话。这年2月，经过竞聘，她被任命为内二科护士长。

　　当了护士长，张红霞更忙了。她父母家从医院出门五分钟就能走到，她自己的小家就在医院后门对面，可她中午从来不回家休息。早晨提前到岗，下班走得很晚，张红霞每天要上十个小时班，上十六个小时也不稀奇。

有一天，科里来了一位呼吸已经衰竭的危重病人，气管切开术后，需要特别护理。这就意味着必须二十四小时有人守护在病人床前，按正常情况，需要三名护士轮流值班。

可是，科里实在缺人手，张红霞就主动当起了"替补队员"。那是个阴冷的冬天，她早晨8时就来到病房，为病人翻身、叩背、排痰，守到9时半，特护护士正常上班了，她才去处理科里的其他事务。中午特护护士要去吃饭了，她再顶上。晚上19时半，特护护士下班了，她就又来顶班。坚持到夜班特护护士来了，她才离开病房，此时已是晚上22时30分了。早晨从家里出发时，天是黑的；回到家时，天依然是黑的。

护士长也就是一个"兵头"，要让众人服气，却不容易。从儿科来的张红霞，专业能力、资质履历在一些护士看来显得不够"分量"。

当时的内分泌科一共有八名护士，其他人都是从内科抽调过来的，对护理糖尿病人颇有经验，只有张红霞是从儿科来的。

八名护士中，有三名老护士，三名和张红霞同时从卫校毕业的护士，其中两位还是她的同班同学。

她刚上任不久，就遇到了一件事。那天，她去请教一位护士一个细节问题，那个护士没有回答，而是说："科主任那里有本册子，上面有你要的答案。"

张红霞的韧劲一下子被这句话激发出来了。她借来那本册子，如饥似渴地学习起来。背诵理解理论，读懂之后实践，她用很短的时间就掌握了专科基础护理常识，并奋起直追，补齐了业务短板。

此时，科里发生了一件涉及众人利益的事，张红霞想方设法使事情得到圆满解决。她用实际行动改变了同事们对她的态度。

张红霞趁热打铁，按照工作规范标准，梳理科室的规章制度，规范各班次岗位要求，核心是确保护理质量及安全。她同时还给自己制定了一条铁律：吃苦在前，享受在后。

她把人员分了类，怀孕的、年纪稍大的、家里有事的，尽量安排轻一些的活，其余的人轮流值班，最累的一班由她带着人干；涉及危重病人的高风险操作，她先打头阵；谁家有事请假，她主动顶上；进了新仪器，她先读说明书，率先掌握仪器用法，再给其他人讲解……

工作吃苦带头在前，遇到推选先进、外派学习、登台演讲这样的"好事"，张红霞却总是推荐同事。

渐渐地，张红霞这个一点也不像官的芝麻官，感化了许多曾经不看好她的人："别看她阅历不深，资历也不高，但是，她舍得豁出自己去拼。她都带头这么拼命工作了，谁还有理由偷懒呢？"

直面考验

内分泌科的特点是慢性病人多，老年人多。一些老人得病后，敏感多疑，需要格外耐心进行抚慰。看到科里来住院的老人大都已须发皆白，年龄和自己父母相仿，张红霞打心眼里把这些老人当成爸爸妈妈。

对爸妈该照顾到啥样程度？张红霞的一次经历也许正是答案。

那天，她照例巡查病房。推开一个病房门的瞬间，一股臭味扑鼻而来。原来，一位老人大便失禁，裤子上、地上到处都是。见她推开了病房的门，老人一时不知所措，怔怔地望着张红霞说不出话来。

张红霞愣了几秒钟，马上反应过来："叔叔别着急，我马上处理。"她忍着异味，快速把污物处理干净，又为老人拿来新裤子换上，而后开窗通风。

整个清理过程，张红霞始终没有流露出任何嫌弃的神色。清新的空气拂面而来时，老人的情绪总算得到了缓解。

这之后没多久，这位老年病人的老伴——一位老阿姨来到了护士站，她拉着张红霞的手一再表示感谢。张红霞笑了："阿姨，您别客气，这是我们应该做的。"

时隔多年，那个老年患者已离开了人世，老太太见到她还会打招呼，并且总会告诉旁人："这个护士长可好了……"

从事护理工作多年，张红霞收获的感谢举不胜举。每当遇到类似的感谢，她总是自省：这不就是自己应该做的吗？初入行时的诺言犹在耳边——做一个南丁格尔式的好护士。自己只是做了一名护士该做的事，就收到了如此多的赞誉，这也许就是"不忘初心，方得始终"的真谛吧。

用 心 服 务

爱拼敢想的张红霞除了做好本职工作，还在创新管理上动起了脑筋。

见住院的糖尿病人每天治疗之后还有空余时间，张红霞就想方设法活跃病房的气氛。

她自编了两套保健操，一套用来热身，一套活动穴位。她先教给护士，再由护士每天带领病人做。每套操做完需要半个小时，做完后身上总是热乎乎的，医生和病人们都愿意参与。

清晨，和煦的朝阳透过窗户洒在病房里，照在过道上，病人们跟随舒缓的音乐，整齐划一地做着操；护士们则沐浴着音乐整理病房……一片祥和景象。

张红霞还跟护士们商量，开办了面向病人的"糖尿病知识小讲堂"，科里的护士轮流执教。为了鼓励患者积极参与，护士们还制定了听课积分等激励机制，回答问题正确的病人能获得一次免费测血糖的机会，多次回答正确的，还能获得科里护士们精心准备的小礼物。护士们甚至还买来乒乓球，开办起了小型趣味运动会……

治疗结束时，许多病人都恋恋不舍，说在这里住院不但能治病，还能调节心情，舍不得走。

"我不喜欢墨守成规，更倾向于注意工作中的细节，发现可以创新的点。只要有心、用心，哪怕是病房管理这样的日常工作也能创新，给病人带来不一样的感受。"张红霞说。

在张红霞的带领下，医院内分泌科护理工作规范有序，护士和病人之间和睦得像一个大家庭。

培 训 新 人

身着白色护士服的两百余名护士静静地坐在会议室里，若有所思地看着多媒体屏幕。

人民医院每月一次的质量与安全分析反馈会正在进行。

主讲人张红霞点击播放了发错药品、发错病人、发错剂量等五个发错药的不同案例。

"这么做的后果是什么？欢迎举手作答！"张红霞抛出了问题。

护士们有的陷入沉思，有的举手发言，有的在等待答案。

等众人的回答告一段落，张红霞展示出错误案例所造成的严重后果，台下几位年轻护士紧张得捂住了嘴。

这是张红霞培训护士的一个片断。

2010年，院里希望全院的护理工作进一步规范化、科学化，于是，张红霞又兼任了院护理部培训组组长。

从当护士长管七个人，到担任组长培训全院二百多名护士，张红霞肩上的担子越发重了。

她认准了一条：不论做什么决定，只要对工作有利，对提升护士技能有利，即使自己再麻烦也值得去做，要以最佳状态和表现开展好培训。只要出发点和方向是对的，不怕大家不支持。

她希望改变固有形式，通过开放式的培训模式，引发大家的思考、发言和参与，使知识不再停留于课本，而是能被牢牢记住。

上任后，她把每月一度的护士会和培训结合起来，开办了质量与安全分析反馈会。每次会前，张红霞总是提前搜集好资料，列举出护理工作容易出现的问题，用幻灯片的形式播放出来，进行现场互动：这样做会导致什么结果？如果不这样做会怎样？最后，她又展示出标准操作流程和注意事项，每每给护士们留下深刻的印象。

经过不断提醒，规范意识才会越来越强。久而久之，护士们感受到了规范培训所带来的好处——全院共遵操作流程，共守制度规范，共享培训成果。护士们的眼界和思维从本科室扩大到了全院，全院的护理层次整体上了一个新台阶。

再 挑 大 梁

时间转眼到了2016年，张红霞在内分泌科护士长兼护理部讲师的岗位上已经十八年了，对同时干好这两项工作早已游刃有余。她一度以为，自己要长久地停留在人生的这片浅湾里了。没想到，命运又在前方向她招起了手。

这一年，院里出了一项新规定，到了一定年龄的科级干部一律离岗让贤，让更多年轻人应聘挑大梁。

这年，张红霞四十四岁，距离规定应聘的年龄上限只差一岁。身边有人劝她去试试，她有点犹豫：离开熟悉了十八年的环境到新的岗位，意味着自己要从头开始。

内心一个久违的声音对她说："你身上曾经的拼劲哪去了？曾经说好的要干就要干到最好的承诺哪去了？"

深思良久，张红霞参加了竞聘。

不出大家所料，她成功走上了医院护理部副主任岗位。

任命那天，院领导勉励说："咱们院的护理工作已经达到了一定水平，守成已经很不容易，如果能有所创新更好。"

院领导原本是给她平稳地开展工作铺路，张红霞却生发出了一种压力：如果干不好，怎么对得起院领导的信任呢？

跳出具体科室和单纯的培训工作，从医院整体层面谋划更多护理学科的发展及护士职业规划问题，张红霞很快进入了新角色："我既然在这个岗位上，就要努力打拼，为全体护士们负责。"

经过一番分析研究，她明确了发展方向：要想发展好护理专业，护士行业一定要向专科发展，通过开办护理专科，让护士在门诊接诊，通过锻炼，培养出一批专家型护士。

于是，一批有志于向更高层次发展的护士主动学习起相关知识，经过外派学习，取得国家资质，她们中的优秀者开始在医院伤口造口专科、心身健康咨询、糖尿病教育等专科护理门诊坐诊，特定病人在门诊就能享受部分以往需要住院才能提供的专科护理服务。

2019年，医院明确提出了创建三级中西医结合医院的目标，已是护理部主任的张红霞又马不停蹄地开始思考一个迫切需要解决的问题：西医护士思维方式和行为习惯如何向中西医结合转化？如何让护士们逐渐调整固有的西医心态，向着中医方向靠近？

她大力推进"巴林特小组"活动、"品管圈"推选等种种新颖的管理方式，帮助医护人员更好地调整心态，继续在岗位上开展阳光微笑服务。

"随着医院等级创建需求的提升，对人员的要求也在不断提升，要通过诸多管理方式的创新，提升全院护士队伍的工作思路、行为模式，使护士们尽快适应要求更高、思路更广、工作更细的三级医院的行为准则，助力医院再迈一个新台阶……"在工作总结上写就这一段话之后，张红霞的目光离开了电脑屏幕，转向窗外。

窗外正是雪落之时，一群年轻的护士步履轻盈地从树下经过，她们叽叽喳喳地说着话，青春的脸庞上洋溢着对美好未来的向往，一如她年轻时的样子……

力微莫负重，言轻莫劝人

李晓华

- 全国劳动模范
- 中央企业劳动模范
- 中国石油天然气集团公司模范思想政治工作者
- 中国石油十大模范党支部书记

荒原为家绘韶华

杨 勇

在种种赞誉和表彰中,他的名字注定要被中国石油所铭记。成就这荣耀人生的,是他日常中的人格魅力、管理上的以人为本、盛名后的谦虚平和。

——作者手记

集全国劳动模范、以个人姓名命名的站库、明星经理等诸多光环于一身的李晓华常说:自己的工作调动到哪儿,哪儿就是"家"。正所谓"家"之所在,情之所至。他的这个"家"、这份情,为员工而倾心付出,为事业而忠诚坚定,为准噶尔东部石油开发而襟怀厚重。

下面,就让我们沿着李晓华的这个"家"、这份情的时空走向,逆流回溯,呈现他一路走来的精彩过往……

扶上马送一程的带头人

火烧山作业区李晓华站高级技师朱成立说:"李晓华把我们每一个员工都当成自己的家人,带领我们完成了由单一工种向技术复合型的整体转化,我本人就是终身受益者之一。"

2000年,为进一步推进国有企业强身瘦体、科学发展,党中央、国务院在全国范围内拉开了国有企业深化改革的序幕，中国石油随即开始了自上而下、轰轰烈烈的重组改制工作。

在此过程中，李晓华站原本上百人的队伍，在完成分流后仅有五十八人。人员少了近一半，设备还是那些设备，岗位还是那些岗位，甚至因为管理提升的要求，工作负荷还有所增加。这让原本工种和岗位繁杂、职工技能参差不齐甚至难以胜任岗位的矛盾更加凸显。李晓华知道，作为油田一级要害岗位，联合站任何的疏忽和大意，或者说管理上的不到位，都会给油田的正常生产带来致命的打击。

问题不能出，工作不能停，人员不能增，加之改革所造成的员工思想上高度浮躁、精神上极限承压以及对未来职业规划的不确定性而产生的心理恐慌等方面的不稳定现象，成为李晓华在那一段时间亟待解决的首要问题。

怎么办？问题是前所未有的问题，困难是从未经历过的困难。作为党支部书记，李晓华没有退路。他知道，破解改革难题，他这一级的党组织唯有敢于担当，勇于创新。因为他这一级的党组织是坚决执行党中央、集团公司党组、油田公司和准东采油厂党委工作部署的最关键的一个环节、最重要的一个阵地，把握好了这个环节，守住了这个阵地，我们党推进改革发展就有了坚强的组织基础。这一切，李晓华和他所带领的党支部做到了。

这样的政治站位和格局视野让李晓华坚信，"非常之年"当用"非常之策"。于是，他积极推进管理创新，从重置岗位框架、深挖内部人力资源、再植员工从业理念等方面入手，让一人多岗、一具多能、一兼多职成为新模式、新常态。简单说，就是培育复合型员工，打造知识型团队。

在今天看来，这样的举措，无论对职工个体还是企业发展而言，均属于正常的管理范畴。但在那个习惯了一个萝卜一个坑、个人管好自己岗位就是完成任务的时代，让一个职工掌握两个甚至多个岗位的技能，薪酬不升，待遇不涨且从事翻倍的工作量，无论从思想认识上、精神状态上还是职工素质储备上，都有着太多的坎要迈，太多的瓶颈要攻克。

因此，各种各样的奇葩言论接踵而至：

"李站长，太难了，我学不会，也学不懂，我不学了，你看着办吧！"

"晓华，我都五十多岁的人了，年纪大了，记性不好，能不能网开一面，我就不学了？或者少学一两门课程？"

"李书记，我打听过了，别的单位虽然也在进行岗位调整，但都比我们的幅度小，你这是往死里整我们啊！"

……

面对这种现状，李晓华采取集中座谈和个体面对面交流等方式，从当下形势到现实需要以及油田和联合站未来发展方向等方面与大家深入交流，动态掌握全员的各项信息，尽心梳理并解答大家的各类疑惑。终于，大家的思想统一了，认识同步了，如火如荼的培训也就随之顺畅开始了。

李晓华按照"干什么、学什么，缺什么、补什么，练什么、精什么"的原则，在全站开展岗位互换轮训，要求岗位员工取"五证"（集输、污水、注水、电工和计算机上岗证），坚持每班"一题一答"，每周一次技术课学习，每月两次岗位练兵。

在取证期间，几名维吾尔族站员由于自身综合基础较弱，在跨专业的学习中呈现出勤奋用功但明显吃力且不出成绩的状态。

李晓华主动给他们开小灶，并且全程进行陪同，手把手进行指导。常常是从岗位现场进行实操到宿舍讲授业务理论，从白天到深夜，从日常时间到节假日……

"李站长，你休息一下吧，我们一定会努力学，争取取证的。"

"兄弟，陪着你们学我更放心一些，只要你们能过关，再苦再累也值了。但你们只要有一个过不了，就是我的失职，因为咱们都是一家人啊！"

那几名站员感动之余更加勤奋努力了。

在全员顺利通过"五证"考核之后，李晓华站沸腾了，那是收获的狂欢，更是对未来职业发展自信的一种体现。

是的，这一路走来，大家走得太坎坷、太艰难，但唯有如此，大家的成绩才更珍贵，大家的收获才更喜悦！

应该说，当年取证人员之多，岗位涉及面之广，业务跨度之大，考核通过率之高，都创造了同时期同行业之最，这也为顺利实现联合站正常运行奠定了坚实的人本基础和技术储备。

参与当年取证的许多人后来都成了准东油田新开发区块联合站的主力，或者说，2000年李晓华站的全员大培训、大比武、大取证，为整个石油行业各家新建联合站的管理提供了可借鉴的经验，输出了保障新建联合站运行的人才。

历尽天华成此景，人间万事出艰辛。2006年，李晓华站维修班被国务院国资委授予"中央企业学习型班组"称号；2007年，李晓华站党支部获中石油"先进基层党支部"称号；2009年，李晓华站被新疆维吾尔自治区总工会授予"工人先锋号"称号；2010年，李晓华站被中华全国总工会授予"工人先锋号"称号，李晓华本人被评为"全国劳动模范"；2013年，李晓华站获得中国石油"铁人先锋号"称号。

敢干能拼的儿子娃娃

火烧山作业区生产运行办甫里克提·玉素甫说，李晓华"工作起来真是个儿子娃娃，敢打硬仗，能打胜仗，他身上的那股'只要干不死，就往死里干'的精神劲感染着身边的每一个人"。

在担任火烧山作业区党委副书记、副经理后，李晓华迅速转换角色，在更大的空间和更广阔的舞台演绎着战天斗地、为油奉献的激越赞歌。

2013年底，火烧山作业区气温骤降至零下31度，油田部分地下管网因使用时间超长而出现破裂现象，抢险成为了一项挑战性的工作。

那是一个周末，火烧山作业区2号采油站的一口油井管线出现裂缝，导致原油从地下渗出。听闻汇报后，值班的李晓华紧急召集相关人员赶往现场。

由于其他油井管网从该井管网处穿过，故地下管网纵横交错，极为复杂。挖沟机不能使用，因为稍有不慎便会碰伤甚至损毁别的管线。在这种情况下，人工挖掘便成为唯一的选择。油田外协保驾单位派来的是两名小伙子，在挖了近半个小时后，施工的量却很少，或者说他们虽然出了大力，吃了大苦，但并没有见到多少成效，因为十字镐砸在冻土上只能显示局部的白点儿。虽然已是隆冬季节，但两人仍汗流浃背，气喘吁吁。

见此情景，现场指挥的李晓华着急了，他对那两名工作人员说："小伙子，你们这样干不行，一定要掌握技巧，你们上来，我来给你们做个示范。"

只见李晓华举起十字镐，使出浑身的力向下抡去，顿时，地面连带着冰雪的一大块土方被刨了起来。几次之后，李晓华所挖的冻土远远大于那两个小伙子半个小时的量，他们由衷地夸了起来："这位老哥好把式！哪个单位的？"

一旁的外协保驾单位负责人急了："你们不知道吗？这是作业区领导。"

"作业区领导？我们刚来，没见过，不过这老哥真是把干活儿的好手。"

外协保驾单位负责人还想解释什么，但李晓华进行了制止。他对那两个施工人员说道："小伙子，清理这样冰冻的地面一定要把十字镐抡圆了，集中全身的力量，看准点，抡圆臂，才能有效作业。"

于是，两个小伙子快速进入状态，像李晓华教的那样干了起来。

直至凌晨2:30，油井裂纹处更换完毕，油井恢复正常生产，李晓华始终在现场全程指挥。

实干巧干的好领导

沙南作业区高级技师孙雷说："他从不摆架子，谁有困难，他都尽心尽力给予帮助。他是个实干家，也是一个好领导，更是一个家里人。"

2014年，李晓华调往沙南作业区任职党委副书记、经理。其间，他始终保持多年来养成的习惯，低调谦虚待职工，事无巨细抓工作。

按照他本人的说法："坐在办公室怎么能搞懂井上的事儿？只听汇报

怎么能清楚职工的想法？"所以，他每天跑井场，进联合站，实地了解生产经营情况。他逢人总会笑脸相对，家长里短谈心聊天。半年后，作业区三百多名在职员工、六十多名外雇服务人员的名字百分之九十他都能对号入座，对于职工家中照顾老人特别困难、孩子上学存在特殊问题等情况，都能如数家珍，悉数道来。用他的话说："只有你心中装着职工，职工才会念着企业，才会和你一条心。"

作业区举办的各项文体活动中，李晓华带头参与，和职工打成一片。同时，他纳言献策，先后建成灯光足球场、沙南小影院、新的职工活动室、沙滩排球场等场所，得到了作业区党委的支持和员工的高度认同。

由于对这位"明星经理"高度的认同和信任感的"爆棚"，有些职工时常会到他办公室把自家的生活甚至情感之事向他讲述，并请他帮忙拿主意。这样的情景常常让李晓华既为难，又欣慰。为难的是，作业区有几百号职工，而自己的时间有限；欣慰的是，他从职工们身上获得的这份真挚、真诚和真心，就是对自己工作的最大认可。

"要当好人，但绝不做老好人；小事成就大事，细节成就完美。"这句话一直是李晓华的座右铭。

一次，在油田现场检查中，李晓华遇见一位名叫肉斯坦木·吐尔逊的员工，当即叫住了他："你的药按时吃了吗？你们队长说你对吃降高血脂和高血压药有想法？我告诉你，'三高'，你就占了高血脂、高血压这'两高'，而且指数太高了，所以，药一定要吃。还有，我记得你再过两天又该做检查了，一定要去啊！"

肉斯坦木·吐尔逊一时有些语无伦次："李经理，你对我定期检查的时间都这么清楚。好的，我一定去检查，一定按时吃药，谢谢领导的关心……"

随行的作业区运行办负责人刘汝东说："他是你朋友吗？你对他的情况这么熟？"

李晓华回答："不是很熟，但他的资料都在我的记录本上。我让作业区工会将一些基础病严重的员工资料进行了收集整理，经常和他们单位领导了解情况，大家都很支持配合，就这个肉斯坦木·吐尔逊自己不当回事儿。"

顿了顿，李晓华接着说道："作业区全员平均年龄接近四十五岁了，谁的家里都是上有老，下有小，我们的职工病不起啊！所以我们一定要督促他们把个人健康管理好。"

刘汝东沉默了，是的，此次与李晓华同行，何尝不是一种对如何关心和爱护职工的学习呢？这种学习既体现在李晓华常说的"用心、用情、用力"上，也隐匿在个人对待工作、对待同事的高贵品格深处。

在沙南作业区的三年光阴，李晓华结合作业区管理层级扁平化，在全员中着重培养和树立了"日常生产组织以运行为龙头""联合站生产组织是系统""油田生产组织油水并重、以水为先""夯实三基工作就是减少隐患""困难留给机关、方便留给基层""稳产重点由产能接替向老区挖潜转变"等六个作业区生产管理基本意识。

他始终注重员工技能培训和素质提升，先后自主建成集输、采油小型标准化练兵场四个，在全作业区开展了全员素质提升"过筛子"考核，作业区先后取得准东采油厂采油工技能竞赛前六名，集输工囊括前八名，在油田公司采油技能竞赛中获得一等奖一名、三等奖一名，在中国石油集团公司集输工技能竞赛中一名员工获铜奖。

李晓华始终坚持注重年轻干部的培养，每月与联点的年轻干部进行谈心，释疑解惑，促其成长；鼓励技术人员参与科技管理、技术创新、小改小革及QC小组活动，累计完成科技立项60项，厂级QC项目申报32项，挖潜增效项目16项，营造了"崇尚技能，尊重人才"的良好氛围。

对于单位这个大家，李晓华无悔；但对于自己的小家，李晓华有愧。父母病了，他没有侍候；妻子劳累生病，他不在身边；儿子成长，他难以伴左右。他留给家人最多的是奖章证书，最少的是自己的身影。家家有本难念的经，李晓华夫妻双方父母都在外地，妻子也要不定期去油田值班。儿子小时候就由岳母带着，老人身体不好，儿子才一岁八个月就被送去上托儿所。

妻子潘惠玲早已习以为常："家里也指望不上他。他是'一根筋'拧到底的人，只要员工认为他好，他就很满足！"

做员工贴心的当家人

彩南作业区第三采油站员工孔令超说:"从我们的衣食住行到喜怒哀乐,他都看在眼里,记在心中,付之于行动上,身为彩南人,我们有这样的'当家人',感觉很幸福。"

2019年12月,因工作需要,李晓华调至准东采油厂彩南作业区担任党委书记、经理。他连续多日开展走访式调研,用李晓华的话说,自己走遍了彩南作业区管辖的角角落落,清晰了彩南作业区的开发历史、当下现状和未来发展方向。

他以提升基层党支部组织力为抓手,启动了以高质量党建引领高质量发展为统揽的党建工程,推进了以党支部"三星级"达标为根本的"彩南新阵地",以基层班组创新创效为重点的"彩南新高地",以关心关爱员工生活为载体的"彩南新园地",以倡导安全文明和谐环保为核心的"彩南新天地"。打造了集中处理站"三星级"党支部,建成了彩参2井石油精神教育基地,完善了王进俭创新工作室。这些项目的实施,整体带动了作业区经营管理、生产运行等工作的提档升级。

为保障员工的身心健康,李晓华积极推广积分兑换消费模式,即员工自愿参加作业区各文体协会,累计参加活动时间可获得积分,并兑换成作业区自建的新天地夜市用餐券,不仅让职工锻炼了身体,陶冶了情操,又享受了"深夜食堂",实现了员工精神和味蕾的双满足。

2020年9月,当获知作业区员工姜懿芳获得"2020年第二届全国油气开发专业集输工职业技能竞赛暨集团公司智慧油田挑战赛"铜牌后,李晓华笑了,那是一种愿景实现后的欣慰,也是一位"家长"的喜悦,更是一份付出得到回报后酣畅淋漓的快意呈现。

因为他知道,姜懿芳获得这份荣耀背后的辛勤、辛苦和辛劳。集训期间,姜懿芳的母亲远在山东照顾生病住院的外婆;装修了一半准备结婚的房子因婆婆身体有恙无人监工;宅基地的老屋要更换下水管道……年轻的姜懿芳在慌乱之余产生了放弃比赛的念头。得知消息后,李晓华要求倾作业区之力,集全员之爱心,帮助姜懿芳解决了各项实际困难。

因为他知道，他所守护的不仅是姜懿芳参赛的信心，更是作业区的那一份至高无上的荣耀。

正如姜懿芳在获奖后的感言："2020年疫情肆虐的春天，我为自己种下了一颗希望的种子；秋天收获的季节，我摘下了这枚散发着油香的硕果。我兑现了自己不负韶华、不负作业区重托、不负李书记关心的诺言。"

在全力保障职工饮食质量的基础上，彩南作业区党委积极落实习近平总书记对制止餐饮浪费行为作出的重要指示精神。

这方面，作业区一名员工有着切身体会。因为是自助餐，那天有他爱吃的食物，于是不经意间打多了。李晓华无意中发现这个情况后，便跟他坐在一起边吃边聊，时不时地瞄一眼他的餐盘。那位职工就尽最大努力吞咽着。说到这儿，这名职工补充道："那一刻，美食已无法品味，只能味同嚼蜡地尽力吞咽，因为经理就在对面。"那名员工脸胀得通红：吃，自己肯定吃不下；不吃，就是一种浪费。看到他的窘态，李晓华说："不要勉强，吃不完不要浪费，待会儿让服务员给你存放起来，晚上加热了吃，你看这样行不行？"那名员工在感激之余，快速点头。

自此之后，所有作业区人员再未发生浪费饭菜之事。

多年来，李晓华金石可镂的辛勤坚守，只为了深深热爱的石油事业；李晓华锲而不舍的求索精神，奏响着生命华章的旋律。俯听职工冷暖是他坚守的信念，奉献油田开发是他不懈的追求。荒原的一草一木，浸润着他深沉的热爱；油田的一人一事，关系着他炙热的情感。他以贴心化成温情，谱写了荒原热土的大写人生；他将使命转为担当，绘写出天山脚下的准东韶华。

不理解挑战，就感受不到成功

罗来龙

○ 中国石油天然气集团公司高级技术专家
○ 中国石油天然气集团公司优秀科技工作者

前　浪

朱凤鸣

沧海横流，总是后浪推前浪，而风流人物任是浪涛滚滚、险滩急流，都会岿然屹立。罗来龙就是这样一朵后浪很难翻越的前浪。

罗来龙是中石油克拉玛依石化公司（以下简称"克石化"）的副总工程师，到2021年4月，他就五十八岁了，算是名副其实的老罗。曾经的意气飞扬、锋芒毕露，经过多年的锤炼淬火，如今的他敛锷韬光，眉眼舒朗，语言温和。不过，这也是底气所在——这朵前浪有点儿高，后浪要翻越过去，还是有难度的。

1985年8月，罗来龙从江西工业大学化工系基本有机专业毕业后，来到克拉玛依炼油厂研究所工作。从那时起，他就与科研工作结下了不解之缘。此后，虽然他的工作几经变动调整，除了科研，还干过油品调合生产、销售、规划发展、经营管理、二级单位行政正职等工作，甚至曾于1993年9月至1994年10月被借调到中国石油（香港）海岸石油有限公司从事外贸工作，但主要工作还是围着科研打转转，三十五年的职业生涯中，有十八年是直接从事科研技术工作。最钟爱的还是搞科研，老罗也最乐意听到人说他是搞科研的。

2000年4月，他兜兜转转回到炼油化工研究院担任院长，直到2007年11月，七年多的时间，恰逢克石化快速发展期，也是他厚积薄发、研究成果频出、职业生涯最为辉煌灿烂的高光时刻。2005年，他被聘为中国石油天然气集团公司石油炼制专业首批高级技术专家、教授级高工，2006年4月被评为中国石油天然气集团公司先进科技工作者，2005年被评选为"全球通"感动克拉玛依十大人物。虽然2007年11月，罗来龙调到克拉玛依石化公司销售总公司担任总经理，2018年担任克拉玛依石化公司副总经济师，可仍然与科研工作密不可分。

罗来龙先后主持开发了高压直流输电换流器绝缘油、KNH4006抗紫外环保型橡胶油、KP6035高黏度乙丙橡胶专用油、硬质沥青、KRP32全封闭冷冻机油等多项国产化拳头产品，填补了国内空白。

作为项目负责人，他主持开发的脱钙剂循环利用集成脱钙技术，取得两项中国发明专利授权以及美国、俄罗斯和苏丹的国外专利。2015年9月20日，由罗来龙主持，克石化公司与航天科技集团共同合作研发的加氢火箭煤油，成功应用于长征六号火箭一箭20星的商业发射，此后还应用于长征五号与七号火箭、天舟一号货运飞船的发射，为国家航天事业发展和国防工业现代化作出了重要贡献。

罗来龙，是扎扎实实的技术派。

逐渐放下的记者梦

罗来龙从小在老家长大。老家吉安自古以庐陵文化著称。他的父亲罗兹植在报社当记者、编辑，1983年响应国家号召，应聘到克拉玛依《新疆石油报》报社工作。罗来龙少年时的梦想，也是做无冕之王，当一名记者。那时候，他意气飞扬，把上北大作为目标，和后来沉闷的科研没有任何关系。然而父亲却力劝他从事理工，高中时硬是让他从文科班换到理科班。因为喜欢做实验、化学特别好，自然地高考时他报考了化工专业。

上大学期间，虽然学的是化工专业，但罗来龙仍不忘梦想，采访、写文章，参加大学里的文学社，担任学校的新闻协会副会长，忙得不亦乐乎。江西工业大学的第一张校报就是他办的，他创作的诗歌《我们这群男大学生》获得学校文学大赛一等奖。1985年大学毕业后，在克拉玛依工作的父亲写信劝他留在老家工作，因为有亲戚朋友的关照，他却执意要就到新疆，最终被分配到克拉玛依炼油厂。

说起这段经历，他笑着说："大概我和父亲一样，都有一颗想走江湖的不羁的心。"

那时候，本科生稀缺，组干科的负责人问他想干什么工作，他认为搞生产受约束，而搞科研相对自由，于是如愿以偿被安排到科研所，从化学实验开始，一步一步走上科研路。

刚工作的时候，年轻的罗来龙仍不忘少年梦想，单位有什么活动、有什么值得深挖的信息，工作之余他都热心采访，晚上再写稿，第二天早上投稿。看到一篇篇文字在报纸上发表，仿佛看到王冠在向他遥遥招手。这样持续了三年多，随着工作渐渐深入，化学实验与研究越来越抓住了他的心，冷冻机油、齿轮油等等需要投入大量的时间和心血，他写稿越来越少，后来干脆不再写，把全部精力都投入到科研工作中去了。

他越来越感受到科研、实验所带来的愉悦体验——设计方案，按设计做实验，几经波折，设想的方案成为现实，这是一种飞翔的自由。这种自由飞翔的体验，让他足以忘却最初要当无冕之王的梦想。

多年以后回望过去，罗来龙发现，科研工作才是自己的梦想，正可谓"失之东隅，收之桑榆"。他以项目主要负责人的身份，先后主持承担了1个国防科工委重大科技装备配套研制项目、14个中国石油股份公司重点科研项目和1项新疆维吾尔自治区创新基金项目，获得省部级科技进步奖、技术发明奖28项；取得中国授权发明专利26项，国外发明专利3项，中国石油专有技术2项；在中国核心期刊发表论文20余篇，在国外专业杂志和国际专业学术会议上发表论文9篇。

罗来龙还是2011年国家科技进步一等奖"环烷基稠油生产高端产品技术研究开发与工业化应用"项目的主要完成人之一。

前瞻性的大礼包

在炼油生产过程中，原油中的金属离子会造成二次加工催化剂中毒，焦炭灰分含量高、品质下降，电脱盐装置操作不稳、能耗增加及加热炉、换热设备结垢等诸多危害。因此，解决原油中金属离子，尤其是钙等碱性金属离子含量高的问题对于提高原油加工深度、保障装置长周期平稳运行、提高经济效益具有重要的现实意义。

早在1996年，克石化公司已关注到所加工的稠油中金属离子含量逐渐升高，并已影响到原油的加工和焦炭的质量品级等问题。如何脱除原油中的钙等金属元素，解决克拉玛依地区高钙稠油对公司生产的影响，一直困扰着炼化院的科研人员。

2000年，罗来龙带领炼化院成立攻关组，着手进行高钙原油脱钙技术的研究。2003年，完成了实验室的基础研究和中试放大试验，同年10月下旬在公司蒸馏装置进行了第一次工业化试验。

当时工业试验的过程并不顺利，一直没有达到脱后净化油钙离子含量小于50 $\mu g/g$ 的试验目标。罗来龙和项目组成员一起分析现场的试验情况，对每一个试验数据都经过充分讨论，认为是"电脱盐停留时间"不够引起的。若要保证"电脱盐停留时间"，需要降低蒸馏的原油加工量。那时正值公司完成全年原油加工量的黄金时段，牺牲效益在蒸馏装置上做不知道能不能成功的试验，确实是次冒险。

二十年以后，项目组的马忠庭依然清晰记得，2003年10月17日18时许，距离那次试验结束不到十二个小时。这是这个项目第一次工业化试验，试验的成败关系到项目的去留问题，项目组处于两难境界。罗院长对现场的试验人员说："你们继续关注试验情况，我到公司机关去一下。"一个小时后，罗院长回到现场，"做好一切准备，做好21点以后的取样工作，公司从21点开始降低蒸馏原油加工量进行试验，时限只有七个小时"。

几个小时后取样，净化油钙离子含量脱至21 $\mu g/g$，试验成功了。

原来，罗来龙消失的那一个小时，是向公司领导汇报试验情况，说服公司领导配合这次工业试验，将装置原油加工量降低到试验需要的加工量。

2003年10月，罗来龙听说中国石油与苏丹共和国合作的喀土穆炼油有限公司有原油脱钙的技术需求。当时该公司工业设计已经进入收尾阶段，原油脱钙技术的提供方也基本确定。他数次去北京，带着项目组成员给中国石油苏丹项目部专家反复汇报克石化的原油脱钙技术，以及工业化的最新进展。最终，苏丹项目组同意克石化与国内知名的研究院一起参与技术竞标，经过三轮的技术竞标，克石化中标，项目在苏丹喀土穆炼油有限公司得到应用。这是克石化公司第一个完全拥有自主知识产权、走出国门的技术。

2005年，克石化公司建成国内首套原油脱钙示范装置，原油脱钙技术在克石化持续不断研究了二十个年头，先后经过十多次的工业化试验，取得了详细的第一手资料，相继解决了脱钙率低、电脱盐跳闸、装置管线积垢堵塞、钙渣夹带等工程化问题，形成了一整套成熟的"工艺技术包"。

这套技术大礼包虽然走出国门，先后在苏丹、俄罗斯、美国得以应用，但在克石化却一直没怎么用，因为应用原油脱钙技术会造成设备腐蚀、废水中COD排放不达标等问题。要解决这些问题，成本无形中就会增加。近几年，一向销量领跑西北地区的克石化石油焦突然销不动了。原来，由于碳化硅行业的不景气导致石油焦需求量降低，产品滞销，经济效益下滑。加上克石化焦化装置所需的原料为北疆稠油，随着油田开采进入中后期，开采过程中借助化学助采剂等三次采油技术，采出原油所含的钙镁离子含量也越来越高，严重影响了焦炭的质量品级。生产出来的焦炭，因为销价低，不仅没有利润，还要面临当作废固物进行环保处理、不得不送进锅炉和煤混烧以创造"热量价值"的窘境。

在这种情况下，技术成熟的原油脱钙技术大礼包就成为破局的良方。

这项技术自2020年5月在焦化装置中应用以来，石油焦的灰分由1.2%下降至0.8%以下，大幅提高了石油焦的品级，当年即实现增效8 000多万元。

截至2020年底，高钙原油脱钙技术共获得授权发明专利17项（其中国际授权发明专利三项），技术秘密三项，工艺包两套，国内核心期刊发表与该技术相关论文15篇，获得2006年度中国石油和化学工业协会科学技术一等奖一项。

品种齐全的高质沥青

认识罗来龙的人都知道他是一个个性非常鲜明的人，严谨执拗，他想做的事儿，九头牛都拉不回来。而这一个性，放在科研开发上，则刚刚好。研发改性沥青就是他张扬个性、弄潮逐浪的结果。

一直以来，克石化公司利用环烷基稠油生产的变压器油、冷冻机油都有较为突出的产品优势，然而沥青生产还是个空白。克拉玛依稠油具有芳烃低、沥青质低和硫含量少的特性，造成沥青与改性剂的相溶性差，影响到改性沥青产品质量。国内有关院校、科研单位和国外著名的沥青公司都曾开展过利用克拉玛依稠油生产改性沥青的研究，但均以失败告终。

改性沥青是通过在沥青中添加橡胶、塑料等材料，使其不仅溶合性强、路用性好，而且降噪、排水，适应极端高温和低温天气，主要用于城市快速路和高等级道路。20世纪末，随着我国交通事业飞速发展，国内普遍使用的高等级道路沥青使用寿命短，路用性能差，不得不大量进口质量更高、性能更优的聚合物改性道路沥青。

2000年4月，炼化院承担了开发生产改性沥青的任务。

国外同行业著名公司听说了克石化要研发改性沥青，有想来卖技术的，有想来谈合作的，但均因条件苛刻且未必可靠而被拒绝。合作谈崩了，罗来龙也上了脾气，决心带领科研攻关小组攻克难题。

同事们至今记得，在改性沥青研发近一千天的时间里，罗院长没有休息过一天，每天工作至少在十小时以上。他要求组员对所分析项目都要做到知根知底，清楚透彻；他一次次和项目组的同事讨论怎么解决改性沥青的核心难题——沥青与SBS聚合物的相溶性，到底他和同事一起设计过多少方案，做过多少配套方案，有过多少次失败的实验，没人能记得清了。

就这样，他们先后破解了SBS直接与沥青难以混合分散形成稳定胶体问题、成品离析问题和成品存储期性能稳定等一道又一道的技术难题，开发出"母液化学复合法"SBS改性沥青生产技术，成功解决了克拉玛依稠油沥青与SBS相溶性差、难以改性的重大技术难题，并且实现了工业化生产。克石化公司在国内石化行业首先完全采用自己的技术生产出合格的改性沥青产品，生产工艺属国内首创。

除了SBS改性沥青，在罗来龙的主导下，炼化院还致力于沥青研发多元化，即使在他2007年离开炼化院工作以后，这些研发项目仍在继续进行。公司先后研发生产出重交道路沥青、水工沥青、隧道阻燃沥青、彩色沥青、硬质沥青、西藏专用SBR改性沥青等近二十种沥青产品，成功应用于乌昌快速路、乌鲁木齐飞机场、拉萨环城公路、塔里木沙漠公路等大型建设项目，水工沥青已应用于三峡大坝，以优良稳定的性能，为"基建狂魔"增光添彩。

基于信息采获的石油精品

曾任油品研究所所长、现任炼化院副院长的柯友胜说："罗院长对信息非常敏感，能从众多信息中发现想要的信息。"

曾经从事冷冻机油研发的炼化院办公室主任李红说："罗院长那时候几乎每个月要往外跑一两次，带回大量的市场信息和研发消息，捕捉信息的能力超级强。那时候，我们每个科研人员都同时带五六个项目，往往一个项目还没完成，另一个项目就在排队了，忙得不亦乐乎，成果也特别多。"

超高压直流输电换流变绝缘油就是罗来龙合纵连横、捕捉信息而结出的"蟠桃"，"吃"起来格外甜。

2001年，罗来龙在西安变压器厂作技术回访时，一位负责人向他透露了他们正在立项研制高压直流输电换流变压器的消息，但苦于没有国产的配套绝缘油，进口的名牌变压器油价格又贵得吓人。同时，油品所高级工程师高晓阳调研时也了解到，国家有意将直流输电配套项目实现整装全面国产化。罗来龙敏锐地意识到这是一次变压器技术跟进的机会，当即决定与西安变压器厂合作，向中国石油股份公司申报了超高压直流输电换流变绝缘油项目。

罗来龙主持并参与了项目的研发全过程，不仅包括方案讨论、观察试验、分析试验结果等试验项目本身的工作,而且不断与西安变压器厂高层、专家进行技术交流,让客户相信他们确实具备研发和生产能力。2002年底,超高压直流输电换流变绝缘油首次工业生产试验合格,打破了国内重要变压器生产厂家长期依靠进口的市场不利格局,进口的名牌变压器油在中国降价50%,该绝缘油属国内独家,从而成为公司核心竞争力产品,是克石化公司变压器油品史上一个里程碑式的标志。2004年项目顺利验收,当年便应用于国内首条高压直流输电示范线路——灵宝线。

2009年,项目组成功申报发明专利。克石化生产的环烷基变压器油,占据国内超高压、特高压交直流输电90%以上的市场份额,同类产品仅有尼纳斯公司能与之媲美。

勇攀科技的高峰

不仅超高压直流输电换流变绝缘油独占鳌头,2006年7月,由罗来龙主持开发的2002年股份公司重点科研项目加氢火箭煤油,完成了煤油发动机首次600秒长程试验,标志着我国成为世界上第二个拥有该项高端航天技术和新型火箭煤油的国家。

克石化公司自主研发生产的新型火箭煤油,具有良好的贮存性和热稳定性,应用过程中可以长期储存,已成功应用于长征五、六、七系列火箭和"天舟""嫦娥"系列航天器,打破了该产品生产技术被国外垄断的局面,不仅解决了我国新一代大功率运载火箭发动机配套用油的需求,而且降低了火箭发射成本,克石化公司成为中国最大的航天煤油生产基地。

跟罗来龙接触过的人都叹服于他敏锐的思维、宽广的知识面和对技术问题的洞察力。他思路开阔,注重多学科交叉,善于应用其他学科的新技术。他和北京化工大学教授陈建峰院士合作,创造性地提出了"超重力法原位合成高碱值石油磺酸盐清净剂"的新概念、新思路,为润滑油清净剂的合成开发了新的技术平台,在国内外具有很强的创新性,研究成果获得2010年度中国石油和化学工业协会技术发明一等奖。

他在引进北京石科院润滑油高压加氢技术的基础上，带领科研人员吸收消化再创新，采取加氢组合工艺、高压加氢提压反应技术，先后研制开发出抗紫外环保型KNH系列耐黄变橡胶油和KP系列高黏度乙丙橡胶填充油。这些产品及时满足了国内外用户对高档橡胶油的需求，填补了国内空白，不但代替了进口油，而且还行销到中国台湾、东南亚和西亚等地。

罗龙来在炼化院任职期间，炼化院平均每年取得市局级暨地区公司级科技成果十项、省部级以上科技成果四项，平均每年完成新产品、新工艺投入工业化生产数十项以上，实现产品销售利润5 000万—6 000万元，是炼化院研究成果最为辉煌的时段。2004年，克石化公司炼化院被确立为国家国防科工委科技装备配套研制项目承担单位；2007年，炼化院原油及石油产品测评中心获得国家实验室认证；2007年5月，炼化院建立博士后工作站。2005年5月，炼油化工研究院被评为中国石油天然气集团公司先进集体。

罗来龙不仅是出色的科研人员，而且善于带领团队，勇攀科技的高峰。

只要还有远方,脚步就不能停

段吉斌

◎ 全国劳动模范
◎ 中央企业劳动模范
◎ 克拉玛依市劳动模范

能文能武的排头兵

熊晓丽

如果你是一滴水,你是否滋润了一寸土地?如果你是一缕阳光,你是否照亮了一分黑暗?如果你是一颗粮食,你是否哺育了有用的生命?如果你是一颗小小的螺丝钉,你是否永远坚守在你生活的岗位上……

这是雷锋1958年6月7日写于团山湖农场日记中的一段文字,字里行间无不表露出雷锋充满激情、投身建设、有所作为的人生价值取向。在平凡的岗位上专注做一件事,并把它做到极致,是无数个"雷锋"一生追求的理想。在新疆油田公司采油二厂就有一个这样的人,他就是段吉斌。

少年段吉斌在家乡奇台的乡间疯玩时,突然发现路边停着几辆从来没有见过的车。一时间,他无法用语言来描绘当时的情景,他在车的周围转来转去地看。直到后来,车发动了,开远了,都没能收回他的目光。后来他听大人们议论说,那是石油上的车!

石油?石油是干什么的?少年段吉斌并不知道。同样,那时的他也一样不会用"帅呆了""酷毙了"这样的词儿来描绘当时自己内心的震撼。

后来,他又听到"锦绣河山美如画/祖国建设跨骏马/我当个石油工人多荣耀/头戴铝盔走天涯/头顶天山鹅毛雪/面对戈壁大风沙/嘉陵江边迎朝阳/昆仑山下送晚霞……"歌声带给他无尽的遐想和不知从何而来的万丈豪情,他似乎找到了自己人生的方向。

1988年,初中毕业的段吉斌毫不犹豫地报考了克拉玛依技工学校。

为伊消得人憔悴

1991年,段吉斌从技校毕业,分配到采油二厂当了一名采油工。

穿上石油人的工装,背上工具包,站在茫茫戈壁,四处静得似乎能听到风吹过红柳枝梢的声响。太阳更是光芒四射,让人睁不开眼。

每天,身上的工服不知道被汗水打湿过多少回,巡检路上不知道要来回奔波多少趟,段吉斌都甘之如饴。在他的心底,自选择了石油这一天起就立下"干就干一流,争就争第一"的誓言。

他很快适应了环境,勤学好问,干活儿从不偷懒耍滑,师傅们觉得"这个小伙儿不错",愿意手把手地教他。

段吉斌一边虚心地跟师傅们学着,一边把《采油工操作知识读本》《采油工程》等书一遍一遍地看着。不到三个月,段吉斌就熟练地掌握了清蜡、巡井、控制水量等工段流程,胜任了师傅交给自己的每一项工作,从同期分来的技校生中脱颖而出。不到半年的时间,就以出色的表现和过硬的技术,赢得了班长和同事们的信任。不久,就被任命为8504注采计量站站长。

段吉斌的干劲儿更足了,一副初生犊不怕虎的架势,凡事都冲在前面。

1993年的冬天,为了保证新井按时投产,段吉斌和同事二十四小时坚守在现场,困了打个盹儿,饿了啃口干馕。在大家共同努力下,他们创下了一天抢投三口新井的纪录。

一天晚上,天气十分寒冷,呵出去的气似乎立刻就要结成冰。段吉斌对一起值班的同事说:"走,再去井上看看。"

同事回答说:"太冷了,等一会儿再去,再说一个小时前才看过了,能有啥事儿。"

段吉斌想想说:"不行,我还是不放心。"

同事有点儿不情愿地跟着他出去了。当他们摸着黑深一脚浅一脚地走到刚投产两小时的85015井时，已是夜里23点了。他发现井口雾气似乎比平时要浓些。段吉斌打着电筒围着井来回转圈，仔细检查，发现套管闸门被冻裂了。段吉斌瞬间闪过了一个念头：井口套压15 MPa，裂口很快就会刺大，要是不及时处理，后果不堪设想，爆炸和井喷事故随时都有可能发生。

说时迟那时快，他们立即关闭了生产闸门，避免了事故扩大。同时，立即组织作业力量带压抢换井口的套管阀门，经过十个小时的抢修，油井恢复正常生产。

这时，他们才发现天色已蒙蒙亮了，鏖战了一夜的同事们一个个都成了"油人"，从嘴里、鼻孔里喷出来的热气在眉毛和帽子的周围凝结成了霜花，身上的棉衣已被油水浸透了，结成了冰，敲起来邦邦地响。

有了这次抢修经历，段吉斌觉得自己不能再在原地踏步，还有更多的知识等着自己去学，去钻研。他明白，知识只有扎根于实践的土壤，才能开出花、结出果，才能体现自己真正的价值。

于是他利用一切业余时间充电，孜孜不倦地学习。首先摆在眼前的就是计算机的操作难题，怎么办？一个字——学！

他买来入门教材开始自学，不懂的地方就记下来，找懂行的请教。打字难，就下载软件不断地练习。他还找来大量的专业书籍，凭着自己技校学习的底子，一点点地充实着自己。

机会总是留给有准备的人，由于工作出色，技术过硬，很快他被师傅们推荐参加采油二厂职业技能竞赛。用他的话来说，师傅们的推荐仿佛在黑夜里给他点亮了一盏灯，照亮了他前进的方向。

衣带渐宽终不悔

段吉斌在1996年、1997年、1998年采油二厂职业技能竞赛中，连续三次获得第一名。骄人的成绩，让他获得了厂级技术能手称号。

1997年，段吉斌被采油二厂选派参加新疆石油管理局举办的青工技术比武。原本就喜欢钻研的他更"疯魔"了，利用上班闲暇练，认真琢磨，仔细分析，不理解的就找师傅们问，直到弄懂为止；下班后更是不浪费一分钟，可以说"夜以继日""披星戴月"这两个成语就是为他量身定制的。一分耕耘，一分收获，功夫不负有心人，他在众多的选手中如一匹黑马，一路过关斩将，最终取得了采油工种的第二名。

面对取得的成绩，段吉斌并没有骄傲，才第二名呢，有啥好骄傲的，这说明自己还有不足，技术还不过硬。他暗自下定决心，不拿第一决不罢休。

段吉斌一面认真完成本职工作，一面在业余时间继续为下一次的大赛做好准备。

2002年7月，段吉斌作为采油二厂参加油田公司组织的第二届职业技能大赛采油工种教练兼选手，以双重的身份参加上级组织的技能大赛，在采油二厂历史上是不多见的，虽然有备而来，但他还是感到前所未有的巨大压力。

变压力为动力，这是段吉斌参加过多次技能大赛的心得体会。他摒弃所有杂念，一门心思扑在了训练上。为了带好选手，他给自己和选手们制订了严格的训练计划。在长达一个多月的脱产训练中，他是"魔鬼"教练，更是勤奋的选手。要求选手做到的，他自己要先做到，选手做不到的，他手把手地去教。

就在这时，他四岁的儿子生病住院了。他知道，这些年来，家人为了他参加一次次比赛没有任何怨言，妻子更是一个人一边工作一边带孩子，绝不拖他的后腿。而现在，正是封闭训练的关键时期，怎么办？段吉斌陷入两难。

单位领导知道后，劝他说："孩子要紧，回去吧，哪怕是看一眼也好。"

段吉斌思前想后，他想孩子有他妈妈在，医院有医生，回去又能做什么呢？一大家子围着一个孩子转吗？这里更需要我啊！段吉斌硬是狠下心，没离开集训队。

最终，他不负众望，一举夺得了本届大赛采油工种第一名的好成绩，而他所带队的采油二厂包揽了采油工种前五名、输油工种第一名和团体第一名的骄人成绩，段吉斌再一次以优异的成绩证明了自己的实力。

参赛前,段吉斌是作业区采油监督,并兼管全作业区238名员工技能培训工作和采油二厂技术尖子的教练。为采油二厂培养技能型职工,段吉斌深知自己所肩负的重任。他结合自己长期在生产实践中积累的工作经验,制订完善了一整套行之有效的培训方案,完善员工培训考核制度,将员工培训与经济利益挂钩,组织本单位员工积极开展岗位练兵活动,极大地激发了员工学技能的热情。他放弃休息,义务培训,毫无保留地将自己的经验传授给其他职工。他凭着特有的吃苦耐劳的精神和坚韧不拔的毅力,在两年时间内,将作业区高级工比例由26.9%提高到38.9%,技能鉴定合格率由56.1%提高到了65%。

在段吉斌的带动和影响下,通过岗位"恒星""明星"带"群星",在采油二厂范围内掀起了学技术、练技能、比贡献的热潮。在2004年新疆油田公司第三届职业技能大赛中,采油二厂再获团体第一名。

他也把一大波荣誉收入囊中。

2002年,获全国石油石化行业职业技能竞赛优秀奖;2002年,获得新疆油田公司第二届职业技能大赛采油工种第一名;2002年,荣获新疆克拉玛依市"劳动模范"称号;2004年,荣获新疆油田公司"技术能手"称号;2004年,被评为"中央企业劳动模范";2005年,被评为"全国劳动模范";2006年,被评为"中央企业学习型先进个人"。

……

在荣誉和成绩面前,段吉斌没有停滞不前,他仍然脚踏实地沉心修炼"基本功",把目光投向更远。

登高望远天地宽

回想起2001年的抉择,段吉斌至今都难以忘怀。当时摆在他眼前的是继续当工人、当技术能手、当高级技师,还是一切从头开始,放弃熟悉的操作岗位,转向管理岗,聘干当干部。

段吉斌经过深思熟虑,选择了聘干,走一条技术工人不一样的路。他坚信"只有荒凉的沙漠,没有荒凉的人生"。

在采油二厂人眼里，段吉斌是头顶着"光环"的人，众多的荣誉让他熠熠生辉。有人对他的选择很不屑，想看他的笑话。

可是段吉斌却成功转型，一步一个脚印，成为一名优秀的管理者。

2001年，段吉斌担任了管井队队长兼指导员。他的目标是在区队的月度综合检查评比中必须力争第一。

他给自己定了"三个标准"：最重的担子带头挑，最艰苦的工作带头干，最关键的时候带头上。

在他的带领下，队里的各项工作快速提升，在区队月度检查评比中连续四个月名列第一。不管是炎热酷暑还是冰雪严冬，只要井上有急、难、险的工作，段吉斌都在第一时间第一个到现场进行处理。由他结合生产实际提出的合理化建议就有30多项，其中被采纳实施21项，创效250多万元。

2002年2月，段吉斌担任了作业区采油监督，主管全作业区730口油水井的现场基础管理工作。为了尽快掌握生产实际，他几乎每天都深入现场，逐站逐井进行现场调查。针对区队52个注采联合站的基础工作现状，制订了《基础工作提升方案》，并负责现场实施。特别是针对部分配水间闸门渗漏的安全隐患，他组织力量对五个站配水间的总闸门进行了更换，保证了正常注水，消除了安全隐患。他每月都组织开展一次全面的安全基础自查自改，并将检查结果进行评比，实行严考核、硬兑现，使作业区基础管理工作在较短时间内有了大幅度的提高，有力地推动了全区队基础管理水平上台阶。

2007年，段吉斌担任了作业区工程地质组组长。当时，正值股份公司几个重大项目在作业区实施，可以说是任务艰巨，责任重大。他精心组织作业区工程地质力量，在项目施工、资料录取、地质分析等方面全力协调组织，四个重大项目顺利实施并取得良好效果。六区克下调整开发和稠油热采开发共投产新井142口，累计生产原油2.7万吨。水平井、螺杆泵、热采返馈泵、热采工艺技术等一批新工艺、新技术在作业区应用，取得良好的经济效益。他还主持编写了《稠油热采管理规定》《稠油热采操作规程》《稠油热采操作卡》《稠油热采应急预案》等，为稠油开采在采油二厂的顺利实施和规范运行打下了良好的基础。

2009年，段吉斌担任第二采油作业区党支部副书记，他提出了基层党支部要以"强化支部建设，发挥党员作用，创造优秀业绩"为目标开展基层党建工作。他以标准化党支部建设为抓手，完善制度流程，细化基础工作，强化党员管理，使党支部建设水平不断得到提升，2010、2011年连续荣获厂先进基层党组织，作业区实现了连续三年超额完成生产任务。

在段吉斌的心里，一直牢记着"铁人"王进喜的一句话："井无压力不出油，人无压力轻飘飘。"他不断给自己的工作加压，从而使自己也得到了进一步的升华。

2012年，段吉斌调到第四采油作业区任党支部书记。当时第四采油作业区正在着手打造集团公司"千队示范"单位，并且将作为集团公司"千队示范"推进会的一个观摩单位，迎接集团公司一百多个单位的观摩。

接到任务后，段吉斌感到了前所未有的压力，时间紧，任务重，没有任何资料可以参考。在他的心里只有一个字——干。

他从抓党支部建设切入，提出支部建设以"筑坚强堡垒，树先锋形象，促和谐稳定"为目标开展工作，在打造"千队示范"单位的过程中要充分发挥党员干部的作用，开展了以"困难面前有党员，重点工作有党员，突击任务有党员；党员身边无事故，党员身边无违章，党员身边无违法；带头学习提高，带头服务员工，带头维护稳定，带头保障安全，带头节约挖潜"为内容的"三有三无五带头"党员争当先锋主题实践活动。经过一年的艰苦工作，高质量、高标准完成了"千队示范"观摩点文化展板、创新展厅、岗位练兵场的打造，完成了集团公司"千队示范"推进会现场观摩的任务，得到了上级领导表扬和肯定。作业区顺利通过了"千队示范"单位的评审，并荣获集团公司"千队示范标杆单位"称号。

在段吉斌的主持下，作业区总结提炼了党建、生产经营、队伍建设等方面的特色工作，在全厂率先建成了党建文化阵地，实现了党建目视化。第四采油作业区的党建阵地作为示范在全厂推广，有效促进了基层党建工作。党支部荣获2013、2014年度"厂先进基层党组织"荣誉，段吉斌个人也同时荣获"厂优秀党务工作者"的称号。

2018年,段吉斌调任第六采油作业区党支部书记,就在到任的前一年,有两名党员因酒驾和经济方面的原因被处分,支部建设和党员士气备受打击,作业区的生产经营工作也受到了一定的影响。面对这种局面,他以从严管理党员队伍为突破口,在全厂率先全面推行"党员先锋量化评价",从"组织生活、组织纪律、安全生产、理想信念"四个方面划分设置了十个考核项目,确定详细、严格的打分标准,采用积分的方法,对党员进行打分评价,实行每月一统计,每季一公示,每年一评价。用系统、量化、易操作的党员考评机制,来促使党员自觉遵守党章党规,促进党员认真履行党章规定的责任和义务。在强化党员担当方面,开展以"树形象,服务员工带头行;树榜样,团结稳定带头做;树标杆,安全生产带头干"为内容的"三树三带"党员先锋实践活动。"党员先锋量化评价"和党员先锋实践活动的开展,迅速凝聚了党员队伍的思想,提升了党员队伍的士气,党员的责任意识、担当意识显著增强,在急、难、重的工作中,党员冲在了最前面,党员在生产经营、队伍建设中充分发挥了先锋模范作用。

在抓党员队伍建设的同时,支部建设也在同步推进。他主持提炼、总结、设计了党建阵地,仅用了三个月,就完成了作业区党建阵地的建设,制作展板三十四块,实现了党建工作目视化,极大改变了作业区办公楼的面貌。在他的不懈努力下,党支部的管理和建设水平大幅提高,党员干部队伍和职工队伍面貌焕然一新。

2019年,作业区超额完成生产任务,荣获厂劳动竞赛先进单位和安全环保模范单位。党支部荣获采油二厂先进基层党组织、新疆油田公司先进基层党组织、克拉玛依市先进基层党组织三项荣誉。段吉斌也荣获中国石油天然气集团公司和新疆油田公司"优秀党务工作者"称号。

等着看笑话的人最终都竖起了大拇指。

凡事都要脚踏实地去做,不驰于空想,不骛于虚声,成为段吉斌最好的写照。

他从一名普通的采油工人,通过自己不懈的钻研成长为新疆油田公司技术能手。走上管理岗位后,找准目标,开拓思路,一步一个脚印,以"实"为要求开展党务工作,填补了作业区党建工作的空白,作业区先后荣获中国石油"千队示范标杆单位"、中国石油"铁人先锋号"等集体荣誉。他就像是一座永不停歇的"磕头机",践行着"我为祖国献石油"的初心,以"我将无我,不负众望"的使命感,以"撸起袖子加油干"的干劲儿,当好采油一线的"排头兵"。

因为热爱,所以执着

黄秀梅

◎ 全国五一劳动奖章获得者
◎ 新疆维吾尔自治区劳动模范

梅花香自苦寒来

熊晓丽

这是黄秀梅退休两年后第一次回到她的班。雪,盖住了荒原,天地浑然一色。

她用掩不住的激动声音说:"看到了吗?左前方的那个指示牌。"

司机按照路牌的指示,把车平稳地停在了新疆油田公司采油二厂第四作业区8519中心站的院门前。

黄秀梅解开保险带拉开车门跳了下去,她生生地又停下了脚步,环顾四周,喃喃自语道:"这儿还是原来的样子。"

站了一会儿,黄秀梅走进院子,"咦,宣传栏上新版了,呃,墙颜色重新刷过了。"她高兴得像一个小女孩一般在院子里转着。

小院静悄悄地,想必开完晨会的采油工都出去巡井了。

"啊?这句话还在。"黄秀梅仰起头看着屋顶上的那一排字——"秀出戈壁风采,梅香百里油区"。

不错,这就是新疆油田公司首届"十大命名班组"之一的"黄秀梅班"所在地。

说起黄秀梅,在采油二厂是无人不知无人不晓。出生于1968年的她,有着江南水乡女子的娇巧,更有着北方"女汉子"的豪爽。在她的身上有着一股子韧劲儿,凭着这股子劲儿,黄秀梅自1986年技校毕业分配到采油二厂采油一线,一干就是三十三年,从一名普通的采油女工成长为后来的技术能手、采油高级技师；从一个人埋头苦干，到带领全班人获得新疆油田公司首届以班组长名字命名的十大班组之一；从一名普通的劳动者成长为全国劳动模范。

她把自己磨炼成为新疆油田公司采油二厂独树一帜的存在。

能疯的"风女子"

黄秀梅在家里排行老小，大姐因招工从乌石化到了克拉玛依，虽然离家也就三百来公里，可是一家人总是牵挂着。那时黄秀梅想，我为什么不去陪大姐呢？于是她初中毕业就考取了克拉玛依技校，学了采油专业。

"当时我就是为了来陪大姐，觉得她一个人在克拉玛依太孤单了，学采油根本就是随机的，没想到一干就是一辈子。"黄秀梅说。

正如她说的那样，年少的黄秀梅对未来并没有什么规划，懵懂中在技校学习三年后来到了地处白碱滩的采油二厂。

"那时的条件和现在真是没法比，我直接分配到了一线，面对一眼望不到边的戈壁荒滩，我的眼泪唰地就下来了。我后悔了，我不想干，我想回家。

"虽然我是石化子弟，也算是一个系统吧，可是这里的条件怎么能和天山脚下相比呢？干燥的空气，简陋的环境，哪哪看着都不顺眼。

"采油工那时是最让人看不起的，一年四季都在野外奔波，不仅穿着工装，还得全副武装，从头到脚，无论酷暑寒冬，都裹得严严实实的。我们就像是一只只黄羊，唯一不同的是它们在寻找食物，而我们是从一口井到另一口井反复循环。

"我记得刚上井我就遇到一场大风，天昏地暗，我正在外面巡井，抓的地方都没有。我蹲着挪着，好不容易挪到了还算高大的红柳丛才感觉风小了些……那风真的能把你吹得喘不过气来。

"班长说，安下心，扎下根，那时我怼过去，还扎根，怎么扎？扎得住吗？风一吹，啥都没了。"

正如黄秀梅说的那样，当时的她一门心思地想回家，想调回去。而这时，家里也开始忙着给她介绍起对象来。黄秀梅想，处啥对象，工作让自己如此糟心，哪有心情。静下来她想，与其回家见不想见的"对象"，不如就待在这戈壁滩更清静些。

人生就是这样吧，一个看似毫不经意的决定，却改变了黄秀梅的一生。

从此以后，用她的话来说，看山是山，看水是水，连在荒漠中跳来窜去的老鼠都变得可爱起来，更别说那些在荒漠里努力绽放的红柳。

只要肯认真，铁杵磨成针。黄秀梅在师傅的带领下，逐渐成长起来，成为技术过硬的技术工，在第四采油作业区崭露锋芒。可不是人人都服她，尤其是那些身体棒、技术强的血气方刚的小伙子。

刘克祥就是其中的一位，他是另一个班的班长，曾经在油田公司技术比武上获得过名次。他给黄秀梅下了挑战书，要一比高下。

他说："我争的不是荣誉，我就是要争个技术上的高低，我就不信了，你这样一个'小不点儿'，还能比我强？"

黄秀梅欣然应战："比就比，谁怕谁。"

换盘根、连刮蜡片、管汇连接套扣、识别采油工具、测电流，一套技能大赛的比赛流程下来，最终黄秀梅以3：2赢得了比赛。

刘克祥赛后说："确实厉害，连刮蜡片这样的活儿靠的是手劲儿，而她只输给了我一分半钟。"

这一战，黄秀梅赢得漂亮，从此也奠定了她在采油工种技术上"大姐大"的地位。而这一战，也让她和刘克祥惺惺相惜，不仅成为工作上的好伙伴，也成了生活中的亲密伴侣。

能扛的"女汉子"

春种一粒粟，秋收万颗子。

从1994年开始，荣誉接踵而来，先是厂里的劳动竞赛先进个人、先进女工工作者、优秀党员、厂级青年岗位能手，到市劳模、油田公司技术能手，再到自治区劳动模范、"三八"红旗手，直到2014年获得全国五一劳动奖章。黄秀梅犹如戈壁滩上那坚韧的红柳一般，花开百里油区。

2001年，黄秀梅听从工作安排来到了巡检四班，这个班由汉族、维吾尔族、哈萨克族等多个民族组成，管理着八区乌尔禾系的六座注采联合站，五十七口油水井。这个区块地质结构复杂，油稠，光杆腐蚀严重，管理难度大，而且递减大，含水高，已属中后期开采，工作量比较多，再加上女职工人数多，工作压力自然比其他班更大。

话说千遍，不如做一遍。黄秀梅把辖区内所有的井都跑了一遍。哪口井压力不稳，哪口井爱跑油，哪口井需要及时调开……心里有底，做事不慌。当黄秀梅在不久后的一天晨会上滔滔不绝地讲起来时，全班人静默了。

3月的戈壁春寒料峭，大风频繁，八级大风说刮就刮，造成百口油井停电停抽。当时已是晚上21点多钟，停电就是命令，黄秀梅二话没说就带头上现场。天色渐晚看不清时，拿着手电在那起抽。手指僵了，双手放到腋下暖一暖，接着干……直到凌晨，终于让所有油井恢复生产。

全班人彻底被黄秀梅所折服。

趁热打铁，她和班组成员约法三章：凡是本班能处理的油水井工作，小事不过夜，大事不过班，凡事向她看齐，力争班组考核第一。她是这么说的，也是这么做的。"连轴转"对黄秀梅来说已是家常便饭，无论何时，人们都能在井上看到她忙碌的身影，特别是在急、难工作中，她总是第一个出发，第一个完成任务，干的工作比别人多，标准也高，从未见她有过什么抱怨。有时中午午休接到措施井开井任务，她会毫不犹豫地第一个赶去。完成一天的工作后，她都要到重点井前巡查一遍，以确保抽油机安全正常运转。

当有人问黄秀梅，如何在这样短的时间扭转全班局面，让全班人团结一心时，她微笑着说其实很简单，两个字——"真心"。

油水井有了问题，第一个操心的是她，有了新井投产需要连班的，抢在前面的是她；班员家里有了事，第一个帮忙的是她，第一个号召大家共同关心的也是她；有的员工不认真上班，她为了找到这个职工给做思想工作，在零下二十多度的寒风中一等就是两个小时，她还为这个职工与他的家人建立了联系，建成了帮助同盟，使这个后进职工变为先进。

她的真心付出和事事冲在前的作风，感动了班上所有员工，大家都看在眼里，记在心上，行动上自觉向她看齐。

在她的带领下，四班硬是从原来的"女职工多，技术差的人多，工作消极的人多；承担责任的人少，积极进取的人少，听从统一调度的人少"变为"高技术等级多，职工间相互帮助的多，讲奉献的多；不服从工作分配的少，工作检查问题少，工作斤斤计较的少"。

这一年，黄秀梅所在的班组迎来新井加密工作，为使新井早日见产，黄秀梅与班组人员一起克服了种种困难，创下一天投产三口井的记录。

或者老天爷想加深对他们这个班组的考验，新井投产第三天连续刮了两场十级左右的大风。大风肆虐，让人睁不开眼，整个油区，天地混然，让人无法行走。

怎么办，风再大新井资料不能不录取，黄秀梅二话没说拿上工具，顶风逆行，往新井现场方向艰难前行，沙子打在脸上生疼，气都喘不上来……

全班人员就这样在黄秀梅的无声带动下，在短短两个月时间里，顺利完成近三十口新井抢投任务。

能干的"女班长"

寒来暑往，日复一日。黄秀梅每天一到生产现场，第一件事就是到井上巡查一遍，把当天急需要干的工作列出重点，然后带领全班员工，及时处理，从不拖延。往往是同事们干完工作回到站上开始吃饭，还不见黄秀梅的影子。她所管理的站区和油水井，从"硬件"到"软件"措施，在作业区名列前茅。

而此时，她却说，一个人优秀不是优秀，应该让自己所在的班变得优秀，才是真正的优秀。

黄秀梅的心底有了新的想法。

能把弱班带强，让作业区领导看到了黄秀梅的能力所在。2008年，黄秀梅受命带好带强第四采油作业区巡检五班。

当时的巡检五班在管理上不规范，全班没有一个主心骨，员工各扫门前雪，缺少班组的集体意识，在采油二厂班组建设中始终处于该作业区的短板位置。

黄秀梅到了巡检五班之后并没有急于"新官上任三把火"，而是事先做了大量的资料收集，她先统计了全班二十六人的生日，给班里的成员过起了生日，那些想看笑话，或者策划"对着干"的人不知所措了，这简直就是不按常理出牌嘛。

于是，在黄秀梅这招"亲情"牌的感染下，班组的感情似乎深厚了许多，原本各自为政的状态有了些许的改变。黄秀梅不疾不徐，当了这么多年的班长，"收服"过那么多不听话的"刺头"，手里有的是招。

班上的管理逐渐规范，班组的这只小船越划越稳，集体荣誉感初显。抵制管理的人变得开始为班组建设提合理化建议了，在做好自己工作的空闲时间也能伸出援助之手了……看到这些变化，黄秀梅的唇角的弧度上扬。

夏季，她头顶烈日，从头武装到脚，在被太阳炙烤的戈壁荒野，在一座座被晒得滚烫的井口查渗漏，发现问题，现场立即拿出整改方案并付诸实际，汗水打湿了她的工作服，模糊了她的双眼，她抬起胳膊，用沾满油污的工作服袖子抹一下继续干。

冬季，她脚踩积雪，从头武装到脚，冒着零下二十多度的严寒，奔波在茫茫雪原，穿梭在油水井之间，呵出去的热气在棉帽、眼睑结成了霜，手脚在全副武装下仍然感觉到寒冷，可是给每口井巡检、取样、检修和给设备保洁、保暖一样也没有少。

黄秀梅再次没有辜负领导的信任和重托，使巡检五班有了天翻地覆的转变，但是她却不满足。黄秀梅说，我要把巡检五班再带出一个采油二厂、新疆油田公司的标杆采油巡检班，我要带着职工学技术，搞管理，让奔波于戈壁荒滩的采油工也能实现自己的人生价值，也能体会到奉献的乐趣。

而就在黄秀梅要放开拳脚努力打造最强五班时，她又被调回了四班。虽然有些恼火，但黄秀梅并没有拒绝，到哪里都是干，是金子到哪里都会发光的。

每天，黄秀梅背着工具包在自己所管辖的区域开始日复一日的巡检工作，看仪表、查压力、测电流、换盘根、控套压……这些针对抽油机井特有的细活儿，黄秀梅一样也不落下，对每一台"磕头机"都要仔细又仔细地巡检。

抓安全是黄秀梅工作中的重点，她坚持每日班前安全讲话。在她的心里，安全无小事，任何一丝隐患都能酿成大祸。全班人员在她的带领下，开展了班组全员岗位查隐患、除事故活动。

她坚持把劳动竞赛活动与员工的合理化建议、小革新、岗位练兵等活动有机结合起来，不断提高员工综合操作技能。通过摸索，把废旧皮带和手套加入偏磨、光杆腐蚀严重井的盘根盒内，废物利用，延长了更换盘根的周期，偏磨严重的井可延长两三个月，降低了劳动强度，节约了材料费用。回收来的旧闸门、螺杆、螺帽、管材、考克、皮带、垫片、导压管、电器配件等物资进行分类，存放在"百宝箱"里，通过自己的巧手进行修旧利用，实现了节约物资和高效利用。

这样的活动在班组数不胜数，最终在黄秀梅的带动下，全班组一齐参与发明的"压力自平衡式胶皮闸门"获得了国家级实用新型专利，"节约费用小泵收油""保温箱扣件及工具"QC活动，获厂QC优秀奖。

一个优秀的班组必须要有一套严明的管理制度。

黄秀梅有着多年的带班经验，她说，取人之长，补己之短。身为班长，不能不学习；身为班长，没有一套行之有效的管理制度是开展不好工作的。

定期开展班组岗位练兵是黄秀梅安全管理的"秘籍"。她将技术培训与安全教育紧密地结合在一起。玛热古丽是班组里一名技术较弱的少数民族员工，为了帮她提高技术，黄秀梅手把手地教她量油、更换盘根，直到她将各项操作规程熟练掌握为止。

多年来，黄秀梅坚持做好"传、帮、带"，为作业区培养了多名优秀的技能人才和管理人才，先后有吐尔洪江、安春丽在厂技术比赛中取得团体二等奖的好成绩，徒弟再努然在油田公司、厂少数民族职工汉语大赛中获得第二名的好成绩；更是培养出技术骨干，加强了本班的工作实力，还给兄弟班输送了班长、电工、仪表工若干名。

为了更好地让全班人员掌握技术，她邀请采油二厂技能专家为班员上课，并鼓励大家在工作中开展小发明、小革新活动。这项活动的开展也促使采油二厂首次为班组建立了创新工作室，于是在全班人员的共同努力下，"黄秀梅工作室"共获得国家专利小发明达十七项。

工作中，黄秀梅创新了"时间色彩管理法"，即急项工作为红色，必须第一时间完成；当天重点工作为蓝色；可缓工作为黑色。将这些工作写在黑板上，一目了然，员工们都知道哪些工作是重点，应该什么时间完成，于是全班的员工都成了出主意、想办法的参与者，班组的管理水平显著提高。

黄秀梅把"班"打造成"家"。家文化推动着班文化，班文化促进了班组向着和谐发展。她说："一个优秀的班组，必须要有一套有特色的管理方法。"

2011年3月的一个午休时间，这个"家"正洋溢着浓浓的暖意，当天是"大哥"马合木提的生日，巡检完的兄弟姐妹们陆续回家。室外的春寒料峭，并没有给暖意融融的生日宴会带来一丝寒意。他们有的人在给生日蛋糕插蜡烛，有的人忙着摆放水果，再努然还带了自己烤好的小点心。厨房里，忙碌的厨师马热古力正在做"长寿面"。一切准备停当，生日宴会正式开始了，马合木提手拿汤勺激动地说起了生日感言："我嘛，今年五十一岁了，工作也有三十六年了，换了不少岗位，去过不少班，我嘛，还是喜欢巡检四班，这个班嘛像家，有着家的温暖，我嘛心里感动，话嘛，不会说，可是我心里知道呢。"

艾力是四班的"闷"小伙儿，可是近一段时间以来，好像更沉默了，黄秀梅看在眼里，急在心里，在工作之余她和马合木提找到艾力，原来，小伙子离婚了，心情不好，借酒浇愁打发着日子。

黄秀梅悄悄地发动大家，除了在工作上照顾他，更在日常的生活中关心他。在黄秀梅的带动下，有人给他买来冬天的毛衣，有人带来美味的点心，渐渐地，艾力的脸上有了笑容。

艾力上班起不来，大家轮流打电话叫他起床，新员工李涛还教会艾力用手机定闹钟。有了"家人"的呵护,艾力再次找到了爱情,愉快温馨地过着自己的小日子。

有了艾力的事例,黄秀梅就想着如何把班组建成"温馨港湾",她设置了员工之间相互关心和爱护的"心情晴雨表"。每天一上班,员工们将自己的心情牌放在"小雨、多云、晴天"的位置,黄秀梅发动员工都去关心心情为"小雨、多云"的员工。最初,班员们都本着"家丑不可外扬"的原则不把真实心情显露出来,黄秀梅就带头,把自己的烦恼在班会上公开出来请大家帮忙开导,在她的带动下,个别员工内心有了阴雨,也开始尝试放置心情牌,班员们分别找这个员工沟通排解。慢慢地,释放坏情绪、获得好情绪成为黄秀梅班共同的健康生活标准,班组成了所有班员的大后方、情绪疏导站,是共同的家,而且这个多民族大家庭团结、温暖、和谐。

在这套独特的管理模式下,班组成员们纷纷争做"想干有责任,会干有技术,巧干有绝活,实干有贡献"的"四有"员工,使员工个人价值得到充分的展现和提升。

黄秀梅自参加工作以来,先后参与技术小革新、小发明29次,现场使用17个,提合理化建议37条,增油3 000多吨,修旧利废4 992件,为作业区节约成本13余万元,黄秀梅还独自创新班组工作方法五个,参与创新的管理方法四个。

今天,退休了的黄秀梅再一次站到8519中心站自己的班院里时,眼角湿润了,她悄悄侧过头,轻轻地擦拭了一下,然后转过来,深深地吸了一口气,缓缓地说:"我现在有时间给孩子开家长会了,可以给孩子他爸做一顿可口的午饭了……"

逐梦路上，注定坎坷

谢欣岳

◎ 新疆维吾尔自治区劳动模范
◎ 克拉玛依市劳动模范
◎ 克拉玛依市拔尖人才

IT男的青春注脚

熊晓丽

青春,是人生最美好的时光。古往今来,不知有多少文人墨客去描绘,去赋予,去憧憬,去希望……

青春,是什么?是激情,是活力,是阳光……

而在80后小伙儿谢欣岳的心里,青春有着自己的注脚。

那就是——

2012年,荣获克拉玛依市白碱滩区"科研开发人才"荣誉称号。

2013年,荣获克拉玛依市"油城英才·青年骨干"荣誉称号。

2014年,荣获克拉玛依市"劳动模范"荣誉称号。

2015年,荣获自治区"科技进步三等奖"。

2016年,荣获自治区"劳动模范"荣誉称号、克拉玛依市"科技进步一等奖"、克拉玛依市"白碱滩区科研开发人才"荣誉称号,入选自治区"基层青年科技人才"。

2017年,荣获自治区"科技进步二等奖"、克拉玛依市"科技进步二等奖"。

2018年,荣获"中国专利奖优秀奖"、自治区"专利一等奖"、克拉玛依市首届"拔尖人才"荣誉称号。

2019年,荣获自治区"科技进步三等奖"。

不疯魔不成活

2008年3月，全球首个国际物联网会议在华盛顿召开。此时，谢欣岳即将从新疆大学机械设计制造及自动化专业毕业。

从网上看到这则消息的他，敏锐地意识到万物互联的时代要开启了。他按捺不住内心的激动，怀揣着对未来无限的憧憬，寻找着一方能施展抱负的天地。

终于，他把目光投向了克拉玛依。谢欣岳笃定，这里就是他梦想开始的地方。

他先来到了新疆艾特科技有限责任公司，后来又到了新疆华隆油田科技股份有限公司，虽然各方面待遇不错，但谢欣岳发现，这些并不是自己想要的。

有一天，当几个人聊到为了打破现有的机制、为了物联网想一起创业时，谢欣岳心动了，于是新疆金牛能源物联网科技股份有限公司应运而生。

创业初期，办公条件、待遇、前景都是个未知数，可在谢欣岳的心里，却找到了"广阔天地，无限可能"的感觉。

他把自己所有的精力都投入到项目的研发中，他乐颠颠地说："我把爱好变成了自己的事业。"

那段时间，谢欣岳对项目的研发几近"癫狂"状态，那时他还没成家，一门心思都扑在研发上。他曾有一个星期吃住在实验室的经历，困了，趴在桌子上或随便找个地儿躺着打个盹儿之后继续投入工作；饿了，随便找点儿吃的对付一下，就算是同事给带饭了，他也会忘记了吃。"白加黑""五加二"成了他的工作常态。

同事们看着不修边幅的他心疼地说，"成仙儿"了也要有仙气，看你这一身邋遢的。

谢欣岳憨憨地笑了，没有一句话。可他自己心里知道，每天做着自己喜欢的工作，是一件多么开心的事儿，这种内心"子非鱼，焉知鱼之乐"的喜悦，似乎只能独享。

2010年冬天,谢欣岳接到新的任务——陆梁油田的"燃气发电机远程质量控制系统"在研发过程中遇到技术瓶颈,需要他去解决。

谢欣岳喜欢接受挑战,这样才能更好地磨砺自己。可是之前的项目从设计到最终投用,都由自己和团队全程主导、负责,而这次是要在别人的设计基础上找到突破,不仅在设计和操作上受到种种限制,还要在短时间内迅速完成,可谓困难重重。

如何把以前的设计和自己的想法有效地衔接呢?谢欣岳自接到任务后没日没夜地思考,想办法,最终设计出了几套解决方案。经团队共同敲定后,谢欣岳收拾好行囊,立刻奔赴油田一线。

因时间紧迫,谢欣岳一改以往的工作顺序,抱着笔记本电脑到施工现场边设计边调试。数九寒冬,笔记本电脑开机不到五分钟就自动关机,谢欣岳只好再抱着电脑回到车内,待电脑焐热后再回到施工现场继续工作。一天不知道要因电脑的"抗议"而往返多少次。

那一年,据陆梁油田的老员工说是有史以来最冷的冬天,室外的温度达到了零下43度,走在外面,帽子和眼睛周围都结满一层厚厚的霜。为了能传回陆22井的数据,要在通信塔上调试一组数据。塔高95米,当全副武装的谢欣岳爬上去的时候感觉塔就在脚下晃,寒风吹打在脸上如同针扎一般,冰凉刺骨。那天,天特别蓝,戈壁滩上的植被都挂着雪白晶莹的雾凇,恍若一个童话世界,如果不是因为受不了那极寒的天气,谢欣岳真想再多站一会儿……

功夫不负有心人,三个月后,该项目如期投入使用。

长期的高压工作,让谢欣岳练就了一身好本领。晚上睡觉之前他会阅读海量的资料,但不去刻意整理,神奇的是第二天醒来,大脑会自动把这些信息分门别类地整理好。他的大脑犹如一台"T"级的硬盘,并自动划分了多个区域,有无数个文件夹分别存储着各种信息资料。

工作状态中的谢欣岳,无时无刻都有着"满格"的战斗力。

那是2017年年底,工作多,压力大,谢欣岳失眠了,继而开始焦虑,脾气也不太好。原本工作、家庭能应付自如的他把负能量带回了家,家里的平静被打破了。那时女儿才四岁,爱人虽然和他在一个公司,但是也忙得没有空闲。看着自己一手造成的局面,谢欣岳不知所措了。

后来，公司庞总知道了这一情况，把他叫到了办公室，给他做思想工作，并说的确是因为目前公司缺人，给他的工作压力太大了。

领导问："是不是要调整一下目前的工作？"

谢欣岳坚定地说："不用，能坚持。"他知道，原本就是自己的原因，才使家里出现了小小摩擦，他迅速调整好状态，并回家和爱人加强了沟通，取得了谅解。

家里和谐了，工作也顺了，没了后顾之忧，谢欣岳又一心扑在了项目的研发和公司的生产管理上。

这件事儿，让谢欣岳明白了一个道理，人不是一个简单的个体，不能脱离社会而孤立生存，他有家庭，有同事，有朋友……

于是他把自己的关注点从专注搞研发和生产上分出来一块儿，不再是简单的"理科男"。在规划好家庭的同时，把自己的研发团队紧紧地团结起来，在生活和工作中相互帮助，相互支持，不推诿，不扯皮，带领着大家一起朝前冲。

我的世界，我来造就

物联网是什么呢？物联网是指通过各种信息传感器、射频识别技术、全球定位系统、红外感应器、激光扫描器等各种装置与技术，实时采集任何需要监控、连接、互动的物体或过程。

说起物联网，谢欣岳滔滔不绝，他说："物联网，通俗来讲就是物物互联。"

谢欣岳和他的团队共同研发了"油水井物联网智能识别管理系统"。他说："它的作用，如果打个比方来说，就好比我们每天的身体状况，我们是不太清楚的，我们只有到医院通过专业的仪器设备，才能检查出来。但是作为我们人来说，不可能每天待在医院里面。而我们这套系统就是针对油水井智能识别来的，它就像是一套随身携带的医疗诊断设备，能够把油井的一些状况和健康数据实时传回到我们现场决策人员手中，然后通过这些数据进行评估，评估这口井是否出现问题，能够更好地优化这个油井的生产作业。"

该系统大力推进了新疆油田建设"智能化油田"的进程，其衍生产品实现了对油田生产现场人员、设备、环境等要素的实时感知和智能监测、处理，提高了油田管理水平和生产效率，获得了多项自主知识产权，在国内同行业处于领先地位。2015年，获得自治区"科技进步二等奖"，谢欣岳凭此从助理工程师破格晋升为高级工程师，一时间传为美谈。那一年，他刚好"三十而立"。

目前，"油水井物联网智能识别管理系统"已完美升级到第三代，第四代也即将面世。

唯宽可容人，唯厚可载物。谢欣岳在工作中不断充实自己的同时没有忘记对身边的青年员工在技术和能力上进行培养，他以项目为依托，通过带领团队创新技术方法，解决技术攻关，实现了团队建设和科技项目的相互发展。

同是新疆大学机械设计制造专业毕业的杨建权就是谢欣岳团队中的一员，小杨和谢欣岳师出同门，在学校时就常听导师说到这位素未谋面的师兄如何了得，后经导师推荐和师兄一起共事，小杨越发地仰慕自己的这位师兄。

记得那是刚工作不久，小杨根据项目要求，写了方案拿给师兄谢欣岳看。谢欣岳认真看过后，毫不客气地指出一堆问题，要求立即修改，并且很严肃地说："总有一天，你也会独当一面的，写出来的东西首先你自己觉得没有问题了才能交出去。"

小杨拿回自己的方案，看到上面师兄标注出来的地方，羞愧了，的确是不该出现的错误啊。于是小杨认真修改，谢欣岳仔细审阅，直到方案完美为止。

有了师兄的榜样，小杨觉得事业有奔头，加起班来也没有怨言。

在从事物联网技术研究相关工作中，谢欣岳认真钻研业务，不断充电和自我更新。

"欲戴皇冠，必承其重。"谢欣岳知道信息产业的更新换代的速度是其他任何行业所不能比拟的，想不被行业淘汰出局，自己就要有所准备，专业基础理论和专业技术知识必须要过硬，而且要将自己所学应用到生产实际，解决油田生产的难题。要结合工程实际需要积极协调相关方，具有较强的独立分析问题和解决问题的能力，能很好地解决本行业中各类专业性的技术问题。要勇于创新，具有较强的技术及管理能力。

谢欣岳严格要求自己的同时，不希望自己的团队里有任何一人掉队。

在谢欣岳与团队的推动下，新疆金牛能源物联网科技股份有限公司将物联网技术由理念变为现实，实现产品从研发、设计、生产、检测到售后一条龙的产业化服务，在企业做强做大的同时推动了克拉玛依物联网产业的发展。

谢欣岳和他所在团队研发的"一种辅助设备身份识别的智能装置"是创新人才工程项目，能够自动配置匹配工业现场的变送器智能配置套件，最大限度地降低无线仪表的使用难度，使无线仪表在工业现场大规模实施应用推广成为可能。

他们还研发了自治区基层青年科技人才项目"基于LORA技术的井场数据的采集应用与分析"，就是将过去对LORA技术在油田井口的数据通讯技术的研究，开发出基于LORA无线网络技术且能够自动配置匹配工业现场传感器的智能套件，有效减少运维费用，进一步增加产品附加值。

"物联网技术的迅猛发展，让自动收集数据成为可能。"谢欣岳和团队共同研发出"一种基于物联网技术的运维系统"，能够切实帮助用户提高油气生产运维效率，优化运维流程，降低运维成本，达到运维有计划、过程有监督、事后有分析的目的。

他与团队先后组织开展了国家创新基金项目"油水井物联网智能识别管理系统的研发"、国家工信部下一代互联网示范城市项目"基于车辆eID和IPV6的车联网信息安全示范工程"、自治区高技术研究发展计划项目"基于WIA-PA技术的井场数据采集与控制系统研发与应用"、自治区创新基金项目"蒸汽辅助重力泄油井智能控制系统研发"、自治区电子信息发展专项资金项目"基于物联网的工业现场诊断与管理系统研制及应用"、自治区科技援疆项目"油田作业区视频采集与图像分析系统"、自治区重点技术创新项目"一种油井无线变送器身份确定的实现方法及装置"、自治区重点研发专项项目"物联网设备远程智能运维系统开发"等科研项目。

这些科研成果在新疆油田公司的应用，得到了用户的一致好评，不但解决了油田生产的难题，也为公司巩固了传统市场，开辟了新的业务，形成公司新的经济增长点，实现销售收入五千余万元。

谢欣岳十分清楚，5G是未来信息发展的主力：

"今后，我们要不断强化创新意识，提高科研力度，紧跟主流科技发展潮流，以5G为信息基础，为打造克拉玛依的物联网产业链不懈努力。"谢欣岳自信地说："前两天从网上看到一则信息，美国公布了一份长达35页的《新兴科技趋势报告》，这份报告是在美国过去五年内由政府机构、咨询机构、智囊团、科研机构等发表的32份科技趋势相关研究调查报告的基础上提炼形成的。通过对近700项科技趋势的综合比对分析，最终明确了20项最值得关注的科技发展趋势。物联网排在了首位，可见其重要。其次是将来移动设备、可穿戴设备、家用电器、医疗设备、工业探测器、监控摄像头、汽车，以及服装等。它们所创造并分享的数据将会给我们的工作和生活带来一场新的信息革命。人们可以利用来自物联网的信息来加深对世界以及自己生活的了解，并且做出更加合适的决定。"

无奋斗，不青春

谢欣岳工作十二年来，共主持、参与承担了十八项科研项目，其中国家级项目三项、自治区级项目九项、市级项目三项、区级项目三项。

他参与的"新疆油田物联网工程技术研究中心"的建设，其中包括企业信息化基础平台（机房的建设、公司网络建设、视频安防建设、生产管理指挥中心建设、视频会议系统建设）、实验室、多媒体培训室等。

他还协助科研副总开展公司科技管理工作，建立健全研究所各项管理制度；积极参与公司组织的技术交流和技术培训，提高公司整体技术水平；协助科研副总搭建公司产学研合作平台，大力拓展合作创新领域。

从2011年至今，共获得国家发明专利三项，实用新型专利十六项，在国家级刊物上正式发表学术论文十八篇。

丰硕的科研成果，为推动克拉玛依科技进步、企业发展作出了积极的贡献。

面对诸多的荣誉和成绩，谢欣岳不骄不躁，他有着自己对人生的规划。他清楚只有把荣誉当成新的奋斗起点，始终谦虚谨慎，不断自我加压，荣誉才不只是昙花一现，才不至于成为前进道路上的绊脚石。

他说："成绩的取得是大家的，没有大家共同的努力，靠我一个人的力量是万万不能的。没有什么感言，更多的是感谢。"

面对荣誉与成绩，谢欣岳腼腆地笑了，他说："每个人的成长，都有无数个老师，父亲自然是第一个。我们家四口人，除了我都是医生。是啊，我为什么没学医呢？说起来好笑，是从小看父母每天写病案，觉得太累。其实我们家没有刻意地要把我和我姐往医生方向培养，我爸虽然是医生，可是他喜欢无线电啥的，喜欢捣鼓，我记得我家以前还有他自己组装的音响呢。对，动手能力很强。我从小在他的影响下长大，我就记得每天我都拿着个锤子，这儿敲敲那儿打打的，把钉子钉得到处都是，甚至睡觉都抱着。父亲可以说是我对无线电感兴趣的启蒙者，长大后，就自然而然地找这方面的书去看，也动手做，父亲在一旁指点。后来，自然不满足了，上学接触计算机以后，对我来说就是开辟了一个全新的空间。相当于以前做的都是宏观的模拟电路，而现在做得最多的都是数安电路，嵌入式软件方面的东西。"

谢欣岳陷入了对往事的回忆之中："父亲做事认真、严谨，说到的事就一定要做到，也可以说是一个契约精神，父亲对我的影响还是非常大的……"

是啊，这些年来，一直都在忙着上项目，几乎很少回去看望远在伊犁的父母，儿时的点点滴滴在这个时候如决堤的江水，一泄而出。

谢欣岳说："我还要感谢周建平老师，如果说从小父亲给了我一个动手的小天地，那么周老师无疑是引领我走进更加广阔天地的引路人。他教会我的不仅仅是专业知识，还有做人的道理。"

回顾自己成长的经历，家人、老师还有现在的同事，无一不在谢欣岳的生活、学习、工作中帮助他，影响他，让他成为最好的自己。

谈到对未来的设想，谢欣岳说："很简单，就是把工作做好，兼顾好家庭，脚踏实地，做更好的自己。"

对于射手座的谢欣岳来说，他阳光，果敢，他的身上有一股勇往直前的劲儿，不管有多困难，只要想，就能做，有着天生的毅力和自信。

他说，决定一个人成就的，不是天分，也不是运气，而是坚持与付出，是不停地做，重复地做，用心去做，愉快去做。作为新时代的青年，更要抓住机会，勇立潮头，砥砺前行，向自己的梦想大踏步前进。

他说，青春，是我们每个人都会经历的人生重要阶段，每一代人有每一代人的感受，对于父母，他们的青春是上山下乡，是改革开放，而我们的青春是互联网，是人工智能。不同的时代，青春散发出不同的色彩和印记，但都有着共同的底色，那就是奋斗，是担当。

向梦想前行，方不负韶华。

舞台小世界，世界大舞台

古力白克热木·吐尔迪

◎ 新疆维吾尔自治区首届电视小品大赛金奖获得者

◎ 中国石油职工艺术节戏曲类金奖、银奖获得者

◎ 新疆维吾尔自治区首届戏曲票友大赛金奖获得者

◎ 河南卫视梨园春栏目「擂响中国」擂台赛铜奖获得者

"新疆铁梅"的艺术之路

王 琦

梳着一根麻花辫,头戴一顶花帽,身着亮丽的民族服饰,弯弯的眉毛,黑黑的大眼睛,高高的鼻梁,她亭亭玉立地站在舞台上,灯光打在她的身上,起手、亮相、开口,脆生生唱出了"花轿起三声炮惊天动地"……喜庆飒爽的扮相,却也姿态娇羞,身段曼妙,莲步生花,台下掌声经久不息,河南豫剧经典曲目《抬花轿》被这个胸前挂着"古力"胸牌的维吾尔族姑娘唱得高亢处明丽欢快、酣畅淋漓,迂回处行云流水、悠扬悦耳,把出嫁女的小心思表现得活灵活现,惟妙惟肖。

这是2012年河南卫视梨园春栏目"擂响中国"擂台赛年度比赛,来自新疆独山子石化公司的古力白克热木·吐尔迪演唱豫剧《抬花轿》的情景。最终,她在成为季度擂主之后荣获年度铜奖。

维吾尔族姑娘唱豫剧,还唱得这么好! 荧屏内外的观众,赞叹不已。

古力白克热木·吐尔迪不仅豫剧唱得好,还把京剧《都有一颗红亮的心》唱到了国家京剧院,受到著名京剧表演艺术家、铁梅的扮演者刘长瑜的赞赏,并对她的演唱进行现场指导、点评,说她是"新疆铁梅"。

从国家通用语言都说不流利到演唱京剧、豫剧,从朋友聚会、喜宴的小舞台到乌鲁木齐、郑州、北京、俄罗斯等地的专业舞台,古力白克热木·吐尔迪的艺术之路并不平坦,有汗水和泪水,也有鲜花和掌声;

充满了酸甜苦辣,也充满了欢歌笑语。

小荷才露尖尖角

古力白克热木·吐尔迪是名副其实的油二代。

1984年,十六岁的她初中毕业,考上了克拉玛依技校。家里九个孩子有四个在克拉玛依工作,父母想把她留在身边,就让她接了父亲的班。虽然是接班,但还是要参加招工考试,古力白克热木·吐尔迪以第一名的成绩成了一名石油工人,被分配到热电厂电气车间,当了一名配电工。上班时,操作室里的同事都很喜欢这个聪明开朗、爱说爱笑、高挑漂亮的小姑娘,"古力,古力"成了操作室里大家叫得最多的名字。

20世纪80年代,独山子炼油厂文体活动非常多,排球赛、篮球赛、足球赛等开展得红红火火。那时没有互联网,看各种比赛成为职工家属业余生活的重头戏。每次全厂比赛,各单位都要组织人员集训。古力年轻又有活力,身材高挑,是块运动的好料,但她太单薄,篮球对抗性强,单位就让她进了排球队。

排球队在石油工人俱乐部的广场上训练。炼油厂宣传队当时在石油工人俱乐部办公,古力清亮的嗓音、灵活轻巧的身影很快引起了宣传队负责人陈世勇的注意。

陈世勇说:"古力,你身体条件这么好,到宣传队来跳舞吧。"

从1986年开始,除了打排球,十八岁的古力还经常被抽调到宣传队排练舞蹈,参加各类演出。

很快,大家就发现古力能歌善舞,很有天赋。其实,这得益于古力耳濡目染的家庭熏陶。

古力的父亲是博乐牧民家的孩子,从小放马为生,后来在乌苏当兵,参加了革命。父亲在部队里就是宣传队的骨干,只要是能拉能弹的民族乐器,父亲都会。

一次,古力的父亲在部队演出,分别用二胡和热瓦普演奏了同一支曲子,赢得台下一片掌声。演出结束后领导上台跟演员握手时,王震将军问他:"你叫什么名字?这是什么乐器?""我叫吐尔迪·尤努斯,这是热瓦普。"王震将军开玩笑说:"那你就叫热瓦普,吐尔迪·热瓦普吧。"从此,"热瓦普"成了爸爸的别名,比他的名字叫得还响。

说起来,古力父亲和母亲的姻缘,还是演出牵的红线呢。

一次,部队巡回演出,古力的父亲到伊犁演出民间艺术二人转。舞台搭在露天场地,父亲被台下一位美丽的维吾尔族姑娘吸引了,长长的辫子,浓浓睫毛下忽闪的大眼睛让他一见倾心,最终两个年轻人喜结良缘。

在古力小时候,全家人时常会围坐在一起听父亲演奏,这让她幼小的心灵在那时就埋下了艺术的种子。

"当时,父亲并没有对我们兄弟姐妹九人刻意培养,全凭大家的兴趣,我大姐拿起热瓦普就会弹唱,无师自通。"古力说,"我爸爸热瓦普、都塔尔都会弹奏。家里除了热瓦普、都塔尔、手鼓等,还有一把大提琴。"1992年,能歌善舞的古力白克热木·吐尔迪迎来了命运的一次转折,炼油厂派她到新疆艺术学校编导班进修一年。

"在艺校进修的这一年,我有机会进行了系统的理论知识学习和基本功训练,既开拓了视野,又提高了艺术修养。因为有这么好的企业,才有我后来的发展,我才能走上更大的舞台。"

1994年,古力白克热木·吐尔迪参加了独山子矿区的歌手比赛、舞蹈比赛,并崭露头角,各种奖项纷至沓来:在奎屯市、乌苏市、独山子区联合举办的舞蹈比赛中获得二等奖,在新疆石油管理局维吾尔族民间艺术二人转比赛中获得二等奖,在自治区民间艺术二人转比赛中获得一等奖……

当年拼却"最"颜红

1996年,古力白克热木·吐尔迪调到独山子(石化)文体中心文艺部,成为一名专业演员。从此,她全部身心都投入到训练和演出中。

拉筋、压腿、下腰、吊嗓、发声……古力白克热木平时训练格外刻苦。她知道，只有吃苦流汗，才能练就过硬的基本功。

"我是从一线生产岗位上走出来的演员，在热电厂的那十年，我得到了很好的培养，我们企业有深厚的文化基础，有丰厚的石油精神滋养，也可以说，我深深感受到石油精神丰富的内涵。能吃苦、肯担当、爱岗敬业，这些精神都给我烙下了深深的印记。我要付出比别人更多的努力回报企业的培养，要为独山子父老乡亲带来更好的艺术享受。"

在文体中心，古力白克热木·吐尔迪担任声乐组组长，她能跳能唱，还能表演小品、主持晚会，进工厂、学校、部队、养老院慰问演出，大检修现场、送文化下基层的大篷车、文化广场都是舞台，参加一线特殊贡献奖晚会、新年文艺晚会、元宵节晚会……每一场演出，古力白克热木·吐尔迪都全身心投入，以最饱满的激情和最佳的状态，给广大观众呈现精彩的节目。

尤其是独山子元宵节晚会，是那时独山子的重头戏。从20世纪80年代开始，元宵晚会陪伴了独山子人三十多年。精彩纷呈、喜庆欢快的元宵晚会，承载了独山子几代人对传统的美好记忆。

那时，从独山子石油工人俱乐部广场到文化宫广场，从总厂大楼广场再到迎宾广场、市民广场，独山子元宵晚会和花灯展随着城市发展的脚步不断向东部新区迁移。

那时，各单位都要自己动手做花灯参赛，结合生产元素做出来的花灯，运用了很多技术手段，表达对美好生活的向往，展现石油工人的奇思妙想、巧手匠心。

每年元宵节，人们早早吃完晚饭，一家人身着盛装走出家门，赏花灯、猜谜语、看社火、赏冰雕、品美食，然后围到台前占据有利地形等着看演出。台上欢歌热舞，激情演绎，台下人头攒动，笑意盈盈。演出结束，还有重头戏，缤纷多彩、绚烂夺目的烟花在天幕上闪亮登场了。变化万千的烟花造型，不时赢来阵阵惊艳的欢呼，那时独山子人的元宵节，就是这么热闹。

但是，元宵晚会都是在户外搭台，露天演出，作为演员，为了保证演出效果，必须要有"一不怕苦，二不怕病"的精神。因为优美的身段、曼妙的舞姿，必须身穿单薄的演出服才能保证。演员在后台不停地跺着脚搓着手，可一上台，立马表演范儿得起足，哪怕嘴里呼出的气是白的，演出也不能打折扣，一场舞蹈下来，身上还汗津津呢。

演出结束，古力和同事顾不上欣赏烟花，要赶紧收拾道具。每年元宵节晚会，都有演员感冒发烧，古力也不例外，但一想到台下那一张张充满欢笑的脸，她觉得这一切都是值得的。

古力白克热木·吐尔迪就是在这样的企业文化和艺术氛围中，成长为文艺中心的台柱子。

百炼刚成绕指柔

生活如果按这个节奏走下去，古力白克热木·吐尔迪可能跟大多数演员一样，到了一定年龄就慢慢退出舞台。

调到文艺中心后，为了艺术，古力白克热木·吐尔迪一直没有要二胎。2006年，三十八岁的她怀孕了，因为患有孕高症，她竟昏迷了十多天，孩子没保住不说，还无奈地告别了舞蹈生涯。

"当时感觉生活一下子失去了方向，尤其对自己的未来感到迷茫。"古力白克热木说。2008年，她的父亲和大姐在同一天去世，对她打击很大。恰好那时由于资源整合，成立了文体接待服务公司，业务范围除了文艺中心、体育中心、接待服务，还有图书馆、体育馆等，古力便想，要不就去图书馆做个图书管理员吧。

古力去找领导说了这个想法，领导说："你嗓音这么好，不如学唱戏曲。"

"我能唱好吗？"

"你不是会唱《红灯记》吗？给你一个月的时间去学，学会了去参加比赛，拿到名次我给你嘉奖。"

人生啊，有些时候，可能就因为一句话，从而打开了另一扇窗。

没有老师，古力就跟着唱片学，字、词、意思不懂的地方，就向同事请教。上午文艺中心正常训练结束后，古力一有时间就跟着罗群英老师练习发声，一有空就边听唱片边对着镜子练口型。下班坐公交车时还戴着耳机听戏曲，回到家做饭、吃饭、做家务都戴着耳机听，就连睡觉也是戴着耳机入梦，脑子里想的全是戏曲戏文。

"当时就跟着了魔一样，心里总想着，要做就要做到最好。"

用了三个月的时间，古力白克热木学会了《红灯记》选段。

2009年，新疆首届戏曲票友大赛在乌鲁木齐举行，古力知道检验自己自学成果的机会来了。

"比赛前我特别紧张，因为大多数参赛者都是从小开始学戏的。"她说，"只有我一个人才学戏不到一年。"比赛中，凭借着以往丰富的舞台经验和上万次的听、学、练，她把《红灯记》用汉语、维吾尔语各唱了一遍，老师们被惊艳到了，一匹黑马出现了，古力白克热木·吐尔迪一举获得了金奖。

站在领奖台上，她热泪盈眶："舞台就是我的生命，我不能放弃，我要唱戏。"

2009年9月初，古力白克热木代表中国石油参加"庆祝新中国成立60周年全国产业（行业）系统戏曲展演"，获得了铜奖，并受邀参加在北京梅兰芳大剧院举办的颁奖晚会演出。

演出结束后，古力白克热木见到了《红灯记》里李铁梅的扮演者刘长瑜老师。

刘长瑜问古力："你是跟谁学戏的？学了多长时间？"古力白克热木特别激动，她说："我是跟您学的，学了一年。"

"你怎么是跟我学的呢？"

"我是听着您的唱片学习的。"

"还真有点儿我的风格呢。你的嗓音很好，是唱花旦的好料。"

就这样，古力向刘长瑜老师请教了很多演唱方面的知识，刘长瑜还亲切地称她为"新疆的铁梅"。

京剧《红灯记》的成功学习，让古力白克热木学习戏曲的劲头更足了。她又找来了《花木兰》《朝阳沟》《小二黑结婚》等碟片，开始学习豫剧。

"学豫剧时，歌词里面出现的'啥''中'等，我都不明白什么意思，就拉着单位的河南同事问。"古力白克热木说。

为了表演到位，古力白克热木还不断琢磨剧中人物的性格、动作，反复观看光碟，细心琢磨自己如何演绎好选段中的人物形象。

2010年，古力爱人的同事的孩子结婚，这个同事是河南人，知道古力会唱豫剧，软磨硬泡要让古力在婚礼上唱一曲。

古力将《朝阳沟》与《抬花轿》唱完，台下掌声一片。区文化局一个领导在现场，听后也被震惊了。古力换完衣服和爱人准备离开时，这位领导等在门口，对她说："古力，你唱得太好了，把我这个河南人都征服了。你去参加河南台的《梨园春》吧，我来帮你联系。"

几天后，《梨园春》节目组真的给古力打来电话，告诉她《梨园春》新疆赛区选拔赛将在巴里坤举办，邀请她参加。古力在选拔赛中脱颖而出。刚好当时在哈密有个"豫疆情"晚会，古力有幸和郭达老师同台演出。

2011年，古力白克热木参加了河南卫视《梨园春》擂台赛，通过初赛、复赛，获得季度擂主。在年度擂主比赛中，古力在演唱中加进新疆元素，唱跳结合，把《花木兰》翻译成维吾尔语，得到评委小香玉指导，唱功精进很快，最终获得铜奖。

戏曲让古力白克热木的艺术之路越走越宽，她成为中国石油戏曲家协会会员，中国石油全国职工艺术节戏曲类金奖、银奖、最佳表演奖都被她收入囊中，2013年被授予"中国石油戏剧家"称号。

2014年，古力白克热木荣获首届全疆电视小品大赛金奖；2015年，荣获首届全疆维吾尔族戏曲大赛金奖。此后的几年，她不断参加各种演出，并不断获奖。

戏曲让古力白克热木拥有越来越广阔的舞台。2013年、2015年，她代表中国石油参加俄罗斯"火炬杯"艺术节；2016年，借调到新疆军区歌舞团参加全国第七届少数民族艺术节；2017年，参加了中国石油送欢乐下基层文艺晚会的演出；2017年，参加央视CCTV11频道最佳拍档节目的录制；2018年，受邀参加河南卫视《梨园春》第1000期创作吉尼斯纪录颁奖仪式晚会，参加中央心连心艺术团慰问克拉玛依的演出；2019年1月，参加国家京剧院成立65周年晚会的演出；同年10月，参加新疆电视台"新中国成立70周年"晚会的演出。

桃李满园竞相开

戏曲,架起了不同民族文化和心灵沟通的桥梁。让古力白克热木·吐尔迪记忆深刻的是一次在库车县的慰问演出。场地是简易的露天舞台,台下观看演出的大部分都是维吾尔族的观众。古力白克热木用维吾尔语演唱了《红灯记》选段,赢得了台下观众热烈的掌声。坐在前台的一位老大爷嘴里不断地说着:"亚克西,亚克西!"

古力白克热木说,在独山子石化公司文艺中心组织的各类演出中,同事李坤用维吾尔语演唱的《刀郎麦西来甫》和她演唱的河南豫剧是最受观众欢迎的节目,这让她感到自己不仅是一名文艺工作者,还是各民族传统文化和传统艺术融合的使者和传播者。

2018年,古力白克热木到中央电视台戏曲频道录制豫剧《抬花轿》,并参加最佳拍档栏目,和李坤一起演唱了《玛依努尔汗》,古力用汉语演唱,李坤用维吾尔语演唱,独山子石化公司文艺中心的舞蹈演员伴舞。能登上央视的舞台表演,这让古力白克热木和同事们感到骄傲。

2018年,在北京看到"传统文化进校园"的活动倡议后,古力白克热木心中一动。

回到独山子后,在各方的支持下,古力白克热木·吐尔迪开始开展"戏曲进校园"活动,每周四去学校无偿授课。在此期间,她还收了四名"小徒弟"。

2018年11月,古力白克热木光荣退休,但是退休不退艺。她说:"今后,我会将更多的精力放在教授孩子们学习戏曲表演上,中国的传统文化需要传承,我有能力也有责任帮助那些热爱戏曲的孩子们圆梦。"

两年来,为了让戏曲艺术进学校、入社区,古力白克热木可谓不遗余力。她还多次为独山子的南疆务工人员进行授课,教他们唱京剧,唱豫剧,唱黄梅戏。独山子区西宁路街道民族团结活动室专门给古力白克热木开设了"古力老师京剧工作室"。走进工作室,首先映入眼帘的是一排排满载荣誉奖杯的橱窗,这是古力多年演艺生涯的缩影,是她一生珍藏的纪念。这里,时常响起悠扬的京剧唱腔和胡琴、锣鼓的伴奏,这是古力老师在给三十多名小学员教授声乐基础，练习发声，唱京剧和编排舞蹈。在这里，她不断拓展自己的艺术之路，让更多的人体会到戏曲的精妙之处，让京剧走进寻常百姓家。

　　古力白克热木说："我的艺术之路能走到今天，得益于组织多年来的培养，得益于我的家人的大力支持和陪伴。我是一个幸运的人，戏曲让我的生命更精彩。"

做一个快乐的挑战选手

罗灵力

◎ 全国青年岗位能手标兵
◎ 中国石油天然气集团公司技术能手
◎ 中国石油集团公司乙烯工种大赛金牌获得者

十年磨砺见辉煌

王 琦

2020年7月14日,中国石油天然气集团有限公司官网、国务院国有资产监督管理委员会官网等多家媒体刊发了一篇题为《中国石油罗灵力:喜提国家级荣誉的小伙儿》的文章。文章说:近日,共青团中央、人力资源和社会保障部联合印发《关于命名表彰第20届全国青年岗位能手的决定》,在五十名"全国青年岗位能手标兵"中,中国石油也有一名员工榜上有名。这个"唯一"一名,就是独山子石化公司乙烯厂乙烯一联合车间副主任罗灵力。

乙烯一联合车间的装置是石化行业的"龙头"装置,是创造效益的"桥头堡",开工十年来,累计生产乙烯一千万余吨,强有力地支撑了独山子石化缴纳税费持续跨越100亿元/年,在新疆各企业中多次名列第一。同时向全疆塑料、橡胶市场供应90%以上的原料,为促进新疆经济发展和民生改善作出了应有贡献。

一个工作十年的三十四岁小伙儿,缘何在拥有众多国内名校毕业生而人才济济的核心龙头车间,集多个殊荣于一身,成为"罗灵力劳模创新工作室"的领军人物呢?

其实,罗灵力的成功没有秘诀,是笃定善思学出来的,是熟能生巧干出来的。

十年里,他从外操到内操、班长、副值班长、值班长、副主任工程师、副主任、主任，一步一个脚印；十年里，他从独山子石化公司优秀实习生到乙烯厂"岗位操作能手"，从独山子石化公司第十届技能竞赛银牌获得者到中国石油乙烯装置操作工职业技能竞赛金牌获得者，从中国石油天然气集团公司技术能手到中央企业技术能手，一年一个台阶。

2019年，"罗灵力劳模创新工作室"获评为新疆维吾尔自治区劳模（工匠人才）创新工作室；2019年4月，罗灵力荣获克拉玛依市劳动模范荣誉称号。

青春正起航

罗灵力这个名字初听时，常会给人以聪明伶俐的感觉。其实，罗灵力憨厚直爽，家乡明山秀水的滋养，父母潜移默化的影响，让他从小就很懂事，是个让父母省心、有责任心的孩子。父亲常年在外工作，他会帮母亲分担很多农活儿和家务，帮着照顾妹妹等。能吃辣，肯吃苦，是四川人给人的感觉，这一点在罗灵力身上尤其明显。

同很多男孩子一样，罗灵力也贪玩儿，小学、初中时在学习上并没有花费太多精力，倒也一直处于中上水准。进入高中后，罗灵力好像突然就开悟了，开始努力学习，他是那种学习能力很强的人，一旦投入，效果凸显，最终以优异的成绩考入西南石油大学。化学工程与工艺专业让他与石化行业结缘，从此他的生命中贴上了闪光的标签。

在努力学习理论知识和专业知识的同时，他经常泡在图书馆看书。从高中到大学，罗灵力有自己的一套自学方法，有很强的自学能力。每次成绩出来，都让同学们很惊讶，觉得他并没有花费太多精力，但却成绩优异。

对于未来，罗灵力想得很简单——只要方向对了，努力就好。同宿舍有个好友是克拉玛依的，从他嘴里罗灵力知道了独山子，知道了独山子石化。刚好大四那年，独山子石化公司到西南石油大学招聘，罗灵力便签约了天山脚下的独山子石化公司。

2010年8月，罗灵力告别天府之国，和两个同学一起乘上成都开往乌鲁木齐的火车。此去山水迢迢路遥遥，望着火车不断远去的绿水青山，对新疆并不了解的他，不知道等待他的会是什么样的情景。路上，因为发洪水铁路被冲坏，火车走了四天四夜才到乌鲁木齐。罗灵力坐上开往独山子的大巴，过了沙湾之后，辽阔苍茫的戈壁不时映入眼帘，虽是8月，但看上去很荒凉，那一刻，他的心情很复杂，却也只冒出一句"独山子真远"的感慨。

大巴车驶入石化大道，远处雪山巍峨，近处绿树葱茏，罗灵力心里总算踏实下来。他不是一个喜欢热闹的人，看到眼前的葱绿，他一下喜欢上了安静、整齐、洁净的独山子，以至于工作后，每次出行归来进入独山子，这种踏实的感觉都会不期而至。

快乐的烧炉匠

罗灵力被分配到了乙烯厂第一联合车间。在新员工集训时，他了解到独山子千万吨炼油百万吨乙烯项目是国家级重点工程和西部大开发标志性工程，是中国石油一次性投资最大的炼化一体化项目。能成为这套国内最大、最先进的乙烯装置的员工，他觉得有压力，更有动力。

"学就行了，干就完了！"罗灵力就是这样简单纯粹、目标坚定的人。

走进装置，面对高耸林立的塔罐、密如蛛网的管道、难以计数的仪表、型号多样的阀门，他没有茫然和不适，反而有一点儿小激动和小兴奋。

当时，100万吨乙烯刚开一年，塔罐、管道、设备都是新的，闪光锃亮；红的、蓝的、绿的、黄的管线点缀在银灰的钢铁大背景下，格外醒目。机器轰鸣，设备和管道里介质在有规律地脉动着、欢唱着，这些陌生而新奇的事物，激发了罗灵力的求知欲。

罗灵力明白，自己一直是一个挑战性选手，面对未知和挑战，心里会更加笃定，会向着目标更加努力。

罗灵力的第一个岗位是裂解外操，现场的所有工作都由外操来完成，尽快熟悉现场流程和设备是当务之急。开朗直爽的他很快和班组的师傅们打成一片，班组工作氛围和学习氛围都很好。他跟着师傅们干些力所能及的工作，有空就看规程查流程。他给自己制订了一套学习计划，关于流程和理论，流程到哪一步，相关的工艺理论和设备知识以及相关参数全都串联起来，既有平面的也有立体的。同时，他对装置的关键参数和异常波动以及处理措施都有详尽的数据记录与总结。

下班回到宿舍，罗灵力的大部分时间是在画流程图和看工艺书中度过的。裂解外操岗位每天要爬上45米高的裂解炉顶。清晨，在高高的塔顶，他无数次看到熹微初现，朝霞染红雪山金顶的壮丽；傍晚，他也无数次见到晚霞洒满泥火山、厂区以及独山子城区的静美；当然更有烈日炎炎下、寒风凛冽中上塔巡检的辛苦。

冬天每一场大雪过后，他要和在岗的同事一起将雪从炉底扫到炉顶，在别人眼中这两个小时可能是个辛苦的过程，但罗灵力却觉得很畅快。每扫到一层，他都要看看那些设备管线，就像他无数次巡检时一样，那是一种相认，是一种交流，时间久了，听声音他就知道走到哪一层。扫到塔顶时，他眉毛头发结着霜，安全帽里流着汗，脸部和手指脚趾却早冻得麻木，到急冷器平台暖和暖和过后，才有一种疲劳得以修复的酣畅。

夏天巡检下来，工装背后一片汗湿，在炉下的草坪上休息会儿，微风吹来，看着绿树红花，听着装置呼吸的声音，很是惬意。

罗灵力尤其喜欢夜晚华灯璀璨的时候，八台裂解炉星芒闪射、天上宫阙般的美轮美奂，让他想到华丽、雄伟、壮观，他想把理科生所能想到的所有美好的词语都送给它们。

八台裂解炉不仅是罗灵力工作的一部分，也是他亲密的伙伴，他的微信名字就是"烧炉匠"，八台高高的裂解炉，成为他在工作上出海扬帆的起点。

奔跑在快车道上

几个月下来，这个整天乐呵呵、笑眯眯、操着一口四川普通话的小伙子，成为同事眼中的"学霸"。在大家看来，学习和考试对罗灵力来说好像从来都不费什么劲儿，好像真拥有超能力一样。其实，这些都是罗灵力对自己要求高、学习勤奋和善于总结的结果。

罗灵力说:"做事有计划,追求高效率、高标准,如果计划出现偏差,要及时自我修正;不断学习,高效学习,定期总结,自我反思。男人必须对自己狠一点儿,制订的目标要想方设法做到。"

他梳理自己前期的学习过程和学习难点,及时调整自己学习的方向,重新修正学习路线,以工艺流程为主,操作规程为辅。他把装置流程熟记在脑中,连导淋、放空等很多人并不在意的"小物件",他都要一一标注清楚。他可以在现场面对任何一根管线或一个仪表说出它内部是什么介质(包括压力和温度等)、仪表位号,还可以快速找到每条管线的隔离和倒空点,他心里装着裂解装置的"活流程"。

2011年,工作第一年的罗灵力第一次参加装置大检修,这也是百万吨乙烯开工后的首次检修,设计中和生产中的很多问题都要通过这次检修把"病"医好,难度可想而知。

考虑到罗灵力对流程的熟悉程度和能力,领导大胆决定把装置最复杂、检修最困难的急冷油系统倒空和压力容器、管道鉴定任务交给他负责。一年的历练,已让他成为当时车间对现场流程最熟悉的人。裂解装置大约有两千多条压力管道需要鉴定,他在大检修前用了近二十天的时间完成裂解装置两千多条压力管道有多少个测量点、有多少个弯头、有多少个压力表的鉴定交底工作,并在保质保量完成工作的同时把区域内的压力表也按公司的要求整改了一遍,成为独当一面的佼佼者。

车间投退炉操作,在外操时师傅就教授罗灵力他们,急冷单元需要两个人配合,一个人必须待在排放阀那里来回调节,现场控制液位,而且一待就要两个多小时。针对这个问题,已经是内操的罗灵力开动脑筋,他知道现场还有两个调节阀、三条线可以控制,于是他自己摸索出一个控制方法,算好平衡,让外操把现场调节阀开到一定位置,他在主控室利用两条自动控制线路控制好水量,这样大大减少了外操的劳动强度,这个操作方法很快在车间普及。

事业开端很好,八年的恋情也要开花结果。2012年,罗灵力与女朋友结束了爱情长跑,喜结良缘。妻子怀孕后,罗灵力因为太忙,无法照顾,他们住在宿舍,也不方便,妻子只能回四川老家待产,大女儿出生后，罗灵力才赶回老家看望妻女。

罗灵力太忙了，他一直奔跑在超车道上，仅用了不到六年的时间就掌握了难度很大的乙烯装置，成为解决生产瓶颈的能手。

裂解炉开工过程中升温降温操作难，水系统控制复杂，容易发生问题，升温升压后SS压力与温度不匹配，导致汽包满，造成一系列波动。罗灵力主动请缨由他来升降温，按照自己的想法自始至终由他来操作。他根据压力变化进行现场调节，摸索出一套方法，经过反复验证非常实用，他便把这套方法的升温曲线图画出来，温度压力一一对应，注意事项标注得详细明了，在全车间推广应用。

优秀是一种习惯，一大波荣誉接踵而至自然顺理成章。

2011年，罗灵力被评为独山子石化2010届优秀实习生；2012年被评为车间优秀员工；2013年起，连续多年被评为乙烯厂岗位操作能手；2014年，经过车间层层考核选拔，罗灵力代表100万吨/年乙烯装置参加独山子石化公司第十届技能竞赛乙烯装置工种竞赛，一路过关斩将，获得银牌；被评为2014—2015年度乙烯厂优秀党员。

发挥最稳定的选手

机会总是留给有准备的人，很多时候，命运的转折既是偶然的，也是必然的。正当罗灵力作为项目负责人，专心为2015年"四年一修"做准备工作的时候，中国石油2015年乙烯装置操作工职业技能竞赛拉开了帷幕。经过多次选拔，罗灵力以种子选手的身份，代表独山子石化公司参赛。

集中封闭培训的日子，罗灵力专心学习，他发现自己在仿真操作上存在短板，便花费大量时间坐在电脑前反复练习，几个月练习下来，年纪轻轻的他患上了颈椎病。

最终，罗灵力不负众望，在技能竞赛中摘得桂冠，获得乙烯装置操作工种金牌，并荣获中国石油天然气集团公司技术能手、中央企业技术能手、独山子第十一届杰出青年、乙烯厂技能骨干等荣誉称号，荣立独山子石化公司个人二等功一次。

更上一层楼

2017年，罗灵力被任命为车间副主任工程师、副主任兼第五党支部书记，分管生产、安全、党建工作。

从罗灵力开始工作那天起，只要每次在车间闻到特别的气味，他就知道走到哪里了。针对这一痼疾，罗灵力组织实施急冷系统异味改造工作，自己设计，将在线仪表现场排放改到回收系统，彻底解决了急冷系统烃类气体超标和排放等环保问题。从此，急冷系统这一片再也没有异味了，为独山子打赢保卫蓝天攻坚战作出了贡献。

2018年，罗灵力被聘为独山子石化公司技术骨干。公司根据装置生产需要成立了以罗灵力为领衔人，各级技术专家、技能专家、技师及工程师为主要成员的"罗灵力劳模创新工作室"，被评为自治区劳模和工匠人才创新工作室。工作室通过开展生产隐患排查、生产瓶颈攻关、员工培训技能传承等活动，消除了隐患，解决了乙烯装置的部分运行瓶颈问题。

2018年，出现一个特别困扰车间的问题，当时工艺水系统发生换热器泄露，导致水质恶化，影响裂解炉稀释调节阀开启，严重时单台裂解炉需要紧急停工检修，有时甚至八台炉子都受影响，直接威胁到全公司效益。罗灵力和同事在现场想了很多办法，能想到的都试了，效果并不明显。一次，一台炉子停运，现场将阀门关闭，半小时后打开，这个阀门有一些量了，但当时并没有引起罗灵力的注意。第二天，另一台阀门流量也大幅降低，于是关阀准备处理。到了下午，阀门开了一下，准备隔离时，又有量了。这引起罗灵力的重视，他想，是不是把阀关了静置一段时间，就会有效果呢？当晚，他和生产副主任决定试一下，结果，静置后效果很好，不断延长静置时间，量越来越大，解决了堵塞问题，也给处理泄露的换热器赢得了时间，保证了装置长周期运行。

八台裂解炉行业里大多采用七开一备的运行方式，罗灵力经过核算，发现这样会存在一个弊端，七台裂解炉满负荷运行能耗高，也容易造成设备损坏。他大胆建议采用八台裂解炉低负荷运行的方式，合理安排生产计划，不但降低能耗，而且提升了三烯产量和效益，八台裂解炉最高运行达150天，乙烯装置综合能耗达494千克标油/吨乙烯，从而使独山子石化再获乙烯行业能效领跑者第一名。

十年来，罗灵力在《乙烯工业》等行业期刊上陆续发表了多篇专业技术论文，积极将乙烯装置的先进经验和管理方法与技术同行研讨和共享。他和同事撰写的《降低裂解炉烟气NOX化物含量》荣获独山子石化公司优秀QC小组成果一等奖，《100万吨乙烯装置裂解炉节能降耗优化运行项目》荣获独山子石化公司科技进步成果一等奖。

2019年，罗灵力被聘为中国石油企业级技术专家，负责轻烃优化改造乙烯部分的全面工作。半年多的时间里他没有休息一天，每天工作十几个小时。9月6日，他负责的乙烯装置新建9号炉如期点火，代表独山子石化的轻烃优化项目步入预试车和投用阶段，车间荣立集体三等功。

在此期间，罗灵力的妻子怀了二宝。因为照顾不上，妻子又独自回到四川老家待产。忙完工作，罗灵力急急赶回四川。值得欣慰的是，这一次他守在妻子身旁，迎来了小女儿的第一声啼哭。

妻子说："他是一个有责任心爱家的男人，就是因为这一点，我跟着他来到新疆。工作再忙，回到家，他就抢着照顾孩子，做饭做家务。嫁给他，很踏实，很幸福。"

罗灵力说："我能陪媳妇和孩子的时间很少，这些年，她们大多时间在四川，我对她们照顾得很少。现在，一家四口在一起，我在单位忙完生产，回家再累，看到她们，我就觉得再苦再累都值得。"

2020年8月，罗灵力履新乙烯二联合车间主任，压力、挑战和责任更大。面对新的岗位，他只有一个想法：撸起袖子，加油干！

绝不能从自己手里放过一个差错

许家华

◎ 首届全国报刊编校技能大赛二等奖
◎ 全国企业报二十佳新闻工作者
◎ 全国石油化工新闻宣传「十佳编辑」
◎ 中国石油记者协会「百优」新闻工作者

报业匠人

王 琦

前 言

在北疆,在天山脚下,有一座人口为六万多的城区——独山子,独山子有一家全国知名的企业——独山子石化公司,连续多年蝉联新疆纳税第一大户。因为独山子石化公司的不凡业绩,使得独山子这座小城有了一份令众多县级市都羡慕的报纸——《独山子石化报》。

在三十四年的时光里,《独山子石化报》记录了一座穿越一个世纪的百年老厂,在几代石油人的手中成长为带动新疆经济发展的生力军,成长为中国石油的行业标兵,以及在新时代迈向国际一流现代化石化基地的光辉历程;记录了独山子这座因油而生、因油而兴的城区,在改革开放、西部大开发的宏大背景下,所发生的日新月异、百姓幸福安康的巨大变化。

办一份受人喜爱的报纸,是《独山子石化报》所有工作者的共同心愿。为了这一目标,独山子石化公司新闻传播中心的报人励精图治,精益求精。在2000年中国石油记协组织的编校质量比赛中,《独山子石化报》在三十多家报纸中名列第六,获得了二等奖;2009年参加中国化工记协组织的编校质量比赛,荣获一等奖;2012年在第八届全国企业报评比中荣获"优秀报纸"称号;2015年被评为"中国最优50强新闻宣传单位"。

2010年以来，独山子石化公司新闻传播中心有240多项作品获得省部级新闻奖或全国行业新闻奖，其中33项获得一等奖；《独山子，能否走一条"慢城"发展之路？》获得新疆新闻奖一等奖。

这些荣誉的获得都离不开为提高报纸编校质量作出突出贡献的独山子石化新闻中心主任编辑许家华的"保驾护航"。

从1990年8月成为独山子石化报社的一员至今，三十年里，许家华把对这份报纸深深的情、浓浓的爱，安放在散发着油墨芬芳的字字句句里，根植在保证报纸可信度、维护报纸权威性的信念里，他也因此成为同事口中的"拼命三郎""编校痴人""新闻铁人"……

三十年里，许家华为提高报纸的编校质量可谓殚精竭虑，呕心沥血，他也成为让领导放心、令记者和编辑安心的报人，成为学者型报业匠人。

2010年以来，他所写的新闻作品、论文有二十四篇获得省部级新闻奖或全国行业新闻奖，其中六篇获得一等奖，《莫让台下的久等台上的》获得第25届中国新闻奖入围奖。

2010年以来，许家华所编辑的新闻作品有二十七篇获得省部级新闻奖或全国行业新闻奖，其中三篇获得一等奖。

2003年，许家华被中国石油记协授予"百优"新闻工作者称号；2012年8月被中国石油和化学工业联合会授予全国石油和化学工业新闻宣传"十佳编辑"称号；2015年荣获"中国企业报二十佳新闻工作者"称号；2020年荣获石油和化工行业新闻宣传"十佳编辑"称号。

初 心 如 磐

许家华出生在江苏如皋。年少时的他性格沉稳安静，凡事都爱寻根问底，探个究竟。初三时，许家华的物理成绩很好，有一次，物理老师讲解一道题时，他发现有个地方讲错了，下课后便跟老师交流，老师说："没错啊，这么讲怎么会是错的呢？"

但到了第二天，物理老师在讲新课之前纠正了自己昨天讲课中的差错,并对许家华进行了表扬。这件事对许家华触动很大。"学习要有质疑精神,如果认为书上讲的都是对的,那就麻烦了。"从此,许家华养成了凡事多思考多琢磨的习惯,同时也在心中埋下了像父亲一样做一名老师的梦想。

江苏素有"状元之省"之称,如皋又是历史文化名城,是当时全国有名的人口大县。许家华深知,自己要想考上大学,无论初升高还是考大学,都需要过五关斩六将,因此他必须付出比别人更多的辛苦和努力,才能实现自己的梦想。

放学后,他常常要在油菜花中、稻花香里打猪草,但瘦小的他无暇欣赏身边的美景,只想着快点儿干完活儿好安心学习。

晚上,他就着一盏油灯苦读。家里人多,他的睡眠一直不好,也经历过不少病痛和挫折,但文弱的他并没有被击垮,反而更加坚定了要考上大学、做一名教师的信念。虽然最终没有考上梦寐以求的南京大学,但南京师范大学中文系的录取通知书为许家华插上了梦想的翅膀。南京师范大学素有"东方最美丽的校园"之称,是著名建筑学家梁思成设计的。在这里,许家华初心如磐,笃学致远,上课时总是坐在第一排正对授课老师的位置,为的就是方便跟老师交流。最终,他以优异的成绩完成了学业。

从家乡江安到县城如皋,再到省城南京,这是许家华求学的轨迹,除此之外他没有去过别的地方。他的心中装着诗和远方,他的梦想要在心中的圣地生根发芽。毕业后,莘莘学子大都"孔雀东南飞",他却偏向西北行,选择了天山脚下的新疆独山子——因为中学语文课本中碧野先生所写的《天山景物记》,让他对"祖国西北边疆"的这片土地心生向往。

"拼命三郎"

来到独山子之后,许家华并没有成为一名教师,他被分配到炼油厂报社,成了一名新闻工作者。

通联、记者、校对、编辑他都干过,对待每一项工作他都一丝不苟；绝不能从自己的手里放过一个差错，是他的信念。

当时，报社还叫"独炼工人报社"，就在炼油厂上大门的苏联老房子里，他主要参与生产版内容的采编。对于炼化生产，他是外行，为了写好报道，他一有时间就进厂跑新闻。

许家华说："那时候没有别的想法，就是想着写好每一篇稿件，编好每一期报纸。评报时大家经常为了一个字词的对错、一篇稿件新闻价值的大小争得面红耳赤。评报结束之后，大家走在苏式建筑木地板上的声音，至今还回响在耳边。报社同仁对工作严谨认真的风气，一直延续到今天。"

许家华每天工作的时间都比较长。早上上班，他也许不是到得最早的，但晚上下班他却是走得最晚的。这个习惯，一直延续了三十年。

无数个清晨，他步履匆匆，走进空旷的新闻传媒大楼；无数个夜晚，他骑着自行车乘着夜色，渐渐远去的身影，深深镌刻在时光深处……

多年来，他一直都是编辑部加班最多、休息最少的人，"拼命三郎"之称，对他来说是名副其实。

"编校痴人"

因为文字功底深厚，从1994年起，许家华主要做编辑工作，2005年被聘为主任编辑。在独山子新闻宣传圈内，许家华的认真是出了名的。有人开玩笑说，如果你想找到许家华，举个有错别字的牌子站在街上便可，他很快就会出现在你面前给你纠错。他的眼中容不得错别字。

许家华在编校一篇回忆独山子炼油厂研制冬夏通用车轴油的往事的稿件时，看到有个人名叫"王开痒"，这个"痒"字，让他顿生疑窦。《礼记·曲礼上》曰："名子者，不以国，不以日月，不以隐疾，不以山川。"他怀疑"痒"是"庠"字之误，建议责任编辑重新落实。而责任编辑说记者落实了，名字没有错。因为暂时没有过硬的证据，"王开痒"这个名字最终就见报了。

文章见报后许家华还是继续较真儿，给离退处打电话咨询，找老同志了解，翻阅原始资料……历时一年多，在有了"人证""物证"的情况下最终确认："王开痒"这个名字就是错了，应是"王开庠"才对。《孟子·滕文公上》曰："庠者养也，校者教也，序者射也。""王开庠"这个名字的含义是美好而深远的。

许家华说：真实是新闻的生命，对心中存疑的"事实"，一定要查个水落石出，才能保证新闻报道的可信度，维护报纸的权威性。

凭着这份认真，他尽可能地订正了记者和通讯员的稿件中所存在的大量语言文字差错、知识性差错和事实性差错，确保稿件的政治方向和保密环节不出疏漏，为提高报纸的编校质量作出了贡献。

2017年8月17日上午，许家华审读了《绿色发展的脚步永不停歇》这篇稿子，这是对时任独山子石化公司副总工程师花小兵的一个访谈，其中花小兵副总讲了这样一句话："国家制定的《石化行业泄漏检测与修复工作指导》2015年下发以后，2016年炼油厂按照公司的整体安排，对32万个静密封点进行了泄漏检测。"许家华判断文件名可能有误，他认真查阅相关资料，并上网进行搜索，确准了文件名有问题，"指导"应为"指南"，"行业"应为"企业"。

当时花小兵刚好在新闻传播中心，许家华便当面向他指出这个失误，花小兵当即掏出手机上网搜索，得知"指导"确实应该是"指南"，但又语气委婉而肯定地说："'行业'两个字好像没有错，我印象挺深的。"只是许家华仍觉得需要进一步落实。

当天下午，花小兵给稿件的作者打电话，说"行业"确实应该改成"企业"，并称赞许家华认真细致，工作扎实，眼睛很"毒"。

"新闻铁人"

2016年是独山子石化公司创业八十周年，相关的宣传报道任务十分繁重，8月到9月尤其紧张，编辑部的工作成倍增加。但不巧的是，许家华因长期劳累病倒了。9月1日，他不得已入院做了手术。医生告诉他9月12日可以出院，9月16日可以拆线，拆线后必须休养两个星期，许家华听后非常着急。

9月7日,他跟医生软磨硬泡,坚决要求出院,医生无奈同意。8日出院,9日他就投入到紧张的工作中,14日开始更是连轴转。9月17日,正值中秋节假期,但他不到8点就开始工作了。中午,为了节约时间,他在办公室泡了两袋方便面,五分钟吃完后立即工作,一直忙到晚上9点才下班。回家吃完晚饭,他又干了两个小时。这一天,他至少工作了十四个小时,结果手术刀口附近出现皮下积液,血肿硬块的面积达到了39×19毫米,他是强忍着疼痛坚持这一天高强度的工作。在他和其他同事的共同努力下,编辑部在完成日常编校任务的情况下,圆满完成了136个版的创业八十周年特刊的编辑工作,给公司和广大读者交上了一份沉甸甸的特刊"答卷"。

许家华因此又得了个"新闻铁人"的称号。

报业匠人

长期奋战在采编一线,深厚的文字功底和丰富的实践积累,让许家华成为学者型报人。他新闻敏感性强,早早就根据石化公司乙烯月产量,预估出全年完成目标的日期,提前跟生产一线管理人员沟通,第一时间写出新闻报道。

2019年1月下旬,许家华采写的新闻报道《新疆独石化公司实现税费连续三年全疆第一》在新华网、中国网、中国新闻网、中国经济新闻网、新浪网、搜狐网、凤凰网、腾讯网、网易等网站上发表,共被全国五十多家媒体采用。

如何在新闻报道中匠心独运,许家华有一套丰富的经验。

2009年9月下旬,独山子千万吨炼油百万吨乙烯建成,这项工程与人民大会堂、青藏铁路、三峡工程、国家体育场一道入选中华人民共和国成立六十周年"百项经典暨精品工程"。

为了用数字来表现大项目的壮观,编辑部策划了"看图惊壮美,见数识宏大"专版。有个项目数字是投资300亿,如何用形象化的语言让读者对300亿有直观的感受呢?许家华苦苦思索,终于灵光一闪:这300亿元有多重呢?摞在一起有多高呢?许家华打电话向银行专业人士请教，得知一般一张百元新钞是1克。他认真计算，算出300亿元人民币重300吨，如果用5吨卡车装，可以装60车。他又请中国银行的一位工作人员帮忙，请她测量了一捆10万元人民币的厚度，结果为10厘米左右。据此，他推算出300亿元百元大钞摞在一起，高度可达3万米。

最终用在报纸上的只有不长的两句话："大炼油大乙烯总投资达300亿元人民币，是中国石油一次性投资最大的工程。300亿，如果全是百元大钞，摞起来可达3万米高；这些钱大概有300吨重，用5吨的卡车要拉60车。"

就这样，他和同事们一起，用形象化的语言解读了大项目工程建设中的重要数据：钢结构总用量达46万吨，用这些钢材，至少可以建起4座鸟巢；各装置管线总长度达3 600公里，这是一个从独山子可以直达北京的长度……这种表述，更生动形象，更接地气，更容易被读者接受，彰显了一位新闻工作者追求新闻传播效果的执着和匠心。

笃学致远

许家华说："要想做事，尽管去做，永远都不晚。"

尽管体力和记忆力已经开始下降，但为了系统地学习新闻知识，把新闻工作做得更好，四十多岁的他仍然决定参加中国人民大学新闻专业成人高考，他最终以总分第一的成绩进入人大继续教育学院新疆记协教学站2009级新闻班学习。

2009年至2012年，许家华自己承担费用，利用年休假的时间到乌鲁木齐参加面授学习，变休假为充电，努力提升新闻素养。虽然是班上男同学中年龄最大的，但他的学习成绩一直名列前茅，深得中国人大新闻学院新闻系主任张征教授、刘洪珍副教授的欣赏。刘洪珍老师称赞他是"实力派选手"，是班上的"男一号"，将他的作业带回北京做成课件，供在校本科生学习。

在学习期间，许家华认真研读《新闻评论教程》（北京市高等教育精品教材），发现其中存在差错近百处，遂撰写了四千多字的建议稿《〈新闻评论教程〉再版时可以进一步完善的地方》，获得教材编著者、中国人大新闻学院副教授马少华的充分肯定。马少华不但在网上撰写了一千六百多字的文章肯定和表彰他，还在《新闻评论教程》（修订版）最后的"致谢"中专辟段落感谢他。2012年1月，许家华以全班第一的优异成绩完成人大函授学习，新疆记协和中国人民大学继续教育学院新疆记协教学站联合给独山子石化公司新闻传播中心发函，建议对许家华给予嘉奖。

2012年4月上旬，《咬文嚼字》讲习所在上海举办第十三期全国语文应用培训班，许家华得知这个信息后特意将探亲假定在4月份，利用回江苏老家探亲的机会绕道上海去参加培训。结业考试结果出来，他在来自16个省、市、自治区的32家新闻出版、文化教育单位的61名学员中脱颖而出，独占鳌头，以第一名的成绩获得唯一的一等奖，是讲习所办班以来西北五省区第一个获得一等奖的学员。

2016年11月12日，许家华代表《独山子石化报》参加首届全国报刊编校技能大赛新疆赛区比赛，名列前三，并和其他两位同仁结成队友，代表新疆参加首届全国报刊编校技能大赛决赛，最终获得二等奖。

2018年6月8日，《中国石油报》的《北方周末》在头版用三分之二的版面对许家华爱岗敬业、精益求精的先进事迹进行了报道。他是中国石油天然气集团有限公司几十家新闻单位中第一个被《北方周末》在头版进行大篇幅报道的新闻工作者。

后　　记

三十年，从青春岁月到如今的两鬓染霜，许家华把最好的年华奉献给独山子这片土地，用智慧和汗水浇灌出丰硕的果实。

除了做好正常的报纸文稿、电视新闻、微信公号的编校工作外，他还编辑了《心桥》《服务民生》等杂志，编集了《企业文化论文集》《企业文化故事集》等图书。

2015年，他先后参与《记者眼中的独山子》《与花木结缘》《傅剑锋——铁人油画创作纪实》《中国石油企业文化辞典·独山子石化分册》等图书的编辑、校对工作，对独山子展览（博物）馆的文案资料进行了认真细致的审校。

许家华一直参与独山子石化公司新闻传播中心的业务培训工作，每次培训，他都精心准备，认真讲解。

工作中他是同事的压舱石，有他在，编辑和记者心里会很踏实；他是活字典，文稿方面有什么不懂的，找到他都会有答案，难怪编辑中流传一句话：有许主任和"现汉"（《现代汉语词典》），万事不难；生活中，他是良师益友，越是积淀深厚，就越是淳朴简单，这一点在他身上体现得尤其充分。因为长期伏案工作，他患有腰椎间盘突出，但只要有时间，他就会和同事打羽毛球或乒乓球，出一身热汗。

对儿子的培养，许家华也非常用心。在儿子很小的时候，他就引导他背诵经典。为了鼓励儿子能够长期坚持，他和妻子陪着他一起背。最终，儿子圆了许家华年少时的梦，考上南京大学历史系。儿子也继承了他严谨认真的好习惯，所写《剑魄琴心》获得中国石油新闻奖二等奖。

许家华常说："时间是赶出来的，省出来的，用这些挤出来的时间多做一些事儿，我觉得很充实，很有成就感。"

大医精诚,矢志不渝

渠述秋

○ 全国卫生系统青年岗位能手
○ 新疆维吾尔自治区劳动模范
○ 新疆维吾尔自治区青年岗位能手
○ 中国石油天然气集团公司优秀共产党员

仁　医

毕鸿彬

手术在进行中。

一双手握着环柄注射器稳稳地将造影剂推入血管，通过X光透射，电脑显示屏上出现一幅"特殊"影像，它状如江河，支流、分流有粗有细，蜿蜒曲折——这是心脏血管织出的"神秘"图画。

堵塞"河流"的"罪犯血管"找到了，这双手继续灵巧地操作，植入支架，血流又变得畅通无阻。憋闷的心脏打开了一扇明亮的窗，生命重新散发出清新的气息。

这不是电视画面，而是独山子人民医院心内科医生渠述秋日常手术中的一个缩影。从医近三十年，他潜心致力于心血管疾病的治疗，填补了周边地区的专业空白。他用精湛的医术，一次次把病人从死亡线上拉回来。他给予病人春天般的温暖，用双手托起生命之光，创造累累成果，用智慧和行动书写了大医精诚。

从医志不渝

1992年8月，二十四岁的渠述秋从新疆医学院毕业，被分配到独山子职工医院，就是现在独山子人民医院的前身。

五年的医学院学习为他打下了扎实的理论功底，也让他树立起救死扶伤、治病救人的志向。他清楚，要成为一名名副其实的医生，还要学习很多知识和技能。院领导让他在各个科室轮岗学习，他欣然接受，并勤奋学习。一年后，他去了急救中心工作。在近一年的时间里，他对专业知识和多发病的诊治及急危重症的处理掌握得更加全面，综合能力得到很大提高，他便去了主要针对心血管疾病的心内科工作。从此，冠心病、心肌病、高血压、瓣膜病、心律失常、心功能不全等病人，在他的诊室进进出出。他常常拿起听诊器贴在病人胸部，敛声屏气地听他们的心跳声，从那些有节奏的声音中捕捉疾病的踪迹，判断病情的好坏，开出处方。

1995年2月，医院收治了一个发生三度房室传导阻滞的六十多岁的病人。渠述秋和同事们在病人发生室颤除颤时，病人出现了心脏跳停，他们急忙请来自治区人民医院的专家为病人安放心脏起搏器，挽救了病人的性命。通过这次手术，渠述秋深刻地感受到，治疗心脏病的医生需要时时站在技术的最前沿，才能拯救生命，与死神搏斗。

当时，国际上对严重缓慢性心律失常的治疗是植入心脏起搏器，疆内只有新疆医学院、自治区人民医院等大医院才能做心脏起搏这种前沿高难度的手术。1995年5月，医院派渠述秋去自治区人民医院心脏起搏介入中心进修，学习心脏起搏的介入技术。在医学院上学时，这些处于医学前沿的技术在教科书上只有寥寥数句，如今有机会学习，他既感到荣幸，又体会到沉甸甸的压力。为了学好技术，他买了几大本专业书，抓紧时间学习，虚心向专家请教，力求全面了解，把技术带回去。

一年的进修结束时，渠述秋已熟练掌握了这项技术。返院后，他开始自己做手术。

第一次做心脏起搏器安置手术压力很大，因为心脏是生命的重地，危机和转机并存，转眼之间就踏上生死线，他要在这条线上"舞蹈"，成为主宰生命的主角。没有外援依靠，他完全靠积累的知识、对技术的掌握完成了这台手术。

"人活下来了就好，把命保住最关键。"他和病人都很开心。

手术的成功增加了渠述秋的自信，接下来的几台手术都很成功，但很快他就体会到在这条生死线上"舞蹈"的艰难。

那是1996年12月31日,一位六十多岁的病人需要做冠脉起搏手术,正好马依彤教授来独山子,他当时是新疆医学院的副院长、自治区心血管病研究所所长,渠述秋与他一同做手术。

做冠脉起搏手术需要找到一个好的起搏点,要求起搏器用电少、起搏电极不容易脱位,还要让病人感觉良好,但这台手术却很难找到理想的起搏点。他们想在心脏上悉心找最佳位置,犹如在荆棘丛生中寻找出路。手术持续进行了六个小时,他们穿着十公斤重的铅衣,像穿上铠甲的战士,在忘我的投入中迎来新的一年。手术结束时,病人家属早已在外面的长椅上打起瞌睡,而渠述秋他们都疲惫地感到虚脱,坐下来动都不想动一下,一句话都不想说。

"病人在自己的手上,就想让他活下去。"这是信念,也是责任。如今这位病人已经九十多岁,这让渠述秋很感欣慰。

在渠述秋的带领下,心内科相继开展了临时及永久性心脏起搏器安置术、经食道心房调搏术,填补了医院心血管介入技术方面的空白。

2002年5月,他又被派到复旦大学中山医院心内科、心导管室进修,那里专家云集、疑难病例众多,他更是如饥似渴地学习。令他高兴的是,能向上海市心血管病研究所所长、心脏病学专家葛均波院士求教,这是多么好的学习平台!为了不放过任何一个学习机会,那年春节他都没有回家,把对亲人的思念埋在心底,留在医院里安心学习,积极实践。

经过一年的系统学习,他掌握了冠状动脉造影＋PTCA＋支架术、肾动脉造影＋球囊扩张＋支架术、左心室造影术、先心病封堵术等国内外先进技术。

2003年6月,进修归来后的渠述秋一头扎到临床工作中,努力开展冠心病介入治疗等多项业务,开启了医院冠心病介入治疗的先河。

"治病救人,救死扶伤,让病人恢复健康是我们的初心。"本着这颗初心,他在从医路上矢志不渝,带领科室不断创造闪光的业绩。从2004年至今,心内科已为病人安装永久心脏起搏器346例,临时起搏器100多例,冠脉造影3 000多例,介入治疗的病例达1 000多例,还有左心室造影、冠脉超声、肺动脉造影、肾动脉造影等技术,在疆内走在前列。

其中，他亲自做的手术有2 000多例，为周边百姓带来福祉。

"大家都健健康康的就最好了。"清瘦的渠述秋在一件白大褂的衬托下显得儒雅而温和，他总爱微笑着说出这句话。

妙手转乾坤

每个人都有一颗心脏，它像一台精密的泵，不知疲倦、源源不断地输送血液，让生命之泉滋养身体这片"土地"，绽放人生之花。心脏一旦患病，健康则岌岌可危；医生是让患者脱离生命危险和痛苦的摆渡人。

"治病救人必须敬畏生命，救活一个病人，不仅是挽救一个人的生命，更是挽救一个家庭。"渠述秋经常这样教育科室人员。

在临床实践中，他总是极其细心、谨慎地对待每一个病例，不放过任何一个可疑点，只要患者有一线希望，他就要投入百分之百的努力。

一次，一个四十多岁的男子突然感到胸口特别疼痛，急忙赶到医院。心内科大夫反复给他做了三次心电图，抽了两次心肌酶谱，都没有明显变化，就请渠述秋会诊。他在查看病人时，仔细询问病史，结合心电图蛛丝马迹的变化诊断为急性心肌梗死超急性期。

急性心肌梗死是一种发病非常迅猛、凶险的疾病，黄金抢救时间只有120分钟，对时间要求严格。治疗急性心肌梗死最关键的就是快速开通闭塞的血管，目前最好的办法是介入手术治疗。

病人的妻子被叫到医院，当听到丈夫得了心肌梗死，她吓得大脑一片空白，六神无主，不知如何是好。渠述秋淡定、柔和的话语好似一颗定心丸，很快让她平静下来，同意了手术。在随即展开的手术中，渠述秋一直在手术台旁安慰病人，缓解了他因害怕而产生的紧张、焦虑情绪。

手术很成功，看到笑容重现病人和家属的脸庞，渠述秋由衷地感到生命的美好。

"活着就是一种幸福！健康是一种幸福，快乐也是一种幸福！"为了他人的这份幸福，他总是在面对生命危急、千钧一发、病人命悬一线之际，毫不迟疑地投入"战斗"。

2015年4月18日，医院急诊科收治了一位急性大面积心肌梗死的病人，他已经发生心源性休克，病情十分危重。渠述秋和同事们立刻给他做心脏造影，看到病人的一根大血管从根部也就是起始部位发生了堵塞。这根血管的供血面积能达到心脏整个供血面积的一半，如果做手术，风险之大毋庸置疑；如果不做，他就失去了生存的希望。

做还是不做？手术室里气氛凝重，同事们都望着他。

渠述秋没有迟疑，他屏息宁神地植入临时起搏，开通闭塞血管，进行球囊扩张、支架释放，一系列步骤如执行电脑程序般到位。显示器上，血压在慢慢恢复；心电监护上，电波在跳跃。

就在大家期待着病人的各项生命指标朝着正常数值变化时，最让人担心的事发生了。

"出现慢血流了！"一声低语紧张、急切，像是噩梦里的惊呼，死神似乎正从远处飘来。

血流到不了远端，心肌组织得不到有效灌注，心功能就会明显恶化，死亡率就会增加，这是大家最不愿看到的事，这是和时间赛跑的事。

渠述秋镇定自若，几次与死神交手，最终病人岌岌可危的心脏在他和同事们的抢救下，又重新跳动出正常的节律。

事后，这位病人逢人就说："像我这个病按道理说是救不了了，但是渠主任救下了我，他医术确实高明。"

当医生越久，做的手术越多，渠述秋越感到如履薄冰，如临大敌。他深深体会到手术中的每一个细节都与一条生命、一个家庭息息相关。

精湛的医术加上精诚的态度，使渠述秋在疆内有了知名度，乌苏、奎屯、克拉玛依市区、沙湾等地的一些病人也慕名找他看病。对于周边地区的患者，他同样不吝爱心，有求必应。

为了更好地解除病人的痛苦，确保手术质量，渠述秋对自己有很高的要求。繁忙的工作占去了他大部分时间，晚上还要经常加班，但他从未放松学习。专业期刊、网络以及外出开会见到、听到的新技术、特殊病例等，都会被他收入知识储备库，将他山之石纳入"库存"。对于一些特殊的、异常的案例处理经验，他会更加用心。他不会等到遇到问题再去学习，而是提前学习，以备不时之需。每次手术前，他都要把病人的病情重温一遍，对手术进行预判，提前做好各项准备工作，即使手术方案已经确定，他还是慎之又慎。手术结束后，他都要总结一下，思考存在的问题和改进的措施。工作中，只要对病人病情有利，同事们提出的好的意见和建议他都会很重视。

"一个病人和一个病人不一样，自加压力也是对病人负责。"

面对一个个病人、一台台手术，渠述秋用言行诠释了"厚德载物"的深刻含义。

仁心存大爱

在病人眼里，渠述秋有副菩萨心肠。作为一名心血管疾病专家，他深知心血管病人复发率和致死率非常高，五分钟就意味着生离死别，抢救不及时后果不堪设想。不论上班、下班、在诊室还是路上，他随时都能为病人服务；不论寒暑、阴晴、昼夜，只要病人需要，他都会以最短的时间来到他们身边。他对病人"情有独钟"，甘愿付出。他在结婚的前一天还在手术台上做手术，他做的许多手术都是在深夜和节假日完成的。

他记得2000年大年初一的那个夜晚，烟花爆竹声不时地响起，点缀了千禧之年的欢乐油城。他难得与家人聚在一起享受闲暇时光，这时急诊科打来电话，告知医院收治了一位Ⅲ度房室传导阻滞的病人，血压下降，情况紧急。他放下电话，抓起衣服就往外走，顾不上哄一下想要他陪伴的女儿。他快速赶到医院为病人施行心脏起搏器安置手术，一直忙碌到黎明时分。安置好病人后，他才如释重负地拖着疲惫的身体回到家。这种下班晚、吃饭晚、睡觉晚的情况他早已习惯，这些是他"做好一名医生，做一名好医生"必有的家常便饭。

心脏介入手术需借助X射线完成，医生和护士进入手术室都要穿上近十公斤重的防护铅衣，负重坚持站立数个小时，加上手术中注意力高度集中，体力、精力消耗巨大，一场手术做下来往往汗水浸湿衣裤。

一天连续做数台手术对渠述秋是常态,最多的时候他一天做了十五台手术。

2014年1月4日,他连续完成了两台心血管造影手术后,颈部、腰部疼痛难忍,不得不去做检查,结果是颈椎、腰椎椎间盘突出。这种病需要卧床休息,可是深夜2点,医院急诊打来电话,一个急性心肌梗死病人需要抢救。他挣扎着从床上爬起来,立即赶到医院为病人做手术。手术结束后,他的腰像断了似的,抬腿走路都困难,但他还是继续处理完后续的工作才坐下来休息。

长期在手术中接触射线,对他的身体造成一定的伤害。在一次体检中,他被查出体内的白细胞数量远低于正常临界点。同事们希望他多休息,但他还是一如既往地工作。他常常加班到深夜,第二天又会准时到岗查房,诊治门诊病人,参与会诊、急救……

"我认为作为医护人员应该把病人视作家人,当你把他当成家人时,才能认认真真地给他看好病,仔仔细细做好每一台手术。"

"人家以命相托,我们就得全力以赴。医生没有挑选和应付病人的权力,只有为病人解除病痛的责任。"在他眼里,病人的命比天大。

渠述秋的妻子苗红霞曾经问他:"家庭重要,孩子重要,还是工作重要?"

他笑着说:"工作是第一的,老婆、孩子是第二的。"

妻子也笑起来。在医院工作的她知道丈夫的不易,便默默承担起所有家务,在她眼中,丈夫特别敬业,对工作特别认真。

在女儿渠嬴芮眼中,爸爸整天都在忙工作。她说:"小时候,爸爸总不陪我,我心里对他挺不满的,觉得他不爱我,感到挺难过的。我知道他也很辛苦,每天晚上会接到不同的电话,甚至过年时都会被叫出去做手术。小时候,我很渴望家人团聚,当时很不理解他为什么会为了工作那么拼?为什么要为了大家舍小家?直到长大后我才明白,他干的是怎样的工作,付出了什么。"长大了的女儿为爸爸感到骄傲。

渠述秋怎能不爱他的家人呢?他又怎能怠慢病人呢?他把和家人在一起的时间都献给了病人,对于家人他深感歉疚,尤其是2010年他的父亲因食道癌去世后,他陷入对父亲关心不够的自责中,很久不能释怀。他是医生，肩负着生命的重托，唯舍己救人方能心安。

独山子人民医院心内科从小到大、从弱到强、从鲜为人知到实力列入疆内前列，倾注了渠述秋和他的同事数十年的不懈努力。他是心内科的开拓者之一，在冠脉介入上是领军人物，他处处以身作则，带出了一支团结奋进、敬业奉献的优秀团队。

主治医师桂伟说："他起到了楷模作用，一直是我们敬佩、崇拜的偶像。"

在工作中渠述秋对医护人员要求非常严格，对业务培训抓得很紧，认真传帮带，科室九个大夫，二十二个护士，都是他严格要求、手把手带出来的，大家从他身上深得教益。

护士长王玉梅说："他在对我们这些医护人员的培养中非常有耐心，善于认可大家的工作，让每个医护人员在工作岗位上都有尊严感。"

以科室为家、以病人为主的理念早已成为全科室人员的共识，并在良好的文化土壤中开花结果。

2006年，心内科创建了冠脉之友联谊会，每年到了"5·12"护士节这一天，都会把在心内科做过手术、接受过治疗的病人和家属请来进行交流，并向他们传授健康知识，增强他们战胜疾病的自信心。联谊会已经连续举办了十三个年头，成为一个温暖的大家庭。

渠述秋是个低调的人，工作近三十年，他抽屉里的获奖证书有一大摞，他获得过独山子厂区、克拉玛依市劳模及全国卫生系统"青年岗位能手"称号，多次被评为集团公司、市局、独山子石化公司级优秀共产党员、技能标兵、优秀医务工作者。2014年，他披上了克拉玛依市劳动模范的绶带；2015年，他接过了第三届"独山子道德模范"奖杯；2016年，他戴上了金灿灿的自治区先进工作者奖章。这些还不够，更有光荣的时刻：2006年9月7日，他受到胡锦涛总书记接见；2007年8月18日，受到温家宝总理的接见；2009年6月19日，受到国家副主席习近平的接见。

令人激动的场面留在了珍贵的影像中，镌刻进他的记忆。这些令人羡慕甚至望尘莫及的荣誉，他很少提起。他说："我所获得的荣誉体现的是社会对医疗工作者的认可，承载了领导的厚望和同志们的付出。这些成绩凝聚了大家的心血和汗水，不是我一个人的。"

唐代医学家孙思邈著有《备急千金要方》，其中有一篇《大医精诚》，文中言："凡大医治病，必当安神定志，无欲无求，先发大慈恻隐之心，誓愿普救含灵之苦……勿避险巇、昼夜、寒暑、饥渴、疲劳，一心赴救，无作工夫形迹之心。如此可为苍生大医。"

自古至今，人们对好医生的评价标准无外乎两方面：一是精，即要有精湛的医术；二是诚，即要有高尚的品德，心怀同情仁爱救人之心。渠述秋，无愧"大医"之称。

教育无小事,处处是教育

颜景英

◎ 新疆维吾尔自治区特级教师

为 了 谁

马 静

2020年12月21日，冬至。在零下21度的清晨，在纷飞的雪花中，新疆维吾尔自治区特级教师颜景英像往常一样，不到8点半就赶往独山子第二中学，她要赶在学生到校前做好早读的准备工作。

凛冽的寒风让她的皮肤突然有种刺痛的感觉，但她内心却很愉悦。昨夜的教案准备、学生周记都让她感到满意。再有半年，她将和学生们一起迎来2021年高考。三十四年间，教材改了一版又一版，学生带了一届又一届，可颜景英却依旧如同当年第一次登上讲台的青年。

初次的讲台

1986年，颜景英自南京教育学院毕业后回到了自己的母校——独山子第一中学。老校长刘应先告诉她：鉴于政治教师不足，学校安排学中文的她临时承担初二年级五个班的政治课教学任务的同时，还要担任初二（4）班的班主任。十九岁的她面对看着自己成长的老校长，没有多想也没法多想，她的回答是："服从安排！"

同一年级组的老师摇着头叹着气，对颜景英说："快跟校长说说，换个班吧。这个班的学生可是难带，老教师都拿他们没招儿，女老师被气得哭鼻子的事儿都发生过。"尽管心中多有不安，但颜景英没有退缩。

她的教师生涯从接手一个无人愿接的班级开始了。

山芋烫手,但接了就得接住。别看外表柔弱,但颜景英还真有初生牛犊的劲儿——"走着瞧!我还真不信有带不好的班。我有教育学、心理学打底,有做过实习班主任的经验,还受过苏霍姆林斯基大师的思想启蒙……我不惧他们!最重要的应该还是我的开场白和讲课水平!"

谁最爱捣蛋、谁专会挑衅、课堂咋闹腾、老师受啥气……没接班之前,颜景英就已从其他任课老师那里详细了解并全面掌握了班级的基本情况。

开学第一天,还没上课,颜景英就独自一人走进了初二(4)班的教室。

是因为看上去太像同龄人,还是根本没把新老师放在眼里?反正,这个班的学生还真当站在后排的她是空气,连个搭理的人都没有。

上课的铃声响起,颜景英目不斜视地径直走上讲台,讲台下一片惊讶。一声"上课"掷地有声,班长急匆匆应一声"起立",齐刷刷的"老师好!""同学们好,请坐!"沉稳地回礼后,她转身在黑板的右侧端正利落地写下一个大大的"颜"字。微微一鞠躬后开场道:"从今天起,由我担任我们班的班主任。此前政治课已讲到……"没有铺垫,没有啰唆,颜景英教师生涯的第一课以演讲式教学开启,转眼又在充满惊讶又难得安静的气氛中结束。

几名女生主动围拢过来,问这问那,而远处一些男生三五相聚,一边窃窃私语,一边不时把目光扫向她这里……

一堂政治课竟然能收获全班同学被镇服的神情,这让其他教师不禁称奇。

其实,为了讲好第一个四十五分钟,她可是用了好几天的时间去精心设计的:单刀直入的开场、酣畅淋漓的讲课、工整规范且设计独到的板书……从一招一式到语速音量、抬手转身,没有一点儿马虎。因为她深知,教育是有门道、讲智慧的。

好大一舞台

年轻的老师如今都用景仰的目光看着前辈颜景英。在他们心里,这个"名师工作室"的学科带头人、自治区特级教师简直就是教育界的传奇——事迹上过报纸电视,论文登过国家级刊物,从执教第二年起就开始不断收获各种荣誉,是独山子这座小城家喻户晓的名师,更是"带一届成就一届"的奇迹创造者。

三十余年勤耕耘,大小荣誉七八十。可谁都想不到,让颜景英最难忘、最骄傲的竟是一次校园歌咏比赛一等奖。

"要求学生们做到的,自己必须率先做到。"这是颜景英第一次带班时给自己定的规矩。只用了一两个月时间,曾经令人头疼的班级就有了截然不同的气象:教室窗明几净,桌椅横纵一线,工具摆放有序,课前歌声嘹亮,课堂书声朗朗。

接到学校要组织歌咏比赛的通知后,师生们真是下了不少功夫。为了给班级争光,他们除了每天课余扎扎实实地练习,就连上下场的举手投足都一遍遍推敲打磨过,即使嗓子沙哑了也没有人请假。

经过严格训练,学生们真的做到了站如松,声如钟,歌声整齐划一,表演协调一致。可就在比赛前一天,学校安排颜景英去克拉玛依市出差。不能陪伴孩子们参加带班后的第一次大型活动,让她十分犹豫,四十多名孩子也表现出了紧张的情绪。

她对学生们说:"我相信你们。凭你们下过的这些功夫,还有什么做不好的?每个人将来都要独立面对更多挑战。只要功夫下到了,就一定会有好的成绩。"出差回来后,颜景英第一站就是学校,她太想知道比赛的结果了。孩子们用足以传到半空的欢呼声迎接他们的班主任,班长赵勇、文艺委员蒋卫萍和其他学生一下就围了上来,七嘴八舌、兴奋不已地讲述着那天的情形……

班级第一个一等奖让师生们品尝到了甜如蜜糖的幸福,也使孩子们明白:好的成绩必须有认真的付出,好的集体必须有言而有信的纪律。一次非同寻常的获奖,让孩子们体味到了成功的喜悦,也坚定了颜景英前行的步伐。

很多人都感到纳闷:同样面对沉重学业、升学压力,颜景英带过的班级怎么总能活力满满?不仅学习成绩优秀,劳动积极参与,就连在高考一个月前的广播操比赛也能夺得第一。

而了解她的领导和同事深知,这是因为颜景英做到了"把真情传递到学生心里,把教育理念转化到班级建设实践中"。她的"不怕麻烦"在学校是出了名的,只要有利于学生成长进步,无论花多少功夫,下多少力气,她都在所不惜。

带着学生学,带着学生悟,带着学生跑,带着学生干,带着学生玩……无论是日常教学活动中,还是每学期数十期的主题班会上,颜景英特别善于在点滴间引导学生明白个人与他人合作成长、个人与集体共同发展的道理,在学知识、守纪律的同时更好地培养健康的品行、健全的人格。在她所带的班级中,学生们总能真切地感受到老师严格而细心的关爱,享受到师生之间真诚而默契的支持,找到自信与信任、真情与勇气。

为了使学生都能够保持集体优先、积极自励、努力上进的状态,她总会创造机会让那些没有担任过班委的学生也能得到历练,坚持推行人人机会均等的"班委上岗制"。即使是离高考仅有两个月,有学生找到她表示希望担任班委时,她也不嫌麻烦,积极帮助学生在不耽误学业的前提下得到锻炼。培养班干部、培养未来人才也是她的教育特色之一。

大多数学生都会将高考前的冲刺阶段视为自己青春中的至暗时光,可颜景英教过的学生在毕业后还想回到那个阶段的不在少数。不知从什么时候起,一条条四面八方传来的微信代替了一封封翻山越岭的书信,称呼也由"亲爱的老师"变成了"亲爱的颜妈"……这些爱的反馈都被颜景英悉心保存着,她幸福地看着这些学生在更大的舞台上展示着自己的精彩。

工夫与功夫

"呕心沥血,负重前行"于颜景英而言,真是再贴切不过的评语。如果不是有发自肺腑的热爱,如果不是有强烈的责任感,她怎么能够初心如磐,在三尺讲台上一站就是数十载?"看似寻常最奇崛,成如容易却艰辛。"从1986年入职起,颜景英无论是对班级管理还是对学校的行政管理都做到了全力以赴。

当教师第一年，颜景英上的是初二年级五个班的"社会发展简史"，内容不难，但学生不太感兴趣。初出茅庐的她反复琢磨教材，还在学校图书馆翻找出一些挂图，授课时辅助一些历史资料和小故事，多以演讲形式进行，就连每节课的板书设计都在课下精心设计，反复演练，力求简洁直观。就这样，一门在旁人看来无关紧要的副课收住了孩子们曾经乱哄哄的心。尽管同样的内容讲五遍，但每一次面前听讲的学生不一样、反应不一样，她依旧讲得兴致勃勃。

　　颜景英曾带过一名学生，小男孩长相俊美，招人喜爱，可是学习上很吃力，学习长期处于消化不良状态，再这样下去，毕业恐怕都成问题。作为班主任的她，看在眼里，急在心上。课间师生俩商量后约定：每天下午放学后，颜景英在办公室为他勾画讲解重点字词句，而他则需要把每篇课文读给她听。从一点点的纠正、一句句的鼓励到一次次的肯定，到了后来，他还提出，要留在学校多写一会儿作业。他写作业，颜景英备课，夕阳下校园里的时光宁静而美好。一学期坚持下来，他的学习习惯变了，不用颜景英陪伴监督，也能跟上同学们的步伐了。最后顺利地通过毕业考试，并如愿考上克拉玛依职业技术学校。

　　在学生的成长路上，需要相助时，颜景英就会伸手；需要引导时，颜景英就会耐心叮咛。颜景英说："扶一把送上马，望着他们策马扬鞭奔向远方，我觉得一切付出都值得。"

　　那一摞几十本已泛黄的、补充了又补充的新旧教案本，那些密密麻麻、工工整整的成绩记录册，那些书脊发灰却依旧平展的上百本习题册、专题本和工作簿都印证着她不同寻常的认真和付出。

　　2014年，颜景英担任了应届高三实验（1）班、平行（4）班的语文教学以及高三语文教研组组长的工作，每周有五节早读课和十二节语文课。为保证两个班的分层教学，她精心备课，超前做题（近千道题的大小册子和试卷），完成了近三年高考题型的分类研究。她的每一节课都有分层教学记录，此教学记录和作业的批改一直坚持到学生上课的最后一天——6月3日。

　　"全勤""满工作量"这两个词在颜景英每一年的工作总结中都会出现。她的白天总是繁忙的——课堂上神采飞扬，执着于每一节课的品质；办公室里专注批阅、细致评点着学生作业中的得失；校园里步履匆匆，落实好工作簿上的每项任务；教学楼里讨论筹划，启动着新的思路……而她的夜晚也总是紧张的——备课写教案，一堂堂课成型了；总结教学经验，一篇篇论文发表了；设计班级活动、学校活动，一套套方案出炉了……她就像陀螺一样，日复一日不知疲倦地旋转着。

超常付出才有不凡成绩。从2004年起，颜景英所带班级语文会考成绩多次稳居市局第一。

高考，她所带的高三（3）班成为年级中唯一百分之一百达到了本科录取分数线的班级，开创了学校历史上的最佳成绩，在当时全疆普通班中也属少见。

独山子第二中学2011届高考综合评价获市局第一名，她所带的理科（6）班再次成为年级唯一百分之一百达到重点本科录取分数线的班级，同时，所带文科（11）班的五位学生高考语文成绩进入市局前十名，取得了独山子教育史上迄今为止最骄人的语文成绩。

2014届的高考语文成绩居克拉玛依市第一，平均分超过第二名14.65分，使得同行们连连叹服。2018届更有十六名学生突破600分，刷新了一本上线率。颜景英从自己早期做专题研究尝试开始，到后来带领青年教师组织语文教研活动，开展专题研究，如今，第二中学语文组的青年教师们已能独当一面地完成各种小专题，一路走来，第二中学的语文高考成绩始终保持全市前列。

面对斐然成绩，颜景英的认识是："是身边的前辈、师长一直引领、鼓舞着我。校领导班子先后把班主任工作以及教研室和德育处工作的重担放在我的肩头，把信任寄予我的同时更教我方法，给我力量。一路走来，与我搭班结缘的师生总能心想一起、劲使一处。是大家共同的努力，成就了一届又一届的辉煌。如果不下苦功，不使足力气，我就对不起教育事业，对不起师长家长寄予我的厚望。"

国歌领唱者

每天，每个班的学生都会以唱响国歌结束早读。可只要走过一间间教室,人们就会发现颜景英所带班级的不同——站姿挺拔,歌声嘹亮。哪怕正在进行测试,学生们也会翻扣试卷,和颜景英一起肃立高唱。"培养什么人""怎样培养人""为谁培养人"等一系列根本性的问题,在这里找到了答案。

"教育无小事,处处是教育",虽然只是一句话,可做好它的确还要有很多好方法。颜景英善于抓住日常小事对学生的思想情感加以启发引导,她总能找到合适机会来激发学生和自己的爱国热情与学习斗志。

她无数次告诉学生:国歌响起时一定要肃立,因为这是在表达我们对祖国的敬意。作为学生,拿什么爱国?我们的爱国就体现在每一天的进步上。颜景英常常跟青年教师交流教育的目的——比成绩优秀更重要的是帮助学生树立正确的价值观。

在许多封学生来信中都有这样的表述:我们一定会像颜老师希望的那样,努力去做一个真正幸福的人。究竟在颜景英那里,什么人是真正幸福的人?我们在她二十年前的专题本上找到了答案:人不可以独存,人生的价值是体现在他对家庭、对社会、对国家肩负的责任上。做一个幸福的人,是能够在自己感到幸福的同时,还能让所有人因我的存在而幸福,这才是一个真正幸福的人。

"亲其师,信其道",没有什么教育会比一个集温暖、光亮、博学于一身的师长的引导更有力量。这些正在塑形期的学生敬佩、信服着自己的老师,希望能够循着老师的指引使自己的眼界更高,胸怀更广,能够通向更广阔的世界,能够成为一个真正幸福的人。

二十年来,颜景英班里的学生主动要求参加学校党课的人数最多,写入党申请书的同学也最多。2007届学生毕业前,班上有十四名学生递交了入党申请书,她又带领学生在班级成立了"先进分子小组";特别是2011届,班里有一半学生郑重递交了入党申请书,其中一人被发展为预备党员,七人被确定为入党积极分子。

把学习活动的引导与爱国主义教育结合起来,教学才有不竭的动力之源,教育才富有真正的意义。这样的做法,颜景英一直保持到今天。

打开了世界

"他是个独自在湾流中一条小船上钓鱼的老人,至今已去了八十四天,一条鱼也没逮住……"——这是班级里第二次组织朗读《老人与海》的开篇,这一次,班里的每一个学生都沉浸在那位孤独的老人在海上拼搏的故事里。

课本中的《老人与海》只是节选,为激发学生的阅读热情,颜景英让孩子们准备了全书,带着他们在课堂上用了一个星期的时间来读来品。学生们越读越有味儿,越品越能感受到桑迪亚哥老人内心的巨大的孤独,也越发钦佩他的无限勇气。课后,一位男生说,这是他第一次真正读名著,经典太有魅力了!能够体味到读书的乐趣,班上爱书的孩子自然也就多了起来。

颜景英也会去读孩子们喜欢读的东野圭吾、村上春树等人的作品。学生们在周记中写的每一篇读后感,都会得到她的细心点评。时不时地,她还会在班上宣读一下同学们已读的作品,朗读他们写的读后感。颜景英常利用课堂甚至是课余和学生交流,引导他们分析故事背后的人物心理、文化和历史背景,引导学生们学会分析更多的作品,当然也包括网络作品。当她和学生们分享自己阅读《追风筝的人》《被掩埋的巨人》《那不勒斯的萤火虫》等作品的感受后,班里有不少学生也专门找到这些书籍来读。有些学生还忍不住把一些书带到学校在课间读。于是"如何安排阅读"又成为他们班需要集体讨论的新话题。她对学生的期望是:爱读书,会读书。

2021年寒假,她要求学生阅读《平凡的世界》,同学们的读书笔记比以往写得都要好……她的一句"不知该念谁的好"让孩子们更愿意在阅读上花时间了。

让孩子读书,首先老师得是一个读书人。从2020年1月17日起,到6月21日止,她共读书十五部,其中有为陪学生阅读而再读的《平凡的世界》,也有为了解学生兴趣爱好而读的《且听风吟》,还有《理想国》《社会契约论》《哲学的故事》等在常人看来不那么具有吸引力的哲学著作。

打开一本书就是打开了一个世界。颜景英以润物无声的方式引导学生找到了求知和阅世的最佳路径。

永远十九岁

一定是常年与学生朝夕相守的缘故，颜景英常常会忘记自己也已年过五旬，总觉得自己还是那个刚刚登上讲台的十九岁的青年教师。

颜景英每天都是早晨8点半不到就出门，晚上20点之后（有晚自习任务的晚上更是要到23点以后）才进家门，第二天又以饱满的精神面貌出现在学生面前。"不累吗？"同事这样问，颜景英的回答是："不累。没有什么能比全身心地投入自己理想中的事业更快乐。""不累吗？"手捧着精批细改过的练习册的学生问，颜景英的回答是："不累。没有什么能比看到你的进步更快乐。""不累吗？"辛劳一生的母亲这样问，颜景英的回答是："不累。没有什么能比成为你的骄傲更快乐。"然而在无数次的挑灯夜战中，在无数节全力以赴的课堂上，她真的不累吗？

2018年6月7日，是高考第一天，也是颜景英身体健康的分水岭。之前她就有过胸口隐隐作痛的感觉，可全身心都扑在教学上的她没有考虑过，也没有时间就医。刚刚结束送考，她就倒下了，一连做了两次心脏支架手术。负责实施第一次手术的独山子人民医院心血管病专家渠述秋说："你这是用命在工作啊！"

历经了两次心脏手术的颜景英，在感叹生与死的距离原来如此接近的同时，也更加坚定了信念：坦然面对生活，把握能把握的，其他的交给命运。

只愿能为孩子们的成功助一臂之力，病后的她又承担了2021届实验（1）班的教学任务以及名师工作室的工作，继续在压力和期望中超常工作。

不肯停步的她，心中驻着少年。

极高明而道中庸

李伯霖

◎ 全国楹联书法篆刻大赛金奖获得者（2004年）
◎ 第二届中国书圣文化节全国书法大赛一等奖获得者
◎ 全国书法比赛特别奖获得者（2003年）
◎ 全国书法大赛优秀奖获得者（2000年）

书艺人生

兰 晶

引 子

在克拉玛依市档案馆,永久珍藏着一幅奔逸、磅礴的草书长卷巨制——《伯霖草书洛神赋》。这是著名书画家李伯霖先生创作并捐赠的。

五色洒金的古雅宣纸上,翩若惊鸿、婉若游龙的洛神凌波,挥洒在散云斋主人伯霖先生的笔墨之间,亦歌亦舞、跌宕自如地变化为一幅脱凡出尘的艺术画卷,充分体现出伯霖先生将碑帖的传统技艺融会贯通,兼收并蓄各家所长,在继承与嬗变中不断扬弃自我、丰富自我的深厚功力。

若单看字的结体,很难确定是取自于哪家哪派,展卷间唯见涵泳万象、悟得真谛所形成的个人独特的风格。较为明显之处在于,魏碑笔意蕴于草法流转间,长卷大气而烂漫,是魏晋风度与现代心性的完美结合。

作为国内卓有成就的书画家,伯霖先生早已声名远播,在克拉玛依更是家喻户晓。而与之相称的是其低调谦和、温文尔雅的待人处事之道。在伯霖先生的彩墨画集《散云往还》的卷首,中国艺术研究院党委书记和院长、著名文艺评论家、鲁迅文学奖获得者韩子勇特撰文《正午的阴翳》为序，开篇一句令人印象尤深："在我认识的人当中，伯霖是最儒雅的一个。"作为阅人无数、洞悉世相的大家，韩子勇先生不吝用"最"字中肯地评价这位老友，赞其创作、处世都散淡适度，不温不火，不慌不忙，不骄不躁。更形容其书画作品"如夏季正午，稳稳降下如虹的一片阴翳，给晒烫的额头以清凉、以慰藉"。

了解伯霖先生的人都知道，他很少印制名片，出版作品也十分审慎。他总是说："每完成一部作品就觉得后悔，总觉得可以做得更好。但好的作品一定不是刻意为之的，而是当时内心的真情流露！"

作为国家一级美术师，中国书法家协会会员，克拉玛依画院院长，克拉玛依市书法家协会名誉主席，新疆维吾尔自治区第九届、十届、十一届政协委员，伯霖先生的书法作品荣获国家级奖七项，数十幅作品发表于专业刊物。出版有《伯霖书法集》《东方艺术家——李伯霖专辑》《大学书法教材》《伯霖书画集》《散云往还——伯霖彩墨画集》《伯霖草书洛神赋》等。书法作品入选中国书协所编《中国书法名家墨迹》。作品在中国香港地区、新加坡、韩国、日本及联合国等地展出。六十余幅书画作品被中国人民大会堂、国家体育馆、中央电视台、中国石油大厦、克拉玛依市政府等单位和机构收藏。

退休后，伯霖先生除了云游各地采风写生，便是日日在书斋研习书画。闲暇时则为书画学习者与爱好者精心准备讲座，传授毕生所学。每年春节，则现身于克拉玛依市步行街文化茶楼，运笔泼墨为市民撰写数千副春联。让博大精深的中华传统文化，以最平易近人的形式润泽千家万户。

"习近平总书记准确地把握时代脉搏，高瞻远瞩地提出'文化润疆'。只要身体允许，我会一直为百姓写下去，真正将书画艺术植根于人民之中。"静心聆听着这位身形魁梧的艺术家娓娓而谈，得知其出身于儒学底蕴深厚的齐鲁之地，求学于文化氛围浓郁的金陵故都，创作于幅员广袤浩瀚的新疆大地，便会明白其内在精神中充盈着汉唐风韵的原因了。

伯霖先生甚为喜爱的一枚印章刻有"在家出家"，简单四字，透露出一种超逸的韵致，似乎有一种生机与宁静徐徐而来，沁人心脾……

初踏小荷尖尖角

草行楷篆书精彩,笔墨纸砚画人生!让我们穿越如彩宣泛黄的时空,去探寻李伯霖先生的艺术人生。

在《伯霖彩墨画集》的扉页上,有这样一行醒目的小字:"泼墨泼彩,一如人生。掌控了过程,却掌控不了结果。"这是李伯霖对自己从艺之路的深刻总结。

20世纪50年代,李伯霖出生于山东枣庄市一个普通市民家庭。在人们的印象中,似乎只有家学深厚的书香世家才是书画家成长的摇篮。而李伯霖一家,兄弟三人,父母终日为生计奔波,对儿子的期望不过是将来能有份安稳的工作,能赖以安身立命而已。

"那时,懵懵懂懂,连'书法'一词都觉得新鲜,最初拿起毛笔,不过小学美术课上写大字而已。"忆及往昔,伯霖先生爽朗地笑了。然而,艺术之神始终垂青于有天分者,李伯霖的字常被美术老师当范本备加赞赏。方格本上那一个个醒目的红圈,激发了他对书法艺术最初的兴趣。

初中阶段,李伯霖遇到了书画之路的真正启蒙者——赵慎之老师。赵老师教授语文,一手精妙潇洒的板书使李伯霖心生羡慕,于是不自觉地怀着景仰之心,开始在作业本上模仿老师的笔迹。

不久,赵老师将李伯霖叫到了办公室,"你是在刻意模仿我的笔迹吗?你要想在书法上有所长进,甚至有所建树,不可学我,要从正规的路子来。"赵老师递给了他一本字帖。泛黄的卷首为草书,笔走龙蛇,烫着"沈尹默"三个字。

"书法是传统文化,必须正规、系统地学习,你先拿去仔细临摹吧。"

20世纪70年代初期,在书店和一般百姓家,几乎很少见到名家字帖。李伯霖如获至宝,将字帖小心翼翼地揣在了怀中。

赵老师所赠书帖的作者沈尹默,是当代著名的学者、诗人、书法家,他尊崇经典,为中国书法通正脉、走正途立下了大功。他的书法以

"二王"为鹄的,又具有妍美流畅的当代经典书风,尤其擅长草书。所书一代伟人毛泽东的诗词,笔力奔放雄健,体势气贯长虹,常常让少年李伯霖感受到一种强烈的震撼和感动。

冬季,李伯霖呵着一团团冷气,拿出纸笔,认真临摹,一写就是大半天。有时,甚至是一个字,就要写上百八十遍。沉浸其中,既不觉得枯燥,更不觉得厌倦,反倒有一种说不出的兴奋和感悟。

赵老师慧眼识珠,看出了少年李伯霖的坚韧和灵气,便愈加留心对他辅导起来。他告诉李伯霖,习书之人不能一味苦练,还要学会观察,随时体悟。聪颖的少年由此悟到学书必须借鉴,必须从模仿开始,真积力久,一旦超越模仿,形成了自己的风格,便能达到创新之境。

一年后,李伯霖的书法水平已然有了很大提升,无论审美眼光、运笔姿势、腕力控制还是所书每一字的笔画结体均有了质的飞跃。

自此以后,学校里的黑板报与横幅标语成了少年李伯霖施展才华的舞台,他也因此成为学校的名人。

赵老师后来又郑重地交给他一本王羲之的《兰亭序》字帖,一本《怀仁集王羲之圣教序》。

"《兰亭序》是王羲之毕生的精华,为天下第一行书,沈老的书法便缘自于此,但这是其性情所致,你尽可以欣赏,以你目前的造诣不宜模仿,也无法进入。"赵老师指着古朴泛黄的《怀仁集王羲之圣教序》说:"你可知道,一字千金的典故便是从这里来的,作为初学者,这本更规范,更适宜你掌握。"

赵老师竟将如此珍贵的书法资料交给自己,李伯霖顿觉肩上犹有万钧之重。入夜,灯光昏黄,他在灯下紧张地复制字帖。为了能尽可能保护原帖,他用硬度较高的白蜡纸蒙在字帖之上,用双勾临摹的方法,分两次临摹书帖,并十分精准地掌握了墨色浓淡。

整整一天一夜,他废寝忘食,熬红了双眼,母亲心疼地将棉衣披在他身上:"这孩子是写字疯魔了不成?"当他将字帖完璧归赵时,赵老师不禁惊叹于他的定力和手腕运笔的功力,断定眼前这个"不疯魔不成活"的少年,将来必成大器!

当岁月淘尽一切喧嚣,回首来时之路,伯霖先生更加深刻体会到，正是因为有赵老师的启蒙与指引，自己才有条件一步步攀上艺术的高峰。

最是水墨能致远

20世纪80年代初期，随着改革开放大潮奔涌而至，人们对文化知识和艺术的渴求也是如火如荼。心怀游艺天下必要博采众长的李伯霖，告别了故乡，考入南京教育学院中文专业，开始接受系统的学院教育。

南京作为历史文化名城，亭台楼阁、历史古迹、名家手笔随处可寻。大书法家颜真卿就曾任职南京，颜鲁公祠至今仍保存着颜真卿和诸多书法家的法书碑刻。李伯霖如入宝山，利用一切业余时间观赏学习名家真迹。听说苏州、扬州魏晋、汉唐时期的石刻碑文极多，便挤出时间、节省饭钱，不时前往观摩。那些碑刻文字所浓缩的历史瞬间，使他逐渐参悟到"书艺之道，非读破万卷不可"，唯有文化的积淀、生活的丰富，才能使艺术生命真正得到升华。

一次，李伯霖在图书馆偶尔翻到一本《艺术概论》，看到书中"凡论书气，以士气为上"一语，竟豁然开朗，于是更加注重对艺术风格的历练，他经常翻阅历代书法论著，研究书法艺术规律。

1983年，李伯霖从"乌衣巷口夕阳斜"的南京，来到了"风吹一夜满关山"的西部城市克拉玛依任教。

"丝绸之路诞生了诸多善书大家，草圣张芝、崔瑗、崔寔、姜孟颖等，令我心生神往。"伯霖先生告诉笔者。

在新建的克拉玛依第六中学，李伯霖先生担任语文老师兼班主任，带了第一届高中班学生。兴趣广泛的少年们在他的熏陶下，纷纷爱上了书法和文学艺术。为更上一层楼，李伯霖带领学生自己动手装裱书法作品，在校园搞了一次书法展览。

"我的首届学生中，李显坤当时尤喜钻研书法，我常在课余指导他的运笔姿态。他擅习小篆和汉隶，并且热爱文学和写作。若干年后，李显坤担任了克拉玛依市文联主席、党组书记，也算是给了少年梦想一个平台。在尊师重教、大力支持文艺事业发展的同时，全国各地报纸书刊上,他也经常发表文学作品。我们至今仍时常品茗读书,多年师生成老友。"早年的任教生涯,正好印证了李伯霖所喜爱的一幅书法作品的内容——去清凉境,生欢喜心。

随着对书法体悟的不断提升,李伯霖更加注重临帖。他临摹了褚遂良的《阴符经》,又不断钻研和揣摩苏东坡的《寒食帖》,逐渐意识到学书不仅要多读书,勤思考,多临帖,勤创作,更要强调一种师承关系,所谓"字有渊源",取法要高。古人云:取法于上,得乎其中;取法于中,得乎其下。

当时,新疆石油管理局非常重视文化艺术人才的培养,李伯霖因而有幸被选送浙江美术学院(即后来的中国美术学院)深造,主攻书画专业。就艺术而言,这是他第一次接受正规艺术院校的学院派教育。

导师陈振濂先生是中国书法家协会副主席,他择贤而教,故此对来自偏远西部地区的李伯霖十分照顾。陈老师自编教程,在悉心指导的同时,逐一为李伯霖示范点评。当时,市面上的书画资料已日益丰富,特别是西泠印社出版的作品,其精美程度令观者惊叹。李伯霖因此流连于各种展览、笔墨古迹,眼无他物,步不轻移,不但小篆与魏碑日进其功,写意、花鸟等国画创作也初现妙笔。

结业不久,李伯霖先后调入克拉玛依市少年宫和文化馆,以问学者之初心教授书画。

秉持着请进来、送出去的原则,李伯霖奔走于全国各地,先后邀请到国内最有影响的著名书法家来克拉玛依授课,冯其庸、王学仲、吴丈蜀、刘文西等国内名家,均前来交流指导。与此同时,李伯霖也加强了与其他各地书法界的交流、互访,通过虚心学习,自感增益不少。

十年间,李伯霖足迹遍及南北,犹如武侠小说中的武学高手遍访各大门派,探寻武学真谛,他遍访国内书画名家,拜师求艺,聆听教诲,深感书法艺术学无止境,从秦篆魏碑,到汉隶真书行草,取诸家之长,从而形成"结体能于拙中见巧,运笔常在跌宕外显飘逸"的自成一格的艺术风格。

在首都师范大学书法研究生班,当代书法学科建设重要开拓者欧阳中石先生的指点令李伯霖茅塞顿开。

特别是在南京，李伯霖拜访并求教于"当代草圣"林散之先生，一时被林老气势磅礴、笔力夭矫的草书气象所折服，从而认定这样的书境既是自己所要不懈追求的，也正好与自己开阔随性的品格相契合。

林老的字画皆造诣极深，并擅长诗词，克拉玛依画院的牌匾即为林老亲笔题写。

多次切磋和点评后，林老坦诚相告："你的精神气质适合写黄庭坚，而不适合我这一路。"

"这种胸怀让我知道了什么叫大家风范。"伯霖先生深情回忆往事，很久才用低沉的语调缓缓说出了这一句。

在心折林老书艺的同时，李伯霖也叹服于用左腕运笔而名闻遐迩的当代著名书法大师费新我的行草书。费老的书法往往奇中求正，险中求平，用笔与他人截然不同。为了能得到费老的指点，李伯霖从苏州画院辗转来到扬州，又取道杭州，终于拜谒到这位传奇大师。

"费新我先生右手有疾，改用左手写字，他的行草不受前人羁绊，参以画意，有强烈的节奏感和音乐感！"当年，毛泽东主席就曾赞扬道："费新我身残志坚，以左手练书法，能达到炉火纯青的地步，更值得我们好好学习。"

费老的小儿子曾在新疆支边，又感念于李伯霖求艺的辛苦与执着，在仔细观看并悉心点评了李伯霖的书法作品后，他兴之所至，还亲自挥毫做了示范。

"书法即是线条，你的线条干净利落，章法错落有致，运笔和我的风格接近。"费老由衷赞赏李伯霖的功力。而在字里行间所时时流露出的奇崛、劲健，以及在逆境中所涌起的顽强拼搏的心境，使李伯霖深深领悟到：书艺即是人品、涵养和文化积淀的浑然合一。

因为有名师的奖掖与点拨，李伯霖厚积薄发，先后创作出"草书《千字文》""岑参诗《逢入京使》篆书条幅""《韩愈散文》草书六条屏""草书《将进酒》"等气势磅礴、自成一格的精品佳作！

这段艺海拾珠的经历，让李伯霖的书艺书魂得到一次次重生，也更加坚定了他四十多年来不为名利所缚，而执着追求书法胜境的艺术信念！

墨色浓淡泽广域

观赏李伯霖的作品，总能感受到一种特殊的生气。这种特殊之气在不同的作品中，往往表现为不同的形态，正如伴随他成长的大漠胡杨，龙筋虎骨，生生不息。

在克拉玛依步行街文化茶楼的书画室中，装帧悬挂着李伯霖的四幅书法小品，分别为行书"厚德载物""有容乃大""上善若水""海纳百川"。虽不是宏篇长卷，然而来此休憩的市民无不驻足观望，为之惊叹。作品结构别具一格，不落俗套。每幅四个大字分布四角，正中为李伯霖题注的一行小字为心得感悟，呈正方形，内容如"创作有有我无我之别，据此可辨其才情才智，若真是无我，又何创作之有"云云。一枚红色的印章如甲骨文上的拙朴线条，活泼、灵秀地处于小字的正中心，成为点睛之笔。大字笔画劲健，书风清朗自然，小字隽美洒脱，与大字呼应成趣。整件作品疏落有致，构思精巧，是李伯霖书法艺术和水墨画艺术的审美结合。

"我是从戏服正中的补子得来的灵感。"李伯霖这样告诉笔者。他号散云斋主人，真是名副其实。笔者看到李伯霖的工作室可谓至简至朴，这里除了他的作品与笔墨、颜料、宣纸等书画必需品，别无他物。行书六条屏《兰亭序》、彩墨荷花八幅分布墙壁两面。除了长案一张，砚台、纸墨及外出采风所摘莲蓬数支，再无其他装饰。就连挂笔的笔架，也是大漠胡杨枯根一座，镇纸则是几枚戈壁滩上最寻常不过的长条彩石。

"我外出写生时自己捡的这种树根，挂笔不生虫，比名贵的笔架性价比高得多。彩石也是同样，每一块都独一无二！"说起工作室这些简单的"宝物"，李伯霖一脸自豪。

"能有个方寸之地，每日写字、画画、读书即可。"这样的襟怀大有"云自无心水自闲"的散淡恬适，斋名"散云斋"即是他超然物外的心境写照。

李伯霖曾远赴多国，两次参加联合国书画展，并向中国总领事馆赠送其作品。每至一处，当他挥毫纸上，起初身旁之人都是默默观赏，但当行笔精妙时,便会响起阵阵掌声。许多海外华人乃至爱好书法的国外友人专程前来参观展览,忍不住向其索字,李伯霖便会起立俯身,笔走龙蛇,一一满足。伯霖先生的风采与才情,一时引起了当地媒体对中国传统文化的广泛关注。

李伯霖的书法作品选《伯霖书法》,2005年获评为全国最佳书籍。

李伯霖虽生活简单,远离尘世名利喧嚣,但对传播书画艺术有益的事,却总是不遗余力,十分慷慨。

2012年的一天清晨,李伯霖自感身心舒朗,创作激情在胸中涌动,遂来到创作室,展开长幅彩宣,运笔如飞,一气呵成,书成"草书长卷《洛神赋》"。装裱后,他无私地将这幅书法作品捐赠给克拉玛依市政府。

李伯霖始终认为,书法艺术要与当地的文化特质相融合。当克拉玛依人的奋斗历史,与他澎湃的诗情共鸣共振,那奔腾不息、跌宕跳跃的创造力几乎要倾泻而出,于是便有了李伯霖以狂草写就的易中天先生的《克拉玛依赋》这幅书法作品,并将之赠与克拉玛依区政府。

克拉玛依区委区政府为此举行了隆重的捐赠仪式,以示对这件作品的珍视。草书《克拉玛依赋》在克拉玛依群艺馆、文化街展厅、文化馆巡回展出期间,中国书法家协会特意发来贺信。

散云如水溢流年

李伯霖常说:"书画均是线条的艺术,更是彼时真性情的驱动,因而独一无二,不可复制。"随着墨色浓淡、线条粗细的流转变化,艺术家的心神也进入自由空灵的诗意境界。

作为蜚声全国的书法家,李伯霖的中国画艺术成就也不遑多让。

《散云往还——伯霖彩墨画集》一经问世,便好评如潮,热议不断。中国美协理事、著名画家鲍加手不释卷,由衷赞叹道:"伯霖的画,像绽放在西北高原的幽兰,芬芳沁人。淡彩点染,清丽冷艳,用水晕染湿润空灵,用笔洒脱飘逸,特别是泼彩显得灵动有致,韵味无穷。"

李伯霖的书画创作深受中国传统艺术的熏陶,取法传统,却不囿于传统,处处洋溢着诗意美和禅意的通透智慧。

李伯霖主攻花鸟写意，花鸟是人与自然和谐化一的精神写照，是画家思想与性情的自然流露。李伯霖崇尚写意，用墨、运笔、构图、赋色等技法继承石涛、八大山人，意蕴简洁，但与古人的疏冷之意境相比，却更具丰沛、温情的人文情怀。

经过取舍研习，李伯霖在绘画创作上确立以荷花为主题，多年来一直专攻这一题材，并在前人的基础上完成了自我的突破。

从上世纪90年代起，历经二十多年，李伯霖以"水墨荷花""彩墨荷花""枯荷"为绘画创作三部曲，为此他几乎遍寻全国各地的荷塘，以搜集素材，现场写生。从白洋淀到皖南地区，从杭州到石西作业区，他常常在当地的荷塘边上一画数月，完全沉浸其中，忘记其他。

有一年冬天，为了完成"枯荷"系列的写生创作，李伯霖不顾风雪，日日守在石西作业区的荷塘边，笔墨已被凝冻，他浑然不觉，专注于画作，直到作业区的员工为他送来上井穿的全套红色厚棉工装。这位艺术家的执着忘我，令现场的石油工人为之震撼。

众所周知，中国画中，荷花、菊花、梅花、牡丹等都是常见题材，想要有所突破实属不易，画得不好便流于俗套。李伯霖在荷花系列的创作实践中，将色、墨、水调和贯通，将书法线条的功力发挥到极致，与绘画相辅相成，从而达到书画浑一之境。

如今李伯霖的画已自成一格，构图自由又稳健有度，善用点、染、泼、填、皴等多种手法。从《闲情几许》水墨勾勒的疏朗淡雅，到《藕花深处》彩墨泼染的清丽大度，虚实、疏密、浓淡皆在意料之外，却又端方有度。枝叶、花茎的线条笔势变幻无穷，从中可见画作者篆、隶、行草的书法根柢。特别是其画中的题跋，亦书亦画，内容以画论、诗词为主，不拘长短，皆放在画面的整体去考量经营，浅浅几行迤逦而来，与绘画内容相得益彰，表现出独特的个性与审美特征。

但李伯霖最为挂心的，仍是书法艺术的大众普及，他每年义务为群众举办书法讲座，书写春联，可谓一片冰心在玉壶。

克拉玛依日报社社长、诗人唐跃培曾撰文评价李伯霖："伯霖先生的艺术能取得这样的成就，有三个原因，他是一个随性率真的人，他是一个痴迷于艺术的人，他是一个喜欢看书学习的人。"

在李伯霖书斋的高处，悬有他自书的一幅字："极高明而道中庸"，所体现的正是他内心里的超越境界与朴素的现实态度的统一。这种极高明的境界，并非要有多高的地位才能获得，平凡的日常生活中亦可达到。这可谓李伯霖先生艺术人生的真实写照！通过这一近乎夫子自道的座右铭，可以见出李伯霖先生如明月出天山般的书画艺术风骨，令人难以忘怀。

何忠明

◎ 中共中央组织部第九批「西部之光」访问学者

◎ 克拉玛依市高层次人才工作室领衔人

守护你入梦

邹文庆

天地轮回，时代的车轮滚滚向前。

当今，人们在享受社会发展进步和人类文明幸福之美好的时刻，非常期望有一个健康的身体和有意义的生命。我们知道，睡眠与呼吸和健康长寿有着直接而密切的关系。人的一生有三分之一的时间是在睡眠中度过，重要的是，睡眠和呼吸障碍严重影响了人的健康，很多疾病都与睡眠和呼吸密切相关。

一个重要的课题摆在了我们面前：怎样才是健康的睡眠与呼吸呢？

如何诊治各种睡眠和呼吸障碍疾病，一直是医学界所面临的热门话题和重要挑战。

克拉玛依市中心医院呼吸科党支部书记、副主任、主任医师、硕士研究生导师何忠明就是一位主要致力于诊治睡眠呼吸障碍和各种睡眠疾病的临床和科研的医者。

一

何忠明1995年从新疆医科大学毕业后，被分配到克拉玛依职工总医院内四科工作。

职工总医院当时是克拉玛依唯一一所诊疗科室最全、设施条件最好的三级甲等医院，其中呼吸科患者很多，医生都很忙。在这里，何忠明每天都要接触到大量的病人，这对于刚走出大学校门的他来讲，无疑是将医学书本知识运用到临床疾病诊治实践的大好机会。

在医疗工作中，何忠明逐渐发现，来呼吸科就诊的患者，有很多都存在睡眠呼吸障碍和睡眠紊乱，如果不干预治疗，久而久之就会导致其他多系统受到损害并引发并发症。

于是，何忠明开始思考关于睡眠与呼吸疾病之间的联系，他每天除了正常的坐诊以外，业余时间便请教老专家，查阅各类医学文献与相关资料。2002年，何忠明被派往北京大学人民医院呼吸科进修，在此期间他接触和了解了更多关于睡眠与呼吸疾病方面的知识。

2003年，在科室老主任雷清生主任医师的支持下，职工总医院呼吸科成立了睡眠监测室，也是疆内较早开展睡眠呼吸监测的医院之一。2019年发表在《柳叶刀呼吸医学》杂志上的一篇文章显示，中国约有1.7亿人患有阻塞性睡眠呼吸暂停，其中6 700万人为中重度，该类患者的高血压、糖尿病、心脏病、中风、抑郁、猝死和驾驶事故的风险均比一般人要高，致残、致死率也极高。

何忠明一直将睡眠呼吸障碍性疾病作为自己的主攻研究方向，他在这一领域不断跋涉，勇敢前行。

传统关于睡眠呼吸障碍性疾病的诊断和治疗主要在医院的睡眠中心进行，何忠明所承担的一项课题主要通过远程医疗模式和家庭睡眠监测来诊断和管理患者。这是一种可以在家庭里完成诊疗的新模式，是一个通过家庭便携式睡眠呼吸检测设备来完成的睡眠疾病诊疗与多种新兴远程医疗技术相结合的个性化、交互式交流平台。医生和患者经网络平台的沟通，确诊患者可以通过自动持续气道正压通气治疗，将记录的数据无线传输到网站上，可进入网站观察使用情况和诊疗效果。这个新型慢性病管理模式可显著降低医疗成本，何忠明及其合作者通过向基层推广，促进了医院-社区-家庭睡眠呼吸障碍等慢性疾病管理模式的发展。这对其他慢性疾病如高血压、糖尿病的长程家庭管理也有着重要借鉴价值。

二

2002—2003年，何忠明在北京大学人民医院进修期间，遇到了他的第一位科研启蒙老师韩芳。

一个秋高气爽的傍晚，多彩的晚霞染红了天际，微风轻轻地荡起垂柳。何忠明与韩芳在院区林荫小道上漫步，他向老师汇报自己的进修体会和收获。

韩芳是北大人民医院呼吸科主任医师、医学博士、北大睡眠医学中心主任、中国睡眠研究会前任理事长，并担任世界睡眠学会秘书长、亚洲睡眠学会候任主席等职务。他所从事的睡眠呼吸专业是个新领域，在我国还处于起步阶段，但患者很多，却没能得到及时诊治。

在老师的鼓励下，何忠明报考了韩芳教授的研究生，在北大医学部攻读硕士学位。韩芳大何忠明两岁，两人亦师亦友，韩芳像兄长一样对待这个来自油城克拉玛依的血气方刚的年轻人，把自己的医学业务知识与学术研究成果毫无保留地传授给了何忠明。何忠明毕业后，他也一直关注和支持何忠明的临床和科学研究。

三年的学习时光使何忠明有机会接触到国际上著名睡眠专家的现场授课和学术交流，使他对睡眠医学产生了浓厚的兴趣，坚定了他把睡眠医学作为此生医学研究方向的决心。

2003年初，正值"非典"病毒肆虐，呼吸系统疾病的研究成为焦点。作为呼吸科大夫，何忠明在学习闲暇之余，与北大医学部的医生们一道参与了诊治，呼吸疾病的救治水平不断得以提高。

2007年，三年研究生毕业的何忠明回到了中心医院。他率先开展了一系列相关研究，包括慢性阻塞性肺疾病、支气管哮喘合并睡眠呼吸紊乱、鼾症及睡眠呼吸暂停低通气综合征的流行病学调查和相关机制方面的研究。

2014年，职工总医院呼吸科更名为呼吸与危重症医学科。

呼吸科睡眠监测室成立至今，经过十七年的学科建设和发展，从最初的一张床位的睡眠监测室，发展为目前拥有十张床位的睡眠病房的睡眠监测中心。建立了本地区最大的呼吸睡眠医学中心，建立了远程睡眠医学教育基地，开设了睡眠呼吸障碍门诊。现有临床医师两名，睡眠监测技师三人。拥有多导睡眠监测仪三台，便携式睡眠监测仪十五套，脉搏血氧监测仪二十个，无创通气呼吸机十余台。能够常规开展睡眠监测、夜间血氧监测、多次小睡实验、睡眠调压、无创通气治疗和呼吸中枢驱动测定等，在疆内处于领先水平，已经诊治上千例睡眠呼吸暂停患者。睡眠监测及夜间脉搏-氧饱和度监测及治疗已经成为常规，家庭便携式睡眠监测技术已经成熟并应用于临床，且已纳入各单位体检项目。

睡眠监测室就像何忠明的另一个"家"，他更多的时间是在这里对患者进行诊断和治疗。

何忠明说："视患者如己，急病人所急，想病人所想，病人的痛苦就是自己的痛苦。"

从2007年至2017年间，何忠明深入街道社区走访入户，先后对克拉玛依市区3 000余例35岁以上人群进行鼾症和睡眠呼吸暂停低通气综合征流行病学调查、随访、治疗及机制研究。

何忠明实现了"从病人被动来看病到主动为病人看病，从治病到防病"的实践转变。

阻塞性睡眠呼吸暂停低通气综合征是引起心脑血管并发症、代谢性疾病和猝死的重要原因，也是引起白天嗜睡的最常见病因，嗜睡可引发严重的公共安全问题如交通事故等。

这类患者出现日间高碳酸血症的发生机制及相关因素较多，目前的研究尚无一致的看法。

何忠明与一些学者认为，阻塞性睡眠呼吸暂停低通气综合征可能与过度肥胖所引起的限制性通气功能障碍、呼吸肌疲劳、夜间低氧、呼吸中枢对高二氧化碳刺激反应性下降等因素有关。该研究通过大样本的流行病学资料，分析了解中国人群中阻塞性睡眠呼吸暂停低通气综合征患者日间高碳酸血症的发生情况及引起日间低通气的相关因素，探索呼吸中枢调控机制在其发病中的作用，并通过对患者进行持续气道正压通气治疗，评价治疗效果。

通过何忠明及其同事们在社区开展的鼾症和阻塞性睡眠呼吸暂停低

通气综合征流行病学调查,结果显示市区35岁以上人群打鼾发生率约为52.2%,习惯性鼾症患者中阻塞性睡眠呼吸暂停低通气综合征的发生率为44.7%,阻塞性睡眠呼吸暂停低通气综合征人群中高血压的患病率为36.6%,2型糖尿病的患病率为34.7%。短期(两周)持续气道正压通气治疗,可以改善阻塞性睡眠呼吸暂停低通气综合征患者呼吸中枢低氧通气反应性和糖尿病合并阻塞性睡眠呼吸暂停低通气综合征患者昼夜血糖水平。

2008年至2015年,何忠明所带团队又对以上人群开展了七年队列研究。结果显示,七年间市区阻塞性睡眠呼吸暂停低通气综合征人群中高血压的新发病率为8.7%,2型糖尿病的新发病率为9.7%,死亡率为9.5%,明显高于正常对照组。阻塞性睡眠呼吸暂停低通气综合征是患高血压、2型糖尿病的主要因素。

2014年至2017年,团队在国家自然科学基金项目的资助下,探索研究了呼吸中枢低氧通气反应性在阻塞性睡眠呼吸暂停低通气综合征致病中的作用。相关研究成果在美国胸科年会、欧洲呼吸病学年会、德国睡眠会议、全国呼吸年会上交流发言;发表论文八篇,申请新型实用技术专利两项。2018年,该课题顺利通过国家自然科学基金委验收。

此外,何忠明及其团队在社区开展了家庭睡眠监测,对2008年开展的社区人群又进行了十二年后的随访,每天发放十套便携式睡眠呼吸监测仪用于社区患者的流调。

自2020年6月至今,已经完成900余例社区人群的复查,这是一项艰苦而细致的工作,并继续随访阻塞性睡眠呼吸暂停低通气综合征患者家庭使用呼吸机后的依从性,包括使用时间、压力情况、呼吸暂停指数和血氧指标等参数通过文件压缩上传至睡眠中心。通过相关软件分析得出患者的使用情况,并反馈给患者,指导调整治疗方案,让患者得到精准治疗。

十余年来,何忠明主持的相关研究成果"夜间脉搏-氧饱和度仪在睡眠呼吸紊乱疾病诊治中的临床应用研究"获得2007—2009年度新疆医学科技三等奖;"慢性阻塞性肺病患者睡眠呼吸障碍的临床研究""克拉玛依市区35岁以上人群打鼾与睡眠呼吸暂停低通气综合征流行病学调查及其机制研究"分别获得2012年、2018年度新疆科技进步三等奖；与河北省邯郸市中心医院王慧玲主任合作完成的"阻塞性睡眠呼吸暂停低通气综合征患者日间高碳酸血症的发生情况及相关因素分析"获得2020年度河北省科技进步三等奖；同时在国内外发表相关论文四十余篇。

十余年来，在医院的大力支持下，睡眠室也得到改造，引进了价值200余万元的睡眠监测及治疗设备。在克拉玛依举办了国家及省级继续教育项目睡眠呼吸论坛四次，培养出国留学人员一名，临床睡眠医师两名，睡眠技师三名。

十余年来，何忠明在美国胸科年会、世界睡眠学会年会、欧洲呼吸病学会议、德国睡眠会议上进行学术交流九次，在全国呼吸年会上交流二十余次，获中华医学会呼吸病学年会优秀论文奖六次。

2013年，何忠明获第五届克拉玛依市科技突出贡献奖。2014年入选克拉玛依市"油城英才·千人培养计划"，是中组部第九批"西部之光"访问学者。2018年，他获得第一届克拉玛依市领军人才、克拉玛依高层次人才工作室领衔者荣誉称号，并在国内多家权威相关学会担任职务，成为行业专家。

三

2016年至2017年间，何忠明受国家留学基金委西部计划项目资助，在德国夏洛特医学院睡眠医学中心做访问学者。

德国的睡眠医学发展在国际领先，2003年就设立了独立的睡眠医学学科。

在德国，何忠明结识了另一位终身铭记的导师托马斯·彭索。

2017年5月中旬的一天，柏林的天气格外好，洁净的空气中弥漫着清爽的草香。导师告诉何忠明，6月9日他要去马尔堡菲利普大学物理研究所参加一个多学科学术会议，并邀请何忠明一同参加。

马尔堡菲利普大学位于德国黑森州马尔堡，1527年由黑森-卡塞尔伯爵菲利普一世创办。2016年，该校在校学生两万名，其中国际学生比例为 12%。

6月8日清晨，何忠明坐了六小时的大巴来到了马尔堡。马尔堡给他的第一印象是山清水秀，宁静而美丽。夜间，各种色灯装点的颇具异域风情的建筑群，仿佛把何忠明带进了格林童话的世界里。但何忠明无暇欣赏这一切美景，他思考的还是他的研究课题。

第二天上午，导师带着何忠明走入建在群山环绕中的马尔堡菲利普大学新医院。两人应邀参观了医院的睡眠医学中心，导师曾在这里学习工作过二十五年。一小时后，他们来到了大学物理研究所，学术会议将在这里举行。一对老教授夫妇在门口迎接他们，后来何忠明才知道今天是这位物理学系老教授七十岁的生日，来自英国、法国、意大利等国家的二十多位同行一起来参加这个特别的庆生学术会议。

下午14时，学术报告会开始，所有受邀者用幻灯片的形式一一介绍了与老教授的交往和学术研究成果。学者们相互交流、学习，托马斯·彭索也在会上讲解了睡眠监测的最新技术应用。

别开生面的庆生学术报告会充满着浓浓的学术气氛，蕴含了深深的学术科研友情。10日上午继续进行了半天的学术交流活动，两天的学术会议让何忠明在充实自己的课题研究和学术探讨上，开阔了眼界，增长了见识。

何忠明在德国访学的一年中，这只是其中一次具有代表性的学术会议。在导师的举荐下，何忠明还参加了2016年11月底在德累斯顿举办的每年一次的德国睡眠学会学术会议。2017年4月，何忠明又参加了在法国马赛举行的欧洲睡眠年会。同年5月，他还参加了在美国华盛顿举办的胸科年会。通过参加这些国际性学术会议，德国及欧美学者严谨的治学态度和精益求精的医学技术都给何忠明留下了深刻的印象。

在德国一年的学习转眼就结束了。这一年，更加坚定了何忠明对理想信念的追求。他归心似箭，恨不得即刻回到自己的睡眠室，把学到的知识用于临床实践。一种特别的兴奋让他欣然提笔，写下了发自内心的感怀：

欧亚北归航海，鸥鹭成双鹤鸣，岁去年来如烟。落日余晖，相思人在海角。

他乡巧遇友人，雪峰感召童心，月来季往似梭。荷花盛开，有情人报知遇。

四

因为在学术研究上所取得的成就，2019年5月，何忠明入选国际科学引文索引期刊《睡眠与呼吸》杂志编委，这也是基于他多年来为该杂志审稿，编委会做出的决定。该杂志主要反映睡眠医学领域临床与科研的国际化前沿进展情况。通过审稿，何忠明阅读了大量英文文献，丰富了医学阅历，对他开展睡眠医学学术研究和提高睡眠障碍的诊治水平具有极大的帮助。

"世上无难事，只要肯登攀。"何忠明深知，学术研究和为患者服务永远在路上，自己只是在雄关征途上迈出了第一步。

何忠明下一步的研究计划是创建一个个性化、交互式的诊疗管理平台，以此构建一种不需患者来院就诊，就可直接对患者进行诊断和治疗的远程管理新方法。患者在网站上完成初始和随访的调查问卷，在家里进行无专业人员全程监视的家庭睡眠测试。睡眠专家通过电话或视频和患者一起评估测试结果，给予确诊患者自动持续气道正压通气治疗。何忠明预期这个新型管理模式的临床效能可显著降低医疗成本，便于在基层大范围推广，从而更好地服务于各族群众。

该计划完成后，将建立基于互联网的家庭睡眠呼吸暂停诊疗模式的完整体系，将中心医院医疗活动进一步深入到患者家庭，实现"医院-社区-家庭"新的服务模式，进一步提升中心医院在睡眠呼吸疾病诊治方面的优势地位。

何忠明下一步的工作目标是继续秉持"变病人被动就医到我为病人主动看病"，以"医院-社区-家庭"一体化的理念，运用便携式家庭睡眠检测仪对社区900余例人群进行随访，完成家庭睡眠呼吸监测；采用德国睡眠监测仪和无创呼吸机自带软件，分析完成119例睡眠呼吸暂停患者的家庭呼吸机压力测定，分析压力水平范围及其影响因素，为阻塞性睡眠呼吸暂停低通气综合征患者实施家庭远程监测提供支持和帮助，使以这种患者为代表的呼吸系统慢性病的家庭治疗和管理成为可能。

何忠明对自己的研究课题及工作目标抱有无比乐观的希望，正如他所说："在钻研临床医学技术和开展医学研究的道路上，充满荆棘和坎坷，只要敢于勇攀高峰，前途一定光明。"

人生如歌，这首歌或平淡乏味，或昂扬奔放。

医生是一种光荣而崇高的职业。何忠明以医者所特有的那种一往无前、攀登不止的工匠精神，通过对睡眠呼吸障碍性疾病的相关研究，探索出一套"从病人被动到医院就诊到主动入户为患者看病，从医院到社区到家庭，防病于未然"的慢性病管理新模式。

从青春年华到今天的知天命之年，所有倾情付出的智慧与心血、执着与追求，还有在党组织的培育关怀下，所获得的成果及荣誉，成就了何忠明不平凡的医者之路、攀登之歌。

怀有登巅之志，就没有不可逾越之山

杨生军

◎ 新疆维吾尔自治区特级教师
◎ 新疆维吾尔自治区首届"四好"老师
◎ 克拉玛依市拔尖人才

心里有光的人

邹文庆

春寒料峭的乌鲁木齐，天边一轮浑圆的落日，将绚烂的余晖洒向大地后，缓缓地消失在了地平线。

一辆满载着老师与学生的大巴车从国际会展中心驶出，行驶在宽阔的北京路上。大巴车上，一个戴着维吾尔族花帽、头上扎着几根长辫子的小姑娘，靠在一位坐在车窗边的中年老师的肩膀上，沉沉睡着了。小姑娘睡得香甜，老师一动不动……这动人的画面，定格了教师对学生的爱和呵护。

爱在点滴里

这个小姑娘，是2007年克拉玛依市青少年科技创新赛一等奖获得者、克拉玛依市第十一小学的学生麦迪娜。2008年3月底，她和她的科技作品"防磁卡消磁钱包"在科技辅导老师杨生军的带领下，专程到乌鲁木齐市参加自治区第22届青少年科技创新大赛。

克拉玛依市的参赛作品在国际会展中心的大厅里展览了两天，期间，乌鲁木齐许多学校组织学生前来参观。面对众多的来宾与参观者，担任作品讲解员的麦迪娜细致地对作品进行讲解，耐心地回答学生们提出的各种问题。在这次自治区青少年科技创新大赛上，经过专家组封闭式答辩、选手科学素质测评，克拉玛依市代表队的作品获得优秀项目二等奖。

讲解结束后，代表队乘坐组委会安排的接送专车回宾馆。路上，由于太疲乏了，麦迪娜不停地打着哈欠。坐在旁边的杨老师心疼地对她说："瞌睡了就靠着我的肩膀睡一会儿吧。"麦迪娜靠着老师的肩膀很快睡着了，于是出现了本文开头的那一幕。

杨生军，1998年从昌吉师专物理教育专业毕业，同年分配到克拉玛依市第十一小学执教。

"我是一个平凡又普通的人，是教师这个舞台给了我默默芬芳的机会。"杨生军从走上教师岗位的第一天起，就把教育作为自己终身的选择，二十年如一日地忠诚于他挚爱的教育事业。

"谁爱孩子，孩子就爱谁。"杨生军一直把高尔基说的这句话当作自己的座右铭，秉承"没有爱就没有教育"的理念，他以爱为笔，书写着爱的篇章。

第十一小学是一个由汉族、维吾尔族、哈萨克族等多民族组成的学校，少数民族师生占到全校师生的三分之一。在对学生的科技辅导中，杨生军发现五年级的学生麦迪娜是一个善于思考、想象力丰富的孩子。于是，他开始悉心辅导、启发麦迪娜关注细节，观察生活，尤其是往民族传统特色方向加以引导，建议麦迪娜仔细考虑传统民族特色打馕的方式方法，多去馕坑实地考察。

经过杨老师的点拨，在家长的帮助下，麦迪娜走访了打馕师傅，俯下身仔细察看各种形状大小不一的馕坑，一种新式的馕坑设计逐渐在麦迪娜与老师的一起努力下有了雏形。传统馕坑的内部空间大，只在馕坑内壁贴馕饼烤制，既浪费了空间，又消耗了热源。如果在馕坑内部再套入一个小的馕坑或其他装置，小馕坑外壁也可以贴上馕饼烤制，这样就可以充分利用空间和热源，而且一次可以烤制两种不同的馕饼，既节约了成本，又提高了效率。

这是多好的创意啊！

麦迪娜上中学后，还在这方面不断尝试和钻研。她专门回学校看望杨老师时，向他请教了自己设想如何改进烤包子拾取装置的想法。后来的实践证明，麦迪娜的这个小发明具有很高的科技含量和实用价值。

杨生军和少数民族教师塞亚尔·卡哈尔交朋友，热心帮助她解决教育教学中的问题和困难，也在学校传为佳话。

塞亚尔·卡哈尔在用国家通用语言进行教学中，对教材有时理解不透，在教学专业性上也需要帮一把。为了帮助塞亚尔·卡哈尔更好地进行教学，杨生军主动与她结为师徒对子。一学年的时间里，杨生军就抽时间听了塞亚尔·卡哈尔的三十节课，每节下课后指出她应该注意或纠正的地方。杨生军还指导塞亚尔·卡哈尔掌握科学课教学仪器的使用规范，亲自示范探究式教学在科学课课堂中如何渗透。塞亚尔·卡哈尔在杨生军的帮助下成长很快，学科教学得心应手。

2014年，杨生军作为优秀共产党员的代表接受了克拉玛依电台记者的采访。记者在报道中称他"蹲下来看学生，弯下腰和学生说话，用微笑鼓励每一个学生，把对学生的大爱融入了教学中"。

杨生军对学生的爱是一种广义上的爱，他坚持以学生为本，充分尊重学生，时时创意设计那种宽松和谐的科学课课堂教学氛围，他的课堂、实验室已经被他用尊重与知识烙上了老师热爱学生的印记。在教学和科技辅导中，他激励学生要广泛关心一些社会问题，关心社会上的弱势群体，多向社会献爱心。

在杨生军的引导下，学生们为解决盲人判断水是否倒满的问题，制作了"盲人水杯"，让杯子里的水在接近指定水位时自动报警；为解决久病卧床的病人生活自理问题，设计了带有自动设置的"方便病床"，解决了病人翻身、如厕等实际问题……

杨生军就是这样默默地芬芳着自己，更芬芳了他的学生。

把科学课讲"活"

科学课是一门正式（课内）、非正式（课外如科技馆、博物馆等学习）结合，探究、模拟并行的特殊科目。

杨生军担任科学课教学任务，非常看重学习与实际相联系、相结合，力求真正做到"用教材教"而不是"教教材"。

在四年级学生养蚕的教学活动过程中，杨生军和学生们发现蚕爬到桑树枝上后，就比较难把蚕再弄下来了。为了弄清楚其中的秘密，杨生军鼓励学生们自己想法解决这个问题。

当然，让学生们自己去解决，不等于完全放任自流，老师要做的是引导思路，提供工具，教会学生科学的探究方法，并适时提供自己的建议、指导与帮助。在学生们遇到困难时，适当地给他们当一回踏板。所以，杨生军首先启发学生们从蚕足开始研究，先仔细观察蚕足，看看能不能有什么发现，观察蚕儿在爬行时有没有什么特殊的地方。然后查一查资料，看看在动物世界中还有哪些动物具有这样"抓紧"物体的本领，这些动物的脚又具有怎样特殊的结构，有了这些基础，猜想蚕足可能具有怎样的结构使其能牢牢抓住树枝。

接下来进行实际验证，用放大镜再观察蚕足，有了一些意外收获后，就继续再进一步使用显微镜观察。教会了学生们显微镜的使用方法后，孩子们把蚕足放在显微镜下，这时才真相大白——蚕足内有很多"倒钩"状结构，就像苍耳种子外的倒刺，抓住树枝时，一个个倒钩都钩在树枝上，所以就紧紧地"抓"住了树枝。由此，学生们经历了一个活生生的完整探究身边小动物身体现象问题的过程。

杨生军指导学生把自己的这一探究经过整理写成论文，从现象到问题，从观察到实验，从结论到查资料对比其他动植物中有此特性的相同及不同方式（有倒钩，有吸盘，有黏液），再到人们对这个现象的仿生应用——尼龙搭扣。这个成果参加自治区科技节获得了二等奖。

"控制条件实验"是小学科学课实验训练的难点和重点。

训练从一些细微环节入手，遵从探究的每一个步骤，重点进行"公平原则"下该怎样控制实验中不变量的选择；怎样选择"唯一改变"的量，探讨、总结每次实验的体会，以求经过反复训练能形成一定的模式。

例如，上过"种子的萌发""声音的传播""吸热散热"这些课之后，杨生军让学生们交流实验过程，交流在控制变量方面的经验，交流在小组合作中的体会；上过"霉的产生条件""铁钉生锈了""洗衣服的学问"这些课之后，杨生军让学生们重点交流怎样在实验中判断哪些是该控制的"不变量",怎样做到不遗漏、不重复,怎样判断哪个是该"唯一改变"的量。

杨生军经常想到的一个理念,就是站在学生的角度看教和学。他认为,教学是教和学的双向互动。体现一个教师专业素养的重要方面,就是如何使教学从老师的"教"走向学生的"学"。

当学生们对一些问题不好理解或者不容易讲解清楚时,杨生军便逐步教学生学习"用模型解释",让学生知道采用恰当的科技模型,能够直观形象地给予最有力的诠解。

比如在讲解"国旗怎样升上去"一课时,杨生军制作了定滑轮等模型,让学生们比较定滑轮、动滑轮、滑轮组在升国旗时的不同和优劣;在进行"细菌繁殖速度"探究活动时,杨生军用豆子数目模拟不同代细菌的数目,再和数学结合,让学生们认识到在七小时以内,细菌数目就能扩大100万倍这一生物现象;在进行"火山喷发"课内活动时,杨生军为学生们模拟岩浆喷出地表的壮观景象,让学生来认识地球内部的高温、高压及不停运动的过程等。

上天总是眷顾那些勤奋和愿意付出的人。杨生军指导学生参加全国科技竞赛,获国家级金奖一项,银奖两项;参加自治区科技竞赛,获自治区级一等奖九项,二等奖十二项;参加克拉玛依区"蓝色畅想"科技竞赛,车模、国际数棋、七巧板等竞赛,连年获得团体或单项一、二等奖的好成绩。

杨生军一个人撑起了市第十一小学的学生科技竞赛的一片天,2005年,第十一小学被授予"克拉玛依市科技活动特色学校"称号。

杨生军同时担任第一片区科学学科教学的负责人和兼职教研员。2010年,他兼任克拉玛依区小学科学教研员,主持全区小学科学的教学、教研工作。

他率先在全区范围内开展教师全员实验技能过关培训,在一年的时间里利用每次培训交流机会,把自己积累的经验和智慧毫无保留地分享给全区科学教师。经过一年的培训后,对全区科学教师进行实验教学胜任能力的考核,争取让每位老师都对教材实验熟谙,对实验操作熟谙,对实验要点熟谙。

在市教育局暑期组织的仙桃市专家培训中，杨生军作为克拉玛依市的代表向仙桃市专家展示了科学课"神奇的水"一课，让仙桃市专家充分了解了克拉玛依市科学课教育的现状和层次，同时也向全市科学教师作了汇报。

2010年4月，杨生军参加了国标苏教版小学科学教学课件大赛，他的课件《热传递》获二等奖。因为不懈的努力和突出的表现，杨生军先后获得"克拉玛依市优秀教师""克拉玛依市师德标兵"称号。

杨生军通过开展多种丰富新颖的科技活动，促进了学生科学素养的提升，也把科学课讲"活"了，实现了从"教教材"到"用教材教"的转变。

指尖上的科学

在多年的科学课教学中，杨生军以改革创新的精神，让这一学科不断有创新，有进步，有收获，而且他更多的是将学生们带出课堂，走向室外，投身于广阔的校外世界。

2015年、2016年，杨生军先后两次组织克拉玛依区全体小学科学、综合实践教师到生态健身公园内认识、辨别植物。

2020年年初，在他的组织下，克拉玛依区有近万名小学生通过"空中课堂"，利用家庭常见的材料相继完成了三十六个科学小实验。在新冠肺炎疫情防控期间，杨生军通过让孩子们动手动脑、学习科学知识、培养创新精神，舒缓烦躁情绪。

杨生军在多年的教学实践中一直在思考，第十一小学的科技特色发展需要更加系统和科学，需要由个别竞赛走向普及性全员参与，需要科学、科技学科资源的建设补充；学生兴趣需要激发，动手能力、创新思维需要系统培养和提升，校外时间不能总交给电子产品；教师专业发展需要理论、实践相互交替推动前进，需要经历教学资源对照课标进行选取、可操作性编辑、课堂实施的检验过程。

概言之，现有科学课程需要探究延伸，有些内容需要补充拓展，完成"宽一英里，深也一英里"的改进。

"心里有光的人，眼前总有一片海。"

杨生军产生了自己研发编写教材的想法。经过深思熟虑，他决定编写校本资源。

从2013年开始，杨生军借助克拉玛依市"小学科学实验操作考核标准及系统研究"课题，从现有教材入手，详细分析、梳理、归纳现有教材中的活动，从知识面—英里宽、知识理解—英里深两个方向，选择趣味性强、涉及中国传统智慧、需要深入拓展、现代科技味浓、与学生生活联系紧密的内容，作为编写资源库备选。

自己研发编写教材无疑是一项浩大的工程，有着相当大的深度与难度。

杨生军常常忘了回家，电脑前、实验室里、多媒体教室、学校的操场上、校外的林荫小道上，每一处都留下了杨生军无数忙碌的足迹，记录了杨生军凝心深思的身影。有太多的周末、无数个长假小休，杨生军放弃了温暖的家，放弃了寒暑假，晚上21点以后才疲惫不堪地回家已成为常态。

就这样，从2013年至2015年，上册四本初稿才初具雏形，下册四本进入编写整理阶段。2015年，杨生军接触到了STEM（科学、技术、工程、数学的融合教育），他敏锐地捕捉到STEM对科学课教育改革的补充和推动作用，毅然全面修订已成稿的上册四本资源，并对下册四本选定的内容进行再筛选和再整理。

2017年，经过三轮全面修订的艰辛过程，第十一小学上、下册共8本、316页、35754字的校本资源，作为科学课的补充教材终于成稿，他将这个教材起名为"指尖上的科学"。经克拉玛依区专家工作站特聘专家郑杰（上海十大杰出青年校长、上海市十大教育新闻人物）及校长组审核，获得一致好评，并申报为自治区精品课程，于2018年12月获自治区中小学教学质量提升工程一等奖。

《指尖上的科学》图文并茂，通俗易懂，又是彩版，学生们及家长们都非常喜欢。

此外，杨生军还牵头编制了一系列其他教学用书。

2014年，他参与了市教育局《中小学课堂教学渗透法制教育应用研究》教师用书小学科学卷（六年级部分）的课程研发，在市级范围内推广使用；2016年，他又完成了自治区《中小学课堂教学渗透法制教育教师用书》(小学卷)《科学》五、六年级部分的教材编写工作。2017年至2018年，他主持完成《克拉玛依小学科学STEM案例》(一)(二)教学资源编写，计60 469字。2018年至2019年主持完成《克拉玛依"表现性评价"样例》教学资源的编写。

杨生军把满腔的热血献给了他钟情的教育岗位，把勤劳和智慧从小小的三尺讲台融汇到了无垠的广阔天地，他无私无悔奉献出的青春力量，凸显了一个人类灵魂工程师应有的职业素养。

由于杨生军尽职敬业、工作业绩突出，2011年被任命为克拉玛依区小学科学课"杨生军工作室"主持人；2015年9月，调任克拉玛依区教育局科学教研员；2016年9月任"克拉玛依市杨生军卓越教师工作室"主持人。

科学课的教学与改革一直是教育界的重要议题，是难点、焦点，从原来的名称"自然"改为"科学"赋予了这门课程更深的内涵。杨生军作为克拉玛依市小学科学学科教学和改革的领头人，始终在这条战线努力探索，砥砺前行。他也因此获得许多骄人的荣誉："全国科学教育先进个人""自治区特级教师""自治区课改先进个人""自治区优秀科技辅导员""克拉玛依市特级教师""市级优秀教师""科普先进个人""百人培养对象"与第一届克拉玛依市拔尖人才等。

教育是一个关乎祖国前途与民族未来的行业，教育事业崇高而伟大。杨生军的前面还有更长的路要走，还有更多的难关和"山峰"需要他去攻克，去攀登。

越不可越之山则登其巅。

翻开杨生军每一年的工作计划和目标可以看出，从全年到每一个月，从每一大项到每一个细节，从大序号到小序号，干什么、怎么干、达到什么目标都写得明确细致。

老师素有"教书匠"的称誉，杨生军以勇于钻研、锲而不舍、敢为人先的精神，诠释了新时期作为教师这一无上光荣的职业操守，展现出崭新的工匠形象。

不积点滴，无以成江河；不积跬步，无以至千里

于红伟

◎ 中国石油天然气集团公司技能专家

技能专家的翅痕

殷亚红

于红伟,克拉玛依石化公司甲醇厂润滑油装置负责人。多年来,他一直奋战在公司生产第一线,逐步从一名普通的操作工成长为集团公司级技能专家。多次被克石化公司评为优秀共产党员、除隐患安全卫士等,2002年被克拉玛依市评为"有突出贡献的技师",2006年被评聘为公司首批技能专家,2009年被聘为集团公司级技能专家。

"不学会,不学透彻,决不放弃"

"不学会,不学透彻,决不放弃。"这是于红伟多年来一贯坚持的原则。

1987年,于红伟高中毕业后在克石化公司精制车间糠醛装置当上了一名学徒工。那时工作环境差,工作条件艰苦,糠醛刺鼻的味道时常弥漫着整个装置。

第一天上班,看着满身油污、双手漆黑的师傅们清理滤焦器的工作场景,于红伟与同来的二十四名新员工有点儿懵了:"这和想象中的工作差距也太大了。"

后来,许多人打起了"退堂鼓",陆陆续续离开了这里,唯有不服输的于红伟留了下来,并下定决心一定要干出个样儿来。

于红伟把精力都放在了学习操作上。那时的条件很差，温度表、压力表、液位计等所有的参数都要到现场去查看，有时一个班要跑很多次，但是于红伟从来没有退缩。跟着师傅画流程图，到现场查看管线，毫不含糊，凭着这股不认输的劲儿，在车间举办的第一次技术比武中，于红伟得了第一名。努力终有回报，1994年，工作七年的于红伟被任命为班长。

2001年2月，克石化公司根据公司企业改革的要求，将原精制车间和润滑油车间合并为新的润滑油车间。合并后，车间安排于红伟负责两套糠醛的设备管理工作。

当时，由于原精制操作工人手不够，二套糠醛设备管理没到位，设备卫生很差，机泵电机都已看不到原色了。于红伟每天提前半小时来装置巡检，扳手、大布随身带，发现装置上有泄漏的阀门就用扳手紧固填料，用大布将油污擦干净，并做好记录；第二天巡检时再检查一遍，如果还漏，就用毛毡把漏点包好，以免污染卫生，做好记录，等停工检修时再彻底更换填料。

他还带领班组人员用大布和洗衣粉将二套糠醛二十七台机泵逐一擦干净。春寒料峭，气温还在零下几度，但他后背的棉衣湿透，满头满脸的汗水。经过整整一个月的设备整改，二套糠醛设备卫生和泄漏率、完好率都达到了厂机动处要求。第一季度公司设备大检查完好率100%，泄漏率0.21‰，工业卫生全部达标。

为了尽快熟悉新装置工艺，于红伟放弃节假日，不分昼夜，顺着装置的每一根管线找流程，十几米的平台不厌其烦地爬上爬下，甚至钻入伸手不见五指、肮脏恶臭的管沟内查找流程。

班长见他如此辛苦，说："老于，你不用这样费劲儿找流程，你看你爬上钻下，把裤子都挂烂了，有啥不知道的问我就行了。"

于红伟抹了一下额头和脸上的汗珠，摸了摸挂破的裤子，笑着对班长说："谢谢你，我相信你的技术水平，流程你绝对没问题，可是我还是想把流程亲手摸一遍，这样印象深刻，心里有数，将来值班才心里踏实。我有不明白的地方，再找你请教。"说完，他又钻进了管沟。

他白天用心学，认真记，不懂就问；晚上回到家整理笔记，绘制流程图。就这样，仅用了两个月，他就掌握了别人需要半年时间才能掌握的白土精制、酮苯脱蜡、尿素脱蜡三套装置的生产原理,并能准确绘制各装置的流程图,对设备出现的故障也能准确判断和解决。

随着科技的进步,计算机应用在炼化生产中越来越普及,凭着一股执着劲儿,他刻苦练习,不懂就向他人求教,仅用一个多月时间,就从一个面对键盘、屏幕无从下手的门外汉变身为熟练利用计算机制表、绘图、文字编辑和多媒体教学的电脑操作"专家"。

与此同时,于红伟通过自学、函授等多种途径,不断提高自己的文化水平和综合素质。1996年,他取得了石油加工专业函授大专文凭后,又通过勤奋学习取得了本科文凭;2004年,他又顺利通过了公司高级技师的选拔考试,成为公司为数不多的高级技师之一。

搞技术创新"像着了魔一样"

2001年,润滑油车间二套糠醛污水含醛超标,不符合环保要求,车间面临停工,惊动了公司领导,急坏了车间上上下下。

于红伟翻阅查找有关书籍资料,利用丰富的经验和专业知识,仔细观察,反复琢磨,判断污水不合格是由于汽提塔塔盘传质传热效果不好,导致醛含量超标。他建议车间更换塔盘,将泡罩式换成浮阀式,加高溢流堰高度,增厚塔盘上液层厚度。塔盘更换后,污水含醛超标的问题得到了根治,为公司创造经济效益80万元。

2002年6月,润滑油车间二糠醛塔201压力不断升高,几乎到了无法操作的地步,眼看就要停工清洗炉管了。可停工吹扫剂耗五万元、清洗费用三万元、材料费用两万元是看得见的损失,看不见的损失还有很多。于红伟认真对设备进行了一次巡检,发现换203有异音,判断是换203结焦严重造成的。切换修复投用后,塔201压力正常了。不仅如此,为了避免换203结焦,他建议开停工时将炉对流室改串联流程,增加炉管内流速,从此换203不结焦了。

随着经验的不断积累,于红伟解决生产难题的能力越来越强。

2002年7月,润滑油车间接受了精密分馏的开工试车任务,作为试车领导小组成员,于红伟主管设备验收投用和安全。在炎热的夏季,他认真对每一根管线进行吹扫试压,严格验收塔器、换冷设备、机泵和加热炉。

进入试车阶段后,他根据开工需要,逐一调试投用设备。在投用真空泵半小时后,他发现真空泵水冷却器温度不断升高,几乎到了手都放不上去的地步,他立即启动备用泵,停车检查。发现是水冷却器水阀被铁锈堵死,及时处理避免了烧毁事故,为精密分馏的顺利开工打下了坚实的基础。

2002年9月精密分馏装置开工试车期间,由于操作控制不稳,产品质量波动大,产品收率仅11%。公司多次制订方案,车间频频调整操作,但成效甚微。

那段时间,于红伟和这个难题较上了劲儿,一遍遍地分析操作,一遍遍地推敲设计图纸,经过大量的研究取证,他发现装置的部分设计有问题。结合当时装置的运行状况,他大胆提出了改造设计操作条件,实行"回流罐和集油槽满塔精馏"的运行方案。此方案一提出,立即遭到公司试车小组一些成员的强烈反对,他们认为这项来自清华大学成熟的精馏及填料技术,应该没问题。于红伟多方求证,坚持己见,最终公司接受了他的方案。装置试车圆满成功,产品收率提高到41.19%,年增效达到180万元以上。

精密分馏装置开工正常后,为了满足市场需求,产品不断增多。但每生产一种产品,装置就要进行一次停工、退油、进油、开工的生产程序,仅换一次油就要耗时二十个小时以上。

开停工过程中造成的能耗损失,成了于红伟的一桩心事。通过几个月的研究琢磨,他又大胆提出,在不停工状态下进行原料油置换,减去了每次生产方案调整时的开停工环节,缩短了产品的生产周期,提高了公司经济效益。

糠醛消耗大,一直是公司一套糠醛的"老大难"。如何攻克这一难题,公司想了很多办法,但一直未得到很好的解决。酷爱钻研的于红伟又与这一难题较上了劲儿,只要一有空闲,他就在装置现场查看流程,记录工艺操作参数。

"那一段时间他像着了魔一样。"同事们这样回忆说。

经过一个多月的研究，于红伟建议将塔的操作温度提高至200℃。实施后效果明显，为公司创效益288万元。

多年来，他先后提出并经采纳的合理化建议56条，进行技术革新25项，为公司累计创经济效益500多万元。

"发现问题，解决问题是技师具备的能力"

于红伟认为"发现问题，解决问题，是技师必须具备的能力"。

2002年，车间刚合并后的一个周日，于红伟在查看尿素脱蜡流程时，发现机修钳工在修真空泵，便请教班长为什么修。

班长说："真空只有480 mmHg，抽不起来，开工后一直是这样，正常情况下真空度要在700 mmHg以上。由于真空度低，尿液沸点上升，蒸发器原来加热到80℃，蒸发效果就很好了，而现在蒸发器加热到110℃都不蒸发，要是再加热，尿素就分解变质了，就是分离出来也没啥用了，影响尿素回收量不说，尿素消耗也成倍增加，再不修泵，就没办法生产了。"

当时，于红伟由于刚来装置学习，他没多说什么就到现场和机修钳工拆检真空泵。他认真检查了真空泵的每一个缸体，又检查了活塞、活塞环，确认没有问题后，他又拆下真空泵的四个阀，并装上水确认不漏后，果断判断真空泵没有问题，让机修钳工赶紧装泵。

他找到班长，告诉他真空泵没有问题，看看是不是别的地方有问题。当班班长很生气，说："你才来我们装置几天，流程都不太了解，就想处理问题？"

于红伟什么也没有说，拿着流程图就从真空泵开始找流程。顺着流程，他找到了位于屋顶的尿液蒸发器和真空冷却器，经过反复认证推敲，他发现一台使用、一台备用的蒸发器，备用的填料漏了，而两台蒸发器都与真空冷却器相连，中间只有一道阀门，很可能是由于阀门内漏破坏了真空。

他找到当班班长说明原因，要求在阀门前打一块盲板试试。班长找来一名操作工配合他打盲板。这时，真空泵已装好，班长去试泵，情况和前面一样，真空度不足 500 mmHg，蒸发器不蒸发。钳工告诉班长，他们只能修成这样，让先这样用着，说完就离开了。

当班班长就又回来帮他们打盲板。盲板打上后，班长高兴地叫了起来："翻了，翻了！"原来盲板打完后，蒸发器当时温度 85℃，真空度却一下上升到 720 mmHg。透过蒸发器的玻璃试镜，可以看见尿液在疯狂地翻滚着、蒸发着。班长激动地握着于红伟的手，诚恳地说："老于，对不起，你真行，我服了！"从那以后，尿素脱蜡装置都知道车间新来了一个一说话就笑、技术过硬的技师老于。

2020年冬天，润滑油加热站刚开始供暖的温度还比较正常，可随着气温的不断下降，要提高温度时，换热器出现了水击现象，而且温度也无法提上去。刚开始，大家以为多开一台泵可能温度就提上去了，谁知道试了半天还是不行。车间技术干部、当班班长一直在找原因，想了很多解决的方法，都不行。

气温还在下降，不能及时供暖，厂里上夜班的员工可能就会受冻，怎么办？于红伟一遍遍地在装置上察看。一个多星期了，他的脑海里一直都是加热站的工艺流程，到底是哪个地方出问题了呢？换热器有水击现象，说明是水汽换热不完全，为什么会出现这种问题呢？想着想着，于红伟又溜达到润滑油加热站，在周围转了一圈后，他发现换热器后有两个疏水器，为什么要多加一个呢？会不会是这个问题呢？吃完午饭，他带着人冒着严寒拆掉了一个疏水器，温度瞬间提高了。在场的人员都伸出大拇指："还是老于有办法！"

于红伟手边有个笔记本，里面记录着各种问题，内容涉及设备、工艺及操作等方面。

他说，平时遇见的问题，通过观察记录，对发生的现象进行梳理，分析原因，然后再找到解决的方法。时间长了，当你看到这种现象时，脑海里就清楚是什么问题，该如何解决了。

2015年11月，二套糠醛的水溶液汽提塔经常出现汽提不合格的现象，造成水溶液大量增加，携带油致使油罐油位上升很快，装置水溶液压力很大，装置有被迫停工的危险。于红伟通过查找图纸和操作规程判断塔内构件可能有问题，建议车间开塔检查。打开人孔后，果真发现填料上很多油，连塔顶集液槽内都是油，终于找到了汽提不合格的原因——集液槽内没有设计泪孔。泪孔加上后，解决了汽提不合格问题，保证了装置的平稳生产。

2016年2月，二套糠醛装置操作出现了一些问题，塔204的液位太高，无法正常自压。没办法，班组经常要用泵抽，塔205的液位也经常高，而且原料量和脱后油量对不上。正常情况下，原料量和脱后油量基本相等或原料量比脱后油量略大一点儿，出现脱后油量比原料量大而且大好几吨，再加上半成品的收率近一段时间比较高，根据这些现象，于红伟觉得是抽出油窜入原料中造成废液系统负荷大，半成品收率高，建议车间切除换211原料油与抽出油换热器，实施后装置生产正常。检修换211发现，其管、壳程内漏严重。

于红伟参与公司KT高温辐射涂料加热炉内壁喷涂节能项目，负责二套糠醛装置炉201内壁喷涂工程。二套糠醛炉201使用后，增加了炉壁的黑度，加强了辐射传热，烟气出辐射室温度下降约40℃（从550℃到509℃），炉膛平均温度下降约30℃（从555℃到518℃），节能明显，达到较好效果，项目获公司2010年科技进步二等奖。

"能当老于的徒弟真是福分"

于红伟是个无私的人，参加工作三十多年来，他把自己所学的知识和积累的经验悉数分享给大家。近年来，公司接受于红伟培训的员工有五百多人次，其中有十多人被评为公司技术标兵、技术能手。他所带的十几名徒弟中，有六人已是公司技术管理人员或工人技师。

"能当老于的徒弟真是福分。"公司2007年度的技能竞赛金奖得主袁国华这样感慨地说。1996年，袁国华从化工厂调来公司，当起了于红伟的徒弟。当时，于红伟的专业技术已经相当娴熟，但他仍担心自己的技能不过关耽误了徒弟，在那一段时间里，他又拿出自己刚工作时的劲头和袁国华一块儿学习。

工作时间，两人形影不离，熟悉生产流程；业余时间，两人经常一起钻研工艺操作。凡是徒弟提出的疑问，于红伟都会仔细讲解，遇到自己拿不准的问题，他就到处查找资料，图书馆没有的书籍，他就跑到书店掏腰包买，直到把他和徒弟的疑问解开为止。

带徒弟期间，于红伟将自己所有的"绝活儿"毫无保留地相授，袁国华更是踏踏实实地学，不仅从师父身上学到技术，更重要的是学到许多学习方法，这使他在独立顶岗后受益匪浅，如愿以偿地考上了技师，并在2007年公司技能竞赛中一举夺魁。

2009年，对于红伟来说又是一个新的起点，他被评聘为集团公司技能专家。

他深深地感到肩负的责任和使命。为了更好地发挥一名技能专家的作用，培养更多的技术人才和骨干，帮助岗位员工解决生产难题，他在车间率先展开"争创学习型先进班组，争做知识型员工"的活动，以实际行动带动全班学理论、学技术、学先进的操作经验，很快形成了良好的学习竞争氛围，他所在的班组曾多次获得公司"安全生产先进班组""优秀班组"等荣誉称号。

多年来，于红伟边实践，边研究，在公司刊物《炼化科技》上发表了《Ⅱ套糠醛装置水溶液系统腐蚀问题分析和解决措施》《优化精密分馏操作》《实现糠白联运 降低白土装置能耗》等五篇技术论文，与公司员工共同交流、分享技术成果。

于红伟还负责公司《溶剂精制理论试题库》《溶剂精制实际试题库》等职工技能鉴定教材的编写工作，并主动承担了一套糠醛、二套糠醛、白土、精密分馏四个装置操作规程中设备部分的编写任务。目前，这些材料已经成为车间员工技术培训、技能鉴定的主要依据。

2015年12月，仿真系统的研发结束，公司安排于红伟带两名班长去验收。为了使仿真系统能更贴近实际，他每天都将仿真系统操作三遍以上，并提出与实际不符的问题请厂家整改，经过十天的反复测试，问题越来越少，终于圆满完成了20万吨/年糠醛装置仿真系统的研发和验收，为员工仿真操作提供了一个真实的操作平台。

"不积点滴，无以成江河；不积跬步，无以至千里。"三十三年来，于红伟坚持以学为本，以用为根，学以致用，不断创新，诠释了一个技能专家的责任和担当。

一个人走，走得更快；一群人走，走得更远

何 芳

◎ 克拉玛依市拔尖人才
◎ 克拉玛依市高层次人才工作室领衔人

虔　　诚

李春华

何芳的微信朋友圈签名是"《楞严》在床头，妙偈时仰读"，出自苏轼的《次韵子由浴罢》。《楞严经》为苏轼一生奉读的释典，也是何芳一直践行的"精神财富对灵魂带来的哺育，高于物质财富"的人生格言的体现。

自治区信标委委员、克拉玛依市首届信息行业拔尖人才、市高层次人才工作室领衔人、新疆IT三会专家委员会专家、阿勒泰地区智慧城市领域专家……和这些标签相比，与众多的信息化行业从业者不同，何芳谈吐之间多了一份书生气息，这份书生气息里又含着理性的克制。

从微信朋友圈去了解一个人，几近冒昧，似乎怠慢了她工作里的一系列成就和心路历程，以及那些九曲连环般的困难坎坷。可是，就是这一诗句，流露出一个人的光彩端倪，也快速拉近了采写者与她的距离。她仿佛自带能量场，给人以安静、舒服和畅想，滋育出一片美好前景的氛围。可是翻看何芳的简历表，又让人不得不感叹"心有猛虎，细嗅蔷薇"才是她的真实写照。

"有人抱怨，有人选择留在大城市，而我想做点儿什么"

何芳1989年考入北京师范大学计算机系，在那个计算机还未全民普及、就业方向尚不明朗的年代，如果你认为何芳天生对计算机充满痴迷，恰恰错了，她用"没有远见，犯了点儿小糊涂"来形容当初的选择，可就是这点儿"小迷糊"成就了何芳的事业，让她成为克拉玛依信息化行业的领军人物。

何芳习惯称自己是"油二代"。

在她心里，这三个字脱口而出，就是对父母1958年来到克拉玛依，一个救死扶伤，一个教书育人，参与克拉玛依艰苦创业的致敬。在心灵深处，这更是一种精神传承。

她从小就是"别人家的孩子"，聪慧好学，成绩优秀，大学一毕业就进入新疆油田公司准东公司信息中心工作，让父母省了不少心。

作为职场初入者，七年时间的基层历练，在别人沉浸在恋爱的浓情蜜意的时候，当别人初尝经济独立后的快乐的时候，当别人为生活的方向充满困惑的时候，她沉浸在一行行代码所呈现的一个个功能里，独立研发了文书、档案、考勤、计划生育、准东公司加油站自动化等十余项系统，获石油管理局科研成果一、二、三等奖，在克拉玛依信息化行业崭露头角。

"人类的快乐来自物质、精神、灵魂三个层面，物质层面的快乐转瞬即逝，而学有所用，能够服务于社会的成就感更加诱人。在哪里就业不重要，但是克拉玛依是我的家乡，是父母曾经奉献过的地方，这里有成就事业的土壤，能够支撑自己静心做学问，是让自己梦想飞翔的地方。"

她想把自己的所学带回到这座城市。

"我要为家乡的改变，像当初我的父母一样，做点儿什么。"何芳的脸上浮出淡淡的笑。"咱们现在看，克拉玛依现在处处浮着绿色，有着灯红酒绿的繁华、曲水流觞的诗意，更有着安居乐业的稳妥和拼搏奋进的机会。如果当初，学建筑的不回来，学文学的不回来，学园林设计的不回来，咱们克拉玛依哪里会有今天的这番景象？"

何芳从来不强调自己的突出，她性格里有一种藏，把自己藏起来，把他人凸显出来。仿佛在告诉笔者：如果你想了解我，就了解我的工作吧，我的一切，都是历届市委领导给的平台，企业给的机会，同行同业者给指点的迷津，都是这片土地带给我的滋养。

"技术是简单的，产业是艰难的，每一次挫败都是进一步探索的契机"

从数字油田到数字城市，因油而生、因油而兴的克拉玛依转型史，何芳挥毫其间，执笔撰写克拉玛依信息化产业顶层设计。

在她心里，技术再复杂，只要认真对待，都可以为我所用。但是需求分析错了，就代表前进的方向不对，很有可能前功尽弃，所以她在团队里一再强调顶层设计的重要性。

何芳和坐冷板凳、码一行行代码的程序员不同，她奔波在前线班组、各厂处科室办公室，做基层系统研发，少不了调查研究。每时每刻，脚底的泥土、满怀的真情、紧皱的眉头和前进的步伐，无不为日后一套套系统的建设奠定了基础。

在数字油田的建设过程中，何芳主要负责数字油田开发系统和经营管理类系统的研发。

有些员工习惯了传统的工作方式，对改变充满了不安甚至是敌意。

何芳有点儿着急了，专业使然，在她心里，工作本来可以利用计算机技术这么做，为什么要大费周折那样做？只好一遍遍地用通俗的话讲，如果用系统，这些数据可以一键生成表格，再也不用人工一遍遍计算，一个小数点的移位，都是"差之毫厘，失之千里"。利用计算机技术，不仅工作效率高，也可以减少人为的差错。

这种通俗道理，讲多了，就有点儿激情澎湃的意味，也越来越坚定了何芳用计算机技术对克拉玛依工作形式进行变革的理想。

"走近他们，用自己的知识解决他们工作中的困难，我觉得是一件特别令自己自豪和满足的事。"说这话的时候，何芳的目光里浮着笑意，似乎在回味每一个加班的日夜，而此刻的成就在回忆的血液里流淌，酿造为诗意。

其中，油田自动化系统、油田开发系统、计划、物资、资产、油气储运等管理系统在新疆数字油田建设中发挥了重要作用，数字油田通过各种数据集成，把实体油田放到计算机和网络中去，整个油田可通过计算机数据完整呈现，这一成果让当初前来参观的人惊呼不已。生产指挥系统曾推广到中石油十六家油气田，为新疆油田在全国率先建成数字油田作出了重要贡献。

数字油田的成果为建设数字克拉玛依积累了经验，奠定了技术基础。

2008年，时任红有软件股份有限公司技术总监的何芳接过了克拉玛依数字城市建设的重任，承担起数字城市总体规划咨询及顶层设计的相关工作。

当她大刀阔斧进军智慧城市建设的时候，工作却充满波折和无奈，她形容每前行一步都像在"打怪兽"。

"技术是简单的，可以学习，产业是艰难的，每一次挫败都是进一步探索的契机。"

从无到有，克拉玛依城市信息化建设前景美好，同时也充满挑战。大约性情使然，此刻，何芳的语速平稳而冷静，过去的困惑、犹豫和波折都像被磨砺许久的钢丝，在阳光下展现出光滑的温度。

克拉玛依数字城市向智慧城市的转型升级过程，实属不易。当时，数字城市建设在全国也是刚刚起步，各地大多处于模仿国外和各自摸索阶段，国内可借鉴的经验不多。一方面政府信息化发展水平较低，各部门条块分割，信息烟囱林立，技术落后，技术人才缺乏。另一方面，克拉玛依市产业转型升级发展的诉求迫切，政府需要优化管理机制，通过信息共享、业务协同，实现精准社会管理；老百姓需要办事便捷，希望享受到优质高效的公共服务。但在实际推动过程中发现，管理体制不顺畅，政府基础数据采集共享难，更新不及时，委办局协同应用推广缓慢，内地产品落地承接水土不服……种种问题的出现，让何芳觉得大脑里仿佛有一块方砖，怎么转动，总有棱角碰壁。指针在表盘安静地转动，时间一分一秒地过去，内地却发生着翻天覆地的变化。停滞不前，只会让别人把自己甩得越来越远，何芳内心充满了不甘心。深夜辗转反侧，最初回到克拉玛依时对自己和这座城市许下的诺言，在心头回荡。

何芳强制自己很快镇定下来。事物都有两面性，挑战与机遇并存，办法总比困难多。缺思路就去学习消化，缺技术就积极攻关和引进，没有人才就培养人才，没有米下锅就自己种稻，没有箭就驾着草船借，不，借的更应该是东风。

"头脑灵活，思路缜密，温柔中的严厉丝毫不差，项目进行中遇到瓶颈，她总是迎难而上，不躲避，不放弃，不言困难，听她寥寥数语，突然就打开了思路，'永恒之女性，引领我成长'，她不仅仅是我们的管理者，更像是我们的导师和指引者"——这是手下年轻人对何芳的普遍评价。

为了尽快带出年轻的技术人才，何芳不仅给他们多安排学习的机会，自己更是手把手毫无保留地教授他们技术，亲自考核检查他们的学习进度和技术成果。在项目研发中进行全过程的质量控制，要求技术人员独立编写方案、技术周报和自查自纠，通过组织讨论进行方案优化，通过过程指导强大建设队伍。

同时，何芳还组建了红有培训学校，并担任校长，开设计算机基础知识、软件工程、数据库操作、编程语言等课程，在全市范围内培养低、中、高级信息技术人才；针对企业信息技术高层次人才培养诉求，2010年组织开办了为期三年的在职研究生班，聘请北京理工大学软件学院教授定期来克拉玛依授课，严格培养机制，开设十余门软件工程硕士专业课程。

2013年，六十余人通过严格的考试、答辩，取得了软件工程硕士专业研究生学位证书。

何芳从来不怕被后来者掩盖光芒，"在我们这个年龄，更需要以身作则，引导建立正直、协作、拼搏、奋斗的价值观"。

团队的成长让她欣慰和满足，"信息化产业不是一个人可以操控乾坤的，是我们一群人一起往前走。"她说，信息化行业要耐得住寂寞，肯下功夫，她格外强调人才人品、价值观、奉献精神的重要性。何芳带领团队持续、不懈努力，在信息化战线上为克拉玛依数字城市建设培养了百余名专业技术骨干。

人才培养，能力提升，事业发展，齐头并进。一方面，下功夫研究政府业务，贴近实战，深入用户现场，反复修改调整，开发出符合一线需求的应用；另一方面，积极开拓市场，将新技术推广至新疆其他地州，积极参与智慧物流、智能交通、智慧园区规划建设，不断磨练团队技术，积累经验。

"没有路，就在乱草丛生处走出路，一边走还一边种树，让沿路落英缤纷。每个人虽然普通，可是都活出了自己生命里的奇花异草。"何芳回忆数字城市建设以来的坎坷，不再叹气，而是如数家珍整个团队的努力。

就这样，何芳利用数字油田建设的技术成果、人才储备，同时，借鉴国内外数字化城市建设的经验，结合本地实际，于2009年编制完成《数字克拉玛依总体规划方案》，建立了克拉玛依数字城市"一个中心、两大平台、三类应用、四套体系"的总体框架；2010年后，何芳带领团队投入到数字克拉玛依的基础建设中去，建立了全市人口、法人、地理信息、宏观经济四大基础数据库，完成了电子政务、民政、医疗、平安城市、电子商务、城市应急、社会诚信、社区信息化等五十余项应用工程。这些基础建设工程的实施提升了克拉玛依市城市治理能力和服务水平，让市民在出行、就医、文化娱乐、社会保障等方面感受到信息化服务所带来的便捷，提升了克拉玛依的品牌效应和知名度，使克拉玛依的信息化建设走在了全疆前列。

何芳始终强调顶层规划设计的重要性。期间主持完成的克拉玛依智慧城市规划，得到克拉玛依市信息化领导小组审查认可。主笔编制了《新疆油田信息化建设"十三五"规划》，得到了新疆油田公司信息化主管领导的一致好评。参编及主笔的两项国家标准，包括《软件系统验收标准》与《电子政务标准化指南总则》分别于2013年与2015年发布实施。

墙内开花香扑鼻，墙外依旧花香远。

"好经验就要分享出去，让更多人受益。"何芳将建设经验辐射周边城市，2014—2015年，代表克拉玛依市政府为阿勒泰地区编制《智慧阿勒泰顶层设计方案》，为阿勒泰地区信息化发展指明了方向及路径，受到阿勒泰地区地委高度评价；2016年，以自治区经信委推荐专家的身份被霍尔果斯市聘为智慧城市专家顾问，配合园区发改委组织申报了《霍尔果斯智慧园区建设方案》，成功申请到亚洲银行数亿元低息贷款。2016年，主笔《阜康市智慧城市顶层设计方案》，为阜康市智慧城市PPP项目策划、实施提供咨询服务，负责项目方案论证、技术指导、技术把关。2020年，支持准东经济技术开发区的信息化建设，主笔完成《智慧准东建设可行性研究报告》，并按照准东智慧物流系统研发。何芳在做好本职工作的同时，始终坚持为自治区经信委、全疆各地州市提供信息化咨询服务。

从克拉玛依走出，何芳并没有觉得自己多风光，她依旧是那个虔诚而谦虚的读书人。

"我很幸运，是当前这个时代和克拉玛依成就了我，给我提供了宝贵机遇和舞台。"

目前，何芳主要致力于克拉玛依智慧公安建设，重点研究公安大数据治理和智能分析技术，开展智慧公安核心系统研发、应用和推广。同时结合大数据、物联网、人工智能技术积极开展未来智慧园区、智慧景区的规划设计。

"十四五"期间，何芳建议克拉玛依信息化企业加强横向合作互补，进一步全面承接转化我国发达城市先进技术和模式，补全从规划设计到建设运营全流程链条，深度参与国家新基建建设，加大智慧城市、智能油田应用人才培养，以高质量求生存，以技术创新求发展，全面提升克拉玛依信息化企业的可持续竞争优势。作为克拉玛依信息化建设的参与者和见证者，智慧城市建设仍在继续，何芳相信，通过不断拓展和创新信息化应用，城市管理和服务水平会不断攀高，城市的综合实力会变得更强，社会也会更加稳定。

"年年岁岁，岁岁年年，坚守一方有容，初心不变"

现如今，克拉玛依智慧城市建设进程快马加鞭，信息化建设成果丰硕，各类便民服务系统一应实现"云化"。

何芳说，从业二十九年，时光转瞬即逝，下一代从业人员已经奋力赶上并超越，未来一定更精彩。

"年年岁岁，岁岁年年，坚守一方有容，初心不变。行走在这座城市，能闻到每家每户居家过日子的味道，温暖的，吵闹的，香的，苦的，但是那就是我成长和生活的城市，是我付出一颗虔诚之心的地方。黎明和黑夜，台灯和笔记本里呈现出来的一方小小有容，来自伴侣和孩子的问候，无不在每一天触碰着我，没有什么比这更好的结语。"何芳说。

创新无止境，实践出真知

何彦江

◎ 克拉玛依市拔尖人才
◎ 克拉玛依市科技进步奖二等奖获得者

情系牧业志不移

李春华

戈壁，凉爽的风吹过。

在克拉玛依草场上，一群群牛羊悠然地吃着草。在农业开发区，一间间农舍炊烟袅袅，一只只畜禽出圈在即；一块块棉花地，像天上的云朵，亦卷亦舒；一片片树林，郁郁葱葱，为克拉玛依这座小城挡风防沙。而在何彦江的笔记里，二十年前这里的景象历历在目，一望无际的戈壁滩，像被大地母亲遗忘人间的孩子，在无声地哭泣；二十年前的誓言犹在耳边，扎根这片戈壁，奉献这块土地，为克拉玛依的畜牧生产作出自己的贡献。

二十年，何彦江和牧民、农户在这片土地紧密结合在一起，深深融入克拉玛依精神的血脉。如今，在实施乡村振兴战略的新时代，何彦江踏上为乡村产业服务的新征程。

父母：兽医是个技术活儿，是个让人尊重的生计

1973年，何彦江出生在四川南部县千秋乡一个叫龙回山的村子。村名充满了人杰地灵的神话色彩，可是生活却恰恰相反，贫穷像雾气一样深深地笼罩着那里。走出农村，是何彦江那一代读书人的铿锵誓言。高考填报志愿，他选择了石河子大学的兽医专业。

"父母都是农村人,就觉得兽医是个技术活儿,也是个让村子人尊重的营生。以后不管在外面多么不如意,回到村子里,都有一份技术养活自己。"父母的认知,在今天看来,因对外界的不可预测而对人生充满敬畏的色彩,同样这样的情愫也深深植入何彦江的性情里。

当初,大多数兽医专业毕业的学生不是走管理岗就是转行,或者继续进行深造,然后进生物公司或者研究所、研究院,很少有毕业生会选择脏苦累的基层兽医工作。而何彦江却初心不改,在基层兽医岗位一坚持就是十七年,不曾对自己手中的这份技术产生过动摇和怀疑。谈起自己的想法,他依旧不减父母的朴素:"大学四年学的这个,学以致用,不干这个,岂不是白学了?"

而他的父母,在他工作没几年就去世了。没来得及孝顺父母,成为他这一生的憾事,一旦触及,内心就会有无限伤痛袭来。伤痕的愈合,唯有以梦为马,不负韶华,遵循父母的愿望,让自己手中的技术不断发光发热。

牧民农户:有何彦江在,我们就安心

这些情节在牧民和农户之间广为流传:夏天,何彦江背着医药箱,顶着骄阳和牧民一起奔波在草场;冬夜,他不顾严寒,深夜赶到牧民家,为牛羊诊断治疗;浑身灰尘和泥巴,医药箱里却一尘不染;牧民煮好了牛羊肉,他摆手拒绝,摇摇自己手中的馕和方便面吃得香甜……这些情节就是何彦江作为基层兽医十七年的工作日常。

2000年,克拉玛依启动高效生态大农业工程。

2001年,何彦江作为一名基层兽医师,也加入了这场浩浩荡荡、利在千秋的事业,在克拉玛依区从事基层动物疫病、畜牧兽医技术推广工作。从此,他心里绷紧一根弦,时刻牵挂着农户、牧民的生计,还有克拉玛依老百姓舌尖上的安全。

克拉玛依的牧民百分之七八十是哈萨克族,以游牧为生。游牧意味着放牧点不同,放牧点不同意味着何彦江需要背着药箱翻山越岭去寻找他们,无法以车代步。往往找到那儿,已经灰头土脸。

克拉玛依冬季的高寒、夏季的炎热和孤独寂寞相伴，既然选择了基层兽医这一行，就要忍受孤独寂寞的生活。何彦江的简易住所在草场附近，常常十天半个月回家一次。没有电视、手机信号时断时续、没有照明的漫漫长夜是最难捱的，思念的藤蔓在这个时候就生长起来。作为儿子、丈夫和父亲，不能尽孝、尽责，酸酸的味道一直冲到鼻根和眼底，辗转反侧，眼泪潸然而下。再睁眼，已是天亮。他收起自己的思绪，起床洗漱，早餐简单对付几口，背起医药箱，迎接接踵而来的牧民的求助。

"我负责的不仅仅是一头牛、一只羊的救治，还有牧民对生活的希望，还有老百姓舌尖上的安全。"

工作不仅仅局限在防疫，何彦江的兽医箱里随时有体温计、手术刀和药，即使牧民半夜给他打电话，他也会第一时间赶到，诊断治疗，一个兽医箱守护一方牧民的生活来源。何彦江几乎所有的节假日都没有正常休息，他的手机二十四小时开机，号码向所有的牧民公开。不管多累，当电话响起，接到牧民的求助，他都会第一时间赶到现场。

然而，女儿的成长中他一直缺席。在女儿咿呀学语刚学会"爸爸"这个词语的时候，看着自己的爸爸上下打量，不管妈妈怎么教，她就是不开口。

眼含泪花，话题一转，他又露出笑容："牧民脱贫了，致富了，我就放心了。"

每当治疗好一只牲畜，顺利打完一批疫苗，安全接生一头幼崽，他内心的满足和幸福就覆盖住了所有的寂寞。他的想法和当今社会的浮躁、急功近利相比，朴素、沉稳得令人心疼。

2006年7月，金龙镇养殖基地的一个养猪场许多母猪接连流产，仔猪大量死亡，场主心乱如麻。何彦江接到养猪户电话后意识到情况危急，顾不上吃饭，立即赶到现场，跳入猪圈，顾不上溅了一身猪粪，开始临床检查。他把病死猪移到猪场下风口，卷起衣袖对病死猪进行解剖，采集病料，累得汗如雨下，腰酸背痛。

终于，经过实验检查，确诊为"猪蓝耳病"。

何彦江也是第一次实战应对"猪蓝耳病"，很快，他静下心来。唯有科学防疫，才能及时为养猪户止损。何彦江采取隔离病猪、对症治疗、加强消毒、紧急免疫等综合措施，经过半个多月的努力，疫情被控制住，养猪场恢复正常。养猪户主拉着何彦江的手说："太感谢您了，要不是您，我家猪场就完了。"

2010年至2017年，何彦江开始承担起小拐乡疫苗注射、检疫、消毒、驱虫、诊治等工作，比原来的工作更复杂，肩负的责任也更大。

小拐乡是农牧业乡，牛羊存栏量较大，因此，何彦江每天在乡村、牧场中辗转奔波。身上落满尘土，脚边沾满粪泥，有时候累得没有洗澡就和衣而睡。早餐和午餐一并吃是何彦江的常态，因为要入户工作，为了不耽搁大家的放牧时间，在牧民圈起牛羊后，他尽量一次就把工作做完，不耽误牧民的第二次时间。他一边工作一边给牧民讲解有关饲养管理和常见病诊治知识，对农户提出的问题耐心地进行讲解。

累了，坐在圈舍根下歇会儿，牛羊嗅闻着他的头发；渴了，喝点儿自带的水，牧民的笑容似清泉滋润着他；饿了，啃几口馕，牛羊踏起的尘土也顺带被咽下。

2015年的一天，他去大拐草场给牛打疫苗，路过一条常年干枯的河。让他没有想到的是，这条河罕见地涨水了。考虑到牧民已经将牛赶到牛圈等待他，绕路会耽误他们的放牧时间，他决定蹚水过河。走到河中间，脚下一滑，人滑倒在水里，但是他在滑倒的那一瞬间，高高地举起兽医箱，手机和钱包却被浸泡。赶到牧民家，他全身湿透，一身泥土，令牧民感动不已。

他用早出晚归的脚步丈量着晨曦和夜幕，他不敢懈怠，不敢停下脚步。回家坐公交车，不知原因的人会因为他身上的气味有意无意地躲闪，面对异样的目光，他毫无怨言，也坦然自若。长期缺席孩子的家长会，随着孩子的长大懂事，女儿对父亲的间隙才渐渐愈合。

这一切的付出，换来牧民农户的一句："有何彦江在，我们就安心。"何彦江说，足矣。

何彦江：把论文写在大地上

实践出真知，创新无止境。

"刚开始工作时很怕遇到牧民农户,怕有些问题答不上来。后来我开始主动找到他们,寻找他们饲养畜禽中遇到的问题,通过各种途径找答案,求结果。"

何彦江不满足于手中的现有技术,二十年来,积极开展实地调查研究,深入实际,深入基层,开展畜牧兽医技术研究和推广应用,解决畜牧养殖中存在的问题,促进畜牧业健康持续发展,科技之花在实践的沃土中绚烂绽放:

——开展"克拉玛依区畜牧业生态养殖技术集成与示范"研究,结合实际,建立起了克拉玛依区动物疫病防治、牛羊改良、标准化养殖小区建设的技术体系。

——实施"羊高发高害寄生虫病监测和综合防治技术研究"科技项目,分离鉴定出二十种羊寄生虫虫种,制定出综合防治技术规程,有效防治了羊寄生虫病,新增产值134.96万元。2013年12月,该项目成果被克拉玛依市人民政府评为克拉玛依市科技进步奖二等奖。

——开展"家禽屠宰检疫及肉制品溯源技术示范应用"试验研究,有机结合家禽检疫、肉制品追溯技术,有效对家禽产品进行监管,有利于消费者对家禽产品追踪溯源,提升了家禽产品质量。

——开展"畜间布鲁氏菌病的监测和防控"试验研究,解决牧区布病检测的难题,增加了布病检测方法,掌握了克拉玛依区牛羊布病感染情况,分析了布病发生及流行原因,系统提出了防控策略,为该病的预防、控制和净化提供了科学依据。

——先后在国家级、省级专业期刊上发表《克拉玛依地区猪瘟免疫抗体检测及效果分析》《克拉玛依区动物防疫工作存在的问题及对策》《猪繁殖与呼吸综合征的诊治》《牛环形泰勒焦虫病的防治》《肉制品追溯系统在家禽屠宰检疫中的示范应用和探讨》《2019年克拉玛依区牛羊布鲁氏菌病流行病学调查与对策》等论文十篇,参与编写了由新疆科学技术出版社出版发行的《羊寄生虫病的综合防治》专著。

——薪火相传,把教室搬进圈舍。为了解决养殖业的"最后一公里"服务,何彦江2001年以来走进乌尔禾镇、小拐乡开展科技服务基层活动,远赴1 000多公里到喀什市进行人才帮扶,把教室搬进了牛棚、羊圈、猪圈，宣传畜牧养殖惠农富民政策，讲解动物疫病理论知识，手把手教养殖户现场操作。举办各种培训班二十多场次，参训人员上千人。

在何彦江的长期指导下，克拉玛依市特别是克拉玛依区的不少农牧民们，从动物疫病防治的门外汉逐渐变为内行。一系列养殖技术的推广应用，让广大农牧民的腰包越来越鼓，科技意识越来越强，在乡村振兴的道路上更加满怀信心。

2018年5月，有着丰富基层经验的何彦江调到克拉玛依区农业农村局从事畜牧业产业化工作。三年来，为了加快畜牧产业发展，加大力度招商引资，何彦江联点基层、企业十一家，服务一百次以上，合作项目十五个。他出色的工作能力令周围人刮目相看，他已不再局限于那个全身沾满畜禽粪便的兽医的工作。

何彦江心里清楚，只有服务好企业，让企业和外来务工者看到一个城市对发展的诚心，才能留住企业，留住务工者。

2020年7月，为了使恒润养猪场落地实施，何彦江顶烈日、冒酷暑，在农业综合开发区、小拐乡辗转奔波六十多公里进行现场勘查选址，协调解决用电事宜。通过多日努力，终于确定好建设地址，解决了用电难题；面对突如其来的新冠肺炎疫情，为了推动绿成奶牛场二期建设复工复产，2020年8月30日，何彦江深入工地，统计核实疫情期间封闭在项目工地非本市户籍的外来务工人员，协调解决工地外来务工人员慰问金，通过反复协调沟通，该工地三万元慰问金发放到位。

工地的田师傅对何彦江说："我代表六十名外地工人，感谢你，这几天辛苦你了。"

何彦江说："你们背井离乡，为克拉玛依畜牧业做贡献，应该把你们服务好。"

2020年年底工作总结，何彦江回顾从事畜牧产业化三年来的工作成绩，手指在键盘上越敲越快。联点绿成公司、碧海源合作社、浓富特合作社等养殖企业（合作社）实施奶农合作社、粮改饲、养殖粪污治理、奶农合作社、良种繁育等惠农项目，完成项目十一项；组织做好中智奶牛场、西牧源牛羊屠宰场、牛之家肉牛场等养殖设施农用地功能性审查工作；梳理设施农用地功能性审查的依据及办事流程，组织相关部门审查，完成养殖设施农用地功能性审查八项；通过协调办理建设手续，协调解决建设中存在的问题，推进项目建设，目前绿成奶牛场二期基础设施建设基本完成，中智病死害无害化处理厂已开工，中智奶牛场和西牧源牛羊屠宰场、恒润养猪场等项目已开始办理设施农用地手续。

让我们从这些数据里再次进一步了解何彦江的工作成就：病畜治疗率达到90%，直接挽回经济损失数十万元；每年组织防疫人员对畜禽进行防疫，防疫数量约五万头（只、次），免疫密度均达到100%，免疫抗体合格率85%以上，达到农业农村部规定标准，辖区没有发生一起重大动物疫情。

称呼何彦江为老百姓"舌尖上的安全卫士"，一点儿不为过。

"未觉池塘清荷落，庭前桂树已秋声"，当初那个以梦为马的青年已至中年，二十年不负韶华，在牧民和农户间留下一片赞誉，得到党和人民的一致肯定，赢得一个个沉甸甸的荣誉。

2007年3月，何彦江被克拉玛依市动物卫生监督所评为动物防疫先进个人；2008年3月，被中共克拉玛依区委、克拉玛依区人民政府评为事业单位技术骨干人才；2010年、2013年两年被中共克拉玛依区委、克拉玛依区人民政府评为农村实用骨干人才；2016年3月，被克拉玛依区委人才工作领导小组办公室评为高级业务型紧缺人才；2018年2月，被中共克拉玛依市市委组织部、克拉玛依市人力资源和社会保障局评为克拉玛依市首届"拔尖人才"。

何彦江始终践行习近平总书记的治国理论："广大科技工作者要把论文写在祖国的大地上，把科技成果应用在实现现代化的伟大事业中。"

"为畜禽养殖产业化而努力，为美丽乡村建设作出自己的贡献。"何彦江说。一个个荣誉不仅仅是肯定，更是前进的动力。

后　　记

采访何彦江一再被拒。

打了两次电话无人接听,终于接听了,听完我的来意后又匆匆挂掉。加上微信后,对我采访需求的答复也只是:"我只是一个基层工作人员,没啥可写的。""我做的只是日常工作,没啥可采访的。""我的人生很平凡,没啥可宣传的。"

基层?日常?平凡?我只好顺着说了一句:"每一个平凡工作、生活在这片热土的人,都值得歌颂。"

打完文学腔后,冷面、摇头、不耐烦——拒人千里之外的形象一再从我脑海里浮现,让我和他的职业联想在一起——兽医师。

难道是长期钻牛舍、翻羊圈使然,人际交往少,就少了一点儿人情味?

为了采写的顺利进行和对这样一个"冷面"人的好奇,抱着被拒的心态,我再次鼓起勇气在微信里问:"何师傅,要不咱们见一面吧,这样聊起来方便。"

没想到,他回复:"2号吧,元旦,我24小时值班。"这是他回复我的唯一一句带有语气词的话。

克拉玛依区农业农村局坐落在国土资源局的大院里,是一栋老旧的灰色的充满岁月感的办公楼,鸽群在楼顶徘徊,带来远山苍穹的味道,牵扯着丝丝缕缕的寒意。

穿过国土资源局的院子进入办公楼,没想到,他已经在二楼迎接我,和之前我对他的印象截然不同,话语里仿佛捧出了一个小火炉,"小李,冻坏了吧!快进来喝点儿热水。我能有啥写的?一辈子也就做了这么一件事。"

眼前的何彦江欲言又止,话和前面说的一样,可是和我想象中的冷面不一样,善意浮在脸上。我才恍然大悟,他只是不善言辞,换个词是"老实人"。

正是这"老实人"的本性,本科毕业,本已鲤鱼跳"农门"了却又跳回农村,他才可以在基层坚持十七年初心不变。也是因为这样,最初的"拒"是因为忙,还有他打心底真的认为,这是自己的本职工作,没什么可以宣传的。

走出国土资源局的院子,我给何彦江发了一条信息:"相见如故。你好,何彦江。"

发完,我已泪目,走在零下二十多度的城市,那些动人的故事,大都始于平凡,蕴于普通,却滋养出巨大的精神强度,又温暖到我们的心坎里。

成功,不属于跑得最快的人,属于一直跑的人

李 军

- ◎ 长江学者特聘教授
- ◎ 国家科技进步二等奖获得者
- ◎ 北京市科学技术一等奖获得者
- ◎ 中国石油和化工自动化行业科技进步一等奖获得者

石油情结

薛雅元

　　李军，教授、博士生导师、教育部"长江学者"特聘教授、中国石油大学（北京）克拉玛依校区教育与学术委员会主任、石油学院副院长、非常规油气国际合作联合实验室西北研究中心主任。长期从事油气井力学与控制工程的教学与科研工作，在欠平衡与控压钻井、井筒完整性、智能井控等方面形成多项创新成果。获国家科技进步二等奖一项，北京市科学技术一等奖一项，其他省部级一等奖四项，二等奖六项。主持国家自然科学基金重点项目两项，面上项目一项，主持国家油气重大专项子课题三项。发表学术论文二百余篇，其中SCI论文八十余篇，授权发明专利二十五件，出版专著五部。兼任国务院学位办学科评议组（石油与天然气工程）秘书、国家自然科学基金委工程与材料科学部专家咨询委员会学术秘书、北京能源与环境学会副会长、京津冀专家委员会副主任委员、中国绿色矿山联盟智库专家等，入选新疆维吾尔自治区"天山英才工程"。

　　拿到这个简介，我就知道这是一位重量级的学者，写好不大容易。约了两次采访，都因为李军临时外出出差而落空。12月15日，我截住了刚从飞机上下来的李军，对他开展了突击式的采访。

　　初见印象：小平头，一副近视眼镜，一米七三的个头，朴实而平易近人，有着学者的儒雅风度。

对于这样一个值得仰视的人物,我不禁好奇:他是如何成长为"长江学者",成为国内外知名的专家的?

合抱之木,生于毫末

在我的追问下,李军向我娓娓道来:

"我1971年出生于河北省海兴县,是一个从小放羊、吃不饱肚子的农村孩子。1986年初中毕业,考上省属中专,十五岁独自离家,带着五十元钱,到天津市团泊洼华北石油学校上学,读最艰苦的钻井专业。在那个物质贫乏的年代,考上中专,就意味着端上了铁饭碗,是很光宗耀祖的事情。全县只有前五名才有资格报名,还是很不容易的。

"1986年到1990年,我在华北石油学校就读,担任开发系学生会体育部部长。上学期间,学习刻苦,成绩优异,每门课都保持在前三名,因此能得到每门课十元钱的单科奖,加上每次都是一等奖学金,还有国家给的助学金,所以基本没花家里什么钱,就把学上下来了。由于学习成绩、体育成绩都很好,因此得到了班里唯一一个保送上大学的机会,到石油大学(华东)继续深造。

"1990年到1994年,我在石油大学(华东)开发系读书,是90级学生会主席。上学期间,同样刻苦努力,同时坚持德智体全面发展,把年级学生会活动搞得有声有色,是全年级第一批学生党员,同时也得到了一大堆荣誉,优秀三好学生、优秀学生干部等等。

"大学毕业后,我回到华北石油学校任教,继续努力工作,任开发系团总支书记。2000年,考取了中国石油大学(北京)的研究生,到2005年,完成了硕博连读,获得工学博士学位。"

我问起考研的动力和经过,李军笑笑说:"我爱人在石油大学(北京)工作,一直两地分居。只有读研究生两个人才可能到一起,考研的压力是非常大的,也是巨大的动力。考研期间,我记得每天早晨5:30起床,到图书馆去抢占座位。图书馆6:30才开门,要在寒风中等半个多小时,才能抢到一个宝贵的学习位置。那时候学习的效率特别高,一坐一上午,不知不觉就过去了。功夫不负有心人,我最终考了全专业第二名,顺利到北京读研。

"读研期间,我的学习成绩第一,在研究生第二年获得了直接攻读博士学位的机会。读博士还是很辛苦的,尤其是刚开始时,为了寻找创新点和明确研究思路而冥思苦想。当理清了思路后,就比较得心应手了。印象比较深的一件事,是当时要做一个套管变形的实验,需要实时测量套管变形量,但没有测量的工具,需要自己设计。为了寻找能够产生大变形且能在卸掉载荷后完全恢复原状的金属片,跑遍了北京几乎所有的五金建材店、北京金属研究所等机构,都无功而返。最后在一个装修房子的泥瓦匠手里,发现刮墙所用的腻子板上的钢片,正好能满足实验要求。当时我欣喜若狂,连夜制作了测量工具,实验效果特别好,最终顺利完成了实验。在实验基础上形成的学术论文《利用声发射原理进行套管损坏实时监测试验研究》,投稿到《石油勘探与开发》,主编在收到稿子后,立即决定无须专家审稿,在下一期即优先发表。这个期刊也是目前国内中文石油期刊的第一名,且为SCI所收录。"

李军在读博期间,发表和录用学术论文近二十篇,是本专业同学中最多的,最终留校任教,成为一名光荣的大学教师。

2005年7月到2018年12月,他历任中国石油大学(北京)讲师、副教授、教授、博士生导师,任油气井工程系党支部书记。2019年任中国石油大学(北京)科技处副处长。2009年至今,兼任国务院学位委员会石油与天然气工程学科评议组秘书。2011年到2015年,借调到国家自然科学基金委员会工程与材料科学部,担任工程一处项目主任。2017年4月至今,兼任国家自然科学基金委员会工程与材料科学部专家咨询委员会学术秘书。2020年至今,任中国石油大学(北京)克拉玛依校区教育与学术委员会主任、石油学院副院长等。

在我的印象里,学者一般就是钻研学问,做党支部书记,该是什么情景?

李军说:"石油是黑色的金子、国家的重要战略资源,我们要为国家培养优秀人才,保证正确的办学方向。"

担任油气井工程系党支部书记时,李军把支部工作开展得有声有色,各项工作都在全校名列前茅,并获2010年北京市"先进教工党支部"称号。这个支部当时很特殊,有一位院士(沈忠厚教授)、两位长江学者(高德利教授,后晋升中国科学院院士)、三位国家杰出青年基金获得者(李根生教授,后晋升中国工程院院士)、四位二级教授,五位处长,可谓大咖云集。在"保持共产党员先进性"活动中,学校组织部专门委托刚刚卸任的校党委书记李云鹏教授参加党支部活动。为了把活动组织好,李军从网上下载了很多视频资料,从党的发展历史、艰苦岁月、奋斗过程、辉煌成就等多个方面进行综合整理,现场气氛特别好,很多老教师都非常激动和感慨,纷纷鼓舞年轻教师奋发图强,把党的先进性和油气井学科的优势保持住,发展好。由于活动组织得很出色,被作为"保持共产党员先进性"典型材料上报教育部党组。

问到科研工作的主要成就时,李军谦虚地说:"我就说说气体循环利用钻井技术方面的研究吧!

"我们在国际上首次提出了气体循环利用钻井的思想,形成了整套气体循环利用钻井技术,研制出世界上第一套气体循环利用钻井装备,填补了国内外空白,创建的气体钻井注气量计算新模型,解决了困扰气体钻井界多年的注气量计算难题。

"气体钻井可提高钻速10倍以上,效果显著。但常规气体钻井中,出井气体直接燃烧和排放,既浪费资源又污染环境。我们想,能不能将出井气体进行分离过滤,净化后重新注入井内循环利用呢?提出这一想法后,很多专家都表示质疑,老外没有这样干过,你们能做出来吗?我和柳贡慧教授、姬忠礼教授、孙国刚教授等人一起刻苦攻关,经过近十年努力,终于把这套系统做出来了。在四川大邑101井、剑门101井进行现场试验时,赶上天降大雨,我们几个人浑身全都浇透了,满身泥泞,通过不断的调整参数,排除故障,最终试验成功。"

中石油咨询专家、原塔里木勘探开发指挥部总指挥钟树德教授在2013年全国钻井技术研讨会上总结:"气体循环利用钻井技术是中国钻井界近十年来具有完全自主知识产权的标志性成果!"对于气体循环利用钻井技术给予了高度的评价和肯定。

截至目前,气体循环利用钻井新技术和新装备项目研发过程中形成的科研成果，使得气体钻井的设计和工艺技术水平得到显著提高，已经指导中石油川庆钻探公司在国内外十多个油气田499口井、704井次气体钻井中广泛推广应用，不仅累计创造经济效益数亿元，而且还在降低作业成本、实现绿色钻井方面展现出良好的发展前景，为加快油气勘探开发脚步、及时发现和保护油气层、提升单井产量、解决工程复杂问题提供了有力的技术支撑。

此项研究的相关成果先后获得北京市科学技术一等奖、教育部科技进步二等奖、绿色矿山科学技术一等奖等奖项。国际著名气体钻井专家、美国《气体钻井书册》主编Boyun Guo教授专程来中国气体钻井现场观摩该技术，并给予了高度评价。李军还应邀在2017年美国LAGCOE国际能源论坛上做大会报告，引起热烈反响。

李军课题组还研制成功目前国内参数最全的井下10参数黑匣子系统；建立了井筒多相流全瞬态温度压力场耦合计算模型，形成了精细控压钻井井筒压力预测新方法；研制了新型串并联复合多级节流管汇，实现了井口压力精细控制。研究成果在国内钻井难度最大的塔里木油田、川西北等地区得到成功应用，先后获国家科技进步二等奖、中国石油和化工自动化行业科技进步一等奖、中国石油天然气集团公司基础研究二等奖等。为此，李军还代表中国石油大学（北京）参加了第十七届中国国际石油石化技术装备展。

2017年到2020年，李军先后出版五本专著：《碳酸盐岩超深水平井钻井技术》（科学出版社）、《现代石油工程导论与前沿技术》（中国石油大学出版社）、《"Drilling"》（InTech Open出版社）、《页岩气井筒完整性失效机理与控制方法》（科学出版社）、《海上油气井井筒弃置与管理》（石油工业出版社）。

历年来成果获奖情况："高应力强水敏深层井筒稳定关键技术及工业化应用"获得国家科技进步二等奖，"气体钻井中气体介质高效利用新技术与新装备"获得北京市科学技术一等奖，"川西超深复杂地层钻井关键技术及应用"获得中国石油和化工自动化行业科技进步一等奖，"油气田放空天然气回收与利用新技术及规模应用"获得绿色矿山科学技术一等奖，"塔中超深碳酸盐岩凝析气藏增储上产关键技术及重大成效"获得中国石油和化工自动化行业科技进步一等奖,"油气田放空天然气回收与利用新技术及工业化应用"获得教育部科技进步二等奖,"气体循环利用钻井技术"获得中国石油和化学工业联合会技术发明二等奖,"深部碳酸盐岩地层与井筒耦合作用机理及压力自动控制方法"获得中国石油天然气集团公司基础研究二等奖。

李军作为硕士、博士生导师,从2005年成立"油气井现代测控技术与装备实验室"以来,与柳贡慧教授一起,先后培养硕士、博士八十二人,博士后三人,实验室在读博士二十二人,在读硕士二十四人,为国家输送了大批高端人才。指导博士生李梦博,获首届全国石油工程设计大赛特等奖,全额资助赴美考察。指导研究生王宏民、吴志勇、付盼等七人获全国石油工程设计大赛二等奖,多次获"优秀指导教师"荣誉称号。

2019年,李军被教育部评选为"长江学者"特聘教授,成为学术界仅次于院士的国家级高层次人才。

百尺竿头,更进一步

2020年1月,李军服从组织安排,来到中国石油大学(北京)克拉玛依校区石油学院担任副院长、非常规油气国际合作联合实验室西北研究中心主任。

李军是克拉玛依校区引进的第一位长江学者,他认为教学是立校的根本,本科生的教学质量更是一所大学的命脉。他扎根教学一线,坚持为本科生讲授"钻井工程"。他讲课思路清晰,重点明确,深入浅出,通俗易懂,同时能够将最新的科研成果和现场案例及时与同学们分享,激发了同学们的研究热情,深受学生欢迎。

克拉玛依校区于2016年刚刚设立,科学研究能力和学术氛围相对落后于内地高校。李军发挥自身特长,为学校年轻教师在线上做了国家自然科学基金申请的辅导讲座,并邀请基金委相关领导到校区做报告,助力校区2020年的国家自然科学基金项目获批数量达到历史新高,为后续发展奠定了良好基础。

为了让学生们肯吃苦，爱钻研，爱石油，尽快适应油田工作环境，2020年5月29日，李军邀请已经毕业的学生李国荣来克拉玛依校区"石油讲堂"给大家做报告。李国荣，云南宣威人，一名从云贵高原大山深处走出来的农民的孩子，1997年9月成为中国石油大学（北京）一名学子，经过四年大学生活与学习，2001年7月从机械电子专业毕业，来到新疆油田公司石西油田作业区从事信息自动化技术支持与管理工作，2017年11月成为作业区信息工程专业一级工程师。

李国荣以"坚定'我为祖国献石油'理想信念，做好职业生涯规划，脚踏实地走好每一步"为主题，回顾了自己的成长经历，阐述了校园生活与工作职场、职业类型与自我规划、专业素养与综合素质、个人专长与发展机遇等方面的问题，详细解答了学弟学妹们的疑惑，并鼓励大家认真学习，苦练内功，收到了很好的教育效果。

李军鼓励年轻教师和同学们参与科技创新，拓展学术视野。2020年7月24—26日，李军指导王剑波博士成功组织了校区第一届"科头纪"学术论坛。开幕式上，李军代表石油学院向与会的专家学者表示欢迎和感谢，并详细介绍了石油学院的发展历程与办学成果。他以自己的求学经历为切入点，阐述了对理论知识进行科技成果转化的重要意义，鼓励同学们要大胆创新，开拓思维，要将所学的知识应用到实际工作中去，努力成长为"高层次、应用型、国际化"人才。

论坛邀请了来自美国哈佛大学、新加坡南洋理工大学、香港中文大学、中国科学院、清华大学等的十二位知名学者为同学们做了精彩的学术报告，共吸引了四百余名师生到场聆听，线上观看人数超过两千人。

学术创新是一所高水平大学的灵魂，李军带领所在团队刻苦攻关，形成了一批颇具特色的高水平成果。

目前，李军担任中石油集团公司与中国石油大学（北京）设立的重大科技专项"准噶尔盆地玛湖中下组合和吉木萨尔陆相页岩油高效勘探开发理论及关键技术研究"管理办公室副主任，兼课题一"玛南上乌尔禾组钻井提速基础理论与关键技术研究"的课题长。项目研究进展顺利，团队成员、校区石油工程系穆总结老师的提速工具在现场试验中取得了重要突破，提速比例达到400%，为其他课题做出了表率。

2020年12月4日至6日,由国家自然科学基金委员会工程与材料科学部支持、全国高校矿业石油安全院长论坛组委会主办的"2020年矿业石油安全学科发展高端论坛暨第十届全国高校矿业石油安全院长论坛",在西安科技大学雁塔校区顺利召开。国家自然科学基金委、全国矿业、石油、安全类高校共计两百余名代表参加了本次论坛。李军和石油学院石油工程系党支部书记穆总结应邀参会。

与会学者围绕"新形势下矿业石油安全学科内涵式发展与'十四五'学科发展战略"这一议题,开展主题报告和交流研讨。李军做了题为"落实总书记重要回信精神,推动西部高等教育快速发展"的主题报告。他从克拉玛依校区建设总体情况、人才培养成果、学习贯彻习总书记重要回信精神、校区未来发展规划以及推动西部高等教育快速发展等五个方面,全面介绍了校区发展现状和目标,引起与会专家热烈反响。专家们对校区"立足新疆,面向西部,服务全国,辐射中亚"的发展定位给予高度赞赏,希望校区能够继往开来,开拓创新,为祖国西部建设持续贡献力量。

亦师亦友,如琢如磨

说起李军,学生们觉得他是一名引导自己前行的导师,又是共同成长路上的朋友。对于学生的专业培养、品格塑造、思想成长、身体健康,李军都十分关心。同事、领导和他相处起来,也觉得他学识渊博,幽默风趣,让人如沐春风。

打开学校教师评价页面,看到学生们对李军的评价:"很好的老师,很和气,讲课全面又认真,非常负责任!""讲授内容很丰富,除了考试的内容,平时会给我们拓展很多知识,感觉很好。"

李军的课代表、2018届石油工程本科生翁锦涛说:"我们经常组织社团活动,丰富大家的课余生活。我曾经邀请李老师来举办讲座,讲座当天开讲前十五分钟,教室里已经人山人海了,一个空余位置都没有,许多同学还自己搬了椅子坐在教室后面跑来听李老师的讲座。

"李老师鼓励我们大家要敢于创新,要敢想敢做敢拼,实现自己的人生理想。在演讲结束后,在场的同学们积极地向李老师进行提问,不论是在学术方向还是未来选择方面,李老师都热情回答,并和同学们进行深入交流。这次讲座让我印象尤为深刻。"

2018届1班班长刘继阳说:"李军老师十分平易近人,上课十分有趣。下课后,老师和我们聊体育、聊篮球,和我们分享他年轻时打篮球的一些故事,教我们课堂之外的知识。李老师球技很好,现在这个年龄也可以三分球绝杀我们!学习之余,李老师经常组织同学们打球,不仅强身健体,感觉同学们之间的关系也变得更团结了。"

2014级硕士生、2016级博士生、2020级博士后杨宏伟说:"李老师培养我们十分尽心。李老师非常注重产学研的结合。由于石油工程专业具有明显的工程特性,李老师常跟我们强调不要闭门造车,要从实际的工程问题出发,去研究其背后的理论依据,并要对工程具有一定的指导意义。

"李老师还非常注重拓宽学生的视野。博士每个人都有一两次机会到国外进行学术交流,对于表现较好、积极主动的硕士同学,李老师也会资助去国外进行交流。李老师还非常关心每年毕业生找工作的事情,也会向学校、油田等单位推荐毕业生。李老师对于学生的生活和思想也非常重视,常说生活上有困难要主动找老师。他还让我们不要局限于一些小的困难,要用长远的眼光去看待自己的一生。"

2016级硕士生、2017级博士生王江帅说:"在课题组学习、生活已近五个春秋,李老师五年如一日的谆谆教导、无私关爱和鼎力支持让我十分感动并且难忘。依然记得2019年1月份的一天,老师白天的时间已被教学和工作排得满满当当,在这样紧张且忙碌的情况下,李老师为了帮助我修改科研论文一直工作到深夜十一点钟,并教导我说:'写理论类的科研论文应该要逻辑缜密,表述清晰,抓住关键,突出创新。'五年以来,像这样的时刻数不胜数,师恩难忘!"

2018级硕士生、2019级博士生黄洪林说:"认识李老师,是在本科钻井工程课上。他循循善诱,引导我们独立思考,启发思维。渊博的学识和丰富的现场经验结合,讲课思路清晰,表达深入浅出,让我很快就能接受专业知识,并且从中不仅知道'其然',也知道'其所以然'。在我疑惑不前之时，常想起李老师跟我说过一句话——学术与科研，非一日之功，持之以恒，终会柳暗花明。"

2020级硕士生宋亚港说："李老师有着科学严谨的科研态度和诲人不倦的教学态度。硕士入学前，我将本科毕业论文进行提炼总结，争取能发表一篇小论文。由于初次撰写，逻辑、研究深度等存在很大的问题。李老师在百忙之中抽出时间对我进行了单独辅导，从内容深度、逻辑框架等各方面进行逐字逐句辅导修改，前后修改了五六个版本，时间持续了整整一个月。对我一人如此，对整个实验室学生，这该是多大的工作量！一种敬佩之情在我心底油然而生。

"后来我考研复试失利，李老师得知我的情况后，主动与我讨论，分析我自身存在的问题，并鼓舞激励我。李老师的话尚在耳边：没关系的，尽力去做吧，一切还没结束，谁也不会知道结果，相信自己。在李老师的鼓舞下，最终调剂成功，我顺利通过中国石油大学（北京）油气井工程专业的复试，并成为李老师课题组的学生。对此，我内心对李老师的感激之情无以言表。"

中国石油大学（克拉玛依校区）石油工程系党支部书记穆总结说："李军老师为长江学者特聘教授，来克拉玛依校区工作已经整整一年时间了。一年时间的相处中，感觉李军老师是一位儒雅的学者，热爱工作，谈吐中又不失幽默。

"记得李军老师第一次来克拉玛依，我去机场接机。刚下飞机，李军老师就与我聊起了校区的发展构想，特别是培养年轻教师成长方面的想法。刚来校区不久，就着手准备实验室统一建设管理的改革，打破目前实验室无统一平台、使用效率低的局面，力求做到网上预约，共建共享，降低成本。

"李军老师十分喜欢克拉玛依这座年轻而美丽的城市。他说，这是一座非常干净、文明的现代化城市。克拉玛依城市不大，但却是一个非常包容、充满活力、拥有着远大发展志向的城市。作为克拉玛依的新市民，李军老师非常喜欢这片热土，逢人便讲克拉玛依的好。我有幸与李军老师一起参加了2020年度矿业石油安全学科发展高端论坛，李老师作为特邀代表做了大会报告。在报告会上，李老师除了对校区进行宣传之外，重点对克拉玛依进行了宣传。与会代表均为来自国内四十余所能源高校的校长和院长，为克拉玛依的宣传起到了推进作用。"

　　李军经常说的一句话是："哪里有石油，哪里就有我们钻井人。"他是这样说的，也是这样做的。一路走来，在艰苦的工作中，他做出了令人瞩目的成就，成为祖国新时代担大任的中流砥柱。

高调做事，低调做人

赵 卓

◎ 国家基础教育第六届全国中小学外语教师园丁奖获得者
◎ 中国教育学会教育机制研究分会「十一五」课题研究先进个人
◎ 克拉玛依市拔尖人才

点亮语言的光芒

薛雅元

对话知性随和的老师

在克拉玛依市教研所三楼,我见到了英语教研员赵卓老师。

一张瓜子脸,白皙的皮肤,弯弯的眉毛下,一对大而有神的眼睛。赵卓老师热情地招呼我坐下,寒暄过后,我们开始了深入而愉快的交谈。

"我是土生土长的油城人。"赵卓老师笑着说。赵卓的父亲十九岁来到油城,是第一批从上海来新疆支援建设的青年,如今已经是八十五岁高龄的老人了。"当时我们住在地窝子里,目睹了克拉玛依从无到有、逐渐繁荣的过程。"

赵卓小时候,就喜欢教师这个职业。上学时品学兼优,常常做老师的小助手。1986年,她从安徽蚌埠教育学院英语系毕业后,来到克拉玛依市第七中学,由一名英语教师、班主任成长为备课组长、教研组长。

"我想做一名优秀的人民教师,为油城培养更多的人才,这一奋斗目标从没有停止过。"在教学能够得心应手后,赵卓沉下心来开始教学研究,1997年,她主持的"多媒体辅助初中英语教学研究"的课题在全市有了一定的影响力。学校领导关注到她的好学,多次派她外出学习、交流、做讲座，为她的专业发展打下了坚实的基础。

2001年9月至2002年7月，赵卓赴英国伦敦理查德学院学习。异国他乡，不同的人文环境、文化氛围，浸入式的学习机会让赵卓倍加珍惜，几乎所有的时间都徜徉于学校的图书馆、教室。在这里，她学会了高效做事，"事情很多，学业很重，如何在有限的时间里，有条不紊地完成任务，需要规划并按时间节点完成"。回想起充实而有意义的英国留学生活，她认为是对自己专业能力的一次提升和补充。

2004年至2006年，赵卓一边工作，一边学习，完成了华东师范大学研究生课程的研修。赵卓说，虽然辛苦，但感到很充实。研究生课程的深度学习，扩展了她对教育的思考广度，为她以后的教研之路奠定了坚实的学科素养和理论基础。

开展有温度的教研

2006年9月，赵卓结束了市第七中学二十年的教学生涯，调到市教研所担任了英语教研员。

教研员的岗位，让赵卓有机会了解全市中小学英语教学的状况，看到了优秀教师精妙的教学设计和对课堂教学的动态调控，也感受到英语课堂教学改革中的问题。她多次深入中小学校进行广泛调研，收集并汇总英语教师对培训的需求，将原来大型教研活动转变为片区教研、校际教研、学校教研以及以年级为单位的小型教研活动，并采取分类式教研、分层式教研、主题式教研、问题式教研、需求式教研、个性化教研等形式多样的特色教研，引领大家研修探讨，让教师们不断获得课堂教学效率的提升。

每次的教研对赵卓也是一种挑战，她精心策划架构每次活动的内容，加班熬夜、不按时吃饭对她来说已习以为常，每每看到参研教师收获的微笑，参研中热烈的讨论，赵卓就感到十分欣慰。2011年4月，赵卓带着一百二十多名克拉玛依市中学英语教师前往独山子进行为期三天的中考研讨活动。除了中考资讯和中考备战研讨策略及经验分享交流，她还精心设计了研讨会后的联欢，让老师们在轻松、快乐的氛围中参与互动，感受英语学科教研的与众不同。

2006年10月，赵卓参与准东中学教学督导。在那里，她结识了一名有想法的优秀英语教师张芹。在张老师的英语教室里，看不到教师占据课堂主场的画面，看到的是张芹老师清晰明确的指令和任务分配，学生能做到相互交流，主动学习，感受到课堂效率的提升。这让赵卓兴奋不已，她连续几天走进张老师的课堂跟踪听课，对这种教学方式产生了浓厚的兴趣。回到克市后，她第一时间向教研所领导申请，要带着克市初中英语教师走进现场进行观摩学习。随后赵卓克服各种困难，于2008年秋季带着一百四十三名英语教师走进准东中学进行了为期一周的教学观摩。这次的学习让老师们有了深深的触动，在回克市的路上，大家都兴奋不已，交流着自己的观摩感受和思考，随后"分组、互动、合作、竞争"的"八字教学法"模式应运而生，并得到广泛推广。

2015年，赵卓到南湖中学挂职交流，回到了久违的三尺讲台，让她感到又亲切又兴奋。她在带课的同时，带着南湖中学英语组的教师研读教材，梳理以知识理解和问题解决为目标的英语课堂结构，实践"情景-问题-活动-应用"教学模式，与教师促膝长谈，组织参与教研组活动，提出许多有建设性的意见和以问题进行专题教研的思路，带着英语组教师研发了具有学校特色的系列英语课程资源。

赵卓先后推荐几十名中小学英语教师参加全国、自治区现场教学类比赛，取得了很好的成绩。2017年，马露老师参加全国小学英语阅读课比赛，课堂上灵动的设计、对学生思维的点拨让评委们对新疆的选手刮目相看；2019年，第九中学陈辰老师参加上海初中英语听说精品课大赛，"八字教学法"极大激发了学生自主、探究性学习，得到专家的高度认可；2019年，王栓老师参加全国基于小学英语单元整合下的故事教学，前沿的整合理念、体现英语学科核心素养的教学设计，让上海专家感叹点赞。

听着赵卓的述说，让人不禁惊讶，她小小的身躯里，是如何迸发出这么大的能量的？

"当努力和勤奋成为习惯，就根本不会停下来。"面对我的疑问，赵卓微微一笑，说："英语教学不仅是传授语言文字，更重要的是培养学生的文化品格和思维品质。我感恩市教研所这个平台，让我有机会经历课程改革的洗礼，创造性地做着自己的教育教研，并把这份爱心充满激情地播种到中小学英语教师团队中去。"

引领有深度的科研

回顾自己二十二年的科研经历，赵卓颇有感触地说："坚持课题研究是教学成长发展的加速器。"

在日积月累的研究实践中，她带领团队成员完成了十几万字的课题成果文集，发表了十八篇文章。先后完成了国家基础教育实验中心外语教育研究中心的"十五"课题"中小学英语课堂教学设计与模式研究"、中国教育学会教育机制研究分会"十一五"课题"小学英语教学方法创新实验与研究"、全国教育科学"十二五"规划教育部重点课题"阅读策略在提升中小学生英语阅读能力中的价值研究"、自治区教育规划课题"选课走班背景下的英语教学研究"、市教育规划课题"基于核心素养背景下的小学英语单元整合实践研究"、中央电教馆课题"敏特英语学习资源平台应用"、市科技计划项目"教育戏剧元素在克拉玛依市中小幼课堂教学的实践研究""初中英语教学新模式的探索与推广研究"等。2007—2020年，赵卓主持的五项市科技计划项目顺利通过项目验收，并荣获市科学技术进步二等奖两项、三等奖两项。2020年，赵卓又成功申报了市科技计划项目"基于学科核心素养背景下的英语深度阅读实践研究"。

多年来，赵卓通过课程研发、课堂改进、课题研究相结合的"三课联动"，在研究中优化课堂教学实践，在实践中深化问题解决研究，提升了研学与研教相融合的能力，促进了学校教科研工作的进一步发展。2017年，赵卓承担了全市教育科研管理工作，从课题立项、培训、中期检查到结题鉴定审核与评议，她都能认真组织，规范管理，及时发布课题信息，并编写了《克拉玛依市教育课题研究指南》，为参研教师提供参考依据。

赵卓多次组织教师进行小课题、规划课题、科技项目研究主题培训,毫无保留地传授经验,极大激发了一线教师进行科研的热情。近几年,克拉玛依市中小幼教师申报课题的数量直线上升,科研质量稳步提升,培养了一大批优秀的科研型教师。

我问赵卓:"是什么样的动力,能让你这样投入地做科研?"赵卓腼腆地说:"是教育担负的责任与使命,是一群热爱教育的教师们,激励着我不断地努力前行。"

开拓有广度的工作室

2011年至今,赵卓身上又多了一个身份——英语名师工作室主持人。她先后担任克拉玛依市首届和第三届中小学英语名师工作室、首届卓越教师工作室主持人。

谈及对主持人的定位理解,赵卓说主持人应是教师的导师,导师是"人师",其精髓在于"导","导"要强己,具有"导"的实力,更要有甘当人梯、甘做绿叶、乐于提携和成就后辈的胸襟。这是她成为英语教研员、工作室主持人、特级教师、拔尖人才后越来越深的感悟。

她把名师工作室的目标定位为:抓项目,带队伍,育名师,做教研,建资源,出成果。

谈到带队伍,赵卓笑着说:"我工作室的核心成员是接受了最严格遴选,从教师个人专业素养、教科研能力、资源共享多方面进行考察,最终确定了十二名优秀的中小学英语教师入室成为核心成员,并从全市四十三所中小学选拔了七十五名优秀青年教师,确定为培养对象,并为他们配备了优秀的导师帮助进行专业能力的指导。"

针对培养对象,赵卓说:"既要关注教师的全面发展,有效地补足短板,又让他们努力彰显特色,在某一方面形成个人的专业发展亮点及风格。"在各种赛事的舞台上,这些教学小将们逐渐展露出日渐成熟的教学技能和特色。目前,从赵卓工作室核心成员中走出了五位市、区英语工作室主持人——袁清、王栓、周伟平、覃丽英、徐洁,工作室核心成员、培养对象的八十六篇论文、教学设计荣获工作室优秀成果奖。说到这里,赵卓开心得像个孩子。

独山子区小学英语工作室主持人王栓说:"从一名英语教师成长为特级教师、工作室主持人,我得益于赵卓老师务实态度、创新思路的引领。赵卓老师做事如其名,处处追求完美。今年11月,独山子区教育局邀请赵老师去培训,白天赵老师组织了两项专题培训。晚上十点多,她打电话约我商量英语单元整合课题成果收集与推广事宜,我们畅聊碰撞,兴奋不已,直至深夜。"

克拉玛依区小学英语教研员周伟平说:"赵卓老师对人对事公平公正,我们在工作上受她的影响很多。她工作井井有条,安排得当,有女排的拼搏精神。赵卓老师每天忙忙碌碌,回到家还经常工作到凌晨,学科老师们经常提醒她保重身体,她好像从不知疲惫,始终以巅峰的状态对待工作。我们经常被她的工作激情所感染,就像跟着正能量的火车头,被带动着一路不断成长。"

带着这样一支优秀的团队,赵卓将中小学英语教育教学中的成果及时给予总结与推广,她先后受邀前往上海、庆阳、常熟、东莞、大连、成都等地做讲座或发言,将克拉玛依市的教学成果、经验与同行们交流分享,受到了大家的高度认可。

她带领学科团队,连续十年承担石河子大学外国语学院兵团英语骨干教师国培项目主讲任务,受邀承担新疆师范大学外国语学院骨干教师国培项目主题讲座。她带领工作室成员前往喀什、克州、阿克苏送教,有效提升了教师业务素质和专业技能,促进了两地教育帮扶工作的深入推进,送教团队荣获"自治区教科院南疆四地州大型组团式送教优秀集体"称号。

出色的工作,让赵卓工作室两次荣获"全国名师工作室发展建设成果创新奖",先后五次作为全国名师工作室优秀主持人前往上海、呼和浩特、银川、南京进行工作室经验交流,为乌鲁木齐市、和丰县名师工作室传经送宝,推广了教科研成果,加强了示范辐射作用。

打造意蕴丰富的教育戏剧

2016年初,在市教育系统领导的大力支持下,克拉玛依市尝试引进教育戏剧。

教育戏剧就是将戏剧方法与戏剧元素应用在教学中,运用戏剧与剧场之技巧,从事课堂教学的一种教学方法,其最终目标是人格教育。对学生来说,教育戏剧的重点在于从亲身感受中领略知识的意蕴。在互动接触中能提高学生的感受能力、观察能力、理解能力、想象能力、语言表达能力、形体表达能力、团队合作能力。

当时,教育戏剧对于克拉玛依的教师们来说,是一个崭新的名词,老师们完全不知道如何开展教学。

赵卓采取线上、线下培训相结合的方式,邀请到教育戏剧专家张晓华、李婴宁教授来克拉玛依市对教师们进行培训指导。

在学习中,老师们体会到如何去创设情境,如何去构建场景,如何去引导故事,如何去把握主题,如何去反观学生,如何去抓住要素……也真切地感受到创造性戏剧的魅力。

之后,教研所在全市遴选十所试点学校开设教育戏剧课程。为了弥补教育戏剧资源的空白,赵卓带领项目组成员用四个月的时间编写了《克拉玛依市教育戏剧课程系列丛书》《教育戏剧入门指南》等,解决了一线教师所需教学资源的燃眉之急。

自2016年4月至今,赵卓组织了九次全市范围内的教育戏剧课堂研讨,学生从开始的茫然,展现生活时的拘谨、束手无策,到现在的善于观察生活、敢于发挥想象、即兴创作的能力不断增强。来自江苏省常熟市教师发展中心的韩建光主任在现场观摩后,对戏剧课堂给予高度评价,并表示要将这种独特的教学模式带到常熟进行研究和推广。

2016年7月,赵卓带领克拉玛依戏剧团队参加第七届"希望中国"青少年英语教育戏剧大赛全国总决赛。康城小学的原创剧《我的催眠树根》、第八小学的原创剧《布朗先生能发出很多自然声》获得团体大赛一等奖、最佳表演奖、最佳男女配角奖,克拉玛依市获得全国英语戏剧教育"示范基地"的称号。

2017—2019年,克拉玛依英语戏剧团队连续三年参加了"希望中国"中英双语文化艺术节全国年度总决赛。参演学生不负众望,在舞台上超水平发挥,精彩流利的英语对白、跌宕起伏的剧情、舒展自然的表演、精美的舞台背景、漂亮的服饰和装扮彻底征服了大赛评委。谁也没有想到,在遥远的新疆,还有这么一支高水平的英语戏剧表演队伍,他们理念先进,水平上乘,富有激情和感染力,完全不输各地名校的高水平参赛团队。

最终,克拉玛依团队获得特等奖三项、一等奖十五项、二等奖两项的优异成绩,赵卓被"希望中国"全国组委会评为"青少年中英双语文化成果展示地区优秀推荐导师"。

回顾参赛的经历,大家百感交集。

北师大附校英语教师陈春燕说:"戏剧教学,在北师大附校是从无到有的。赵卓老师手把手教我们如何去开展工作,如何融合学科,如何壮大队伍。只要我们有需求,她第一时间来到现场指导,询问工作进展。只要我们取得一点成绩,她就鼓励表扬,鼓舞我们。"

初二年级学生穆阳妈妈说:"这次活动开阔了孩子们的眼界,激发了孩子们学英语的热情,他们还有很大的潜力等待挖掘!感谢主办方和老师们给孩子们提供的这个展示自我、学习他人的机会!"

回首岁月记忆

沧桑驮载着岁月悠然而去,希望背负着阳光悄然而来。

英语学科在一些人的眼中,就是一门工具学科,是枯燥乏味的。赵卓却在这片天地里,用勤奋点燃了自己生命的火光。这微弱的一点火光,照亮了她身边所带领的学科教师,让他们在成长路上不再畏惧。这微弱的光,也点燃了孩子们心中对英语学习的火苗,让孩子们在欣喜中看到自己的无穷潜力。

多年来,赵卓先后获得国家基础教育第六届全国中小学外语教师园丁奖、中国教育学会教育机制研究分会"十一五"课题研究先进个人、教育部国家"基础教育英语教学评价试验项目"课题试验骨干教师、第三届全国初中英语教师教学基本功大赛优秀指导一等奖、自治区级英特尔未来教育优秀主讲师、巾帼建功先进个人、市科技兴市先进个人、市科学技术普及工作先进个人、市教育局中小学教师继续教育优秀授课教师、市第二届与第三届特级教师、国家基础教育实验中心第三届全国中小学外语教师名师、中国教育发展战略学会教师发展专业委员会"AI技术在中小学校本课程中的应用研究"课题主持人、全国基础外语教育研究中心全国英语教育科研标兵、市首届教育行业拔尖人才等荣誉称号。

赵卓作为自治区中小学外语教育委员会理事、克拉玛依市外语教育学会理事长，在自治区教科所进行过首届网上授课主题讲座，还担任了自治区中小学英语现场课大赛评委。赵卓多篇论文获奖，连续三年承担由上海教育出版社出版的《新疆初中英语三轮复习资料》的编写工作。论文《拓展课堂，以戏育人——记克拉玛依市教育戏剧课程开发的历程》《教育戏剧在学科教学中的育人价值研究》在江苏省一级刊物《教师教育》上发表，《人生如戏，四季如歌》在全国核心期刊《学英语报（教师版）》上发表。

2018年、2019年，赵卓和她的团队的十九项成果荣获中国第四届、第五届教育博览会成果奖，在全国人民面前展示了克拉玛依市英语教学的成果和经验，受到参会者的一致好评。

"高调做事，低调做人"，这是赵卓在专业引领、理论学习与教研创新方面的座右铭，在带领克拉玛依市中小学英语教师团队取得成就的同时赢得了老师们的首肯与拥护，现在一支充满活力与凝聚力的团队在她的引领下正为克拉玛依市的英语教育快速发展而努力奋斗。

没有完美的个人，只有完美的团队

门 虎

◎ 新疆油田公司技能专家
◎ 新疆油田公司技术能手

虎跃石西

卢建武

我们常用"虎虎生威"赞叹百兽之王面对困难时勇往直前的霸气。其实,老虎还有独特的性格——坚守,也叫坚韧不拔。

沙漠深处,有诗的浪漫

这里是石西油田,位于古尔班通古特沙漠腹地,距离克拉玛依市区一百七十多公里。

旭日刚刚隐去一脸稚嫩,升到高天上就顾不得羞怯,迫不及待地开始它跟蓝天和白云的亲密约会。它已经攒够了昨夜的梦想,新生的热血在身体里沸腾,这会儿升华成了烈日。

蓝天不知疲倦,一直向自然展示出它柔和的笑脸。

悠悠白云来自何方,飘向何方?团成一只只飞翔的天鹅,俯瞰江山,超然尘世,叨念着信天游,赶赴一个美丽的梦。

远处,采油树前的中年男子身形显现,他一身红装,头盔在烈日下闪动一团光亮。酷日烘烤下,他挥汗如雨,习惯性用衣袖揩擦了一把脸,又着意在眉眼间稍作停留,让衣袖把上面的汗水吸干,才好看清仪表上的数据。

微风吹来,卷起他额前的一缕发丝,也送来一阵清凉。微风无意间读懂了你的心，只这一阵儿轻轻吹拂，让你可以趁机看清这个中年人黝黑的脸膛。这会儿，他心里生起惬意，嘴角翘动，憨厚地一笑，算是给微风一个感谢的回应，难怪那风儿笑嘻嘻地跳着舞蹈走了，还向他回头一望。

中年男子在记录油井上的数据，查看油井物联网系统的每一个RTU。其实，这些小兄弟们一直默默坚守自己的岗位，压根儿就不需要他隔三差五地来。是门虎舍不得它们，他也舍不得这口油井上的每一颗螺丝钉。

门虎1997年11月进沙漠腹地，在石西油田作业区当自动化系统操作工，这口油井是门虎到石西油田时的第一个工作伙伴，他视它为自己的哥儿们，跟这口油井的情感如同孩童时期的发小。这口油井的土地里累积着他的汗水，连接油田物联网的终端更是凝结着他的心血。

这时候的门虎像一个经过辛勤耕耘获得丰收的农家汉子，内心里喜悦。门虎被同事们称作"沙漠一只虎"，他成功的起点就在这一口一口与他相濡以沫的油井上。

谈不上干一行爱一行，门虎当初的选择真的有点儿无奈。他出生在吐鲁番一个矿区，矿区的师资水平和学习环境有限，虽然也曾努力学习，心怀考上名牌大学的梦想，但高考的失利还是击碎了门虎的大学梦。

走出矿区，能够考取一个外面的学校，早点儿参加工作，却是父母的期待。门虎抖擞精神，怀揣希望，捧上新疆石油管理局技工学校录取通知书来到克拉玛依，开始追求新的人生梦想。

到了学校，人生地不熟，同学们跟老师攀谈，知道高中毕业生考取技工学校叫"高技"，这个"高"字，让门虎心里有种苦涩的滋味。

人生的道路向来如此，身上的重负可能成为前行的动力。智者可以从顺境中观察到不利于自己的阴影，也能从逆境中寻找到前途与光明。得意处或许随时可以谈笑风生，失意时于风雨中手举明灯执着独行。

门虎上的采油自动化班。"自动化"这个词在当时竟然那样眼生，他想不明白，采油还能自动化吗？如果采油能够自动化，还招这么多采油工干嘛？

师者传道授业解惑,老师给了他一个"模糊"的答案,采油自动化是可能的,也许不久的将来就能够实现。至于采油工,实现采油自动化后的采油工是什么样的情形呢?老师说,实现采油自动化首先得依靠采油工呢。

门虎并没有听懂老师的话,他感到老师说得很不确定。对于采油自动化这个问题,连老师也没见过,也只是在"猜测"。但不管怎样,老师的课他得认真听,这是一个学生的本分,尽管这些课程跟他所理解的采油自动化似乎并不搭边。

1994年,门虎从克拉玛依技工学校毕业后来到新疆石油管理局采油二厂工作,在一线采油队当上了采油工。才到采油队时,门虎还有些情绪,同班同学大多分配到集输站或者其他岗位,有的还分配到了生产生活区靠近市中心城区的采油一厂、重油开发公司,而他被分配到外探区不说,还是采油工岗位,地处边远的采油队。

从吐鲁番边远矿区来的技校毕业生门虎,只好把不情愿的工作当作自己的选择。当然,这是他当时唯一的选择,也是无奈的选择。

父母亲劝说他接受现实,老一辈的经验是生存第一。人在旅途,逆势而行未必能够惊天动地,顺势而为或许更适于他面临的境遇。

多年以后,门虎有了自己的答案。

沙漠腹地,有梦想的翅膀

1995年,位于古尔班通古特沙漠腹地的石西油田整体开发初具规模。同年7月,新疆石油管理局采油二厂石西作业区成立。

石西油田是中国石油当年重点开发的沙漠整装油田之一,采油地面系统从原油采出、集输,到原油处理,全套设备从美国进口。为适应采油自动化系统运行,厂里从各采油队抽调精兵强将到作业区工作。

沾"自动化"三个字的光,门虎被厂里从偏远的采油队抽调到更加偏远的沙漠腹地工作,他的岗位还是采油工,只是改名为"自动化操作工"。到这时,门虎从事的岗位工作才跟他在技校时学习的自动化搭上了边。如果抛开石西那沙漠腹地位置偏远、工作环境恶劣不说,他算是走上了专业之路。

1997年11月，直属新疆石油管理局的石西油田作业区成立，这是中国石油的一个整装自动化油田，它是继彩南油田作业区首开整装油田自动化管理之先河后，新疆油田又一次迈向自动化管理的坚定一步。

门虎之前是勤劳勇敢的二厂人，现在成为坚守沙漠腹地、把荒凉跟现代化紧密结合在一起的石西人。

石西油田采用从美国进口的全套采油自动化系统设备，连续运行二十多年以来，工作基本正常，先进的科学技术产生出强大的生产力，事实一再证明改革开放的总设计师邓小平关于科学技术是第一生产力的论断是正确的。

从美国进口的采油自动化成套系统设备，在当年以"两高两新"而知名，它涵盖了采油地面工程的采油、集输油、原油处理、中心室控制全过程所有工序。系统和设备试运行成功后，掌握先进技术的美国人丢下一堆英文资料就甩手不管了。

美国公司的售后技术服务要价太高，这是我们应对知识产权所付的昂贵代价。科技这东西，自己没有掌握，就得向人家学习，就得向人家讨教。向人家学习，就要交学费。怎么办？自己的事情自己做，这是小学生都明白的人生道理。

为了尽快掌握这套采油自动化系统的操作技术，倾全疆油田之力，抽调到石西油田作业区的不仅有采油二厂的骨干，还有新分配来的专业对口的大学生、学历高的管理人员和技术干部，而操作工只有门虎和另外一位同事。

门虎面前有只"拦路虎"，那就是令他头痛的英文资料。

门虎自嘲说，要是英文学得好，他参加高考就不至于只考到技工学校，至少能上个大专，说不定还能上所本科院校。现在，得把一壶曾经烧不开的冷水提上来，冷煤炭烧出一堆热火，非得把水煮沸，那可得多费一些功夫才行啊！

从此，门虎把学习英文当作工作之余的唯一爱好，他要用学习这个有力武器，驱走工作上的这只"拦路虎"。对照资料和系统设备查阅英文辞典，一个单词、一个单词地学习，一个词组、一个词组地死记硬背，一个术语、一个术语地理解，总算稍有进步。

但是，时间不等人，操作中遇到的困难不容许慢慢来。还有实际操作过程中出现的一些意想不到的困难，都得脚踏实地解决好，这给了门虎更多的压力。

没有完美的个人，只有完美的团队，这是企业管理者的经验之谈。

门虎将目光投放到同事身上，他们中不乏比自己学历高的，也不缺少知识面比自己广的，大专生、本科生，英文基础比自己好，个个都可以成为自己的老师。这时候的门虎常常被大家叫作"门师傅"，那是因为他岗位工作的年限比别人长，实际操作的经验比别人足。可门虎不会把这些当成向人学习的障碍，而是诚恳讨教。

虚心使人进步，门虎用这个办法攻克了学习上的种种难关。

他长时间留在沙漠腹地的石西油田作业区，连续牺牲很多休假的时间，倾力于英文学习，算是家常便饭。好在妻子理解他，偶尔抱怨两句，却多是出于对丈夫的疼爱。

处于沙漠腹地的石西油田作业区离克拉玛依城区很远，像一块飞悬沙海的孤岛。

在无边无际的漫漫黄沙中，阳光照耀下的石油工人公寓，犹如一小片绿洲。在炎热的夏秋之季，这里鲜花盛开，果蔬飘香，鸡鸣犬吠，宛如丰盈的净地。身穿火红工装的采油工人驾驶着越野车，迎着朝霞，奔驰在油区的道路上。巡井归来，或者拖着夕阳，或者披星戴月，随晚风唱歌，回到他们的住所。这样的美好画面，刻进了门虎二十四年的采油工作的记忆里。

掌握了自动化系统设备，这让门虎他们在采油生产中运行自如，这只是油田科技进步的开始，紧接而来的是要逐步消化和吸收先进技术，用国产化系统设备代替进口生产设备。

跟进美国成套系统设备的中国科技企业——北京安控公司派专家组来到石西油田作业区，摸索系统和设备的运行流程，录取基础数据，从而掌握先进技术，生产出具备同样功能的国产化系统设备，以满足石油工业蓬勃发展的迫切需要。

在此期间，门虎负责配合北京安控的总工程师，以实际操作的角度协助专家做好研发的基础数据录用和功能写实，为系统设备的实际运用打下基础。

门虎至今感到骄傲，一来他通过自己的实际工作经验已经证明，美国的这一套系统设备确实具有先进性，而且质量可靠，值得学习；二来他心里早就暗暗在跟美国人较劲儿，为啥美国人能够生产出这样先进的系统设备，而中国人却生产不出来呢？他真心希望中国人自己生产的同类系统设备在油田上广泛应用，那将是多么令人兴奋的事情。

按理说，当时的门虎只是一个普通的采油工，考虑这一类问题是有点儿"多余"，但他在漫长的工作和学习中感受到科技进步的好处，也感受到先进与落后之间的差距，这常常让他心急火燎。

科研单位扎根油区，科研人员从油井上的采油树到计量站，从集输油到原油处理，对整个采油生产流程的自动化系统，对采油生产的各个程序中的功能做基础科研工作。在配合北京安控公司总工程师工作的半年时间里，门虎积极主动、专心致志地做着最基础的工作。

2000年，具有同样功能的国产采油自动化系统设备在石西油田作业区加以推广，试运行后各项指标完全达到进口的系统设备数值。国产系统设备和进口系统设备在油田上并驾齐驱，争相为油田生产加油出力。

2002年，同类系统设备装备运抵陆梁油田投入使用。这是油田物联网技术应用的起步，也拉开了新疆油田智慧油田建设的崭新一幕。

智慧油田，有广阔的天地

1999年，在石西油田作业区的技能大比武中，"自动化"这个课题项目第一次被列入比赛内容，门虎取得第一名的好成绩。当时的门虎，受到同事们的追捧，初次在兄弟们面前表现出"虎虎生气"。

门虎把钻研技术当作自己的责任，遇到难题不退缩，通过学习求得真知。善于解决工作中的实际问题也是他能力的体现。

这些年来，门虎组织攻关小组，解决了不少油田生产中自动化系统设备在运行中所出现的问题。

如攻克石西集中站原油储罐区十二台消防电动执行器DCS系统无

法控制等难题，保障了油区生产正常，避免了事故发生，并创造了可观的经济价值和社会效益。

看到先进技术给采油生产所带来的进步，尝到了科学技术给工作所带来的甜头，门虎瞄准同类技术的前沿，结合岗位操作，把自己的工作跟科技进步和创新驱动融合到一起，日积月累，收获颇丰。

他关于控制器的保护电路、监测装置、天线固定支架、石油储罐堵漏装置的发明专利，均已获得国家知识产权局颁发的专利证书。

他撰写的《SCADA系统在作业区生产管理中的研究》《石油石化自动化仪表盘故障及处理措施》《油气集输站库物联网建设及应用技术》等论文在国内专业刊物上发表。

他组织的多个科技创新QC小组活动荣获新疆油田公司创新革新成果大奖。

2006年，门虎在新疆油田公司第四届技能大赛中取得采油项目第一名的优异成绩。

2017年，门虎获得"新疆油田公司优秀共产党员"的光荣称号，同时被评为克拉玛依市优秀共产党员。

2018年，门虎获得工业和信息化部颁发的"全国工业和信息化应用人才测评证书"，成为国家级的行业技能专家。

2020年，门虎顺利通过新疆油田公司技能专家考核，在采油系统自动化方面独树一帜。

门虎从一名普通采油工成长为掌握基础技能的工人技师，继而成为一名操作熟练的技能专家。

事实证明，他当初感觉"无奈"的选择就是正确的选择，他的正确选择使他踏上了人生的康庄大道。

门虎技艺精湛，成为油田公司"大工种"复合型人才队伍的核心骨干，是工人师傅们学习的榜样。在立足岗位干好本职工作的同时，带徒弟、当教练成为他新的工作职责。

这对于门虎来说，是一个新课题，也面临新的挑战。学艺得踏实，从艺得扎实，这是门虎从一个学徒到师傅的宝贵经验。

一个"工"字上顶天，下立地，往下出头成"干"字，向上出头为土字，其寓意就是实在肯干。门虎首先把自己的这股实在劲头传授给他的徒弟和工友。

严师出高徒，他带领的技术比武团队屡屡取胜，为集体赢得荣誉。在新疆油田公司第十一届技能大赛中，他担任石西油田作业区采油集输团队的总教练，团队的九名参赛选手跟多家兄弟单位的工友同台竞技，荣获采油金牌一块、银牌一块，集输银牌两块、铜牌一块，还有优异的团体成绩。

门虎担任新疆油田公司采油竞赛队总教练，组织第十一届技能竞赛的标准撰写和自动化场地建设，组织对油田十二个厂处的三十二名教练进行培训。他还在全国第二届油气行业集输工竞赛中担任自动化技术指导和教练。他带领的团队荣获项目一等奖，教练团队也获得"金牌教练"称号。

2020年，门虎参加中国石油首届精品项目设计大赛，在一千多人的参赛队伍、三百多个专家团体中获得"金牌教练"的殊荣。

门虎收获这些奖牌与荣誉，可谓虎步油田，虎虎有生气。

说起这些，门虎总是一脸谦让，他说荣誉不属于他个人，应该属于集体与团队，就算自己在工作中通过探索取得了一点儿成绩，也没有任何值得骄傲的本钱，自己只是一个普通的采油工，一名普通党员，无非有自己的一技之长。

门虎坚守自己的岗位与职业操守，艰苦的工作环境把他磨练成"沙漠之虎"，成为人生赢家。

努力,是幸运的底牌

张文军

◎ 中国石油天然气集团公司劳动模范

风的雕像

卢建武

一

雪一直纷纷扬扬地下,从昨夜到今晨没有停息。

漫天皆白,天地一片沉静,排布密集的抽油机点动着钢铁头颅,对昨夜今晨的故事进行街谈巷议,有的笑得咯咯响,像被谁捅了胳肢窝,有的笑得前仰后合,抑扬顿挫。

有老鹰从远处的雪线飞来,直击长空,霍然着地,是舞蹈,也有轻歌。

随着雪地里"咔嚓咔嚓"的声音响起,有个汉子扛着一柄管钳向我们走来,雪地上留下一串长长的脚印。阳光扑了他一脸重彩,结在他眉眼上的冰花晶莹透亮,抢先跟灿烂阳光打了一个照面,也让这个汉子黝黑的脸庞一览无遗。一身鲜红的石油工人工装迎着朝阳,从老远看,让他整个人犹如一朵开在雪原上的花朵。

"张文军!"

远处有人喊他,一辆工具车正朝着他这个方向开过来。雪野里瞬间多了些活跃的气氛,钢铁们似乎又摇头晃脑开始新的话题。

张文军到风城作业区二站工作有些年头了,他担任党支部书记,还兼任副站长、安全总监。

徒步巡井的习惯始于当采油工的时候，年深月久，习惯成自然。风雪停息，他总要徒步到油井上看看。虽然油田物联网建设步伐加快，采油工人早就只需要守候在中心控制室就能够凭借天眼掌握油井上的一切情况，但他总要在油井上走一走，心里才踏实一些。用他的话说，是要跟油井交流一下感想，加深一下感情。其实，他是要每天这样边巡井边思考，厘清工作思路。

采油二站现有员工310人，是风城作业区基层单位人数最多的一支队伍，其中少数民族员工占比37%，站里四五十岁的老员工居多，相当一部分人的基础学历是初、高中水平。

管理的难点在员工的思想动态，张文军清楚，若是抓不好员工思想安全这个大头，整支队伍的发展方向就容易歪，人心就会涣散，甚至要出大问题。于是，他为如何抓好三百多名员工的思想政治工作而日思夜想，颇费精神。

2011年7月25日，因为风城油田作业区跨越式发展的需要，熟练采油工一时紧缺。张文军所在的重油开发公司采油二区整建制划转到作业区，接管采油二站。于是，一群工龄在二十年以上的老员工突然变成"开天辟地"的第一波人，巨大的转变让这些原本在工作岗位上游刃有余的老同志措手不及，一时间难以接受。8月1日，是"二站人"正式上班的第一天，也是采油站存在的问题逐渐暴露的开始。

多年以来，大家在重油公司习惯了每天早上9时45分发车上井。到了风城作业区后，要提前到8时30分发车。下班时间也比从前晚，往返城区和作业区一个来回得三个多小时，员工的作息时间被打乱，也影响到接送孩子上学、放学等生活方面，年纪偏大的老同志一时不适应，更觉身心俱疲。

当时，作业区条件有限，给采油站三个一线班组配备的办公设施只有一张桌子、一把椅子和一台旧电脑。面临大量的新井投产和班组建设，工作任务繁重，大家普遍感到压力很大。薪酬待遇也成为焦点，到了风城后，员工们领到的第一个月工资比在重油公司竟然少了二百多元。路程远了，工作环境更艰苦了，任务重了，工资却少了，员工们难免有怨言。

当时，张文军担任综合组组长。

"趁早想办法调走吧。"有人劝他。员工的情绪多了，张文军心里也不好受。作为一名党员，他明白自己必须想通，才能找员工交心。

张文军告诫自己："二站是一个整体，我要和员工一起面对现实，让大家相信，二站的明天一定会好起来。"

在坚定信心之后，张文军主动找员工谈心，做思想工作。有的员工听不进去，反驳道："没错，我们是改变不了环境，可是我们也确实没办法适应啊！"

当时的情况在很多人看来，除了靠站领导的耐心劝慰和及时传达作业区的关怀以外，找不出其他更好的办法。

真的改变不了环境吗？

张文军可不这么认为。

为了使员工能够心里踏实，张文军尝试着改善现有的工作条件。他积极行动，隔三差五向作业区申请配备办公设施。渐渐地，更多的桌椅搬进了采油站，一线班组也从一开始的三个班变成五个班。餐桌、电脑、空调、衣柜、书柜、搭建板房……很快，各班组都能顺利进行基础办公了。

张文军向作业区领导提出申请，希望将上午发车时间推迟至9时，这样便于员工调整作息时间和照顾家庭。他通过在班组间走动，了解到员工的思想动态和情绪变化，用真挚朴实的语言，给大家解决实际困难。

"员工心思简单，他们关心的都是最基本、最切身的问题。但是，着急时容易情绪化。这时候有人适时地将利弊分析给他们听，就能很快帮助他们冷静下来，从而解开心结。"谈起一线员工的情况，张文军道出了他和他们打交道的经验。

薪酬是员工关注的焦点，张文军及时做出解释："在重油公司时大家多拿的二百多元实际上是每个月的午餐补助，而风城作业区不一样，这里有自己的食堂，午餐补助用到了食堂。区别只是一个发到手里，一个用于食堂，一个看见了，一个看不见而已。"听他这么一解释，员工知道自己的工资并没有少一分钱，心结自然也就解开了。

2011年10月，张文军被聘为采油站副站长兼工程总监，关注员工的思想动态仍然是他的使命，只要了解到员工有思想包袱，他就热心为之排忧解难。

张文军喜欢在班组之间转悠，与员工一起摸井，一起做措施，中午一起坐在站区后的石子地上吃饭。同甘共苦的举动打动了大家，那些思想起波动的员工，慢慢平复了情绪。采油站第一年的冬季生产工作平稳过渡。

二

张文军生长在博乐市，1985年高中毕业，考入克拉玛依技工学校。1988年8月，张文军从技校毕业后，来到新疆石油管理局重油开发公司工作，成为一名采油工。

当时，采油工这个工种并不被人看好，因为常年在戈壁滩上奔走，工作环境艰苦，有人戏称采油工人为"黄羊"。

张文军肯吃苦，对待工作认真，生产技术过硬，工作才一年，就被采油三队任命为205站的站长。从那个时候起，他就开始一点一点积累新井投产工作的经验。

为了全面做好新井投产工作，他带着205站的员工"打基础，抓规范，细管理，促上产"。无论是站区设备的保养、油井的管理，还是安全生产等各个方面，他都主动承担起最苦、最难、最重的工作，给大家起表率作用。

平井场的工作看起来很平常，可在九9区的戈壁滩上，平出一块符合标准的井场却要面临许多困难。盛夏的阳光火辣辣的，将戈壁滩的每一寸土地都烤得滚烫。这活儿得抢时间，张文军带着大伙冒着酷暑，在骄阳下一点一点、一寸一寸地平整着每一个井场。张文军的行动感染着身边每一个人，汗水浸透了衣服根本算不了什么，脸上被晒脱了皮，嘴巴干涩得裂开了口子，他们全不在乎，没有人叫苦，也没有人喊累。有人挥动铁锹，有人舞动镐头，有人清理杂物，一个个挥汗如雨。用力过猛，铁锹头掉了，很快装上继续干；镐头把断了，换上新的接着干；有人手掌磨出血泡，也不肯稍作歇息，包上纱布继续干……就这样，一个个整齐的井场被平出来，看着辛苦换来的劳动成果，张文军和同事们的脸上露出灿烂的笑容。

张文军痴迷于油井上的工作，为了上产会战，他推迟了婚期；为了确保油井的正常投产，他带着大家用肩膀扛起电机；为了及时完成大罐清砂工作，他主动协助邻站员工……在他的带领下，205站的各项工作开展得扎实有序，得到了领导肯定，连续五年荣获"采油标杆站"的称号。

1993年7月1日，张文军实现了梦寐以求的愿望，他光荣加入中国共产党，这一天成为令他终身难忘的日子。从此，他又多了一份忘我奉献的理由。

1997年8月的一天，九6区607站管辖的油井96204突然发生井喷，一股股黑色油流从井口喷出，升腾成冲天的巨龙。瞬间，油气迅速弥漫整个井场，情况十分危急。

当时，张文军已经下夜班，跟同事做了交接，正准备回家休息。面对险情，他一点儿也没犹豫，拿起应急工具，带着同事们冲向现场。

张文军从来没有经历过井喷，按照应急预案，他立即向大队汇报现场情况，同时组织现场人员进行抢险。

眼前弥漫一片烟雾，也很快迷住他的眼睛，耳边传来由于油井憋压发出的刺耳"尖叫"声。

为了能够迅速切断来油闸门，他往身上浇透凉水，披上毛毡，向井口冲去。

巨大气浪笼罩着井场，让他的视线模糊不清，强大的压力让他迈不开前进的脚步，然而看着眼前油龙肆虐的场景，他已然无法顾及双手传来的灼热的痛楚，带着"制服井喷"的念头，再次冲进气浪。

"摸到了，摸到了！"张文军奋力旋转着滚烫的闸门。虽然戴着棉手套，可在转动闸门时，那长满老茧的双手瞬间被灼掉一层皮，随之而来的钻心疼痛，却没有让他有一丝一毫松手的念头闪现。就这样，一圈，一圈，丝杆随着手轮的旋转一寸一寸地露了出来，闸门逐渐被关闭，喷出井底的油气流也开始停止咆哮，井喷在最短的时间被控制住了。

当一切恢复平静，从井场缓慢走出一尊黑色的"雕像"——井喷的油气已经把张文军浑身上下喷得漆黑。看着这尊"雕像"，大家不约而同鼓起掌来，为井喷被制服而欢呼。

后来，每次提到这件事情，张文军的脸上总会略显"羞涩"，因为他觉得作为党员，冲锋在前是一件再平常不过的事情，没有什么值得夸奖的。

翻开张文军的"光荣册"，先进生产者、优秀共产党员……几乎每年都会有这样的荣誉被他收获。最让他感到骄傲的是那两本印着"劳动模范"四个字的荣誉证书。

1997年，张文军第一次获得克拉玛依市局级"劳动模范"称号。从此，他的人生与"劳动模范"这项殊荣紧紧联系在一起。1999年，他再次获得克拉玛依市局级"劳动模范"称号。同年，张文军被集团公司授予"劳动模范"称号。

三

一个普通人是如何成长为令人尊敬的劳动模范的呢？翻开张文军的人生画册，你便会发现，劳模基因其实早已经深深浸润在他工作的点点滴滴里，镌刻在他的骨子里。

张文军自认为是一个普通的劳动者，做什么都是分内的事。

2009年初，由于工作需要，张文军被任命为综合组组长。众所周知，综合组工作内容既烦琐又复杂，整天忙忙碌碌地，还不一定能够把工作做好。况且，张文军从未接触过政工工作，心里有点儿没底，想过要打退堂鼓，因为他怕耽误工作。

可转念一想，自己是个党员，是市级劳动模范、中国石油劳动模范，在群众中间有一定的影响，服从组织安排是自己责无旁贷之事，更不能做损害党员和劳动模范的形象和威望之事。张文军决定迎接新的挑战，服从党组织的安排，高高兴兴地走上新的岗位。

作为一名技术工作者，张文军无疑是出色的。他丰富的工作经验和专业知识，让他在生产一线的各项工作中游刃有余。可如何开展政治工作，他没有任何经验，心里没底。应该从哪些方面着手呢？他只得边请教边摸索，逐渐找到工作方法。

2009年，党支部要参加重油公司组织的"科学发展观"活动交流，并且要制作成PPT进行汇报和评比。

刚接到通知，张文军一筹莫展，觉得压力很大。第一次以这样的高度写更大层面的总结，对他来说是一件相当困难的事情，这比让他写一份工程总结要难很多。

但张文军没有气馁，偏不信自己写不出这样的总结。他把自己锁在办公室，告知身边人都不要打扰他。就这样，他一遍遍吃透材料，找准思路，厘清脉络，反复修改。三天后，胡子拉碴的他疲惫地打开办公室的门，脸上却挂着微笑，开心地把一份归类细致的总结交到了领导手中，成功实现了跨越式的转变。

在那次交流中，采油作业二区在二十五个党支部交流中取得了第一名的好成绩。2010年、2011年又连续两次荣获前两名的好成绩。这一切，都源于张文军注重日常工作的总结和提炼。

为了使生产一线的各项工作正常运行，切实给员工提供各类保障，加班到深夜甚至通宵不回家已成为他的家常便饭，但他从不抱怨，因为他说干这个工作要付出比常人多的努力，必须要有奉献精神。

经过张文军和大家的共同努力，采油作业二区不仅在2010年获得自治区"模范职工之家"的称号，2011年还获得集团公司"千队示范岗"称号。

2011年7月25日，重油开发公司采油作业二区整体划入风城油田作业区，整合为风城采油二站。巨大的转变也为张文军的人生翻开了新的篇章。

划拨重组后，风城采油二站管辖重18井区的原油生产任务，同时也肩负着风城油田作业区近88%的产能建设任务。如此艰巨的任务给张文军和他的同事又一次带来新挑战。

为了拥护和支持油田公司党委的决定，积极配合交接工作，张文军和综合组四名成员不分白天黑夜、加班加点地工作起来，目标只有一个，那就是确保划转工作顺利进行。

随着风城采油二站划转后各项工作逐渐步入正轨，如何顺利开展产能建设和大量新井投产工作便成为党支部当下必须解决的问题。

由于人手不足，在产能建设和新井投产上的人员短缺问题变得日益突出。为了尽快使工作正常开展起来，党支部决定成立新井投产小组，让具有丰富新井投产经验的张文军再次走上技术岗位，兼任新井投产小组组长，主抓新井投产和产能建设工作。

党支部的信任让张文军激动不已，可以回到久违的技术岗，再次发挥自己的特长让他十分开心。与此同时，他也没有忘记自己的综合组组长的职责。

为了更好地开展产能建设和新井投产工作，他把自己在综合组的管理经验带到了新井投产小组，以专人专管的模式全面主抓新投工作。从此，张文军便成了风城采油二站经常不回家的人。

因为工作太忙，时间变得不够用，他恨不得把一分钟掰成两分钟用，不仅放弃全年的休假，也放弃了和家人团聚的时间，常常在井上一住就是几个月，半年时间里回家的次数屈指可数。

有付出必定有回报，2011年底，风城采油二站427口新井全部按时投产，圆满完成作业区下达的产能建设任务。

同年9月，在作业区举行的干部竞聘大会上，张文军被任命为风城采油二站的副站长兼工程总监，这为他发挥优势提供了一个更大的平台。

张文军虽然职位不断变化，但劳动者的本质没变，看起来非常普通的他，在每个岗位上都诠释着一名普通劳动者爱岗敬业、无私奉献的光荣品质。他用自己的奋斗历程讲述了一名普通劳动者成长为一名劳动模范的光荣历程。也正是他身上闪烁的优秀品质让我们深深体会到：劳模是民族的脊梁，劳模是民族精神的象征，劳模是推动科学发展、促进社会和谐的强大动力。

每一个不曾起舞的日子,都是对生命的辜负

徐江洪

◎ 新疆维吾尔自治区特级教师
◎ 新疆维吾尔自治区教学能手培养工作室主持人
◎ 克拉玛依市拔尖人才

"徐模式"

孙作兰

隆冬的校园,格外安静。

我在校门口等待着一位重要的采访对象——克拉玛依市第十三中学的生物老师徐江洪。因为新冠肺炎疫情防控的原因,我没有能够进入校园,于是打电话给徐老师。

"那你等会儿,我出来。"徐老师回复我,十几分钟后,他匆忙出来。

我们在车里开始了采访工作。

在这之前,关于徐江洪老师的采访工作进行得比较困难,因为他太忙了。我的微信采访基本上是我不停地说,徐老师极少回复,于是我四处打听关于徐江洪老师的事迹,知道他是一位德才兼备的好老师、优秀的学术带头人,他所带班级在自治区统考中多次获得优异成绩,他的工作室在克拉玛依也是榜上有名,徐江洪老师为克拉玛依生物教学做出的成绩是有目共睹的。于是我拿起电话主动邀约,才有了这次校门口采访。

徐江洪老师本人比照片上要显得苍老,也许是教学工作的繁忙,也许是生活的波折,眼前的徐老师满眼都是疲惫,知道我已经在大冷天等候多时,他有点儿不好意思,"抱歉,耽搁了些时候。"他笑着说,细聊才知道徐老师的妹妹刚刚过世不久。

一不小心扎根生物海洋

"徐老师，还不走啊！"

"他才不走呢，咱们走了他还要偷着加班呢！"

"哈哈！徐老师加油哦！"

面对同事的打趣，徐江洪只是淡淡一笑，继续埋头干自己的事情。

徐江洪出生于1972年，父亲是油建公司的普通工人，母亲是家属，算是土生土长的克拉玛依人。从小就喜欢深度思考的徐江洪梦想着当一个救死扶伤的医生，可没想到考上了师范院校，毕业后分配到了白碱滩区第十三中学。徐江洪说，自己虽然学的是生物专业，可是却一直比较喜欢物理，目标是当一名物理老师，结果因为学校的生物老师比较缺，就成了生物老师。

没承想，一上马，一辈子结缘，他成了克拉玛依市高中生物教学的传奇人物。

老师真的好当吗？

当然不好当，尤其是刚开始那几年，费心费力还达不到教学效果，徐江洪觉得有些迷茫。但他是一个好强的人，也是一个喜欢思考和挑战困难的人，有信心啃下硬骨头。

一有时间，徐江洪就钻进学校的图书室和阅览室翻看各类教育教学书籍和刊物，他山之石可以攻玉，知识是力量的源泉。系统的学习让徐江洪短时间内汲取了大量、有效的教学及管理经验。在日常的教育教学工作中，他也开始不断换位思考：如果自己是一名学习困难的学生，老师的课怎样上、题怎样讲自己才能听懂？基于学生的实际学习情况，不断务实地调整和改进教学及管理方法，同时不断地反思和总结，教育教学的理念也不断提升，教学的效果也不断凸显，他的信心不断提升，对这份职业也更加热爱。

徐江洪说："想通了，再难的事情也不难了，教育这个事情，既能成就学生，又能成就自己，何乐而不为？"就是这一腔热血，让徐江洪始终坚守在教学一线，一步步披荆斩棘，不断摸索，走出了一条属于他自己的路。

不一样的"徐模式"

2006年,学校给徐江洪配了第一台电脑。

徐江洪用这台电脑完成了第一套高中生物会考复习电子版资源的整理与打印。当时的徐江洪打字速度还比较慢,于是他精心整理了一套高中生物会考的手写提纲,然后从年级中找了几位打字速度快的学生,打印成电子版,然后再认真修订、完善。

这套复习资源使十三中的生物教学如虎添翼,随后几年,十三中高中生物会考成绩始终居于全市第一。2007年,徐江洪再接再厉,与同组的两名生物老师又做了第一套高考生物复习资源。2008年,徐江洪去山东潍坊一中挂职学习,在此期间,他认真学习,参考、对比了山东和新疆两地的教育教学模式,对教育教学有了新的思考,对原有生物教学成果的改进和有效实施也产生了更多、更好的想法,从而促使这一系列学习资源不断完善。徐江洪发现自己的这套教学资源在教学中起到了非常重要的作用,这让他自己深受鼓舞。

徐江洪说:"那次挂职学习对于我来说非常重要,拓宽了我的教育视野,对我形成后来的教学模式起了很大的助推作用。还记得我当时写了一篇论文,内容是关于两地教育模式对照的。在论文中,我第一次明确提出自己所希望实施的教学模式及实施理由。论文被当时的班主任——教育专家李振村老师大加赞赏,他把我这种模式称为'徐模式',并作为优秀论文代表进行交流、总结。"此时,徐江洪在论文里对自己的教学模式、资源知识框架已经有了初步的探索和设想。

"2009年,当时我带了高二四个平行班,135个学生,平均分是88.9分,满分的学生有4个,98分以上的有36个,优秀率达到了75%。"徐江洪开心地说那一年他创造了克拉玛依高中生物会考历史最好成绩,至今难忘。同时,也奠定了下一年孩子们的高考基础。

徐江洪说,那一届的学生成绩都很好,也非常喜欢自己,他觉得那应该是他教学中的巅峰时期。有一个叫姜雪的学生,现在在中国石油大学（北京）克拉玛依校区当老师，徐江洪是她高中时的班主任。

一次，石油大学谢庆宾院长，殷文、杨虎等老师对徐江洪说："徐老师，你给我们石油大学培养了一个好苗子啊！"自己学生的工作得到学校领导和老师的肯定，是一件幸福的事情，徐江洪的心里美滋滋的。

2011年，生物教材改版，这意味着曾经做的所有教学资源都不再适用，一切须从头再来。尝过之前自制资源高效教学的甜头，徐江洪决心开发一套全新的高考、学考资源。这个时候，徐江洪已经有了两个徒弟。就这样，2011年高三教学期间，徐江洪手写知识框架，徒弟林海啸去复印，完成了新教材体系下的全套复习资源的印制。

"我们那一年整个都用的是手写的复习资料。"徐江洪笑着说。

他的教学理念和教学模式也开始在学校的生物组内进行推广。这种模式特色鲜明，卓有成效，让教材知识变得更精练，大大增强了学生的整体理解能力，减轻了学生们的记忆负担，让学生更易入手，增强了学生们的学习信心，激发学生们对于学习的热情和兴趣。

"有了徐老师，娃娃上大学就有希望了。"一位家长感动地说。

逆境中的转折点

2012年，孩子们的生物成绩日新月异，可徐江洪的世界却崩塌了。

那一年，克拉玛依市新一中成立，市教育局安排徐江洪去北京十一中学挂职学习半年，学完之后将调到新一中任教，承担更为重要的教育教学任务。这是他调到市区照顾母亲、与母亲团聚的最好机会，也是妻子一直以来的愿望。可就在此时，一个晴天霹雳砸向他，相濡以沫的妻子因车祸去世，留下他和幼小的儿子相依为命。考虑到孩子还小，不能随便换学校，自己班里的孩子们也需要自己，徐江洪留在了第十三中学。

徐江洪说："那时候觉得天都要塌下来了，我还是选择留下来，我刚毕业就来到这所学校，如果要走，舍不得。"

坚强的徐江洪一边细致入微地照顾儿子的饮食起居，一边努力工作。

2012年11月，自治区举办首届自治区中小学教学能手比赛，学校点名要他参赛，可是妻子的离世让他悲痛难抑，常常问自己：难道是自己一门心思扑到工作上对家庭少了照顾，老天才这样对自己吗？任何荣誉对于此刻的徐江洪来说都轻如鸿毛，他对学校领导说："我已经四十岁了，请把机会留给年轻老师。"

"只有你去我们才能放心，你有这个能力！你去了咱们才有把握！"面对校领导的真诚劝说，徐江洪只能忍着失去爱人的痛苦，化悲痛为力量，专心筹备比赛。那次比赛非常顺利，徐江洪不负重托，获得首届自治区"教学能手"荣誉称号，从乌鲁木齐载誉而归。

2013年，这只折断了翅膀的雄鹰慢慢恢复了斗志，为了儿子，为了父母，为了学生们，徐江洪再次点燃对生活、对教育事业的热情。在徒弟何勤的帮助下，徐江洪将之前的手写版复习资源做成电子版，并进行了科学升级。

徐江洪说："当时我徒弟的老公打字速度非常快，就利用工作之余帮我们把这套提纲都打出来。这套高考资源模型的雏形就这样出来了。"

付出就有回报。每一次自治区模考，十三中生物成绩都是第一名，在第三次自治区模考中，均分足足超过第二名10分以上，当时的C层班（年级成绩最差的24名学生组成的学困班）平均分竟然也超越了全市平均分。徐江洪名声大噪，创下了第十三中新的历史纪录。高考时，高三的学生们以全市理综第一的好成绩回馈了徐江洪和他的团队。

这一年，徐江洪带着新收的小徒弟刘丹，结合以往编纂会考资源的经验，又制作了一套学考的新授课及复习资源。这套资源一经使用，就体现出强大的加成效应。振奋人心的消息传来，在流失54名优质生源的情况下，2014年高一抽考，十三中生物成绩整体名列全市第一，其中，徐江洪所带的高一5班、6班成绩又一次奇迹般地居全市第一。

三寸粉笔里的苦与乐

一名优秀的任课老师，往往都是优秀的班主任，这句话说的也许就是徐江洪老师吧。在做好班主任的工作中，他也有着自己的一套理论，那就是注重养成、注重塑造灵魂、锤炼品质，构建良好的师生关系。

"把学生当朋友，当知己，关注他们真正需要什么，缺什么，这是班主任起码的工作。"徐江洪说。

可是通往理想的路上除了鲜花和掌声，更多的却是荆棘丛生。徐江洪在班主任的路上也常常是临危受命，中途接手的情况时有发生。唯一不变，那就是自己对于一线教学始终不渝的情怀。

徐江洪说："我就是喜欢孩子们，喜欢课堂，一线教学让我非常愉快，我也喜欢当他们的班主任，真正走进孩子们的心里。"

什么是"后进班"？就是那些纪律散漫、成绩倒数、集体观念淡漠、班级缺乏凝聚力的班级，这样的班级总是让老师挠头，让家长揪心，让学校跟着头疼。

2004年的徐江洪偏偏要做一回"后进班"的班主任。转换角色、平等对话、制定班规、深入谈话、和学生们交朋友、关注学生们的内心需求……当时的徐江洪把所有精力都用在孩子们的身上，加班加点早已习以为常。

徐江洪说："其实我当时带班也没有什么经验，但是我对学生还是有很大的信心，鼓励他们好好学习，没有什么做不到的。"

徐江洪始终认为，热情能弥补一切。他用真情实感和学生建立了良好的师生关系，取得学生们最大程度的信任，真心诚意陪伴学生们学习、考试，就是这样的付出和努力，学生们的兴趣有了，信心也有了。一个学期后，"后进班"面貌一新，班级作风一路向好，学习成绩一路攀升，最终被评为"五四优秀团支部"，当年全班学生的会考成绩全部合格。

这次胜利奠定了徐江洪担任班主任的工作基础。从这以后，他成了学校解决"问题班级"的重量级选手，他接手的班级都能够在短时间内不断刷新分数。2008年，他接手的高三6班高考均分超出第二名班级近30分；2009年，他又接手了成绩最弱、班风最差的高二3班，该班在会考中一次性全部通过及格线。

被学校评为优秀班主任，拿到证书的那一刻，徐江洪感叹光阴如梭，又欣慰学生们的学习成绩有了质的飞跃，这个看似冷冰冰的男人，第一次眼睛湿润了。

2011年，徐江洪继续砥砺奋进，在他接手前，高二（1）班期末平均总分落后于倒数第二名班级50多分，经过徐江洪一年的努力，高三（1）班实现高考一本上线率50%。

2014年，接手新高一年级主任，徐江洪以转变学风、促知识落实为出发点，科学管理，将生物组的教学经验与各科老师分享、交流，不断调整和改进年级教学管理措施。在他的带领下，高一六科抽考，全年级总成绩仍然位列全市第二，远超任务指标，极大鼓舞了老师们的士气。

2019年，在流失26名优秀学生的情况下，他又临危受命，中途接手高三年级主任，所带年级高考一本率和本科率再一次创造出十三中最好成绩。

多年来一直在一线教学，一直兼任班主任和年级主任工作，徐江洪的生活和工作始终是忙碌的，可这不就是一名教师应该做的吗？他经常这样宽慰自己，等到老了退休了，就轻轻松松在家里享享福吧，现在，还是要拼一拼。

徐江洪说："当你看到一个涣散的班级开始往更好的方向发展，你看到学生们都考上大学，想着没有辜负他们，就够了。"

最好的答案永远在路上

一个人的强大不算什么，团队的强大才是真正的强大。

兼任教科研工作让徐江洪在埋头教学的同时也有了俯瞰学科的视野和引领团队的经历，他在课题研究、课程开发、教材研发、讲课比赛、竞赛辅导、交流发言、课堂示范等方面高度引领，带头践行，使分散在五个年级的十一名各族生物教师凝聚成合力，一起走向科研兴教之路。

徐江洪说："我能评上自治区特级教师，不仅是靠个人成绩，我带团队的成绩也始终是第一名。"2017年高级教师职称评比，十三中生物组四位老师包揽了中、高级前两名，在全市生物学科组传为美谈。

时任克拉玛依市生物教研员的阮建伟老师说："生物学科虽然是小学科，但也可以干出大事业，看看十三中生物组，这说明只要好好干，生物老师也有春天。"

带队伍还是要讲究一些策略和方法的，徐江洪提倡的教学模式在指导青年教师教学中成果显著。

2006—2014年，他亲自指导了四位青年教师周诚、林海啸、何勤、刘丹，经历过高考、会考、抽考共十一次，青年老师们取得八次全市第一、两次全市第二的优异成绩，这也使得第十三中学的生物组成为该中学的王牌团队，并确立了这支队伍在全市生物教学中的引领地位。

在他的影响下，生物组老师也把更多的精力放在教学研究和资源开发上。整个克拉玛依市的生物学科，自治区级的教学能手只有三个，全国实验教学能手只有一个，全部花落十三中。看到徒弟们不断成长，徐江洪十分欣慰，尤其是看到结对指导的两位民族语言教师木尼拉和绕扎也屡获殊荣，他感到开心极了。

奋斗路上有帮手，大家一起往前走，路，才会越走越宽。

徐江洪骄傲地说："团队强大了，推着大家都往上走！我们的校级优秀教研组从未旁落，首届'市级优秀教研组'荣誉的取得，正是这支优秀团队的最佳写照。"

每逢抽考、学考、高考前，都是徐江洪和徒弟们最为忙碌的日子，策划编纂教学资料，梳理教学模式，为的就是孩子们那张卷子上鲜红的分数，更是为了孩子们从容面对考试的那份信心和对于未来生活的美好愿景。

多年以来，徐江洪和他的团队成功结题国家级子课题一项、自治区级课题四项、市级课题多项、校本级课题多项。他积极带领十三中生物组老师们编写校本教材九本，开发并实施六门校本课程，极大丰富了学校的文化建设，有力促进了学校多样化办学发展。

从去山东潍坊挂职培训到作为本市首批培训者赴江苏参加培训，再到本市首批领军拔尖人才赴内地培训，徐江洪参加的培训次数也不少了，笔记本记了厚厚一沓，可他依然前进不止，他说，最好的答案永远在路上。

他多次应邀参加校际交流与培训，应市教育局级邀请多次承担全市生物教师的专题培训、主题发言与示范课，并受克拉玛依日报社委托做高考专题指导。作为自治区、全市两级生物学科工作室主持人，徐江洪着眼于整个地区优秀教师的培养和地区资源的开发整合，以促进本地区生物学科队伍的发展、建设。

现在，徐江洪工作室的成员遍布克拉玛依各个学校，而四十八岁的徐江洪，还在坚守着梦想。作为学校学术委员会主任和教学研究中心主任，他还兼任白碱滩区生物兼职教研员和教育督学。

站在新的时代，尤其是互联网的时代，他又有了新的思考和探索：在互联网的大数据面前，学校教学质量标准的制定是否科学？标准化测试的规则符合逻辑吗？教师业绩的准确评定可以更加人性化。

徐江洪说，宣传正能量的价值取向，引领学校学术氛围和教科研工作的发展方向，这是他这个年纪应该做的事情了。

走过风风雨雨的徐江洪总是在灯火阑珊处静静地思考，这座城市于自己有太多的故事可以诉说。

"我是一名老师，"徐江洪说，"这就是使命。"

梦能到达的地方，脚步迟早也能到达

张　念

◎ 新疆维吾尔自治区"张念小学语文教学能手培养工作室"创立者

◎ 克拉玛依市拔尖人才

后有来者

孙作兰

"身为人民教师,我们的生命在一批一批学生的身上延续,我们的青春在一代一代的学生身上闪光,我们无憾!我们有的就是:把对党的教育事业的忠诚、对教师本职工作的敬重,把育人的责任,在课堂上挥洒得淋漓尽致。"写下这段话的时候,年轻的张念刚刚成为一名小学老师。

2000年,张念毕业于西安石油学院工业劳动经济专业,同年因教师缺编,让她这名"非师范生"意外地被分配到克拉玛依市第一小学,成为一名小学语文教师。站在孩子们面前的那一刻,她才发现原来命运对自己如此之好,她爱孩子们,爱校园那特有的氛围,爱讲台。二十年悄然过去,看着教过的学生们成长成才,张念收获的是学生的爱戴和家长的信任,"自治区级特级教师""克拉玛依市拔尖人才"等荣誉纷沓而来,只有熟悉她的人才知道,荣誉背后张念流下了多少泪水和汗水。

融化在生命里的坚强

2014年初,张念查出罹患甲状腺癌。

这个检查结果,无疑是致命一击。最初的慌乱崩溃过去之后,张念在日记中反复书写着贝多芬的"命运可以待我不公,但我必须扼住它的咽喉"来激励自己。疾病的突然来临谁也无可奈何，与其抱怨生活的不幸，不如在生活中寻找快乐。这时候，她才发现她的学生们，那些她身边的小太阳们，对她来说是多么重要。

"老师，疼不疼？"

"谢谢你们，我的孩子们！"孩子们的关怀让张念对生活依然充满了热爱和期待，也让她更加坚定不移地去做一位好老师。"我是老师，我遇上事情必须坚强，我要做孩子们的榜样！"张念给家里人说。此时，积极治疗，早日重回讲台就是她的目标。

住院的那段时间，她不能出声，就用手机短信与家长沟通孩子们的各种情况，就连同病房的病友及家属都被她的这种精神所感动。

张念说："真是不放心，我自己的学生，有哪些问题，我最清楚啊，我担心我不在，他们的学习成绩会受到影响，我必须要和家长多联系，多了解。"

绝不能让自己的病情成为学生们成绩下滑的理由。手术之后，伤口不能见风，张念的脖子上始终缠绕着纱布。医生一再嘱咐她必须卧床静养，而且必须禁声休息，否则会对咽部的恢复以至以后的发声造成不可逆转的影响。可术后一周，"倔强"的她还是出院了。她听说学校的人手不够，在没有完全拆除残余线头的情况下，她低着头到学校上班。

看她这个样子实在不能上讲台，学校就安排她在办公室里进行学校创建全国文明城市的资料完善工作，帮助班级的代课老师完成作业批改。

她总说："不要对我特殊照顾，我好着呢。"

脖子周围始终处于肿胀状态，腿脚慢慢地开始肿胀。

那是一个如同一个世纪一样漫长的夜晚，疼痛让张念辗转反侧，第二天，脖子不能动弹了。她知道这个情况是因为之前强行去上班导致的，家人的埋怨和心疼让张念深感愧疚。因为术后没恢复好，手术伤口肿胀情况一直未能好转，张念只能再次进入日间病房进行恢复和调理。

大家都为她的病情担忧，她却说："没什么大不了，离见马克思远着呢！"

很多人劝她报大病，她却说："报大病对学校不好，占着一个编制却不能为学校做点儿什么,这样不好。"

就这样,她一如既往地工作着,这不是精彩的表白,不是外交的辞令,更不是一时的冲动,这里面凝聚着一名共产党员、一名教师对教育事业的深情与热爱。

校园里的雏菊开了,张念静静地站在这所她热爱的校园里,听着孩子们的琅琅书声,她觉得此生做一名老师足矣!

流淌在心底的温暖

2017年,张念前往阿克陶送教;2018年5月,她又继续远行,前往喀什市精准扶贫。

张念说:"还没有去南疆之前就已经听说南疆条件艰苦。到了那里,气候干燥,尘土飞扬。一下雨,校园里的旱厕就会堵塞,大家总是捂着鼻子'跳着舞'走路。"

回想起那段日子,张念非常感慨,她挂念着南疆的孩子们。孩子们喜欢张念老师,张念也喜欢他们,他们纯真的笑容让她至今难忘。虽然条件很差,但是孩子们却有着强烈的求知欲。作为一名到南疆传帮带的老师,她心里暗暗告诉自己:"竭尽全力把自己的所学所知留在这里,要让这里的老师成长起来,才能帮助这里更多的孩子成长。"

在喀什精准扶贫的日子里,张念的足迹遍布喀什乡镇的十二所小学,现场讲座十四次,听课近百节。每天的奔波,身体是辛苦的,精神却是愉悦的。

张念说:"一个优秀的学科教师不一定是一个优秀的班主任,而一个优秀的班主任必定要成为一个优秀的学科教师,才算完美,可无论你是班主任还是学科老师,只有你走出去,把知识播撒给更多的孩子,才是真正的完美。"

这份完美的邂逅让张念同时具有班主任和学科教师的双重身份,她不断努力学习,提升自身各方面素养。

付出就有回报,连续两年的送教工作,张念得到了教育界的高度认可,示范作用在吐鲁番、喀什、阿克陶这些地方产生了积极影响。喀什市教育局领导曾对她说:"特别感谢您对喀什教育所做的贡献,真想让您多留些日子,希望您还能再来喀什,再为这里的教育出谋划策。"2018年,张念被喀什市教育局评为"优秀送教教师"。

张念说:"如果我的爱是河流,我愿意分享给更多的孩子们,我想也许一个鼓励、一句肯定就可以改变他们对于学习科学文化知识的看法,甚至改变他们的一生,再苦再累都有很深远的意义。"

张念终归是要回到克拉玛依的,可她留下的温暖却一直都在。

走出去,迎进来,作为自治区的特级教师,张念的课堂随时开放。她所带的徒弟分布在白碱滩区、克拉玛依区十所学校。

夜里,张念梦见自己又走在送教的路上。

"张老师,您看,这是什么?"

梦里,张念看见手心里飞起一只美丽的蓝色蝴蝶。

花园里没有角落

安安是个孤僻自闭的男孩子。他的爸爸是出租车司机,妈妈是普通的石油工人。父母工作都比较忙,与安安的交流也是少之又少,更不幸的是,父母矛盾不断,总是吵着要离婚,给幼小的安安造成了严重的心理障碍。安安发育比较迟缓,十分瘦小,总是一个人躲在房间与自己的宠物蜥蜴玩耍,和蜥蜴说话,把蜥蜴当成自己的朋友。

"越是自闭的孩子越是需要陪伴。"无意中,张念听到这样一句话。从那天起,她经常找机会把安安带回家和他聊天,陪他写作业,也时常在班里与同学们给安安制造一些小惊喜,让他开心。安安越来越喜欢张老师,离不开张老师。

2010年冬天的一个晚上,一个电话打破了张念家的宁静。

电话那头是安安妈妈的哭声和安安爸爸急促的喘息:"张老师,安安离家出走了,已经失踪一天一夜了。"

张念只知道安安生病了,这两天没有到学校来,没想到发生了这么大的事情。

"为什么过去那么久才告诉我?"张老师大声喊,电话那头传来叹息声和啼哭声。

这么冷的天,可别把孩子冻坏了。想到安安的安全问题,冷静后的张念安慰家长:"别着急,我现在和你们一起出去找孩子。"隆冬时节,漫天飞雪,除了孩子的父母,张念还发动了住在安安家附近的同学家长一起寻找孩子。

漆黑的夜空中一个声音在回荡:"安安,我是张老师,你在哪里?"

零下二十多度的寒夜,张念的脸已经冻得通红,嘴也冻得张不开,戴着手套的手也已经僵住了,身上披了一层厚厚的雪。

"家里的蜥蜴还在吗?"张念问。

"不在啊,好像也被孩子拿走了。"安安妈妈说。

张念突然有了新的想法,这个想法让她感到一阵惊喜。她肯定地对安安的父母说:"孩子不会在外面,他会好好保护他的朋友的。"就这样,两个小时后,大家在小区一栋楼房的顶楼找到了已经虚弱得瑟瑟发抖的安安。

见到张念的那一刻,孩子扑向了她。

"张老师,我想跟你回家。"

就这样,在临近毕业的一个多月,安安一直与张念朝夕相处。正是这一个月对孩子无微不至的呵护,安安会笑了,喜欢说话了。毕业的那一天,安安给张念深深地鞠了一躬,告诉她:"您也是我的妈妈。"

如今,十来年过去了,安安有了自己的小家,每年他都会来看张念。

张念常常在想,自己平时一直不是一个温柔的人,可是每每看见学生,那颗心就柔软下来,每一个孩子都是她的心头肉。张念说:"一名园丁的花园里,没有角落,每一个孩子都能够享受阳光。"

有趣的灵魂最美

小提是个维吾尔族小男孩,有一个幸福的家庭,可小提却开心不起来。由于生下来小提的左脸就有一块比较大的血管瘤胎记,这让他非常自卑,严重影响了学习和生活。在班里,他总是低着头,说话声音小得听不见，敏感的他总认为同学们瞧不起他，这让小提的妈妈非常着急。

全家人奔走四方，积极为小提治疗。可一次次的失败，让小提的情绪也越来越差，越来越不喜欢和同学们玩耍，每天躲在一边自己玩，小心翼翼观察着周围的一举一动。细心的张念在一旁悄悄观察，她发现小提非常喜欢玩陀螺，看着旋转的陀螺，小提的脸上总是洋溢着幸福的微笑。

"看来这个孩子喜欢陀螺。"张念心想。

下班路过超市，她给小提精心挑选了一个漂亮的陀螺。

小提拿到陀螺的那一刻，开心极了："张老师，你怎么知道我一直想要这个陀螺？妈妈说太贵了，一直没有给我买，谢谢老师，谢谢！"小提满心欢喜地摆弄着陀螺。

"老师想和你有个约定，勤加练习，我们一起参加陀螺比赛，好吗？"

"是真的吗？张老师？"

"真的，真的。"看着小提眼中闪耀的光芒，张念捧着他的脸说。

班级果真在两周后举行了陀螺大赛，没想到小提居然拿到了第一名。抓住这一时机，张念组织同学们热情地对小提表达赞美。

老师和同学们欣赏的目光，让小提脸上露出充满自信的笑容，他告诉张念："张老师，我再也不害怕别人看我脸上的了，虽然它让我难看，但是陀螺让我更美了。"

小提的自信回来了，张念眼角流出欣慰的泪水。小提妈妈流着眼泪说："没有您对孩子所做的一切，相信孩子难以从阴影中走出来，谢谢，谢谢张老师！"

爱是最好的教育，张念像爱护自己的孩子一样，她总是细腻地捕捉着孩子们的思想动态，站在孩子们的角度去思考，默默地为他们撑开一把保护的小伞。

张念说："比起学习成绩，我觉得孩子们的心灵更需要呵护，孩子们的情绪对于成长至关重要，每个孩子都是不同的，他们有不同的想法，作为老师，我们要做的就是去观察，去解开他们内心的心结。"

耕于内心的教育让张念多次被学校评为"优秀班主任""优秀少先

队辅导员""师德标兵",她所带的班级多次荣获克拉玛依市、区、校三级"优秀班级""优秀中队""优秀红领巾中队"。

镌刻在岁月里的编码

2010年,是让张念欣喜的一年,这一年她有了自己的孩子。

怀孕初期先兆性流产,医生让她好好在家休息。那时候,学校正在创建"示范学校",人手不够,她悄悄地把请假条藏起来,返回工作岗位。家里人很不理解,张念却说:"不要给别人添麻烦,自己可以克服的事情我们自己克服。"就这样,家里人在战战兢兢中度过了三个月。

张念说:"答应孩子们郊游,为了不让孩子们失望,我带着他们去农业开发区采摘水果。回来的路上,脚就已经肿得脱不下鞋子,那时候,我怀孕五个多月。"

南疆的参观团来学校观摩,张念挺着大肚子上了一节精彩的公开课,老师们一个个竖起大拇指。在她怀孕的那段日子,她从头到尾坚守在班主任、语文教师、教研组长的一线岗位上,一直处于超工作量状态。面对大家的担心,她总是笑着说:"没关系,经过这样锻炼的妈妈,一定可以生出一个棒棒的小宝宝。"

直到第二天生产,她才离开学校,前一天还拖着一直抽筋的腿开了两小时的家长会。在休产假期间,她不放心班里的孩子们,两次带着襁褓中的孩子来到学校开家长会。产假还没有休完,领导试着给张念打电话询问是否可以来上班,第二天她就精神抖擞地出现在学校里。

张念永远忘不了2010年参加教师基本功能力大赛的那段日子。那时,她已为人母。选拔时,孩子才刚刚百天,那次比赛除了"三字一画"之外,多了一项内容——才艺展示。

刚生完孩子的张念体态臃肿,这项才艺表演让她痛苦万分,要不停地唱唱跳跳,不停地泼墨挥毫。孩子还小,需要定时喂奶,没有办法,白天她在学校美术老师和音乐老师的帮助下苦练才艺,孩子喂奶的时间就让年迈的父母把孩子带到学校。喂完奶,再继续练习,每天都练习到深夜。

那些日子大家都说她瘦了很多。功夫不负有心人，那次比赛她获得了小学组一等奖。奖状薄薄的，很轻很轻，但背后付出的汗水大概只有她自己知道有多少。

驶向逆风的彼岸

2020年春，新冠肺炎疫情的突然来袭，让社会各界都陷入困境，孩子们一时之间不能到校上学。

张念说："疫情爆发后，学校不能按时复课，当时真是着急，学习好一点儿的孩子还好说，那些底子薄的孩子怎么办呢？当时我们几个老师商量，看看怎么能够把这个线上的课程给上起来。"孩子们在家进行线上学习，这对于家长和孩子们来说是一个全新的体验，但是对于张念来说，却是一个大的跨越式突破。

张念说："我平时连抖音都很少发，现在要在线上上课，面对镜头，确实有很大挑战。"

一切为了孩子，还有什么可顾虑的呢？说干就干，张念的线上直播就这样开始了。一个人的力量只能帮助一小部分孩子，张念立即呼吁工作室的老师们一起为疫情防控期间的线上教学贡献力量。

"自治区张念小学语文教学能手培养工作室"成立于2016年，是克拉玛依市第一个小学语文学科的自治区级工作室。

工作室让张念从一名普通教师转型为研究型教师。在她的努力下，工作室培养出多名自治区教学能手、市级学科带头人、市级骨干教师，对整个克拉玛依小学语文学科的引领、辐射作用影响深远。

2018年，张念再次通过层层选拔成为克拉玛依市首届拔尖人才。在这个高层次的人才团队中，她总是谦虚地说："我需要向其他老师学习的地方还有很多。"

这就是张念，一直在路上奔跑着，拼搏着，学习着。

工作室就是一个大家庭，大家一起进行成系列线上微课体系的探索，这个大胆的尝试很快就取得阶段性的胜利，获得家长们的认可，风趣幽默的讲课形式也进一步激发了孩子们的学习热情。

张念说："新冠肺炎疫情爆发最严重的时候,我们全家被困在珠海,手头基本没有任何可用的资源与工具,最担心的就是学生们!"

特殊时期,张念第一时间写方案,梳理工作方法,与工作室成员进行深入沟通,鼓励孩子们在家多阅读。结果迎来了又一难题,很多家长反馈对如何提升孩子的读书效果束手无策。

很多个夜晚,张念废寝忘食地和工作室的同事一起进行"整本书"阅读方法的梳理和录制,每天一集微课的呈现让家长们对线上教学充满信心。工作室的整本书微课阅读方法整理对整个二年级孩子们来说,就是及时雨。

"读书效果太好了,张老师!"家长们纷纷在群里称赞、感谢。

一个人的生命是有限的,而教育事业是常青的。作为一名人民教师,生命能够在学生身上延续,价值能够在学生身上体现,就无悔于自己的生命,无悔于自己的选择,这就是张念的人生追求。

曾经的路上有阳光也有汗水,未来的路还很远很长。

张念说,有生之年,在这座城市有属于自己的三尺讲台,她的人生就是幸福的。今后,她会一如既往地阅历春秋,苦苦耕耘,用爱心和苦心去换取孩子们成长的每一个喜悦的瞬间。

如果你的梦想还站着,就没有人能使你倒下

杨永刚

◎ 中国石油天然气集团公司优秀共产党员
◎ 中国石油天然气集团公司劳动模范
◎ 克拉玛依市劳动模范

"学霸"是怎样炼成的

陈文燕

见到杨永刚的第一面,感觉他很像求学期间班级里的学霸,中等个儿,方方正正的脸上架着副眼镜,镜片后面的眼睛闪着睿智的光芒,外表看上去毫不起眼,是个温文有礼的谦谦君子,可是,一旦与他聊起来,不禁大吃一惊,原来他早已经是名满天下的"武林高手"了。大概所有在自己行业里成绩斐然的人都具有一个共同点:集谦虚谨慎与积极进取于一身,不畏艰险,砥砺前行。我的直觉真准,他不仅在校园里是学霸,还将学习一直延续到此后二十多年的职业生涯,依靠自学,攻克了工作上一个又一个难关,成为通信技术、门户网站、视频安防等领域的专家。

小试牛刀现锋芒

1994年7月,杨永刚从成都电子科技大学微波工程系电磁场与微波技术专业毕业,分配到新疆石油管理局通讯公司工作。

20世纪90年代的克拉玛依,市政建设还比较落后,报到当天是个大风天,街上冷冷清清的,见不到一个人。杨永刚拎着行李走进位于小木屋饭馆旁边的宿舍,听着砂砾打在窗户上呼啦啦的风声,满怀热情一下子降到了冰点。

杨永刚在奇台县出生长大,上学期间,常约上三五个小伙伴一起去水磨河玩水摸鱼,爬上唐朝墩登高远眺,去北庭都护府寻访古迹,学校还组织去半截沟南山(即后来大名鼎鼎的江布拉克景区)放飞心情,与大自然亲密接触让他更多地保留了自己的天性。

杨永刚从小就对电器发生了强烈的兴趣,总是想搞明白收音机为什么会出声,电视机为什么会有图像。为了满足自己的好奇心,他偷偷地把家里的电器都拆开了,仔细研究,然后再想尽办法恢复原样。不久,他就学会了自己动手组装电视机和收音机。他的梦想是长大了当一名科学家,在国家的高精尖技术领域作出贡献。

中学期间,杨永刚是奇台县远近闻名的学霸,高考成绩位居全县第二名。当初报大学志愿时,专业信息很少,他爱好无线电和计算机,根据专业名称选了"电磁场与微波技术",以为多少会和电视有关,其实这个专业是做雷达、电磁干扰和微波通信,跟军事和通信有关,与他的理想相差甚远。

人生总是这样,计划赶不上变化,只能根据实际情况不断修正自己的道路。在大学期间杨永刚自学计算机编程,从大二开始就在老师的公司里打工,负责开发证券交易所的大屏幕显示软件,大三暑假跟着老师做了成都某小区的闭路电视系统和绵竹县某煤矿的电视转播项目,这些实践为他未来从事相关工作打下了基础。

同事们的关心和帮助让杨永刚感受到亲人般的温暖,他很快从低落情绪中振作起来,以百倍的热情投入到工作之中。不久,他就遇到一个可以大显身手的机会。

"什么?电源与环境监控系统不能工作?"

"Yes, There is nothing I can do." 金发碧眼的瑞典人双手一摊耸耸肩,说了这么一句外语。周围站着的一圈人面面相觑,谁也不知道该怎么办。

1995年,通讯公司开建克—乌通信改造工程,当时采用的是国外某品牌的传输设备,在工程即将竣工之际,配套的国产某电源与环境监控系统却始终不能正常工作,国外厂家的技术人员面对难题束手无策。

"要不,我来看看吧!"杨永刚从人群里走出来,大家狐疑地看着一脸学生气的他，心里嘀咕着：国外技术人员都没办法，你一个大学毕业生能解决吗？在当时人们的意识里，总觉得国外的设备技术先进，不会出问题，思考的方向一直是国产的设备有问题，杨永刚可不这么看。

技术人员不懂中文，杨永刚用英语和技术人员反复沟通，在经过多次试验及摸索后，他发现该厂商的产品存在设计缺陷。

原因找到了！杨永刚初生牛犊不怕虎，敢于挑战"洋"设备，震惊了全公司。杨永刚找到问题后，他向监控厂家提出三种修改方案，经过实践，采纳了其中一种方案，最终使得这项工程圆满竣工。

在此期间，杨永刚还开发了一些软件。当时有个用来测试光缆的设备OTDR（光时域反射仪），输出的是海量数据，而且是英文界面，一般人看不懂，杨永刚用了一个多月的时间，先翻译成中文，然后编写了一个程序，反复修改，成功将仪器输出的数据转变成光缆的衰耗曲线，哪个地方有问题，从图上一看就能直接发现，比以前直观多了。

经过这几件事，公司领导对杨永刚刮目相看，称赞这个新分来的大学生不简单。

另辟蹊径赢市场

20世纪90年代，互联网、手机和家用电脑还没有普及，传呼机大行其道。说起传呼机业务，杨永刚再熟悉不过了，从建立寻呼台、传呼机维修到编写一系列相关应用软件，都是他那几年不断学习、不断创新留下的脚印。

1997年，因为工作需要，杨永刚从传输岗位转到石油寻呼台工作，后来又主持建设了马兰、远望寻呼台。如何让传呼机功能更强大，更有市场吸引力，是他一直琢磨的事情。

一天，杨永刚去证券大厅找人，里面像菜市场一样热闹，所有人都仰起脸盯着大屏幕上红红绿绿的数字发呆，有人顿足捶胸，有人喜形于色。人没找到，他正打算转身离开，身边两个人的对话引起他的注意：

"小张，我的股票跌了，听说昨天涨了，没来得及看，结果……"

"我的股票也是，哎，什么时候能随时随地查看行情就好了！"

杨永刚眼睛一亮，真是踏破铁鞋无觅处，得来全不费功夫。当时，证券市场刚刚兴起，股民要想看股市大盘，只能去证券交易所大厅查看，既费时间又不方便，杨永刚敏锐地捕捉到这个信息，决心在传呼机上实现这个功能。

想法很简单，但要做到却面临一堆困难。他先是和宏源证券交易所协商合作，共享每天的股票资料。下一步，就是编写一个适合传呼机应用的软件，可以实时查看。

杨永刚自学了大量编程书籍，C语言、C++、数据库等，编写这个软件花了一个多月的时间，但如何应用到传呼机上，这涉及程控交换机硬件接口的问题，他把全部业余时间都投入到解决这个难题上，向计算机专业的人请教，去书店、图书馆找资料研究，每天苦思冥想，不断地尝试，失败，再尝试，再失败，也许一般人就会灰心丧气，放弃了，但杨永刚不信这个邪，他坚信一定能够解决。

两个多月过去了，当他再次输入模块，又一次输入代码时，屏幕上出现了他理想中的数字，"滴"的一声在他听来就像世界上最悦耳的音乐，成功了！那一刻潮水般涌来的喜悦淹没了他，长时间以来的辛苦顷刻之间烟消云散。

由于通讯公司新推出的传呼机具有实时查看股票的功能，立刻在市场上得到回应，销售量激增，股民们奔走相告，一时间成为市场翘楚，这背后是杨永刚夜以继日勤奋工作的付出。

杨永刚还编写了传呼管理的很多软件，比如资料管理与传送软件，传呼机用户管理等，为管理人员减轻了工作量，极大地提高了工作效率。时间就是生命，效率就是金钱。这些改进最后都会体现在市场上，为企业提质增效。

建设网站带队伍

2002年开始，随着手机逐渐普及，互联网使用用户增多，传呼业务慢慢减少。通讯公司随形势而动，整合经营范围，扩展网络宽带业务。4月，杨永刚到公司技术发展中心工作，主要从事方案规划设计、网络维护、网站建设维护、应用软件开发、应用系统维护等工作。互联网内容为王，而当时的互联网资源匮乏，要让市民愿意使用通讯公司的宽带，就必须要具有市场吸引力，杨永刚又开始自学网站建设。

首先要确定网站整体架构，栏目类别和技术路线，经过讨论，网站设置了新闻、供求信息、商铺、电影、音乐、游戏、论坛等栏目，然后开始设计前端页面效果图，把效果图切片，做成html静态页面；开发各栏目的后台管理程序，增删改、查询、统计等功能；后台开发完成，在后台录入测试信息，在前端静态html页面加入程序代码做成动态页面，能正确显示后台录入的信息；紧接着是大量的测试和捉虫工作；然后搭硬件环境，装服务器、存储、网络交换机、光纤存储交换机、操作系统、数据库、web服务、流媒体服务、备份服务……硬件环境完成后，在上面部署之前做好的前端和后台程序；最后一步是模拟压力测试。

当时面临的主要困难是整个网站前端后台程序完全自己开发，就杨永刚一个人会编程，工作量太大，只能带了三个人现教现学现用。团队缺乏大型网站建站经验，大量用户并发访问造成网站慢甚至宕机，自己摸索通过负载均衡解决。

经过八个月的努力，克拉玛依最大的综合门户网站终于在2005年底推出。

他们给这个网站起了一个响亮的名字：油城信息港。网站上有电影、二手市场和论坛，主要服务对象是油网的宽带用户。当时上网的人不多，但这些有趣好玩的资讯一下子抓住市民的心，油城信息港短时间内成为热门网站，受到当时网民的热烈追捧。

在运维网站期间，杨永刚依然没有停止编程的脚步，他根据工作需要开发了很多解决实际困难的软件，让工作更方便。当时公司为了销售宽带，给每个员工分配了拉宽带的任务，完成情况与年底的奖金挂钩。随着网站开发功能越来越完备，宽带用户激增，如何更快地看到员工任务完成情况？杨永刚编写了一个软件，将宽带用户分门别类，便于查找和统计。

在此期间，他还开发了传输资源管理系统，几千公里的光缆、几百个节点、光缆的路由、纤芯的跳接，这些以前全部靠手工资料管理，杨永刚编写了传输资源管理系统，将光缆和站点的资料都收集在一个系统里，如果出了故障，能够以最快的速度查找。

杨永刚还担任了局级科技项目"综合网管及线路资源管理系统"负责人，完成一百三十多个程序文件，两万多行语句，实现通讯资源和线路管理的信息化。他编制了《新疆油田视频监控平台建设方案》等五十二个技术方案，开发了"通讯公司劳动竞赛统计查询系统"等十三个软件，连续多年获得集团公司级、市局级、公司级"青年岗位能手"称号，克拉玛依企业青工"创新能手"称号，市局级、公司级"优秀党员""通讯公司学科带头人"等光荣称号，获得市局级、公司级科技成果奖一、二等奖十多项，在国家级专业期刊发表两篇论文。

转战视频立新功

2010年机构改革，杨永刚的工作单位更名为新疆油田公司数据公司。2014年，杨永刚转岗到视频业务部工作，这是克拉玛依启动智慧城市建设一个重要的新领域，一切又将从头开始。

近年来，随着监控视频的需求量越来越大，其中也蕴含着大量的商机。杨永刚带领团队，与石油物业公司多次联系协商，以周到细致的服务质量和良好的服务态度赢得了对方的认可，顺利拿下了该公司管辖的七十八个小区的视频监控业务。

2020年，一场突如其来的新冠肺炎疫情打乱了所有人的计划，人们必须待在家里，不能正常上下班，在油田倒班的人不能回家，只能待在办公室里。可是，油田公司的生产不能停，如果有一种方式，可以将分布在不同地点的人联系起来，那就太好了。

油田公司现有的视频会议室，属于硬视频会议系统，虽然性能高，可靠性好，但是接入网络、开会地点和参会人数都要受限。疫情期间要让大家都集中到固定的视频会议室显然是不现实的，这时候，云视频会议的概念应运而生。

杨永刚年初就带领团队投入到云视频会议室的建设工作，有了网站开发的经验，还做过视频监控和硬视频会议构建，多少有些基础。他们从2月份开始测试，7月在油田公司全面推广。采用云视频会议后，接入的网络不受限，内网、外网都可；终端不受限，手机、电脑都行；参会人数不受限，人数可以很多。2021年一共召开云视频会议18 000次，注册用户4 600多个，实现了从集团公司到油田公司、下属单位、班组、个人，超越空间召开会议。

运行过程中出现了很多问题，有的用户为了使用方便，经常不下线，影响网络速度；有些用户同时开启好几个硬视频会议，使得在线用户数超过了许可用户数。为了规范使用，杨永刚制定了云视频会议室管理制度，同时规定，实行预定会议，不用时必须下线，不得影响其他人的使用。云视频会议极大地降低了会务成本，提高了工作效率，得到油田公司领导的好评。

目前视频业务只集中在油田公司内部市场，还没有实现走出去。杨永刚正在为未来做准备，打造一支技术过硬的队伍，参加安防协会的培训，取得资质证书，然后去开拓外部市场，他还想将视频应用从安防拓展到生产领域，让自己的技术帮助数据公司获得更大的经济效益。

磨练意志马拉松

杨永刚热爱运动，工作后一直坚持跑步，2016年参加了首届克拉玛依国际马拉松赛，在近千名半程参赛选手中取得了第八十七名的好成绩，他又雄心勃勃地准备参加2017年的全程比赛，但是比赛因为某些原因未能举办，于是他完成了一个人的全马。

每天早晨6:30，他就起床了，穿上运动服，戴上运动装备，跑出小区，跑到大街，沿着准噶尔路一路向西前行，凌晨的大街上寂静无人，只有明亮的路灯一路陪伴着他，在他身后投下孤独的影子。到了路的尽头，他又沿着西环路向南，双脚交替着落在地上，发出坚实有力的声音，"踏踏踏"，他享受着长跑途中心灵飞扬的感觉，在这片天地里，由他来做主，没有他把控不了的。从西环路朝东拐到昆仑路，再返到准噶尔路，然后回家，全程八公里，历时一小时。每天跑完步，一整天都感觉神清气爽，工作起来干劲十足。

除了长跑，他还喜欢骑自行车。同样是长距离运动，和长跑不同的是，可以部分依赖工具，消耗的体力似乎要小一些。2019年国庆节期间，杨永刚和儿子杨博睿一起从克拉玛依骑行到独山子，第一天90公里，到五五新镇住宿休息，第二天70公里到达独山子，第三天返程，来回四天，共320公里。在秋高气爽的十月，骑着自行车，看着一路上赏心悦目的风景，车轮下的路一直向前延伸，距离目的地越来越近，大概这就是长距离运动的魅力，只要确定了方向，需要做的只有一件事，就是克服任何艰难险阻，一路向前，直到最终抵达。

2016年夏，杨永刚和家人前往俄罗斯"自由行"旅游十七天，到访莫斯科、圣彼得堡等四个城市，这也是儿子对于爸爸印象最深的一件事。这不是一场说走就走的旅行，而是经过精心策划和准备。杨永刚自学俄语近一年，达到可以日常交流、简单阅读的程度，这保证了他在旅行期间，可以看懂所有俄文标志。同时，他还学会了日常用语。已经上高二的儿子对爸爸满心都是崇拜，父亲和蔼可亲，在职业上给自己树立了一个光辉的榜样，相信这个喜欢数学的阳光少年，未来一定会"青出于蓝而胜于蓝"。

"大神"养成靠自律

在同事的眼中，杨永刚是一个"不可思议"的存在。同部门的员工石雄说，杨主任是数据公司的技术大拿，他转了很多岗位，每个岗位接手后，没有多久就成了这方面的专家，这和他爱学习、爱钻研是有关系的。就像他换过的工作，一开始搞无线通信，他从无到有建起的寻呼台，为单位创造了巨大的利润。后来搞光通信，接着搞网站建设维护，搞编程，单位有一套他编写的光缆查询系统，十几年过去了，还是必不可少的常用系统。现在又转到安防行业，视频监控，周界报警，很快就成为新疆油田视频安防类的专家。很多相关的方案都是由他编写，二级单位的相关项目，都邀请他去做方案评审。他做事很有条理，电脑桌面非常整洁；做事专注，上个月的某个周末，我们编写一个方案，拖到周日下午还没有成稿，他亲自接手这个工作，从晚上8点一直工作到半夜

3点，整整七个小时，硬是把这个方案编写完稿。他的英语水平较高，为了督促自己学习，电脑桌面都是英文版本，手机屏保也是英文单词的每日一练。

数据公司综合保障部党支部书记纪立平佩服杨永刚超强的学习能力，说他不断接触新的领域，不断学习，有一种持之以恒、不断进步的韧性。专业这么强，待人却很谦和，是知识型专家。平时乐于助人，孝顺父母，家庭和睦，确实近乎完美。

同在数据公司上班的妻子胡晓玲认为丈夫是一个特别好学的人，离开校园之后，他还保持着上学时的习惯，每天早上跑完步回来背英语单词。他是完美主义者，责任心强，高度自律。她能理解丈夫经常加班加点，顾不上家，但心疼他工作太过劳累，希望他多多保重身体，一家老小全都要靠着他呢。

执着于理想，纯粹于当下

韩胜显

◎ 中国石油天然气集团公司技能专家

守望"星河"

何智晴

12月的新疆克拉玛依已是呵气成霜。走进中国石油克拉玛依石化有限责任公司（以下简称克石化公司或克石化）的厂区，巍巍炼塔分列道路两旁，鳞次栉比，在冬日下披着一层发光的"衣裳"。催化裂化装置身在其中，似乎并不起眼，在装置中工作的韩胜显微眯着双眼仰望着熟悉的炼塔，内心放松而安定。

现年四十九岁的韩胜显走在人群中，很普通。一米七五的身高，皮肤稍黑，两道浓眉是比较显著的特征。他笑的时候，眼睛会看着你，让你感觉到他对你的在意与善意。话语不多，说起话来慢条斯理，有时会有短暂的停顿，似乎总是在思考什么。

在同事眼中，韩胜显是一个被光环笼罩的人。1994年参加工作，成为一名普通的操作工；2015年成为企业技能专家；2019年成为集团公司技能专家；连续多年获得"除隐患安全卫士""十佳除隐患先进个人"，是克石化公司技能大赛金奖获得者、优秀共产党员，并有多篇论文发表和获奖。2020年12月，他代表克石化公司参加中国石油首届一线生产创新大赛，所在团队的"催化裂化装置立管输送催化剂过程稳定性控制"获得专业比赛一等奖。

工作以来，他从未离开过催化裂化装置，他用二十六年的坚守，跨上一个又一个台阶。

韩胜显喜欢顺其自然，每天坚守在在他心里犹如星河般璀璨的催化裂化装置里，心有辉光，眼中映照着点点星光。

一

韩胜显1972年11月出生，是土生土长的克拉玛依人。都说冬天出生的人会比较坚强，韩胜显似乎很符合这个说法。韩胜显的父亲是新疆油田公司一个采油厂的普通干部，母亲是家属，是那个年代很多家庭的状态。韩胜显家有四个孩子，他上面有一个哥哥和两个姐姐，作为家中的老小，似乎得到的关心会多些，但韩胜显却没有老小的娇惯习气。父母随和的性格遗传给了韩胜显，而父亲对待工作认真负责的态度也同时影响着他。韩胜显的细致认真，让他在学习上一直保持良好状态。

韩胜显的父母对孩子的成长持平常心，从没有奢望他们当官发财。1992年，韩胜显高中毕业，没有选择重读再战高考，却去了克拉玛依技校读了炼油专业。父亲当时比较平静，觉得以后不用发愁找工作，而且就在克拉玛依，离家近，挺好的。在韩胜显父亲心里，这个凡事认真的小儿子一定会是一个优秀的工人。

2014年，韩胜显的父亲住院做手术，他请假照顾父亲直至出院，这让父亲的病友都很羡慕，说韩胜显是个温和、细心和孝顺的孩子。

2018年，韩胜显的父亲因车祸去世，剩下母亲一个人在家，虽有韩胜显的哥哥姐姐经常照顾看望，但母亲就喜欢"麻烦"韩胜显这个总是见不到面的小儿子。

有一次，家里的一个小阀门需要紧固，韩胜显的哥哥就在跟前，但母亲却坚持打电话让韩胜显回家处理，而韩胜显却因为工作，耽搁了几天，闲下来才抽空回去帮母亲把那个小阀门修好。韩胜显知道，这是母亲故意想着法儿让他回家呢。母亲只有看到他好好的，才会停止家里的小"事故"。

让韩胜显心里一直感到愧疚的是母亲要去拔牙的事情。母亲想让小儿子带着她去医院看牙，但韩胜显已经拖了几个月了。后来，母亲即使再打电话过来，也不再向他提这件事了。韩胜显在看到母亲的来电时才想起来，但放下电话投入工作就又抛到脑后了。

韩胜显的爱人是1996年大学毕业后到克石化公司的，当时就是看上韩胜显工作时仔细认真的那股劲儿了。她的父母也是觉得韩胜显踏实，没有纠结俩人学历高低的问题。二人1998年领证，日子平淡充实。女儿出生后，韩胜显通过努力，于2005年取得了西安石油大学化学工程与工艺专业的本科学历。

女儿从小就和韩胜显更亲近些，觉得自己的爸爸特别善解人意，凡事都和她有商有量的。女儿上小学至初中时，韩胜显还在倒班岗位。休息时，他会把女儿的课本拿出来学习，和女儿一起讨论解题。这让女儿有了"压力"，为避免被老爸问住，总是更认真地对待每一门功课，所以学习成绩一直比较优秀。

2017年，韩胜显岗位调整。由于对工作倾注了更多的精力，和女儿共同学习的时间越来越少。2019年女儿考上大学，去内地读书。韩胜显觉得，如果他能一直陪着女儿一起学习，女儿的高考成绩应该会更好。

因为韩胜显在工作上的出色表现，加之家庭美满，因此他们一家被评为克拉玛依市2018年度"爱岗敬业"最美家庭。当时是韩胜显的爱人去电视台演播大厅领回的奖牌，现在这块奖牌就放在家中客厅最显眼的位置。

二

1994年，韩胜显从克拉玛依技工学校毕业分配到克拉玛依炼油厂（即后来的中石油克拉玛依石化有限责任公司）催化车间。那一年，80万吨/年催化裂化装置开工建设，冥冥中，似乎也是缘分——韩胜显的工龄与这套装置的年龄刚好一致。装置运行的二十六年，也是韩胜显与催化裂化装置共同成长的二十六年，这二十六年，涵盖了他整个的青春时光。

韩胜显的第一个师傅姓姚。1994年，韩胜显初来催化裂化装置（当时是催化车间），姚师傅给予他特别多的关心。

当时未婚的姚师傅，上班教韩胜显操作，回到宿舍不忘督促他学习。倒班休息期间，姚师傅就带着韩胜显去师傅家串门，参加活动。韩胜显内心特别感激这个师傅，心里想着干啥事儿都不能给师傅丢脸。没想到，自以为学习还不错的韩胜显，第一次考岗就遭遇了"滑铁卢"，而当时的主考官正是他喜欢且敬重的姚师傅。

当时已经是车间技术员的姚师傅，不仅让韩胜显首战告负，还不留情面地教育了韩胜显一番。被自己的师傅如此"礼遇"，韩胜显很受刺激，觉得太丢脸了，他必须把面子扳回来。于是，凡事较真的韩胜显更加认真了，不到一个月，便以优秀的成绩顺利拿到操作上岗证。

韩胜显遇到的历任车间主任则让他学到了做事的方法和道理，让他明白问题在现场才能被发现，只有熟悉现场才能解决问题。要想让自己有话语权，就必须打铁自身硬。找到问题容易，通过努力解决问题才是真正的"牛"。

现任的张主任，给予韩胜显更多的信任和肯定，让他有更多的机会施展自己的才干。韩胜显把他们的话都记在心里，以他们为榜样，学习他们做人做事的方法，逐渐羽翼丰满。

"催化裂化装置是炼化装置中工艺最复杂，操作难度最大的，有的大学教授研究了一辈子也未必就弄通弄懂了。"一位领导曾经这样提醒韩胜显，这让他内心燃烧起向困难挑战的小火苗，这个挑战一直没有停止。催化裂化装置就是韩胜显心中的高地，他决心要认真地向这个高地发起挑战。

催化裂化装置的每一条管线、每一个阀门、每一座塔器都留下了这个普通操作工的汗水；曲折的巡检路线，韩胜显将检查的时间延长又延长，在行走间完成了与装置的无数次对话；一组组操作参数，写满了韩胜显随身的小本子，通过他一次次的仔细记录和琢磨调整，这些参数竟如音符般印刻在他充满问题的脑海中。

在亲友眼里，韩胜显从小就是一个各方面都普通的孩子，没有耀眼的外表，没有过人的天分，很平凡的一个人。但是他们也都一致承认，韩胜显身上是有着一股不甘人后的不服输的倔强劲儿。

每次只要参加技能大赛，韩胜显必定全力以赴。他不知道别人能考多好，但他知道，只要拼尽全力拿到100分，那就一定会是第一。面对数百页的操作规程，韩胜显硬是"啃"了下来。上万道考题，他也硬是"磨"熟摸透了。一起参加技能大赛的选手，各有各的看家本领，各有各的优势。韩胜显觉得自己不一定有他们聪明，就老老实实地坚持和厚厚的操作规程不厌其烦地磨合，一遍又一遍，直到把书页翻得起毛。晚上临睡前背一遍，第二天早上六七点起床再看再记，反反复复，直到形成语感，脱口而出。参与阅卷的车间主任在名字封印的情况下，总是一眼就能认出韩胜显的答卷：不用看，最高分十有八九是他。最终结果也不出意外，韩胜显果真获得催化裂化装置技能大赛金奖。

知识的积累促使他更深入的思考，并逐渐善于总结。当他撰写第一篇论文《重油催化装置安全控制隐患及流程优化建议》时，用了整整半年时间，也把他从科研论文写作的"菜鸟"提升到一个技能专家方有的水平。在此期间，韩胜显不知查阅了多少资料，重写了多少遍文稿，他只记得论文终于发表在公司刊物《炼化科技》时的满足感和成就感。

厚积才能薄发。2015年9月，韩胜显作为第一作者撰写的论文《新型ADV微分浮阀塔盘在重油催化装置中的应用》被收录到中国石油炼制科技大会论文集里。至今，韩胜显已经有数篇成果或论文发表，多次获得公司级和集团公司级奖项。

三

"纸上得来终觉浅，绝知此事要躬行。"韩胜显在催化裂化装置现场终于大显身手。

2012年9月的一个普通工作日，韩胜显像往常一样在装置巡检。走到距离地面二十多米的再生塔第七层平台的时候，巡检一贯认真的韩胜显，在他经常关注的一个斜管上发现一些催化剂细粉，管上有个部位，正有一股一股若有若无的细细的烟气往外冒。韩胜显没有放过这个细微的变化，他把戴着绒手套的右手往这个泄漏点靠近，结果发现蓝色的绒手套立即被熏烤出一个黄色的印迹。

"糟糕，再生管泄漏了！"韩胜显着实吃了一惊。要知道，再生管泄漏可不是小事，如果半小时内没有被发现，装置就可能面临停工，导致事故发生。而催化裂化装置的停工，势必影响到全厂的生产运行，期间更是容易发生次生事故。韩胜显立即向车间汇报，公司领导随即赶到现场，并最终及时处理，避免了问题的扩大化。仅2012年，韩胜显连续发现了四起类似重大隐患。

克石化公司领导是这样评价的：如果没有极其细致的检查、认真的工作态度和责任心，这些处于隐蔽位置的问题是很难及时发现的，韩胜显多次发现，并不是偶然，这体现了他扎实的工作技能和经验。为此，2012年克石化公司授予韩胜显"总经理嘉奖令"，肯定了他的突出表现。

2016年10月20日，早上接班巡检的韩胜显，又在反应器出口的油气线上发现了一处泄漏点。这处泄漏点位于距地面五十多米的催化裂化装置大油气线第十六层平台，在一个管线出口水平人孔底部，只有黄豆粒大小。而确认泄漏点的过程更是让人佩服韩胜显的明察秋毫，因为被管线和高温人孔盖占去大半个空间的不足三平方米的小平台上，人得半弓着身子，在合适的位置和角度，要顺着光的照射，必须静静地盯上数十秒，才能看到泄漏点处断断续续飘散出来的油烟。

韩胜显的巡检时间总是比别人多出很多，他似乎总是走在巡检路上，要不就是在去巡检的路上。从低到距地面20厘米的放空点阀门，到高达几十米的塔器平台，每一个阀门、每一条管线，都必须经过他火眼金睛的细致"扫描"，几年间竟然"扫描"出了大大小小百余起安全隐患。

三大本记得满满的笔记本是韩胜显的"宝贝"，它们见证了韩胜显的成长。笔记本中，每项工作的过程，他都一一罗列：有对问题的分析，有他自己提出的解决方案和车间最终采取的处理办法，还有对处理结果的评价，甚至他会细化到具体某个阀位的操作开度、联锁参数数值。

2013年至2014年间，催化裂化装置回炼油浆喷嘴多次磨穿，不仅给生产带来波动，还给当班人员带来很大的工作量。为保证反应-再生系统的热平衡，内操岗位人员需及时地补充一定的渣油量和回炼油量，用来代替被迫停进反应器的回炼油浆量。

能不能根据不同物料量的每吨温升变化，把这个渣油和回炼油补充量具体化，以尽快恢复操作呢？韩胜显调出操作趋势图，仔细研究渣油量与回炼油量在床层的温升变化，计算出具体的补充量，并提供给车间参考。2015年初，油浆喷嘴再次磨穿，韩胜显按照自己计算出的数据，快速将补充量调整到位，使反应-再生系统的热平衡及时得到控制，运行效果很好。

韩胜显说："我喜欢从头到尾把每一个细节都列出来，然后思考在这个过程中，哪些工作或哪些细节没做好，要注意什么，下次应该怎么改善。这样长期积累下来，我发现这个分析的过程就是风险识别过程，而操作程序就可以形成一个操作卡。反复几次，就会日趋完善和精练，最终具有可执行性。"

四

古希腊哲学家芝诺说："人的知识就好比一个圆圈，圆圈里面是已知的，圆圈外面是未知的。知道的越多，圆圈也就越大，不知道的也就越多。"韩胜显时刻提醒自己在扩大圆圈的同时，更要查漏补缺。他把领导、技术人员及周围的同事都当作他汲取养分的对象，因此，历任领导也会有意识地让他参与更多的现场管理。这让他的专业知识提升得更快了，并总是在现场管理工作中给周围人更多的"惊喜"。

从2012年开始，连续三次大检修，韩胜显都负责催化裂化装置塔器的检修改造，成为大家公认的"塔器王"。

2012年5月，韩胜显第一次独自负责装置的塔器检修工作，他的认真再次让人叹服。经过细心检查，他不仅发现了分馏塔底部有两层人字挡板脱落和第九层、十一层、十三层受液盘支撑脱焊的问题，还发现T-302内部塔盘严重腐蚀的情况。另外，在分馏塔内部三十层塔盘检修过程中，又发现塔内第十六层到十八层的塔盘因为由原来的单溢流改为双溢流，使检修人员无法进入塔内，导致塔盘无法安装。他在塔上爬上爬下，与车间技术干部、施工人员一起想办法，通过采取将第十五层塔盘处人孔封闭的作业方案，避免了装置开工后容易失去传质传热效果问题的发生。

2015年大检修，韩胜显同样负责塔器改造。这一次又和塔内新装破沫网的放置问题较上了真。破沫网放置多少才合适？如何摆放才规范？带着问题，他与车间和科技处领导经过讨论，并查阅了大量资料后，通过精确计算出数据，让破沫网放置问题得以解决，从而让操作塔的压降和塔顶气体介质的脱液效果达到最优。

2017年，韩胜显从一名普通操作工被提拔为装置的现场管理人员，主要负责装置的操作调整和事故处理等工作。

2018年，韩胜显又打破纪录：提前十天完成了计划三十天完成的塔器和容器的扩量改造工作，并且开工运行未出现任何问题。当时跟着他一起干活的塔器检修组成员，不仅工作干得漂亮，还都惬意地轮流休了检修假，成为其他工作组羡慕的对象。同年，韩胜显作为项目负责人，又提前三天完成了计划六天完成的冬防改造工作。

韩胜显跨专业工作的学习能力，也令人刮目相看。通过学习和琢磨，他可以对装置内几百个仪表DCS（集散控制系统）组态和安装、操作系统的联锁控制原理和实现、滑阀的定位等都能说出一二。只要是催化裂化装置里有的，他都要求自己知其然，更要知其所以然，并把他学到的知识与现场操作相结合，运用到车间员工的培训工作中。他希望自己能带出几个技能专家型徒弟来。

韩胜显说自己是个顺其自然的人，但一路走来，他发现自己其实是有目标的。在操作工岗位上时，他觉得认认真真地把工作做到最好，把安排的任务圆满完成，是身为普通操作工的本职；参加技能比赛时，他的目标是100分，就是和题库磨、和自己磨，去现场磨，按照要求认真准备，争取最好成绩；对于荣誉，他的愿望是每一年都能站在领奖台上；现在，作为集团公司技能专家的他，目标是成为能够解决催化裂化装置所有运行问题的人。

随着目标一个个的实现，韩胜显与他的催化裂化装置苦乐守望。

韩胜显的努力自己知道，也被周围的人看到，这是一种幸运。任何事情，不求都争第一，但求事事认真、真诚；大多数人都生而平凡，但通过努力和认真，能让一个人平凡而不平庸，在属于自己的一番天地里熠熠生辉。

韩胜显做到了。

韩胜显说:"工匠精神是一种状态,是责任担当。技术过硬,并踏踏实实坚守在一线现场;离开现场说问题,心里会不踏实,缺乏作为技能专家的底气,我离那种状态还差那么一点儿。"

说这话时,冬日午后的阳光正映照在韩胜显的脸上,浓眉下那双星光一般的眼眸透着坚定。

如果这世界上真有奇迹,那只是努力的另一个名字

韩忠林

◎ 国际发明展览会铜奖得主
◎ 新疆维吾尔自治区劳动模范
◎ 克拉玛依市「青春榜样」

瀚海弄潮儿

孙美多

天上的月亮，不知何时消失了踪影，不再忠诚守护在天幕。韩忠林心里的悲哀、失望就像眼前这片浓稠的夜色无边无际。三十次实验，三十次失败，还要不要坚持？

躺在床上，之前实验的场景就像幻灯片似的一张一张浮现在脑海中，每一个细节都清晰可见，每一项数据都历历在目。他一遍遍回顾着实验细节，心中的浓雾似乎在渐渐消散。也就在这一刻，突然有一道灵光在脑海中闪现，他猛地从床上坐起，那道灵光劈开了心中所有的混沌，一切变得清楚起来……

初出茅庐，发现"缺陷"

2007年7月，正值盛夏，戈壁沙滩烈日炎炎。一群红色的身影正在油井边忙碌。

刚刚大学毕业的实习生韩忠林正与师傅们一起在现场进行常规测试。

韩忠林认真地跟着师傅们学习操作，汗水不时从脸上滑落，丝毫没有影响他的专注。温度、压力、流量……一切正常。

然而，当仪器下到井筒液面时，显示的压力值却令韩忠林吃了一惊——居然是负值！

"这显然不符合逻辑！压力应该随着深度的增加而逐步上升，为什么不增反而减少了？"韩忠林迟疑了，以为自己操作出现了失误，再次将仪器投入到井筒。结果一连测了三四次，录取到的依然是负值。

"师傅，不知道我哪儿操作不对，刚才测产液剖面的时候，压力是负值。"韩忠林一脸沮丧。

"没关系，对于稠油井我们经常会测出负值。你的操作是没有问题的。"师傅很是淡定。

"但是，这样测出的值是错的，用不了的啊。"韩忠林更加吃惊了。

"不是所有的井都这样，一般这样的问题只会出现在稠油井或者温差比较大的井，对于录取的数据，我们后期会做修正，不要紧。"师傅转而安慰起年轻的韩忠林来。

韩忠林心里明白，所谓的"修正"就是解释资料的人会根据实际测出的液面深度折算出一个值，然而这样估算出的值是有误差的，这也是不符合相关管理要求的。

"如果一直都这样干，是没办法给对方提供准确数据的，那么我们的技术和服务质量肯定会大打折扣啊！"当时的韩忠林只是一名实习生，第一要务就是"听师傅的话"。他虽然满腹狐疑，却只好将满脑子的疑问咽了回去。

两个月的现场实习时间很快过去。国庆节后，韩忠林便调到了研究所从事仪器仪表维修。

两个月前的疑问始终徘徊在韩忠林的脑海中，闲暇时间，他都用来琢磨这件事，每次到了现场也都会留意测试数据。韩忠林发现，这个问题重复出现的概率很大，并不像师傅说得那样轻描淡写。

随着时间的推移，解释室对资料的审核日益严格，一旦录取的数值是无效值，他们不再接收。

测井工人们的经济效益跟这些资料是挂钩的，如果测试出的结果被视为不合格资料，没有被接收，那么就相当于一天的工作都是白干，俗称"跑空单"。

韩忠林跟师傅们在大蒸笼似的戈壁滩颠簸奋斗了两个月，一起经受过高温炙烤，共同承受过热浪袭击，亲身体验过师傅们现场工作的辛苦，特别能够体会到师傅们的不易。"我的专业就是测控技术与仪器，我能给师傅们做些什么呢？"看到曾经手把手带过自己的师傅们，有时跑了空单后垂头丧气的样子，韩忠林的心情很沉重。他决心用自己的所学，为师傅们解决这个行业中的难题，不让师傅们白白辛苦。

韩忠林多次与仪器制造方沟通，意外地发现厂家对这种情况居然是不知情的。他是第一个也是唯一一个反映这种情况的人。看来大家都默认了仪器的这个"小缺陷"。

反复求证，牛刀小试

在科技创新的路上，大概都要面对两个问题，一是找到问题的原因，二是找到解决问题的方法。

究竟是什么原因导致测试结果会与液面深度成反比，甚至有时形不成任何关系？韩忠林苦苦思索。

初出校门的韩忠林没有任何经验，也没有师傅领进门，他只能通过翻阅大量资料，一遍又一遍地阅读仪器说明书，重温大学时所学的模拟电路、数字电路等知识，来克服跨专业所带来的一切困难，在试验中试图能理出那么一点点头绪来。

公司没有备用仪器，每次只能等到班组完成工作，交回仪器后，他才能进行实验。

显然，在仪器车上无法开展实验，只有把仪器从车上拆下，搬到仪修室。每一次拆移都是一项费时费力的小工程，至少要花费半小时，实验完毕，为了不耽误班组第二天的工作，他还得再将仪器装回到车上。

拆下不易，装上更难。车上空间狭小，装好仪器每次要花一个小时。

时间像手中的沙子，似乎握得越紧，它便流逝得更快。韩忠林每天都在与时间赛跑，希望能尽快找出引起压力变化的直接因素。

考虑到仪器的工作环境，他首先设想，仪器在下放过程中产生振动，可能会引起压力变化。于是他用木棒来回振动和敲击，观察故障是否会重现。然而除了数值有小幅变化外，并没有异常。

排除振动因素后，他又考虑起介质：会不会因为介质的不同，压力会有不同？显然在夏天，空气和水的温度差别不大，试了很多次，他否定了这一想法。

"只有找出真正的对应关系，才能解决问题。"然而，所有的设想都已被推翻。

这一天，实验结束得比任何一天都晚；这一天，也跟任何一天一样，没有出现韩忠林想要的结果。

韩忠林骑着自行车回宿舍，寂静的夜里，隐约传来狗吠声，接着便响成了一片，他来不及反应，便看到一群不知道从哪里窜出的流浪狗向他奔来，肆无忌惮地叫嚣着，一双双眼睛像恶狼一样闪着凶光，牙齿在路灯的映照下划出一道道锋利的光芒。

夜风寒凉，韩忠林的后背却沁出一层细汗，他加快速度，使尽全身力量冲出了恶狗包围圈。回到宿舍，他就像被抽去了筋骨般瘫倒在床上。

晚上突现的狗群，像最后一根稻草，压垮了韩忠林心中一直坚持的信念。

"领导对你没有要求，师傅们也并不指望你真能解决这个问题，那又何必一定要坚持呢？"韩忠林在心中竭力劝说着另一个想要坚持的自己。

接下来的几天，韩忠林开始"悠闲"地生活，下班后不再一个人躲在仪修室里没日没夜地做实验，时间变得充裕起来，晚上早早就上床休息。

几天后的一个早晨，韩忠林一觉醒来，窗外，一轮红日正冉冉升起。他下意识地看向手表，9时15分，正是师傅们下班送来仪器的时间。

韩忠林快速骑上车，箭一般地冲向仪修室。

到仪修室时，他意外地看见一个身影，是实习时的老班长，班长已经将仪器从车上拆下，正打算移到仪修室。

看见韩忠林，老班长似乎并不意外。

"小韩，这段时间听说你经常加班加点地做实验，我们平时下班晚，帮不了你什么忙，今天回来得早些，就帮你把这些仪器拆下来了，给你节省点时间。"老班长笑呵呵地说着，似乎并不知道在此之前，"勤勉"的小韩已经懈怠了几天。

"班长，如果今天我没有来，你这些功夫不是白费了么？"韩忠林又是羞愧又是感动。

"我知道你已经休息了几天，估计今天应该会来……即使不来，我也会冲到宿舍把你'押'过来。师傅们今年的工资、奖金可都指望你帮着拿回来呢。"老班长望向韩忠林的目光是真诚的，里面写满信任与期待。

老班长的举动和话语像柔软的鞭子轻轻敲打在韩忠林的心上，催生出"必须向前不能停"的力量，此刻，韩忠林觉得他并不是一个人在战斗。

他们一起来到仪修室，韩忠林做了一个实验，先打了1兆帕的压力，然后在压力值稳定的情况下，将仪器从0度加热到150摄氏度，整个过程他们仔细观察压力表，发现在缓慢、持续的升温过程中，压力是没有变化的；接着仍然保持1兆帕的压力，把仪器加温到150摄氏度，然后下沉到水中。这时，压力表出现了负值。

"压力探头在恒温条件下，它的性能是不变的，但是当温度变化后，压力探头性能也会随之发生变化，特别是当温度大幅度变化时，依靠现有的技术手段，压力探头的校准和补偿是不到位的，所以就出现了压力值异常。"韩忠林耐心地向老班长解释原因。这个晚上，他们反复多次实验，终于验证了这一关系。

韩忠林抑制住心中的兴奋，并没有进一步实验。因为他知道科学是严谨的，十几次的成功实验，并不能完全验证这一关系的成立。

利用工作外的碎片时间，在不同的环境与条件下，韩忠林又断断续续地实验了很多次，更加肯定了这个结果。

原因找到了，接下来开始寻找解决问题的方法。

韩忠林开始了新一轮的设想，在温度跳变过程中，是不是因为温度传感器是在仪器的外部，因此没办法感受到压力传感器内部的真实温度。那么，能不能在压力传感器内再放置一个温度探头，利用这个探头采集到的温度来进行校准和补偿呢？

然而，他找遍了行业的整个市场，都没有找到理想的实验仪器。最后，他联系仪器生产厂家，希望能订制一个。

近三年的时间，仪器生产方以为韩忠林早已放弃，当他找上门来说明自己的想法后，厂家被眼前这个执着的小伙打动了，于是按照他的思路和要求，在压力传感器的内部镶嵌了一个温度传感器。这套为韩忠林专门订制的仪器，让他后面的实验顺风顺水，每次的实验都可以实时监控到压力传感器的内部温度。

携带着这个秘密武器，他上现场开始了第一口井的实验，效果非常明显。仪器从70摄氏度上升至140摄氏度时，压力始终保持稳定，再没有出现跳变。

三个月后，直读式双温度探头补偿压力仪横空出世。

这个压力仪，解决了因为大温差无法测取准确压力值的难题，填补了业界一块空白，获得国家实用新型专利，并在2012年第七届国际发明展览会上获得铜牌。这也是华隆油田公司测井测试行业中获得的第一个专利。

在压力仪正式推广使用的这一天，老班长很是激动："小韩啊，你了不起！你解决了我们一辈子都没有办法解决的问题，我们以后不用怕跑空单了！请你吃饭庆祝！"

这一天，在"夺命大乌苏"的强势进攻下，韩忠林平生第一次酒醉。而他心中埋藏的那颗科技创新的种子却在这一天破土而出，在理想的阳光与执着汗水的浇灌下，渐渐生根发芽，开放出愈加美丽的花朵。

开挂人生，如愿以偿

第一次技术创新的成功，坚定了韩忠林走技术创新之路的信心和决心。2012年，作为项目负责人，他带领测井工艺仪修室承担起克拉玛依市科技重大专项"稀油水平井测试工艺及设备的开发与应用"，负责井下仪器的改进、设计、试验等工作，先后获得200万元的拨款支持。

初次接下如此大的项目，韩忠林如履薄冰。他仔细研究了稀油水平井的井下结构，认真分析现有仪器，同时查阅大量文献资料。经过半个月的研究分析，初步形成井下仪器的设计方案，接着根据方案又将现有的直井仪器进行改进创新，并设计了水平井专用扶正器。

委托制造完成后，第一次室内试验便取得了成功。

11月，项目在红山嘴的一口水平井上迎来了第一次下井试验。初冬的戈壁寒气逼人，整个戈壁就像一个巨大的冰窟窿。

公司仪器组、设备组、解释组等几个小组共同上阵，韩忠林负责仪器组，任务是提取各项资料。

从早上八九点钟伴着朝阳出发，到凌晨两三点月悬高空结束。每天一人一个馕，几瓶水，一根火腿肠，就是一天的三餐，这种日子一直坚持了十五天。

冰天雪地中，往往会连续作业二三十个小时，馕很快变得冰冷坚硬。不吃，抵不过饥饿；吃上一口，像是咬到了石头，整个腮帮子又酸又疼。

韩忠林无暇顾及自己的胃。本次试验目标有四口井，前面的三口井已经顺利通过，还有最后一口井的试验。

当连续钢铠电缆推着新研制的仪器达到水平井目的层时，他几乎屏住了呼吸，担心仪器涡轮在这一刻被砂卡住。

不知何时，开始有细碎的雨夹雪从空中飘落，韩忠林的心卡在了嗓子眼上，额头有密密的水珠渗出，不知是冰冷的雨水还是紧张的汗水。

第一段正常、第二段正常……直到完成最后一段的测试，仪器顺利"通关"！

现场的同事们情不自禁地抱着韩忠林，像一群孩子一样欢呼雀跃。

这场试验为韩忠林留下一个"后遗症"——每次看到馕，他的腮帮子就会不自禁地感到酸痛。

分居两地，愧对妻儿

2017年，因为工作需要，韩忠林远赴西安任职。当时，女儿刚满两岁，正是特别依恋父母的年龄，也是最需要父母贴心照顾的时候。临走的前一晚，他凝视着女儿熟睡的小脸，心中万般不舍。

"我走后，这个家就全靠你了！"握着泪水涟涟的妻子的手，韩忠林充满内疚。

自从有了孩子，妻子便放弃了工作，整颗心都放在他与女儿的身上。他在实验室度过的无数个日子，就是她在家中操劳的无数个日夜。今天过后，更是指望不上已经整装待发的他。

"你放心吧，家里有我呢。只是你独自一人在那儿，一定要照顾好自己。"妻子理解他的选择，自己的爱人是个只要认定方向，便不会轻易放弃的人，她能做的就是默默支持。

来到西安后，韩忠林面对的一切都是陌生的。新的环境、新的同事、新的工作模式，一切似乎都要从零开始。十年间积累的丰富的现场管理经验和技术经验，在此时派上了用场。一个月时间，他顺利度过了瓶颈期。

通过与妻子每天的视频，看着女儿渐渐长大，韩忠林心里五味杂陈，既有"吾家有女初长成"的骄傲，也有对于妻子和女儿的愧歉。这一年，他觉得时间过得好慢，每三个月的别离都是一场脱筋换骨的痛。

一天晚上，刚刚进入梦乡的他，却被一阵紧似一阵的手机铃声惊醒。

电话那头，传来妻子的哭泣。韩忠林心头一紧，睡意全消。离家半年多，从未见过如此失态的妻子。

从妻子泣不成声的话语中，韩忠林得知，女儿洗澡摔了一跤，撞到了头，出现了发烧呕吐的症状，妻子担心是摔到头之后引起的症状，自责与焦虑令她趋于崩溃。

韩忠林心急如焚，却劝说妻子保持镇定。

冷静下来的妻子准备开车送女儿去急诊。韩忠林更加担心，妻子以前从未开过车，是他想到走后的诸多不方便，硬是在走之前用两个月的时间教会了她。半年过去了，也不知道妻子现在的车技如何。然而，已经半夜，找出租车又会耽误时间。

于是韩忠林跟妻子商量，在送医过程，一直要保持通话状态。

听着妻子急匆匆地下楼，听着车子发动，听着女儿迷迷糊糊的哭声，听着妻子哽咽地安慰女儿……而自己却什么也做不了，就连简单的陪伴也不可能，这一刻他再也控制不住心头酸涩，泪水夺眶而出。第一次，他开始质疑自己的选择与坚持……

韩忠林一边控制好自己的情绪，一边安抚妻子，"陪伴"妻子到达医院急诊后，才挂断了电话。在焦急等待诊断结果时，他又忍不住在网上查询起女儿的这种情况，越看越是担心，恨不得此时就生出一双翅膀飞到家人的身边，守护她们的平安。

整个夜晚，他守着手机，直到妻子打来电话，告诉他检查结果出来了，孩子头部没事，是肠胃炎引起的发烧呕吐，他悬着的心才安稳落下。

成就他人，成就自己

西安一年任职期满，韩忠林回到克拉玛依，他将自己所学所得倾囊相授。

有人问："你不怕教会徒弟，饿死师傅么？"他不假思索地回答："成就他人，就是成就自己。如果总是把自己所学所藏着掖着，那么别人得不到进步，你也是无法进步的。"他工作过的岗位，带过的人都会快速成长起来。十四年间，韩忠林换过十七个岗位，他的技术与管理经验也因此更加全面、成熟，公司的测试测井行业技术人员也日益增多，他也从一个人的孤军奋战到带领一个团体共同进取。

长江后浪推前浪的结果，只是促使前浪涌向更有希望的未来。

多年的锲而不舍，韩忠林也拥有了丰富成果。

截至2020年10月，韩忠林共获得国家实用新型专利十一项，国家发明专利两项；目前正在申请实用新型专利四项，发明专利两项；并先后发表了八篇论文。

除了在专利领域有所建树，韩忠林作为项目负责人，承担的攻关项目也屡建奇功。

他承担的克拉玛依市专利实施计划项目"高温产液剖面测井技术的应用与推广"获得实用新型专利，实现了200℃以上稠油井产液剖面测井的零的突破，为稠油井开发提供了更多测井资料，为稠油井合理、持续开发提供了有力的技术支持和技术保障；从2012年起，每年给公司带来直接经济效益约200万元，截至目前累计创产约1400余万元。2010年至2013年承担克拉玛依市科技计划项目"稀油水平井测试工艺及设备的开发与应用"，获得2014年度克拉玛依市科技进步三等奖。此技术开创了抽油机水平井不停抽状态下测取产液剖面的先河，处于国内技术领先水平，为公司创产值600余万元。2015年至2016年承担自治区专利实施计划项目"稠稀油水平井测井技术的应用与推广"，为公司创造产值1200余万元。2015年至2016年承担克拉玛依市科技计划项目"新疆油田低渗透油藏短期测试研究与应用"，通过对项目的研究与应用，大幅缩短了油水井复压测试的测试时间，减少了占产时间，为油田公司增产提供了可靠的技术支持。2015年引进高含水井寻找可动剩余油综合测井技术，通过消化吸收在采油一厂进行推广应用，截至2019年4月，为两个二级厂处累计增油16000多吨。2019年3月，他又承担了自治区科技厅科技援疆项目"油田智能分注工艺关键技术及测控系统研究与应用"，目前项目正常开展。

科技创新的路上，往往需要不断地颠覆甚至在否定中"涅槃"，然而令韩忠林一直坚持往前走的正是那份责任与担当。

12月21日，韩忠林身披红色绶带，出席了2020年新疆维吾尔自治区劳动模范表彰会。"劳模是我个人的最高荣誉，但不是事业的顶峰，而是我不竭的动力！"韩忠林如是说。

做一个有价值的人

李 农

◎ 新疆维吾尔自治区「优秀专业技术工作者」
◎ 第五届「新疆医学科技奖」三等奖得主
◎ 克拉玛依市高层次人才工作室领衔人

擎起生命的天空

冯炜凯

冲在抗疫最前沿

2020年初,美丽的克拉玛依平时川流不息的马路上,只有一排排树木顶着满头白雪,站立在公路两旁,守卫着这座空旷的城市。

一场突如其来的新冠肺炎疫情,打破了华夏大地百姓生活的正常节奏,为了疫情防控,为了人民的生命健康,一座座城市被迫按下了暂停键。热气腾腾的克拉玛依,一下子安静下来,冷清下来,只有雪野上的抽油机按着自己的节奏,不停地摇头晃脑,仍在努力工作。

居民大多居家隔离,不出门,就是为国家做贡献。此时,白衣天使披甲逆行在抗疫第一线,为全城百姓守住健康防线。

"李主任,我家老爷子糖尿病严重了,你快给想想办法吧!"

"李医生,我老公甲状腺出问题了,你给看看要吃什么药啊?"

"李大夫,我老妈痛风犯了,现在疼得满床滚,怎么办啊?"

……

电话一个接一个,克拉玛依市人民医院(中医医院)糖尿病科主任李农的手机不停地响着,他耐心细致地一一解答,针对每个病人的情况,给出远程会诊的合理建议。这还不够,他还要顶风冒雪奔走进多个居民区,上门为病人看病……

居家隔离一个多月,缺少运动,许多患慢性病的老人以及一些中年糖尿病人病情发作。由于疫情防控以及许多病人行动不便,病人去医院很困难,所以,李农主任背起药箱为病人上门会诊。

李农快六十岁了,即将退休,但他依然选择站好最后一班岗,在危难时刻,冲在一线。

作为中医医院专家,李农每天早早地起床,简单地吃点儿东西,就赶紧去社区报到,直到救助完最后一个病人,才迈着如灌了铅般沉重的双腿,往家里走。

"到底是年龄不饶人啊!"他时常这样调侃。

但无论怎么累,他都一直咬牙坚持着,因为他深知越是这样的时刻,克拉玛依生病的市民越需要他的帮助和治疗。

于是,在社区卫生服务中心医务人员的陪同下,李农一次次到患者家中,为每个患慢性病的老人量血压,查血糖,为病患解除痛苦。就这样,一趟趟楼上楼下地跑,其辛苦可想而知。

"李主任,您年龄大了,要不先回家歇着吧,让我们年轻人来。"身边的医护人员心疼地说。

每当这个时候,李农总是笑着说:"比起冲在防疫一线的钟南山院士来说,我比他还年轻二十五岁。钟南山院士是我学习的榜样,我要坚持到抗击疫情取得胜利的最后时刻。你们还年轻,要牢记医生的职责就是想方设法为病人消除病痛。"

他的话激励着身边的每一位医护人员,大家义无反顾,不计报酬,奋战在抗疫检测的最前沿。

李农主任一直专注于糖尿病、甲状腺等内分泌代谢疾病的研究,在内分泌代谢疾病诊治方面成绩斐然。

救命经历永难忘

"大家让一让——急救病人!"

"让开——病人快不行了,通知李主任!"

随着一阵喊声,一名年轻的男医生和几个女护士,正急忙从救护车上抬下一个病人，匆匆推往急救室。

这是一个从市第二人民医院紧急转到中医医院内二科急救的糖尿病患者。

李农仔细诊查，患者来时已经出现高热，但四肢冰冷，血压降至 70/40 mmHg，气若游丝，生命垂危！

"医生，快救救我老公啊！"患者的妻子脸色苍白，嘴唇哆嗦着一把拉住李农的胳膊。她浑身发抖，一直在旁边哭，恨不得给医生跪下！

李农安慰道："您先冷静，放心吧，我们会全力以赴的！"

在场护士以及医生，看到病患这种情况，都很紧张，因为他们知道，如果抢救不及时，患者很快就会停止呼吸！

病人命悬一线，生与死，就在刹那之间。

"愣着干什么？挽救患者的生命，是我们医生的天职。只要有百分之一的希望，我们就要付出百分之九十九的努力。赶紧给患者查血常规，快！"李农命令道。

此时，时间就是生命。

很快，患者的血常规数据出来了，白细胞总数和中性粒细胞明显升高。

"患者出现了感染中毒性休克。"凭借医学知识以及多年来积累的内科临床经验，李农很快做出准确诊断。

"各就各位，立即进行抢救！"话音刚落，李农就带领全科医护人员投入到紧张的抢救工作中。

给患者扩容，抗感染，改善微循环，纠正水、电解质、酸碱平衡紊乱，整个抢救过程紧张有序地进行着。

经过医护人员近二十四小时的连续抢救，患者终于转危为安。

而此时，李农几乎累虚脱了。患者妻子知道自己的丈夫得救了，万分激动地拉住李农的手，含着泪说："李主任，如果没有你的及时抢救，我老公就活不了，太谢谢了！"

说完，患者家属就要下跪，李农一把拉住她："我只是做了一个医生应该做的事情，救死扶伤是我们医生的职责。只要能救活你丈夫，我比什么都高兴。"

在整个抢救过程中，李农彻夜守护在患者身旁，观察他的体征变化，指挥抢救，直到患者苏醒，他才拖着疲惫的身子离开……

糖尿病常常会引起神经系统受损。四十多岁的张先生是个糖尿病并发症患者，入院后出现呼吸肌麻痹，情况十分危急，患者家属非常紧张，害怕得六神无主。

李农迅速组织科室医护人员投入到对这位病患的抢救中，吸氧、心电监护、上呼吸机、抗感染等一系列抢救措施紧张施行。

与此同时，李农组织院内相关科室并联系院外专家联合为患者会诊。经过医院全力积极抢救，患者终于度过危险期。

看到李农为患者紧急施救，忙前忙后，患者家属感动得热泪盈眶，遇见人就说李主任是好人，不是亲人胜似亲人！

张先生病愈出院时，动情地对李农说："我的命是你救的，这一辈子都不会忘记。一路有你，是我们病人的福气，我不知道该怎么报答你，只能真心说一声谢谢啦！"

李农则说："报答的话就不要说了，看到你能化险为夷，平平安安，一家人再次团聚，我也很是欣慰。回家后，你要注意休息，不要太劳累。从现在开始，我们就是朋友，有什么不懂的，就给我打电话。糖尿病虽然是终生疾病，但只要在饮食上多加注意，完全能够控制住病情。在我们克拉玛依得糖尿病的患者中，九十几岁高龄的也是大有人在。永远不要悲观，要对生活有信心，你是家里的顶梁柱，你不能倒下，你要为妻子和儿女好好地活着。"

听着李农这番情真意切的话，张先生感动地点头说道："李主任，我记住了，我一定按你说的做！"

一个寒冷的冬天，一位维吾尔族糖尿病患者来到中医医院糖尿病科看病。李农了解到，这位患者老公先前已病故，两个孩子在外地上学，她本人无固定工作，平时靠政府救济生活。

她前来医院就诊时，血糖就很高，症状比较严重，又身无分文，李农并没有把这位糖尿病重症患者拒之门外，而是热情地接诊，并让患者作了检查，最后自己掏腰包，帮患者垫付了药费和检查费。

"李主任，亚克西！我一定会还你钱的。"这位妇女感动地哭了，向李农连连表示感谢。

李农笑了："民族团结一家亲！钱就不要还了，只要你的病能控制得好，不产生并发症，比什么都好。你要坚强起来，要是你病倒了，孩子怎么办？这是你的义务和责任。"

这就是医者李农，他用实际行动诠释了什么才是真正的大爱，什么才是奉献。他用自己的双手托起了生命的天空！

欲治病先攻其心

虽说现代科技发展已经日新月异，但对糖尿病的治疗，至今却还是世界难题，一直没有彻底攻克。糖尿病属于代谢性疾病，被称为不死的癌症。

李农执着而低调，温和而坚定。医生仁者的初心让他不断知难而进，把福音传递给更多糖尿病和甲状腺代谢疾病的患者。他行医多年，看到过许多糖尿病人因为并发症而痛不欲生，因此，他决心此生要在糖尿病诊治领域做出一番成就！

李农说："既然选择了医生这个职业，就要专注对待，把这条路走好、走稳。无论时代如何变化，坚守真善美，看病虽然需要钱，但作为救死扶伤的医生，要讲医德，有最起码的职业操守，绝不能随意多收患者的钱。开药方要从病人的家庭情况考虑，不能增加患者的负担。因病陷入贫困的人太多，我们是医者，不能袖手旁观。向克拉玛依这些患糖尿病的贫困户伸出援手，也是医生的职责。"

这就是李农医生，一个医者的情怀和胸襟。

糖尿病是一种遗传性疾病，其本身并不可怕，可怕的是它所引起的并发症。糖尿病并发症会引发足病、肾病、眼病、脑病、心脏病、皮肤病以及性病等。一旦引起糖尿病并发症，就需要到正规的医院去接受治疗，只有这样才能有效地预防与治疗。面对这种疾病，主要就是要控制好血糖水平。

李农经常告诫他所带的学生：许多病人得了代谢性疾病，首先心理压力很大，想到并发症后，更是忧心忡忡，从而就会加重病人的病情。

我们要告知患者：得了病，首先要保持心情愉悦，没有压力，吃药才能有效，否则病情还会加重。不良情绪如果不排除掉，长期堵塞在各个脏器之内，时间久了，就会得病。

常言道，欲治病，先攻其心。治病要求治本，凡治病，必先找出发病的根本，所谓必伏其所主，而先其所因。比如，有的人得了癌症，他自己不知道，还能一切照旧。可是知道后，便心情沉重，思前想后，吃不下饭，睡不着觉，精神压力极大，于是病情加剧。其实，心情对治疗疾病起到至关重要的作用，生命的医者不是医生，而是病人自己。作为医生，我们要开导患者，不断释放其内心的不良情绪，有些病就会不治而自愈。

科技带头结硕果

李农是克拉玛依市拔尖人才、高层次人才工作室领衔人，两次荣获"自治区优秀专业技术工作者"称号。

他先后有十二篇论文发表在《中华流行病学杂志》和《中华内分泌代谢杂志》等国家级医学刊物上，在科技核心期刊发表文章二十篇，合著医学论著三部。

1993年，意气风发的李农从华西医科大学内分泌科进修归来，在中医医院内科率先开展"餐后二小时血糖检查"。这在克拉玛依开了先河，很多人不接受，但为了得到准确的流调数据，李农顶住各种压力，坚持在做。

当时内分泌代谢专业是内科系统中一个非热门的小专业，糖尿病还不像今天这样受到人们的普通关注，许多人对糖尿病的相关知识知之甚少，以为糖尿病就是因为吃糖过多引起的。

其中一个重要的原因是"病人少"，加之宣传这方面知识的人也少，这样就造成对糖尿病认识的误区，但实际情况并非如此。

李农通过开展餐后二小时血糖化验，发现很多患者餐后二小时血糖值达到了糖尿病诊断的标准。在此之前，住院患者查血糖仅查空腹血糖，这往往会造成对病人的漏诊。

于是，李农在内科住院患者中常规开展"餐后二小时血糖检查"，使许多糖尿病患者得到了及时诊断和治疗。同时他也发现，随着改革开放人们生活水平的提高，糖尿病这种"富贵病"患病人数也在剧增。

克拉玛依市糖尿病患者的真实情况是怎样的呢？

这个问题一直萦绕在李农的脑海中，要想让糖尿病得到大家的重视，首先得搞清楚它的发病状况，还有如何预防糖尿病的发生。

1994年，由中日友好医院潘孝仁教授牵头，组织开展中华人民共和国成立以来全国最大规模的糖尿病流行病学调查，克拉玛依市作为新疆的调查点，由中医医院负责实施。

作为中医医院第一个进修学习内分泌、糖尿病专科的医生，这个任务毫无疑问就落在李农的头上，他知道发挥作用的时候到了。

随后，李农带领由医院相关科室临时抽调的十几名医护人员组成的流调科研小组，一头扎进全市糖尿病患者的普查工作中。从百口泉采油厂到市区各企事业单位，再到离退休中心，许多地方都留下了他们辛勤的足迹。

因为是第一次大规模医学调查，李农他们只能"摸着石头过河"。从组织人员到开展检查，从联系给患者"餐后二小时血糖检查"吃的馒头到一次次耐心向需要复查的人员进行解释，李农他们每天在现场忙碌着。作为组长，李农每天除了现场工作，还要做大量的协调工作。

最终，历时一年零三个月，李农等人历经千辛万苦，对克拉玛依10318名职工进行了检查，基本摸清糖尿病的基本情况和糖尿病发病的危险因素。

这是一次重要的探索。

紧接着，李农又以这次糖尿病流行病学调查为契机，在克拉玛依开展了首次关于糖尿病防治研究的课题工作。通过全国糖尿病流行病学调查，他发现克拉玛依的糖尿病患病率在当时竟然居全国之首。

这次的流调数据资料被新疆和全国很多医疗单位所引用，为此，市人民医院党委根据医院的现状和发展特色专科的需要，于1997年12月正式成立了市人民医院（中医医院）内二科，即现在的糖尿病科。

李农大胆创新，在市人民医院（中医医院）糖尿病科率先开展糖化血红蛋白、胰岛素泵持续皮下注射等方式治疗糖尿病，根据许多糖尿病人的反馈，通过这种方式可以让血糖很快降下来。

李农在组织开展的"克拉玛依地区糖尿病三级防治研究"课题完成之后，总结出一套厂矿企业型城市开展糖尿病综合防治的模式，经过不断推广实施，得到了不少业内专家的一致赞誉。

李农又率先带领团队，进行继发性高血压筛查和确诊工作，对高血压患者进行鉴别诊断，避免临床误诊。

同时，他积极推广糖尿病诊治新技术，2015年由他主持完成的市级科研成果"口服抗氧化剂对超重肥胖人群的干预研究"获得第五届新疆医学科技奖三等奖。

2018年，李农领衔的克拉玛依市高层次人才专家工作室成立。工作室是一个由老中青医务人员组成的多学科医疗团队，由两名主任医师、两名主治医师和一名医师组成，主要负责糖尿病足和甲状腺结节的诊治工作。

为提高社区医生对糖尿病患者的管理水平，提高患者正确使用胰岛素的能力，以及为培养社区慢性病管理人才的需要，李农2019年到天山卫生服务中心、银河卫生服务中心和白碱滩区第二卫生服务中心为社区医护人员做"社区胰岛素应用技巧"的专业讲座，反响热烈。

此外，他利用克拉玛依市高层次人才专家工作室的专项经费，选派两名工作室成员分别参加了主题为"临床研究设计与实用医学统计"和"医学SCI论文选题和写作"的临床科研培训班。通过专题培训课程的学习，两名学员受益匪浅，大大提高了高层次人才工作室专业团队成员的临床科研能力。

甲状腺结节是临床上的常见病和多发病，近年来发病率呈上升趋势，检查甲状腺结节的目的是为发现和预防甲状腺癌。甲状腺结节有良性、恶性之分，良性、恶性甲状腺结节的临床处理不同，对患者的生活质量的影响和所涉医疗花费也有显著差异。

因此，甲状腺结节评估的要点是良性、恶性的鉴别。在这方面，李农如今已经能很准确地进行鉴别，让患者减少病痛，而且在甲状腺结节的预防上，他也做了大量的资料积累和研究。

现如今，即将从代谢性疾病战线上退休的李农主任，依然孜孜不倦地热爱着他的科研事业。他把毕生的精力都用在对糖尿病和代谢疾病的诊治和研究上，为克拉玛依的糖尿病患者和代谢疾病患者解除了病痛，为那些常年忍受病痛的患者带来福音。李农这种不断进取的工匠精神，值得所有医学界的年轻一代学习和发扬。

毕生做好一件事，就是成功者

王益军

◎ 第二十二届全国发明展览会「发明创业奖·项目奖」金奖获得者

◎ 克拉玛依市拔尖人才

留住绿水青山

冯炜凯

"绿水青山,就是金山银山。"

这是习近平总书记的科学论断。要发展经济,必须兼顾环境保护。

在克拉玛依有这样一个人,他带领他的技术研发团队,为克拉玛依市拥有蓝天白云和绿水青山作出了显著贡献。

他就是克拉玛依市三达检测分析有限责任公司总经理——王益军。2011年,王益军荣获民营企业科技发展贡献奖、第二十二届全国发明展览会"发明创业奖·项目奖"金奖、克拉玛依市第一届石油石化行业科技拔尖人才等殊荣。

满腔热血援边疆

1989年6月,王益军从西安石油大学油田化学专业毕业。在大学里,他时常思考一个问题:人这一辈子,该怎样活着才可以实现自身的价值?

一次偶然的机会,他从一本介绍新疆的图书中,知道了克拉玛依这个边塞城市。从图片上他看到新疆常年不化的雪山、茫茫的戈壁、浩瀚的沙漠还有那金灿灿的胡杨林,以及令人充满幻想的石油城,他怦然心动,立刻就喜欢上这个美丽而又神秘的地方。

毕业时，父亲已经在西安钢铁厂为他联系好了工作单位，安排他从事化验工作。本可以留在西安这座大城市过舒适安逸的生活，但王益军觉得自己学的是石油专业，应该学有所用，到大西北去，到最需要自己的地方去。

于是，他联合同宿舍的两位好友，在毕业去向意向书上果断地写下自愿去新疆克拉玛依油田工作的选择。

知道王益军毕业后要去新疆，许多好友以及家人都劝他：不要去，那个地方太远、太荒凉，工作艰辛，环境艰苦……

但他决然地说：“正因为那里苦，那里正在建设，我才能在那里发挥自己的特长，实现自己的人生价值。谁也阻挡不了我献身石油、支援边疆的决心！”

西去的火车缓缓行驶在河西走廊一望无际的茫茫戈壁上。那个年代的绿皮火车条件很差，只能买到硬座车厢，而且人满为患。晚上想休息，只能钻到硬座底下垫着报纸眯一会儿。火车行驶了七十多个小时才到达乌鲁木齐火车站。

王益军一大早乘上乌鲁木齐开往克拉玛依的班车，经过八个小时的长途颠簸，终于看到了远处克炼厂燃烧的火炬。

王益军被分配到当时的采油三厂二油库污水处理站，从事油田污水处理工作。他所学的油田化学专业是个冷门领域，他决心在克拉玛依油田干出一番事业。工作中他不断积累油田污水处理技术经验，记录科研数据，十几个笔记本上，密密麻麻地记录着他的观察与研究心得。

王益军很欣赏这样一句话：没有比人更高的山，没有比脚更长的路。

冬去春来，王益军在这个行业一干就是三十年，逐渐崭露头角，成为行业专家。

临危受命攻难关

2007年12月，新疆油田风城作业区特稠油联合处理站原油处理装置正式投产。当原油处理系统调试逐步正常的时候，大家发现原油处理系统后端污水处理系统运行不畅，处理后的污水含油和悬浮物严重超标，无法按正常设计进入锅炉回用水系统，影响到整个特稠油站原油处理系统正常投运。

这下愁坏了油田公司和风城作业区负责投产指挥的领导组。污水处理系统能否正常运行，直接决定着整个风城油田原油处理系统能否正常运转的大局。

这是个牵一发而动全身的技术活儿，谁能解决这个难题？

在这个关键的时刻，王益军挺身而出："我来，保证在最短的时间内解决问题！"

听到这话，投产指挥部的领导拉着他的手激动地说："有你这句话，我们就放心了！有困难当面提，即刻办。"

"谢谢领导，一切困难，我们都能克服，我们马上进行工艺调整和药剂改进！"

作为这方面的专家，王益军深深地知道，特稠油污水温度高，油水密度差较小，来液泥沙含量还大，乳化现象非常严重。不仅如此，还有其他影响因素的存在，采用常规的含油污水处理技术手段，很难保证超稠油污水达标回用锅炉，加之当时污水处理投产运行初期正值寒冬季节，都影响到污水处理系统的正常运行。

正是这些因素，让许多懂这方面技术的人员望而生畏，不敢轻易接手。这个烫手的山芋不好接，弄不好还会给油田公司超稠油正常生产工作带来巨大的影响。

"挑战就是机会，只有勇敢直面挑战，解决问题，才能赢得市场，赢得客户的尊敬。"王益军是这样想的，也是这样做的。

当时，天上飘着鹅毛大雪，寒风呼啸，现场条件异常恶劣，使得污水净化处理难度非常大。面对这样的恶劣天气，在场的技术人员都为王益军捏了把汗，他能在这么紧迫的时间里、这么恶劣的天气条件下，把这个难题解决吗？

面对技术难题，王益军很执着，既然接受了这个艰巨的任务，就必须全力以赴，想办法解决。

常言说，方法总比困难多，只要你想办法，总会有出路。王益军带领技术团队，冒着零下30℃的严寒，通过现场不断地调整药剂配方及加量，切换处理工艺流程，反复进行装置放气、排污、反冲洗等操作，不断试验调试改进。他们连续作战，二十四小时连轴转，到最后一个个累得精疲力尽，可是难题依旧没有彻底解决。

技术攻关遇到瓶颈，有人想放弃，有人开始说丧气的话。怎么办？

"兄弟们，打起精神来——困难就像弹簧，你弱它就强，你强它就弱。微笑着面对困难，坚持就是胜利，我们要勇敢地消灭技术难题。没有过不去的火焰山，只要方向对，剩下的就是坚持，加油！"王益军不断给技术团队鼓气加油。

在他的鼓励和带动下，技术团队连续奋战整整五十六个小时，终于让污水处理系统出水分析达标。艰难的付出得到回报，现场爆发出雷鸣般的掌声，许多人流下了激动的泪水。

这一次技术处理，保证了特稠油污水处理系统的正常运转，为风城作业区特稠油联合站原油正常处理奠定了坚实的基础，赢得油田公司及风城油田作业区领导的一致赞誉。

从此，王益军带领技术研发团队以自己的实力、优质的服务和过硬的服务质量，赢得了新疆油田含油污水处理领域专家和领导的认可，为公司含油污水处理在新疆油田赢得了更多的市场和口碑。

2013年，由王益军团队组建的新疆唯一的含油污水处理工程技术研究中心顺利通过自治区科技厅验收并挂牌。

更加严峻的攻关任务接踵而来。风城油田锅炉回用水采用的离子交换树脂软化工艺，每天产生几千立方米的高含盐废水。由于这种高含盐废水处理工艺技术以及处理药剂体系尚未成熟，使得废水在未达标的情况下，就大量排放到大沙河湿地，从而对周围的环境造成了一定的污染。

对环境污染问题必须零容忍，风城作业区的领导第一个就想到王益军。为彻底解决这一问题，王益军带领他的团队，投入到紧张的高含盐废水达标排放项目研究之中。

2014年6月，王益军开始着手编写试验方案，顶着40℃的高温，热浪滚滚，穿着鞋都能感受到地面的滚烫。在风城油田作业区特二联处理站外，研究团队通过不断摸索、反复调整试验参数和药剂配置等，展开高含盐废水达标外排试验。许多技术人员脸晒得黑红，有的肩膀晒脱了皮，但为了心中的目标任务，没有一个人叫苦叫累。

正因为有王益军这样的技术专家带队，面对重重困难不低头，不退缩，迎难而上，攻坚克难，经过现场近两个月的努力，高含盐废水处理达标排放试验取得圆满成功，解决了新疆油田高含盐废水处理达标排放问题，也为工程设计方案提供了可靠的参数依据，为克拉玛依环保治理作出了贡献。

技术团队攻关再获成功，一些年轻的技术人员喜极而泣，这其中的心酸只有他们能体会到……

王益军的名字更加响亮了，每当提起他，人们都会翘起大拇指说他好样的。

从此，王益军带领技术团队每天负责新疆油田约13万立方米含油污水净化处理及回用的现场技术服务工作，尤其是高温稠油污水处理达标技术工作，实现了新疆油田能源节约与环境保护的和谐共融，实现了环境效益、经济效益和社会效益的三丰收，为克拉玛依拥有碧水蓝天作出了突出贡献。

抓住机遇创大业

机遇总是留给有准备的人。

2015年年初，国家放开第三方环境检测业务，允许企业开展日常环境检测及竣工验收工作。王益军决定牢牢地抓住这难得的机遇。

可是他的这一想法，遭到妻子的反对："原来的工作既重要又稳定，重新干环境检测这个你没接触过的工作，困难你想到过吗？如果接不到活儿，技术人员跑光了，你怎么办？可别一时头脑发热，还是冷静冷静吧！"

听了妻子的担心，王益军说："我头脑比任何时候都冷静！如果我是一个前怕狼后怕虎的人，我当初就不会来克拉玛依。以前国家没有放开第三方环境监测业务，如今放开了，这就是我人生的机遇，犹豫比莽撞更可怕！我可能会面对失败，但没有经受过失败的人，是不堪一击的。"

妻子被他的决心打动了。

经过与公司领导协商，最终决定在原化验室的基础上成立克拉玛依市三达检测技术有限责任公司，王益军出任总经理。

环境检测是一个新兴的领域，对于刚成立的检测公司来说，面临的市场几乎为零，员工的检测水平和业务能力也是参差不齐。公司成立之初，注册资金只有50万元，当时员工只有十几个人，又无市场份额，很多检测设备和资质不能满足或只能部分满足甲方需求，参加几次招标都因资质不全或业绩不佳无功而返。

增加新设备和给员工发工资只能靠借钱，真是压力如山，王益军一度寝食难安。公司花大力气培养的技术骨干，也因各种理由陆续离职，更是雪上加霜。

公司发展到了生死存亡的关键时刻。

这时的公司就处于逆水行舟不进则退的局面，退就等于死路一条，自己不但会成为别人的笑话，和自己一起干的员工也将失去工作。但如果拼一把，也许就会柳暗花明又一村。

于是，王益军发挥整个公司的智慧和人脉，让员工陆续走出去与市环境监测站、油田公司环境检测部门加强联系，密切洽谈，安排人员进行实地培训学习；联系自治区环境监测站对在岗人员进行考核取证，逐步提高员工的检测分析水平；同时与白碱滩区环保局共建环境检测实验室，缓解了白碱滩区环保局检测人员不足的问题，同时也获得了部分监测设备共享和市场份额。

公司经营状况开始好转，大家终于松了一口气！

2018年上半年，就在公司经营向好稳定发展时，王益军突然病倒了。到医院一检查，发现心脏的三根血管严重堵塞，急需做心脏血管搭桥手术。

这可是一个大手术，王益军的妻子听到后，犹如五雷轰顶，眼泪当场落了下来。公司员工知道王益军的病情后，也是忧心如焚！愁云再次笼罩在这帮年轻员工的头顶，公司风雨飘摇。

妻子看着虚弱的丈夫，看在眼里，疼在心里，她没有说一句抱怨的话，她只是为丈夫的身体担忧，也为丈夫公司的困境发愁。

很快，王益军就被送到北京阜外医院，进行心梗搭桥手术。住院期间，妻子一直陪伴在他身边细心照顾。经历了这样的大手术，王益军倒显得很乐观，笑着说："我的事业刚有了起色，还没有好好地大干一场，马克思是不会这么早叫我去的。"

"你就惦记着公司，命重要还是事业重要？"妻子有些生气。

王益军乐呵呵地说："公司的事情重要，我的命也同样重要。我这是大难不死必有后福呀！你看着，公司和我都会好起来的。"

三个月后，王益军康复回家，又继续投入到自己热爱的检测工作当中。公司的员工被他这种敬业的精神感动了：老总都这样拼，我们还怕什么？员工的心逐渐稳定了下来。

发展才是硬道理，否则就会被市场无情淘汰。2020年，公司出于发展需要，新增一批先进的化验检测分析设备。王益军大胆为公司贷款300万元，在保证员工收入的情况下，加强员工技能培训和资质考核学习。他先后与市环境检测总站、新疆油田公司实验检测研究院等单位，共同达成员工技能培训合作协议，保证了在岗员工基本化验分析技能的快速提升，也让大家看到公司的发展前景。

有了大量资金的注入，公司很快就走上正轨。员工的工作劲头更大了，公司业务开始蓬勃发展，效益突飞猛进，员工的脸上露出了笑容。只要有检测任务，无论多苦多累，大家都会加班加点地干。

员工是企业的基石，企业要想稳定发展，就离不开一个团结优秀、有凝聚力的员工队伍。

王益军以前没有开公司做总经理管理团队的经验，很多事他都是第一次遇到。公司员工百分之九十是年轻女同志，而且是以80、90后为主，结婚生子、孩子上幼儿园、上学等问题，都会影响到员工的生活与心情。王益军把这些事都记在心上，默默地协调办理，尽量帮大家办好。

他不懂就学，不断向书本学习，向一些优秀的企业家学习。慢慢地王益军做事有了大局意识，有了公司发展的战略目标。做好员工后勤工作，不再是头疼的事情，员工的后顾之忧逐步得到妥善解决。

2019年，三达检测技术有限责任公司荣获"第四届克拉玛依创新大赛"成长组二等奖；"创客中国"新疆中小企业创新创业大赛（克拉玛依区）选拔赛企业组三等奖。

公司发展至今，王益军积极开拓市场，锐意创新，实现了科研团队从小到大、从默默无闻到成为行业领军的大跨越。王益军的技术检测团队，可以毫不夸张地说，就是坚守生命红线的卫士。如果没有像他们这样的技术团队严把环境检测关，绿水青山和蓝天白云就会流为空谈。

公司技术检测业务范围不断扩大，环境检测方面涵盖环境、空气和废气、噪声、土壤、固体废弃物、废水和大气降水、粉尘等，其检测分析包括油田化学品与油田水分析、锅炉水分析、室内空气检测、原油及石油产品分析、天然气分析、垢样分析、压力表检测等。这些检测技术就是对克拉玛依拥有绿水青山、蓝天白云的有力保证。

如今，三达检测技术有限责任公司已通过国建CMA资质认定的项目达到790余项，基本覆盖克拉玛依市所属企业及新疆油田公司化验分析所需，固定资产也达到1 300万元以上。

公司的检测室从原来的一个扩展到三个，员工从原来的十几人增加到现在的80余人，中高级职称人员及中高级化验分析工已占员工的60%以上，公司的办公场地也由以前的800多平方米扩展到拥有3 000多平方米的标准化验检测分析场所。

2020年度，三达检测技术有限责任公司第一批通过了国家高新技术企业认证，一跃成为克拉玛依市化验检测分析行业的龙头企业。

多年来，王益军和他的技术团队锐意进取，不断创新，在《应用化学》等杂志上发表多篇有关技术检测方面的学术论文。公司研发团队申请的发明专利以及实用新型专利共计19项，已全部授权。

弹指一挥间，王益军已经从当年那个意气风发的小伙子步入知天命之年。

年轻时的王益军看起来阳光帅气，而现在的他更具有一个企业家的风度和成熟魅力。面对荣誉和鲜花，王益军谦虚地说："我做得还不够好，企业的规模还不够大。看到克拉玛依的蓝天白云、绿水青山，看到克拉玛依被评为最美的宜居城市，老百姓在这里安居乐业，我觉得很值！"

吃苦是责任，敬业是义务

朱建雄

◎ 新疆维吾尔自治区劳动模范
◎ 中国石油天然气集团公司创新成果奖获得者
◎ 克拉玛依市劳动模范

石油世家

冯炜凯

70后、浓眉大眼的他,有一个响亮的名字——朱建雄。他的性格犹如戈壁荒漠中彪悍的胡杨,不惧风雨,坚忍不拔。他是军人的后代,也是"油二代"。他不断进取创新,永不言败,是无数技能专家的缩影。

烈焰中传出的呼救

"救命啊,救命啊!咳咳咳……"一声声绝望的呼救声从井口房里传出,回荡在戈壁上空。井口房里浓烟滚滚,门口不断燃烧的熊熊火焰阻挡住里面想要冲出的人。井口房已经被烈火和烟雾围困,如果没有人来营救,里面的人便危在旦夕。

井口房里的年轻女工面对烈火的炙烤,惊慌失措,双手捂着脸,不停乱撞着,想找到逃生的出口,却不断碰到滚烫的井口阀门上。

她已经喊不出声音了,大火却越烧越旺……

正在附近巡井的朱建雄,看到着火,提起两个灭火器,就往着火的方向奔去。到了跟前,拉开灭火器的安全环,就向井口房着火处猛烈喷射。可是由于火势太大,油气又正好在门口,里面的人出不来,外面的人也很难冲进去。

"救我，救我！"

听到井口房里有人，朱建雄心急如焚，不顾一切就要往里冲，可是火势太大，他冷静分析了一下，迅速判断出唯有从窗户爬进房里，才是最好的施救办法。

"嘭！"他用灭火器一下砸开窗户，大声向井口房里喊："快到窗户边上来，快！"

正好其他几位同事也气喘吁吁地赶到，大家一起用力，终于将被烟火熏得几乎昏迷的年轻女工救了出来。

女工得救了，但火势还在蔓延，怎么办？

火势凶猛，炙烤得人无法靠近。有人打了119，等消防队来救援灭火，可是远水解不了近渴！

望着大火，朱建雄更加心焦，他不能眼睁睁看着厂房和财产就这样被大火吞噬，公司遭受巨大损失。如果等消防车赶到，也许这个井口就彻底被烧坏，如果发生爆炸，周边还有几个井口，那经济损失将无法估量。

现场的人拿着灭火器都在灭火，空气里散发着干粉的气味。火舌肆虐，浓烟如魔瓶里被放出的恶魔，张牙舞爪地在空中升腾……

朱建雄拿着灭火器，忍受着强烈的火焰和烟雾，一步步逼近井口，刚刚靠近油井出气口的火时，灭火器的喷嘴就被高温瞬间融化了，就连手套也跟着着起火来。

烈火烤得朱建雄的脸生疼，进退就在一念之间！

井口房烈焰呼啸，浓烟呛鼻，此情此景让不少人开始害怕井口会爆炸，于是往后撤退。

此刻，朱建雄也想到井口发生爆炸的严重后果，但他心里有个声音一直在呼喊：一定要把损失降到最低！

朱建雄再次提起灭火器，开始向门口喷气的地方喷射干粉，门口的火灭不了，他就从侧面喷。看到朱建雄没有退缩，其他同事就紧跟其后，再次一起冲向火海。

由于措施得当，火势逐渐变小，但还没有彻底控制住，朱建雄便从其他同事的手里接过灭火器，咬着牙继续灭火。

与此同时，消防队接到报警后，拉着警笛声的消防车也陆续赶到……

火终于被扑灭了，但井口的气还在往外喷，谁去关闸门？

朱建雄知道，现在必须要想办法尽快把出气口关紧，否则危险随时都会爆发。

"大家靠后，我来关闸门！"

朱建雄没有丝毫犹豫，他深深吸了一口气，拿起手套冲到门口，可是阀门上的密封垫已经被烈火烧毁，根本无法关紧。

他立即转身去关总阀门，但此刻的总阀门也被烈火烤得通红，刚一接触到，手套就着火了，他赶紧将手套在雪地上蹭两下，继续关阀门……

喷气阀门终于关上了，险情终于控制住了。

此时的朱建雄，手被烫伤，满身满脸的干粉，他一屁股坐在地上，累得再也站不起来。

由于当时只顾着灭火，根本没有时间采取防护措施，此时的朱建雄感到胸闷气短，很不舒服，回家后就开始发高烧。

很快朱建雄被送到医院，检查发现由于吸入大量干粉，导致急性肺炎，需要即刻住院治疗。不得已，朱建雄在医院里住了一个月，但对工伤的事一句也没提，因为他觉得，这是他应尽的职责。

事后经调查，发生火灾的原因是那位巡井女工发现自喷井口被冻住，便对冻堵的取样口进行烘烤，造成井口着火。多亏朱建雄及时赶到，不然后果不堪设想。

那年朱建雄只有二十二岁，是他工作的第三个年头，也是最年轻的岗位长。

事后有人说他"不要命"，有人说他"傻"，责任完全不在他，可以报工伤。朱建雄则说："面对烈火中一个自己的同事要救，还有国家的油井要受损，我即便不要命一回，傻一回，又何妨？"他既为自己奋不顾身从烈火中救出一名年轻女同事而感到庆幸，也为自己使国家免于遭受巨大经济损失而感到欣慰。

之后，朱建雄的事迹被登上了报纸，成为救火英雄，受到当时石油管理局领导的接见和称赞。采油12队8号站也被授予克拉玛依市首届"青年文明号"、新疆维吾尔自治区首届"青年文明号"光荣称号。

朱建雄的这种英勇行为和高尚品格是如何养成的呢？且让我们从头说起。

陪父亲巡井的日子

朱建雄的父亲，是一位铁骨铮铮的军人，从部队转业后，分配到克拉玛依当采油工。在20世纪70年代，克拉玛依真是一个风吹石头跑、地上不长草、兔子不撒尿的地方。

放眼四周，全是戈壁滩和沙漠。由于当时高大的建筑物少，常年狂风肆虐，七八级大风那是常有的事情。毛驴车满街跑，吃水还要从奎屯运送过来。

1974年，朱建雄跟随父亲来到采油三厂采油四大队。那时没有楼房，住地窝子，几乎吃不上肉，生活很清苦。更要命的是，连个托儿所都没有。朱建雄四岁便被父亲带着一起巡井。当时，巡井工没有车，每天巡井都要靠两条腿走。

夏天要冒着四十多度的高温，翻山越岭，汗流浃背，热得几乎要脱水；冬天的戈壁积雪往往有半米深。就在这样艰苦的环境中，父亲每天带着朱建雄巡井，也锻炼着他的意志力。

那时候，他哭过、闹过，可如果不跟着父亲去巡井，又没学可上，他能去哪里呢？母亲也要上班，没时间带他。渐渐地朱建雄也就习惯这样的生活了。

有几次巡井时，竟然遇到了野狼，父亲紧紧把他搂在怀中，在厚厚的积雪中艰难前行。有时父亲背着他，深一脚浅一脚地走，不小心摔倒，爬起来继续巡井……

就是在这样艰苦的岁月里，父亲的一言一行，还有谆谆教导，指引了他以后人生路上的前进方向，也培养了他坚强的意志品格。

父亲在他成长过程中说过的话时常回荡在耳边："孩子，不要怕吃苦，苦难是你人生的财富。小时候吃苦是一时的，现在不吃苦，将来是要吃一辈子苦。"

"孩子，金杯银杯不如大家对你的口碑。高贵的品格，是你做人最硬的底牌。你是军人的后代，在关键时刻，就要敢于冲锋陷阵。千万不能给爸爸丢脸，给军属家庭丢脸，更不能做对不起国家的事情。"

"嗯，我记住了，爸爸！"朱建雄抬起头看着父亲，重重点了点头。

"那你长大后想做什么呀？"父亲问。

朱建雄毫不犹豫地回答说："爸爸，我长大后，也要做一名光荣的石油工人！"

父亲听后笑了，拍拍他的头，意味深长地说："你能把为祖国献石油作为自己终身的梦想，爸爸为你自豪。不过当石油工人很苦的，我们国家开采石油的技术还很落后。"

"我不怕苦，技术落后，我就学技术。"朱建雄捏着拳头，铿锵有力地说。

初中毕业，朱建雄考入克拉玛依技校，十九岁技校毕业后，分配到采油12队。实习期间没有工资，只有四十多元的生活费，平时干最累的活儿，一整年都没有休息日。

许多实习的技校生，因为受不了这个苦，便跑回家，做了逃兵。而朱建雄却坚持到实习期满，并被评为优秀实习生。就这样，朱建雄和父亲一样，做了一名普通的巡井工。

巡井每班三次：17点、22点、7点。像雨雪天这样的天气，为了防止万一，朱建雄还是会按时巡井，风雪无阻。他心里始终有一个目标：是自己的工作和职责，就要尽职尽责地把它做好。

有些员工看到朱建雄对工作这么认真，就故意耍滑头，说家里有事，让他替班。朱建雄当时年龄小，人也老实，就毫不犹豫地答应了。于是，找他替班的人开始多起来，结果，他白天要上班，晚上还要接着上。

后来母亲觉察到这个事情，十分心疼儿子，就找了站长反映情况，于是二十四小时上班的事情再也没有发生。

由于朱建雄勤快肯干，而且好学，跟周围老师傅们关系处得好，大家都愿意帮他，教他一些经验和技术。

有一次，由于天气太冷，油管线发生盘管结焦，将近两公里管线被堵死。情况危急，站领导愁眉不展，问题如果得不到及时解决，将直接影响井口的日产量。

关键时刻显身手。朱建雄开动脑筋，动用热熔泵车、油罐车、压风车、电焊车、挖沟机，采用热熔车、压风车、挖沟机配合，熔解一段处理一段的办法，连续奋战四十八小时后，终于把堵塞两公里的管线疏通好了。

管线再次恢复正常，朱建雄的工作能力受到队领导的肯定和赞赏。他当班长的时候，班组连续四年安全生产无事故，年年超额完成各项生产任务。班组被评为队、厂级样板班组，先后荣获1994年度厂级"青年文明号"，1995年度厂级、局级、自治区级"青年文明号"，1996年度厂级"双文明先进班组"等荣誉称号。

宝剑锋从磨砺出，梅花香自苦寒来。没有随随便便的成功，成功没有捷径，只有靠自己刻苦努力和不断探索。

此后的朱建雄一心迷上了技能钻研，竟一发不可收拾！

双高技师建奇功

2005年9月5日21点，盆5气田莫103井在更换管线后，井口压力忽然异常偏低，朱建雄便主动留守井口密切观察。到了次日凌晨5点30分，该井突然发生气窜，大量天然气及凝析油从井口无控制部分油管挂法兰及生产阀门法兰间刺出，井场周围立刻弥漫起大量天然气。

当时，加热炉正在燃烧，随时都有爆炸的危险，如果关井势必造成井口憋压，会使无控制部位刺漏更加严重，如果钢圈刺坏定会造成天然气失控，后果将十分严重。

朱建雄立即采取关火、抢换大油嘴、走直通、外排点火降压等措施，并即刻汇报给值班经理，进行了紧急处理。

因发现及时，处理得当，未发生人员、设备损害及环境污染，避免了重大事故的发生。

这次事件，朱建勋又是第一个冲在最前面，把国家的利益放在第一位，置自己的生死于度外。

"这口井不是你管的，你咋比别人还拼命呢？"有人调侃道。

朱建雄擦了一下脸上的汗水，笑着说："油井是属于国家的，还分什么你我？一个石油工人，永远要有一颗爱国心！如果我看见了，却装着没有看见，要是真的发生油气爆炸，我这一辈子都不会原谅自己，更对不起父亲对我的教诲！"

在工作中，经常发生油管线冻堵现象，造成抽油机频繁停抽，影响产量及采油时率。针对以上问题，朱建雄和班长蔡勇用氧气瓶调压阀进行控制，利用燃气机自身带动小发电机（220 V）接电热带给管线、控制阀与井口保温，即使天气再冷，只要抽油机不停抽，发电机就能正常工作，管线和控制阀都不会冻堵。经安装试用，效果明显好转。后在盆5作业区所有抽油井上推广使用这一改良方式，两年中为作业区节约成本120多万元。

朱建雄在盆五莫7-11天然气处理站担任站长兼维修班班长时，发现重点设计流程出现了十几个错误，他立即联系设计部门进行整改，以致与对方发生争执，但他据理力争，说明自己的道理，设计部门心服口服，最终接受了他的整改要求。

在抉择是转干还是当工人时，朱建雄最终还是选择了当工人，因为他觉得当工人更能发挥自己的特长。从采油初级技师、中级技师到高级技师，朱建雄不断跨越和超越自我。2007年，采气一厂成立，他从采油高级技师转换到采气岗位。倔强的他，又开始从头考起。经过不懈努力，终于一路考过来，实现了采气初级技师、采气中级技师、采气高级技师的连续飞跃。

也因于此，朱建雄成为油气方面的双高级技师，令人赞叹！

2008年，朱建雄代表采油三厂参加油田公司比赛，获得油田公司技能竞赛采气工种第一名，并被授予"新疆油田公司技术能手"的称号；2009年，他被集团公司聘为采气工职业技能竞赛裁判员，调往员工培训站，为员工进行高技能人员培训。

经他培训的初、中、高级员工，达700多人次；经过职业技能鉴定考评，作业区取证合格率达到80%以上，有21人次获得厂级、局级、油田公司级"技术能手"称号；七人取得采油技师、高级技师资格证，16人取得采气技师资格证。

2010年，朱建雄被聘为集团公司采油工职业技能竞赛教练员、集团公司采气工职业技能竞赛裁判员。经他培训的选手参加2009年集团公司采气工种技能竞赛获一枚银牌、三枚铜牌、两名优秀，团体总分第二名；2010年集团公司采油工种技能竞赛获一枚银牌、一枚铜牌、一名优秀，团体总分第五名。

2011年，参加公司采气工种技能竞赛囊括比赛一、二、三等奖，优秀奖，获厂长"嘉奖令"。2014年，朱建雄作为总教练及裁判，带队参加集团公司轻烃装置工技能竞赛，获团体第三名，选手获得一枚银牌、一枚铜牌、一名优秀。2017年参加集团公司采气工技能竞赛，获团体第三名，选手获得三枚铜牌、六名优秀，获厂长"嘉奖令"；同年朱建雄被集团公司列为"石油名匠"重点培养对象。2020年，带队参加全国二类采气工技能竞赛，获团体第三名，选手获得一金两铜，获厂长"嘉奖令"。

朱建雄还在国内行业核心刊物上发表论文十二篇，在新疆油田刊物上发表论文二十三篇，获油田奖励十三项，在自治区、集团公司获得奖励六项，被评为全国优秀质量管理小组两次。

作为技能专家，朱建雄对生产中遇到的小问题、小困难，能开动脑筋想办法。2009年以来，他申报专利发明三十九项，目前有四项专利已在现场运用，每年创造的经济效益均在50万元以上。无论是从事采油还是采气工种的工作，他多次提出合理化建议，被采纳48次，创造经济效益500万元。

朱建雄是集团公司《采气工实际操作技能鉴定试题库》主要编写人员，组织编写操作项目129项，内容涵盖采气地质、地面工艺、低温处理、凝液回收、天然气增压等多方面内容，已在公司技能鉴定工作中广泛应用，成效显著。

时光荏苒，日月如梭，转眼间，当年那个四岁就陪父亲巡井的小男孩，如今已快到知天命之年。作为克拉玛依市、新疆维吾尔自治区劳动模范，朱建雄在不同的工作岗位上，都以任劳任怨的工作态度、扎实深厚的技术功底，影响、带动和培养着一批又一批的石油人。

  伟大的时代需要像朱建雄这样能吃苦、肯钻研的技术能手的不断涌现，更需要大家的共同努力，只有这样，才能实现中华民族的伟大复兴，实现伟大梦想。

图书在版编目(CIP)数据

荒原筑梦:克拉玛依城市工匠纪实. 三 / 申广志主编. —上海:复旦大学出版社,2022.10
ISBN 978-7-309-16387-2

Ⅰ.①荒… Ⅱ.①申… Ⅲ.①纪实文学-作品集-中国-当代 Ⅳ.①I25

中国版本图书馆 CIP 数据核字(2022)第 160431 号

荒原筑梦——克拉玛依城市工匠纪实(三)
申广志　主编
责任编辑/宋文涛

复旦大学出版社有限公司出版发行
上海市国权路 579 号　邮编:200433
网址:fupnet@fudanpress.com　http://www.fudanpress.com
门市零售:86-21-65102580　　团体订购:86-21-65104505
出版部电话:86-21-65642845
上海盛通时代印刷有限公司

开本 787×960　1/16　印张 23.5　字数 350 千
2022 年 10 月第 1 版
2022 年 10 月第 1 版第 1 次印刷

ISBN 978-7-309-16387-2/I·1329
定价:78.00 元

如有印装质量问题,请向复旦大学出版社有限公司出版部调换。
版权所有　　侵权必究